SACRIFICIO

- ALMAS OSCURAS -

MARÍA MARTÍNEZ

SACRIFICIO

- ALMAS OSCURAS -

TITANIA

Argentina • Chile • Colombia • España
Estados Unidos • México • Perú • Uruguay

1.ª edición Marzo 2021

Plaza de los Reyes Magos, 8, piso 1.º C y D – 28007 Madrid
www.titania.org
atencion@titania.org

ISBN: 978-84-17421-07-6
E-ISBN: 978-84-18259-53-1
Depósito legal: B-1.470-2021

Fotocomposición: Ediciones Urano, S.A.U.
Impreso por Romanyà Valls, S.A. – Verdaguer, 1 – 08786 Capellades (Barcelona)

Impreso en España – *Printed in Spain*

Si el sacrificio es lo último que puede hacer una persona para demostrarte que te quiere, debes dejarla hacerlo.

Veronica Roth

Prólogo

—Calabazas brillando en la noche. Brujas corriendo, todas asustadas. Los fantasmas parpadean en el cielo. ¡Duendes haciendo un pastel de calabaza! Búhos ululando, ¡qué susto! En la noche de Halloween —cantaban los tres a pleno pulmón.

Le encantaba viajar en coche con sus padres. Entonaban canciones, reían sin parar y siempre se detenían en Holly's Little para comprar un helado.

—Papi, otra. Canta otra.

—¿Otra? Muy bien, vamos a ver. ¿Qué os parece...? «Metí mi cabeza en el agujero de una mofetita. Y la mofetita dijo: ¡Ay, Dios mío! Sácala. Sácala. Quítala».

—No, esa no, papi.

—John, es horrible —protestó su madre.

—¿No os gustan las mofetas? —preguntó él mientras ponía caras feas.

Ella rompió a reír y se tapó los ojos para no ver las muecas que él hacía por el retrovisor.

De repente, dos haces de luz surgieron de la nada al doblar la curva, cegándolos por un momento. Su padre giró el volante con brusquedad, para evitar chocar contra el camión que se les venía encima, y el coche dio un bandazo.

—¡John! —oyó que gritaba su madre aterrada.

Embistieron el quitamiedos y el coche se precipitó al vacío. El impacto contra el agua lanzó su cuerpo hacia delante y se golpeó el rostro con el asiento. Una explosión de dolor se extendió por su nariz. Quedó aturdida.

El coche se hundió en el río helado y el interior comenzó a inundarse con mucha rapidez. El arnés de su sillita se rompió y su cuerpo flotó por el habitáculo. De pronto, el parabrisas resquebrajado cedió y la corriente la arrastró afuera. La falta de aire le quemaba los pulmones. Gritó, y su garganta se llenó de líquido. El torrente la arrastraba sin que pudiera hacer nada para evitarlo.

Agitó los brazos.

No veía nada.

Se golpeó contra algo muy duro, quizás una roca, y durante unos segundos flotó desorientada.

Un momento de lucidez la obligó a patalear con todas sus fuerzas, tratando de aferrarse a algo en la oscuridad. No encontró nada, solo frío y negrura. Probó a quitarse el abrigo. Pesaba demasiado y la arrastraba hacia abajo. No pudo. Sentía las manos entumecidas y los botones se le resbalaban entre los dedos.

Dejó de resistirse en cuanto comprendió que era imposible que lo lograra. Pese a su corta edad, entendió lo que ocurría. Se ahogaba sin remedio.

Iba a morir.

Sus pulmones se llenaron de agua y su cuerpo se sacudió entre estertores. Luego, se quedó quieta, a la deriva. Poco a poco, su cuerpo se hundió y, con el último latido de su corazón, se posó en el fondo.

Tú eres el cazador, el guerrero. Tú eres el más fuerte
de todos aquí, y esa es tu tragedia.

ANNE RICE

1

Dicen que miente aquel que considera la verdad mucho más peligrosa. También que la verdad se corrompe tanto con la mentira como con el silencio. William no dejaba de pensar en eso y la culpabilidad lo corroía como una gota de ácido abriéndose paso a través de su pecho. Estaba engañando a Kate desde hacía días, con mentiras que disfrazaban una peligrosa verdad y silencios que envenenaban su relación.

Era muy consciente de su arriesgada actitud, pero no tenía otra opción. Pese a que le había prometido que no habría más secretos entre ellos, ni falsedades ni ninguna otra traición.

Habían pasado tres semanas desde que la maldición se había roto y ya había noticias y rumores sobre asaltos y asesinatos que podrían ser obra de vampiros. Las autoridades lo achacaban a un juego espeluznante que algún tipo de secta satánica estaba llevando a cabo, pero William sabía que solo era cuestión de tiempo que la realidad saliera a la luz.

Alguien ataría cabos, daría credibilidad al mito y nada podría evitar el desastre.

—Otra vez —dijo mientras tiraba de la mano de Kate y la ayudaba a levantarse del suelo.

Ella resopló y se sacudió la arena del trasero. Afianzó los pies en el suelo y cerró los ojos. La brisa marina se pegaba a su piel y le azotaba el cabello. El olor a salitre era penetrante y colmaba su olfato hasta no poder distinguir ningún otro aroma. Inmóvil, escuchó con atención. El oleaje golpeaba la orilla, los restos de una vieja barca crujían por los embates, las gaviotas se zambullían entre las crestas espumosas de las olas.

A su espalda, el aire se agitó. Una vibración apenas perceptible.

Se giró a la derecha con un rápido movimiento y agarró, por la muñeca y el codo, el brazo que trataba de atraparla. Dobló las rodillas y tiró con fuerza hacia delante, usando su cuerpo como un calzo. Un golpe en el muslo la desestabilizó. Otro en el costado terminó por derribarla.

Desde el suelo, fulminó a William con la mirada. Él la miraba muy serio, el pelo no dejaba de revolotearle sobre la frente y lo apartó con la mano.

—Otra vez.

—Es imposible que te venza, William —dijo derrotada.

—Eso ya lo sé.

—Entonces, ¿qué quieres conseguir?

—Que aprendas a defenderte. Debes hacerlo, Kate. ¿Y si un día ocurre algo y yo no estoy lo bastante cerca?

—¿Por qué no ibas a estarlo?

William apretó los labios y el nudo que tenía en el estómago lo estrujó un poco más. No iba a estar, ese era el problema y la verdad. En pocos días emprendería la mayor locura que se le había pasado por la cabeza en toda su larga vida. Una tarea que debía llevar a cabo, aun a riesgo de salir mal parado, incluso muerto. Él y todos los que iban a seguirle en esa misión suicida.

—Estaré, pero por si acaso, ¿de acuerdo?

Kate bajó la mirada y asintió.

—De acuerdo.

Se puso en pie. Sus ojos cambiaron de color y volaron hasta él.

Kate atacó veloz. Se lanzó a la izquierda. Lo agarró por el brazo y lo arrojó al suelo usando su cuerpo como una catapulta. No sirvió de nada. Él aterrizó derecho y volvía a plantarle cara. Se agachó y logró golpearlo con la pierna tras las rodillas. Él perdió el equilibrio un instante. Tiempo que ella aprovechó para empujarlo con todas sus fuerzas y derribarlo. Sin detenerse, se encaramó sobre su pecho y lo inmovilizó con una rodilla aplastando su cuello.

William se la quitó de encima como si fuese un muñeco de trapo. Le dio la vuelta y la lanzó de espaldas contra el suelo. Se sentó a horcajadas sobre ella.

Kate pataleó, trató de soltarse, pero él la sujetaba con firmeza. Dejó de oponer resistencia y resopló.

—Supongo que debo darme por muerta.

—No, lo has hecho bien. Aprendes rápido y tienes instinto. Eres fuerte. Si yo fuese un vampiro corriente, me estarías dando una buena tunda.

Kate le dedicó una sonrisa y movió los brazos para que la soltara. Él no lo hizo y apretó con más fuerza.

—¿Qué haces?

—La clase aún no ha terminado. Desde esta posición, podrías zafarte de mí con un solo movimiento. ¿Cuál?

Kate comenzó a retorcerse, pero William pesaba una tonelada y era mucho más fuerte de lo que ella sería jamás. Gruñó y lo miró a los ojos. Un millón de mariposas se agitaron en su estómago. Solo unas pocas horas antes habían estado en esa misma posición, solo que sin ropa, y en un lugar mucho más cómodo e íntimo.

El recuerdo pasó por su mente y le hizo apretar las piernas con un estremecimiento. Con una sonrisa tentadora, clavó su mirada en la boca de William. Poco a poco, alzó la cabeza y una chispa cómplice iluminó sus ojos mientras separaba los labios con una invitación.

William dudó un segundo. Solo un segundo. Se inclinó y atrapó su boca con un beso codicioso. Gimió al notar cómo ella le rodeaba las caderas con las piernas y se apretaba contra él. Sin pensar, le soltó las muñecas y dejó que hundiera los dedos en su cabello. Con una mano la alzó por el trasero para sentirla más cerca y con la otra buscó las curvas suaves bajo su camiseta. Encajaban tan bien en la palma de su mano.

Kate suspiró. Abrió los ojos y contempló el rostro de William. Había bajado la guardia. De repente, lo empujó en el pecho, pillándolo desprevenido. Y esta vez fue ella la que acabó sobre él, aplastándolo contra el suelo.

William la miró sorprendido y empezó a reír a carcajadas.

—¡Esto sí que no me lo esperaba! —exclamó entre risas. Intentó incorporarse para volver a besarla, pero ella se lo impidió—. ¿Es así como piensas vencer a tus enemigos? ¿Seduciéndolos?

—Contigo ha funcionado.

Con una rapidez que la hizo gritar, William volvía a estar sobre ella.

—No caeré en esa trampa de nuevo. Yo también sé jugar a esto. —La besó en los labios, mordisqueándolos, y se acomodó entre sus piernas con un suave empujón, arrancándole un quejido ahogado—. Sigo esperando. Intenta soltarte.

Kate se retorció, si bien en esa posición le era imposible mover la parte superior del cuerpo.

—No puedo —se quejó.

—¡Sí puedes! —la presionó—. Piensa, y rápido, un renegado no tendrá tanta paciencia como yo.

Kate empezó a ponerse nerviosa. El peso de William sobre ella ya no era tan agradable como en un principio y la postura forzada de los brazos le provocaba calambres. Lo miró a los ojos, su cara se había transformado en una máscara fría y distante. Una punzada de miedo le atravesó el pecho. Le resultaba desconcertante cómo ese rostro hermoso, que tanto amaba, podía transformarse en el de la mismísima muerte, aterrorizándola.

—¿A qué esperas? —le gritó él.

Kate se estremeció, fustigada por el tono acerado de su voz, y su instinto de supervivencia tomó el control. Dio un tirón seco con los brazos, al tiempo que reunía toda su fuerza en los muslos y empujaba hacia arriba. Sus manos se liberaron. Lo golpeó en el pecho y dobló las piernas bajo las de él. Le golpeó el estómago con los pies y usó su cuerpo como una catapulta que lo lanzó por encima de su cabeza. Giró sobre sí misma y con los dedos rodeó la empuñadura de la daga que asomaba bajo la camisa de William. Con la gracia de un felino cayó a horcajadas sobre su pecho y presionó con la hoja su cuello.

Le gruñó. Sus ojos brillaban como ascuas ardientes y sus diminutos colmillos asomaban amenazadores.

—¿Así? —masculló furiosa.

William sonrió orgulloso. Notaba el filo de la daga abriendo su carne y un hilo de sangre resbalando por la piel.

—Así.

Apartó la daga con suavidad y los ojos de ella volaron hasta la herida.

El olor a cobre y sal inundó el olfato de Kate. Sin pensar en lo que hacía, se inclinó y lamió la sangre. Recorrió con la lengua la longitud de su garganta y el sabor despertó otro tipo de anhelo. Era lo más delicioso que había probado nunca y el deseo de tomar un poco más se adueñó de ella. Sus colmillos rozaron la piel.

William se movió incómodo. La sujetó por los hombros y la apartó. Luego se puso en pie y caminó hasta alcanzar la orilla. Las olas espumosas le acariciaron los tobillos.

Kate lo siguió con un nudo en la garganta.

—Lo siento, no he pensado en lo que hacía —se disculpó—. No volverá a pasar.

William sacudió la cabeza y enfundó las manos en los bolsillos de sus tejanos.

—No me habría molestado que lo hicieras —confesó él en un susurro.

Ahora que sabía que su sangre podía alimentarla, tenía muy claro que se la daría cada vez que ella pudiera necesitarla.

—Entonces, ¿qué te pasa?

—Nada.

—Mientes fatal —suspiró frustrada—. Te he recordado lo que ocurrió entre Adrien y yo.

William ladeó la cabeza y sus pupilas se iluminaron al mirarla, dos lunas diminutas. Seguían cambiando con vida propia. Inhaló por la nariz y exhaló por la boca, empujando las palabras a través de su garganta.

—Me cuesta aceptar que bebieras de él. Que después de todo lo que te ha hecho, aún tenga que agradecerle que te salvara la vida... —Se pasó una mano por el pelo, incapaz de soportar la frustración que sentía—. ¡Y me revuelve el estómago imaginar que te tuvo de esa forma!

—Te lo conté porque no quiero que haya secretos entre nosotros. Hicimos una promesa. Sin secretos ni mentiras.

William apretó los puños hasta hacerse daño. Era un hipócrita. Notó los brazos de Kate alrededor de su cintura y bajó la cabeza para mirarla a los ojos.

—Adrien ya no es nuestro enemigo —dijo ella.

—Tampoco nuestro amigo.

—No, pero debemos darle una oportunidad. Ahora está de nuestra parte y quiere enmendar lo ocurrido para mantener a su familia en Heaven Falls. Ellas no tienen la culpa, William.

William acabó sonriendo y le tomó el rostro entre las manos.

—Siempre preocupándote por los demás.

—Debemos cuidar de los nuestros. Ahora más que nunca.

William la abrazó y contempló el océano, mientras la luz violeta del anochecer los bañaba y una suave brisa otoñal alborotaba sus cabellos.

—Tienes razón y lo haremos.

—¿Cuántos vampiros habrá en el mundo? —preguntó ella de repente.

William se encogió de hombros. Le rodeó la cintura con el brazo y empezó a caminar de vuelta a la casita en la que había nacido. Regresar a Waterford para alejarse de todo durante unos días era la mejor idea que había tenido en mucho tiempo.

—No conozco el número, aunque guardamos registros bastante exactos. En cada territorio hay un gobernador que controla el censo de esa zona, y una vez al año esos datos se actualizan y se registran.

—¿Hay muchos territorios y gobernadores?

—Por Europa, Asia, África...

—¿América?

—No.

—¿Por qué?

—Siempre ha sido territorio de licántropos, sobre todo Estados Unidos y Canadá. Cuando los primeros descubridores llegaron al Nuevo Mundo, entre ellos había muchos hombres lobo que buscaban alejarse de nosotros. El pacto garantizaba la paz entre ambos clanes, pero no logró que conviviéramos. Ellos acabaron huyendo en masa y el océano marcó una frontera entre ambas razas. Algo parecido ha ocurrido con los renegados. Es un país muy grande y el número de lobos, pequeño. Prefieren enfrentarse a ellos antes que a nosotros.

Kate se puso tensa y su piel se estremeció con un festival de escalofríos.

—Tengo miedo de lo que pueda pasar ahora. ¿Y si a los renegados les da por transformar a un montón de humanos?

—Es más probable que solo asesinen, como han hecho desde siempre. Son egoístas, no les gusta compartir la comida. Además, el anonimato es lo que nos mantiene a salvo. Los más viejos saben de su importancia y no se arriesgan a tener neófitos descontrolados a su alrededor, que puedan descubrirlos ante los humanos o los Guerreros. Tampoco tienen la paciencia suficiente para enseñarles.

—Pero ahora puede que ya no les importe tanto el anonimato.

William la estrechó más fuerte y tuvo que morderse la lengua para no contarle la verdad. Que los casos de humanos asesinados se multiplicaban por días y enfrentarse a los renegados para atajar el problema ya no era solo una posibilidad, sino una necesidad apremiante.

Miró al frente. A lo lejos distinguió la pequeña casita de una sola planta en la que había vivido durante sus primeros años de vida. Era preciosa, con las paredes blancas y las puertas y las ventanas pintadas de un azul muy brillante.

Una pareja apareció tras un montículo de rocas cubierto de liquen, también iban abrazados y conversaban. Kate los observó. Eran dos jóvenes que tendrían más o menos su misma edad. Una parte de ella los envidió, ansiaba su inocencia y, con toda seguridad, su vida tranquila y sencilla.

De repente, William la tomó en brazos y la alzó del suelo hasta que sus ojos quedaron a la misma altura. La miró con tal intensidad, que ella sintió el recuerdo de su corazón latiendo desbocado en el pecho. Notó el flujo de la sangre corriendo bajo su piel y una sensación ardiente que la obligó a apretar los muslos. Todo lo que sentía por él iba en aumento. Se magnificaba día a día con una desesperación que la asustaba.

—No quiero que te rindas ni que pierdas la esperanza —susurró él—. Todo volverá a ser como antes. Tendremos una vida normal, sin ángeles ni renegados. Te prometo que nuestra eternidad juntos será la más aburrida y sencilla que puedas imaginar.

Kate tragó saliva. A veces, tenía la sensación de que él podía leer en ella como lo haría en un libro abierto. Le rodeó el cuello con los brazos y le dio un beso en los labios.

—Contigo es imposible tener una vida aburrida o sencilla. Cada día tengo la sensación de que es el primero a tu lado. Jamás podré acostumbrarme a lo que me haces sentir.

Él esbozó una sonrisita traviesa.

—Pues ya somos dos con el mismo problema.

2

Kate se sumergió en la bañera llena de agua caliente. Poco a poco, dejó que su cuerpo resbalara sobre la porcelana y quedó envuelto en espuma y sales de baño.

William la observaba desde la puerta sin parpadear. Era tan hermosa que mirarla le dolía como una herida abierta y la quería tanto, que a veces tenía la sensación de que su cuerpo no era lo bastante grande como para contener ese sentimiento.

Forzó una sonrisa cuando ella lo miró. Hacía todo lo posible para que no notara el estado paranoico en el que se encontraba. La tensión comenzaba a hacer estragos en su concentración. Pasaba cada minuto del día alerta, a la espera de cualquier ataque. Ya fuera por parte de un vengativo arcángel o por un grupo de proscritos dispuesto a clavar su cabeza en una pica.

Sin embargo, la mayor agonía era guardar silencio.

Lanzó una mirada al espejo y vio su reflejo.

Sus pupilas emitían un brillo blanquecino y el azul de sus ojos comenzaba a diluirse dentro de ese halo plateado que los rodeaba. Se frotó los brazos y obligó a sus músculos a relajarse.

Su teléfono empezó a sonar en el salón. Salió del baño y fue hasta la repisa de la chimenea donde lo había dejado. En la pantalla iluminada parpadeaba el número de Robert. Descolgó, pero no contestó.

—¿Kate?

—¿Sí?

—Voy fuera para hablar con Robert, aquí dentro apenas tengo cobertura.

—De acuerdo.

Salió de la casa y se alejó unos cuantos metros. Había anochecido por completo y en el cielo una enorme luna resplandecía entre las nubes.

—Me odio por mentirle de este modo. Después de esto, no creo que pueda recuperar su confianza —susurró.

Al otro lado de la línea, Robert suspiró.

—Sé que acordamos guardar silencio hasta el último momento y que nadie salvo los implicados debería conocer el plan, pero si tanto te preocupa, habla con ella.

—No sé cómo decírselo —confesó—. Joder, ¿cómo voy a mirarla a los ojos y decirle que es posible que estos días sean los últimos que pasaremos juntos? Acaba de perder a su abuela y ya no es prudente que mantenga el contacto con su hermana. Lo último que necesita es pensar que voy a abandonarla, otra vez.

—Puede que te apoye.

—No lo hará, y menos aún cuando sepa que os arrastro conmigo.

Por supuesto que no lo apoyaría. El plan que habían trazado era una locura. No habría escaramuzas ni trampas. Solo un ataque. Un asalto directo y contundente, y de la perfecta planificación de esa ofensiva dependía su victoria.

Tener a Kate a su alrededor, intentando convencerlo del error que cometía, no era lo que necesitaba. Tampoco discutir con ella, cuando sabía que nada de lo que pudiera decir le haría cambiar de opinión. Así que lo mejor era cerrar la boca y rezar para poder compensarle todo el daño que iba a hacerle.

Apretó los labios. Hacía lo que debía, por ella y el resto del mundo, y lo único importante era el resultado. Así que seguiría aprovechándose de su confianza sin sentirse culpable por ello y anularía su conciencia si fuese necesario.

—Aun así, díselo —le aconsejó Robert—. Se enfadará, pero también tendréis tiempo para hablarlo y despediros. Llevo mucho tiempo en este mundo. Primero perdí a mi madre, y más tarde a mi esposa, sé lo importante que es despedirse.

William se tragó un sollozo. La inquietud y la incertidumbre lo ahogaban. No se arrepentía de haber salvado la vida de Kate y condenado a su vez a otras muchas almas, y eso era lo que le torturaba.

—Lo siento mucho, Robert. Siento mucho haberte arrastrado a esta locura.

—No digas tonterías. Yo habría hecho lo mismo por Kara. Habría sacrificado el mundo entero por ella. Además, tampoco tengo nada mejor que hacer. La inmortalidad es una carga tediosa y nunca desprecio un reto.

William sonrió con un nudo en el pecho.

—Supongo que no me has llamado para pasar el rato.

—Ya me gustaría. Las cosas se complican, hermano. El Consejo quiere respuestas. Exigen saber qué ha pasado y cómo se ha roto la maldición.

—¿No les basta con ser libres?

—Están asustados, comienzan a darse cuenta de la magnitud de la situación.

—¿Qué vamos a decirles?

—Qué más da, aceptarán lo que padre les diga. El problema es otro: los Arcanos se niegan a nuestra petición. Consideran un sacrilegio simular el rito, solo lo llevarán a cabo si la abdicación es real.

—¿Qué?

—No queda más remedio, William.

—¡Tienes que estar de broma! —masculló William—. No puedo hacer algo así. No es mi derecho, ni siquiera lo deseo.

—Es el único modo. Tienes que ser rey. Tu palabra debe ser ley para que confíen en ti. No importa cuánto les pueda prometer yo, ambos sabemos que el único que podrá atraerlos eres tú —aseguró Robert de forma vehemente.

—Hermano, se trataba de que lo creyeran, nada más. Convertirme en rey...

—Los Arcanos no cederán por muy noble que sea el motivo. Valoran las tradiciones por encima de todo. La única forma de que todo el mundo crea que eres el nuevo rey, es que lo seas de verdad. No sabemos si hay más infiltrados en el Consejo, es arriesgado.

—Lo sé, pero...

—Debes hacerlo, William. ¿O tienes otro plan en mente?

—¿Crees que si tuviera un plan mejor, estaríamos teniendo esta conversación?

—No hay opciones y nos quedamos sin tiempo.

William meditó el asunto. Era imposible que las cosas pudieran empeorar más.

—¡Malditos Arcanos, se creen omnipresentes y ni siquiera conocen el mundo tal y como es ahora! —masculló sin dejar de moverse de un lado a otro—. Lo haré, pero en cuanto todo esto acabe, padre debe ocupar el trono de nuevo.

—Pues claro, idiota. Como para dejarte a ti al mando. O a mí. —Su risa divertida aligeró un poco el ánimo de William. Hizo una pausa y añadió—: Oye, en cuanto a los Arcanos..., puede que sepan más de lo que crees. Han puesto otra condición: Adrien y su madre deberán estar presentes durante el rito.

—¿Cómo demonios han sabido de ellos?

—Habrán hecho su jodida magia, ¿yo qué sé? Pero Adrien y su madre son descendientes de Lilith y los Arcanos exigen su presencia en la coronación. Comparten nuestra sangre. Son herederos en igual medida y no van a pasarlo por alto.

—¿Y cómo vamos a explicar su presencia ante el Consejo?

—Ya pensaremos en eso, pero has de traerlos. Contrariar a los Arcanos no es buena idea.

—Lo sé —convino William con un atisbo de ira—. Irán, aunque tenga que llevarlos a rastras.

—De acuerdo, deben estar en Roma mañana.

William se tensó como la cuerda de un violín.

—¿Mañana?

—El Consejo se reunirá al anochecer. La abdicación y la coronación tendrán lugar en cuanto se organice la ceremonia. Ya se están enviando las misivas a los invitados.

—¿Tan pronto?

—Con el Consejo presionando y las noticias llenas de cuerpos desangrados, no podemos dilatarlo más.

William suspiró. Cerró los ojos y echó la cabeza hacia atrás, derrotado.

—Vale, ¿de cuánto tiempo dispongo?

—Cyrus os recogerá por la mañana.

—Una noche —susurró para sí mismo.

Colgó el teléfono y se quedó mirando el mar mientras trataba de ordenar sus pensamientos. Ni siquiera había considerado la presencia de Adrien y su familia en ese asunto, pero si los Arcanos habían averiguado que existían, no iba a tener más remedio que incluirlos. Justo lo que necesitaba, seguir aguantando a ese cretino.

Se dio la vuelta y contempló la casa.

Podía oír a Kate en la bañera.

Maldijo para sí mismo. Esperaba disponer de un poco más de tiempo para estar con ella, pero los acontecimientos se precipitaban sin que pudiera controlarlos.

Miró su reloj. No le gustaba la idea de dejar sola a Kate, sin embargo, debía solucionar cuanto antes el problema que había surgido. Si no se andaba con rodeos, cinco minutos bastarían.

Se desvaneció en el aire.

Tomó forma bajo un sol de justicia. Parecía que el otoño se negaba a instalarse en Heaven Falls, a pesar de que octubre no dejaba de restar días al calendario. Rodeó la cabaña en la que Adrien se había instalado con su familia, hasta un cobertizo del que provenía el sonido de la música. Encontró al chico de espaldas, limpiando unas bujías sobre un banco de trabajo repleto de herramientas.

—¡Qué agradable visita! No me digas que me echabas de menos —dijo Adrien en tono burlón.

William puso los ojos en blanco e hizo acopio de paciencia. Su relación con Adrien se encontraba en un punto que no sabía muy bien cómo definir. Una parte de él se esforzaba por entenderlo y aceptarlo, aunque de momento sin mucho éxito. Otra, deseaba desmembrarlo lentamente. Lo odiaba, despertaba sus peores instintos y el deseo de venganza le hacía imaginar formas de torturarle que elevaban esa ciencia a todo un arte.

—Necesito hablar con tu madre.

Adrien se dio la vuelta con los ojos entornados.

—¿Por qué?

—Es importante.

—Lo que tengas que decirle, háblalo conmigo y yo se lo comunicaré.

El rostro de William era una máscara que ocultaba sus emociones.

—Dijiste que harías cualquier cosa para enmendar el desastre que has provocado.

Adrien se enderezó con los puños apretados.

—Si no recuerdo mal, tú también estabas allí.

—Si tú no hubieras...

—Si yo no hubiera hecho lo que debía, mi madre y mi hermana estarían muertas. ¡No vengas a darme lecciones!

La aparente tranquilidad de William se diluyó en la rabia que le corría por las venas.

—¿Lecciones? Convertiste a Kate en vampira. No tientes al destino, Adrien, aún no sé qué es lo que me contiene para no matarte.

Adrien soltó una carcajada sin ningún humor y un halo blanquecino rodeó sus manos.

—Inténtalo si puedes.

William reaccionó a la amenaza y su brazo prendió con un fuego sobrenatural.

La voz de Cecil llegó hasta ellos:

—¡Adrien, madre quiere que invites al príncipe a entrar!

Caminó hasta ellos sin prisa. Era la primera vez que William la veía desde lo ocurrido en la iglesia. Inclinó la cabeza a modo de saludo y se fijó en ella. Llevaba una túnica azul y el cabello, del color del trigo en verano, recogido en una trenza. Una apariencia sencilla que no escondía su porte refinado.

La joven le dedicó a su hermano una mirada que era una clara reprimenda. A continuación, le indicó a William con un gesto amable que entrara en la casa.

—Príncipe —masculló Adrien, y pasó entre ellos mientras soltaba una retahíla de maldiciones.

—Os ruego que le disculpéis, mi señor —dijo Cecil con timidez—. Mi hermano siempre ha sido un muchacho impulsivo y temerario, pero su corazón es noble. Es solo que... los últimos años no han sido fáciles para él.

William la contempló y su conciencia le arañó el pecho. Adrien había sido despiadado en sus actos, pero la razón estaba ante él. Era hipócrita seguir culpándolo por algo que él mismo hacía cada día. Protegía a Kate de todo daño, sin importarle nada salvo su propio interés. Aunque esa certeza no evitaba que quisiera destriparlo cada vez que pensaba en ella bebiendo de su cuello.

—Soy yo quien debe disculparse por mi comportamiento. Me alegra volver a verte, Cecil.

Ella sonrió y empujó la puerta.

—Entrad, mi madre os recibirá.

William cruzó la puerta principal y se detuvo en un pequeño vestíbulo. Luego siguió a Cecil hasta una sala amplia y luminosa. Sus ojos recorrieron la estancia.

Ariadna se levantó del sillón que ocupaba y se inclinó con una graciosa reverencia.

—Señor, es un placer recibiros en mi casa.

—Oh, sí, un verdadero placer —farfulló Adrien.

Se había colocado junto a una de las ventanas y contemplaba malhumorado el exterior, ignorando a propósito cuanto ocurría a su alrededor.

—Gracias, me complace veros de nuevo —respondió William. Sin más preámbulos, continuó en el tono más cortés y respetuoso que pudo adoptar—: Ariadna, necesito hablar con vos. Es importante.

—Por supuesto. Tomad asiento a mi lado —le pidió ella mientras se sentaba en el sofá. William la acompañó—. Decidme, ¿en qué puedo ayudaros?

—¿Os importa si dejamos la formalidades a un lado? —Ella asintió con una sonrisa—. No pretendo ofenderte, pero hay algo que debo preguntarte antes de mantener esta conversación. ¿Qué sabes de tu linaje? ¿Estás segura de...?

—¿De si la sangre de Lilith corre por mis venas? —Hizo una pausa y entrelazó las manos sobre su regazo—. Lo es. No es mucho lo que puedo contarte sobre mi familia, no la conocí. Nací en Florencia, en 1347. Mis abuelos y mis padres fueron asesinados por unos nefilim cuando yo aún era un bebé. Sobreviví gracias a una sirvienta humana que logró escapar conmigo de la casa. Ella fue la que, con el tiempo, me habló de mi familia y me contó todo lo que sabía. También me dio esto. —Sacó de entre sus ropas un medallón que colgaba de su cuello y se lo mostró a William—. Este es el emblema de mi familia. Nuestro apellido e historia se remonta muchos siglos atrás.

William observó el medallón, un dragón alado grabado en oro, y cualquier duda que pudiera tener quedó resuelta. Ya lo había visto antes, en los registros que su padre guardaba sobre las familias originales. A grandes rasgos, conocía la historia de cada familia, incluida la de Ariadna. La casta Drago.

—Lilith tuvo cinco hijos naturales —comenzó a explicar William—. Cada uno de ellos creó su propia familia y dieron lugar a las cinco castas. Durante muchos siglos, gobernaron juntas el mundo vampiro. Siempre a través de un líder. Un rey. Descendiente del primogénito. Ahora ese título lo ostenta mi padre y, por derecho de nacimiento, será mi hermano quien tome su lugar cuando llegue el momento. Se estipuló que si la primera casta desaparecía, sería la segunda quien ocuparía el trono, y así sucesivamente. Era la mejor forma de preservar la raza y que siempre hubiera un heredero. Pensábamos que los Crain éramos los últimos del linaje de Lilith, hasta que tú has aparecido. Si mi linaje pereciera, tú serías...

—Entiendo —dijo Ariadna casi sin voz—. Rezaré para que tu familia goce de una larga vida. No deseo ese peso sobre mis hombros.

—Ariadna, tu sangre te otorga una serie de privilegios y posesiones, pero también ciertas obligaciones.

Adrien soltó una risita y se dio la vuelta para encarar a William.

—¡Obligaciones! —exclamó con sarcasmo—. ¡Vaya, ya nos vamos acercando al motivo que de verdad te ha traído hasta aquí!

—Adrien —lo reconvino Ariadna.

—Vamos, madre, solo ha venido porque necesita algo de nosotros. Dudo de que esté aquí por pura amabilidad, ¿no es así, príncipe? —arrastró la palabra con desprecio.

—No hay nada en este mundo con lo que puedas pagar la deuda que tienes conmigo y con nuestra gente. Romper la maldición no es ninguna liberación para ellos. Al contrario, los has sentenciado a muerte si los humanos nos descubren.

—Tú no te quedaste de brazos cruzados, si no recuerdo mal.

—No tuve más remedio, ibas a sacrificarla.

—¿Y crees que yo sí? Míralas, debía salvarlas —vociferó mientras señalaba a su madre—. Y volvería a hacerlo sin parpadear. Además, creo que ya pedí perdón por eso y te ofrecí mi ayuda para solucionar el problema. Ayuda que tú has rechazado, pero que ahora, de repente, necesitas, ¿no es así?

—¡Basta! —gritó Ariadna. Se puso en pie y lanzó una mirada adusta a su hijo—. Será mejor que dejes de avergonzarme con tu comportamiento o te pediré que salgas afuera.

Adrien apretó los puños y bajó la cabeza. Se dio la vuelta y se dedicó a mirar por la ventana mientras farfullaba por lo bajo.

Ariadna se dirigió a William.

—Discúlpale, te aseguro que le enseñé buenos modales.

—Tiene razón. Estoy aquí porque necesito pediros algo —confesó William.

—¡Lo sabía! —saltó Adrien—. Puedo ver en tu mente como si se tratara de la mía. Nos parecemos demasiado —le recordó con una mueca de burla.

—¡Adrien! —lo reprendió Cecil.

William lo ignoró y abordó el tema que le había llevado hasta allí. No podía perder más tiempo.

—Ariadna, debo pedirte que viajes con tu familia a Roma. De inmediato. Pondré a vuestra disposición todo lo que podáis necesitar. Dinero, vehículos, seguridad...

—¿A Roma? ¿Por qué?

—Lo siento, pero eso no podré decírtelo hasta que estés allí. Tengo un buen motivo, te lo aseguro.

Adrien cruzó la sala a su encuentro.

—¿Quién demonios te crees que eres? Si piensas que vamos a sacar un solo pie de esta casa sin un motivo...

—Iremos —dijo Ariadna.

—Pero... —empezó a protestar Adrien.

—¡He dicho que iremos!

3

William volvió a tomar forma sobre la playa de Waterford. Sacó su teléfono del bolsillo y llamó a Shane.

—Estoy de mierda hasta el cuello.

Shane rompió a reír al otro lado de la línea.

—Yo tampoco creo que la corona haga juego con tus pintas.

William sonrió y sacudió la cabeza.

—Ya te has enterado.

—Tu padre acaba de informar a mi tío. En una hora saldremos para el aeropuerto.

—Esto no está bien. Una cosa es fingirlo, pero que mi padre abdique...

—Solo es un trámite, Will. Y pase lo que pase, lo recuperará.

William se revolvió el pelo con la mano y exhaló despacio. Su cabeza era un caos, como si hubiera cientos de voces hablando a la vez y cada una opinara una cosa distinta.

—¿Crees que lo que vamos a hacer es un suicidio?

—¡Joder, pues claro! Será un milagro que esto salga bien, pero si lo hace... le cortaremos la cabeza a la serpiente y el resto será pan comido —respondió Shane como si estuviera hablando de organizar un picnic y no una batalla mortal.

Pero así era él y William agradecía esa indiferencia ante cualquier contrariedad. Exhausto, se pasó la mano por la cara. El cansancio se filtraba hasta sus huesos. Su control era inestable y se sentía como una bomba a punto de explotar.

—Nos vemos mañana.

Colgó el teléfono y se dirigió a la casa. Solo disponía de una noche para estar con ella y fingir que nada ocurría. Que tenían un futuro. Una vez más se dijo que no la merecía. Había condenado al mundo para no perderla, pero al final había conseguido todo lo contrario.

Entró en el dormitorio y encontró a Kate frente al armario, poniéndose un vestido rojo. La contempló desde la puerta. La acarició con los ojos, desde el cuello hasta los dos hoyuelos que se dibujaban en la parte baja de su espalda desnuda. El deseo que sentía por ella era infinito y corría por sus venas implacable. No había forma de luchar contra esa necesidad, y tampoco quería.

Tomó forma tras ella y posó los labios en su nuca.

Kate se sobresaltó y se llevó las manos al pecho.

—¡Me has dado un susto de muerte!

Intentó darse la vuelta, pero él la inmovilizó por la cintura.

—No te muevas.

Apartó los tirantes del vestido y los deslizó por sus brazos, desnudando así sus pechos. Se inclinó hasta alcanzar la curva de su cuello con los labios.

—¿Qué quería Robert? —preguntó Kate.

Él se quedó inmóvil y cerró los ojos. Ese era el momento para contarle la verdad y liberarse de una vez de su peso.

—Mi padre ha convocado al Consejo. Quiere que vayamos a Roma.

—¿A Roma? ¿Cuándo?

—Cyrus nos recogerá por la mañana.

—¿Por qué Roma y no Blackhill House?

—Pensaba que te gustaría conocer Italia.

Le mordisqueó el cuello y trazó toda su longitud con la punta de la lengua.

—Y quiero conocerla, solo... ¡Oh, Dios, vuelve a hacer eso! —William sonrió sobre su piel y atrapó el lóbulo de su oreja con los dientes—. ¿Por qué Roma?

—Porque los lobos también han sido convocados y en esa ciudad se firmó el pacto, con los Arcanos como testigos. Es una cuestión de protocolo y hace siglos que ambas especies no se encuentran de forma oficial. Esa reunión es necesaria, se ha de trazar un plan para detener a los renegados.

Deslizó las manos por sus costados, arrastrando consigo la fina tela del vestido en un lento y deliberado descenso hasta sus muslos. Una vez allí, dejó que cayera por su propio peso. Después viajó por el contorno de sus caderas y la parte baja de su vientre.

—¿Quiénes son los Arcanos? —jadeó sin aliento.

—Una especie de maestros. Como guías espirituales. Atesoran toda nuestra historia desde el principio de los tiempos y mantienen vivas nuestras tradiciones y ritos. Lilith los creó para que cuidaran de sus hijos, de su legado e historia, aunque nadie sabe con seguridad cuál es su naturaleza. —Deslizó las manos sobre sus pechos y ella gimió al tiempo que arqueaba la espalda para permitirle un mejor acceso. El deseo se disparó por sus venas—. Desde luego, no son solo vampiros. Son muy poderosos y tienen dones. Pueden ver dentro de la mente de un hombre como el que mira a través de un cristal.

—No me gusta la idea de que alguien pueda mirar dentro de mi cabeza —susurró Kate.

—A mí tampoco —dijo él a media voz.

¿Qué harían los Arcanos cuando miraran dentro de él y supieran que era mucho más que un vampiro? ¿Qué dirían cuando averiguaran que era un mestizo, una abominación para su raza, y que los había traicionado porque amaba demasiado a una mujer? Si se negaban a celebrar el rito, sus planes se vendrían abajo y solo reinaría el caos.

Inspiró hondo y dejó que Kate se diera la vuelta entre sus brazos. La miró a los ojos con una profunda emoción. Ella le acarició el mentón. Luego arrastró los dedos hasta sus labios. Se puso de puntillas y depositó un beso sobre ellos mientras con la otra mano tomaba la de él y la guiaba hasta ese precioso rincón escondido entre sus piernas.

William gimió dentro de su boca al sentirla. De repente, las palabras treparon por su garganta. Debía decírselo. Contarle lo que se proponía. Notó sus pequeños dedos desabrochándole los pantalones y perdió el hilo de sus pensamientos durante un instante.

—Kate... —«Díselo», repetía una voz en su cabeza. Un tirón y sus vaqueros resbalaron hasta sus rodillas—. Hay algo que quiero decirte.

—¿Qué? —Se encaramó a su cuerpo y le rodeó las caderas con las piernas.

La sangre de William se transformó en lava ardiente. Se maldijo por ser un cobarde egoísta, pero necesitaba sentirla de nuevo. Estar con ella una vez más de ese modo. Así que tragó su confesión.

—Nada.

Alzó su boca hacia la de ella y la besó como si estuviera muerto de sed. La llevó hasta la cama y se sentó con ella a horcajadas sobre sus caderas. Lentamente, de forma enloquecedora, se introdujo en su cuerpo centímetro a centímetro. Kate jadeó, desesperada por tomar el control, pero él no estaba dispuesto a cedérselo y continuó su lento avance hasta que no quedó espacio entre sus cuerpos. Hasta que fueron uno.

Kate agradeció que no necesitara respirar. William no parecía dispuesto a abandonar sus labios mientras la colocaba de espaldas sobre la cama y gemía su nombre. Lo envolvió con sus brazos y él comenzó a mover las caderas. Cada embestida la hacía estremecerse y licuaba sus células. Su cuerpo esbelto la cubría por completo. Lo sentía en todas partes y oleadas de placer se arremolinaron en su vientre.

Sollozó y le arañó la espalda, desesperada por alcanzar la cima. Abrió los ojos y sus miradas se enredaron. Había algo distinto en él, podía percibirlo. Sentía una extraña desesperación en sus caricias, en la forma en la que le clavaba los dedos en la piel y su lengua se abría paso en el interior de su boca.

De repente, él hundió el brazo bajo su cintura y la levantó. Dejó de pensar y se abandonó a la maravillosa sensación de placer que le quemaba la piel. Todos sus sentidos estaban colmados por él y su cuerpo explotó.

William la liberó de su peso y se colocó de costado. Sus piernas continuaban enlazadas. Las comisuras de sus labios se curvaron con una sonrisa y ella hizo lo mismo. Se miraron en silencio. No había necesidad de palabras.

4

Kate tomó un libro del estante y le echó un vistazo. Tras leer la sinopsis, se dijo que no era para ella y lo dejó en su lugar. Continuó mirando y recorrió otro pasillo repleto de novelas. Una portada llamó su atención y se detuvo. La sombra se paró a su lado. La miró de reojo y dio un paso atrás. La sombra también se movió. Estuvo a punto de dar un salto y comprobar si la seguiría.

Sonrió para sí misma y levantó la cabeza para ver el rostro del vampiro. El tipo debía de medir casi dos metros de alto y a lo ancho su tamaño tampoco pasaba desapercibido. Sus ojos felinos recorrían la tienda de regalos del aeropuerto, como si esperara un ataque sorpresa en cualquier momento.

—Creo que voy a llevarme este —dijo Kate. El vampiro bajó la mirada y contempló el libro. Silencio—. ¿Te gustan las historias de amor con extraterrestres guapos?

El guerrero alzó una ceja.

Kate puso los ojos en blanco y se dirigió al mostrador para pagar. A continuación, se encaminó a la sala vip donde esperaban para embarcar. Mientras caminaba, la presencia de su guardaespaldas era imposible de ignorar. Una mole de músculos embutidos en un elegante traje negro, que llamaba demasiado la atención con su actitud marcial. Todo el mundo los miraba a su paso.

Empujó las puertas de la sala y fue al encuentro de William, que contemplaba las pistas a través de la pared de cristal.

—¿Es necesario que me siga a todas partes? —susurró cuando se detuvo a su lado.

—Es necesario.

Kate lo miró de reojo.

—Todo el mundo nos observa. No sé, quizá podrían sonreír un poco y aparentar que son normales.

William paseó su mirada indolente por la sala. Las gafas de sol ocultaban sus ojos, demasiado llamativos. Estudió a su escolta, cuatro guerreros discípulos de Cyrus, y se encogió de hombros.

—Solemos causar ese efecto. Ya deberías haberte acostumbrado.

Kate inspiró hondo. Desde hacía días, la actitud de William había cambiado. Era más frío y callado, y también se mostraba ausente. A menudo lo encontraba sumido en sus pensamientos, ajeno a cuanto ocurría a su alrededor. También había descubierto otro talante menos agradable. Parte de su dulzura estaba desapareciendo tras un halo de agresividad e impaciencia que la ponía de los nervios. Había tratado de no darle importancia. Todos estaban un poco nerviosos desde lo ocurrido en la iglesia, así que intentaba ser comprensiva y aceptar su parte de responsabilidad.

Pero esa mañana, William parecía un completo desconocido para ella. Conforme avanzaban las horas, su carácter se volvía más irritado.

—¿Qué te ocurre?

—¿Qué te hace pensar que me ocurre algo? —preguntó él a su vez.

—Para empezar, que no me miras cuando me hablas.

William se quitó las gafas, ladeó la cabeza y clavó sus ojos en los de ella.

—Estoy bien.

—Pues no lo parece.

El pecho de William se hinchó con una profunda inspiración.

—Quizá tenga algo que ver el hecho de que mañana me enfrentaré al Consejo, para explicarles que soy el responsable de que los renegados puedan exponernos a los humanos.

Kate apartó la mirada, incómoda y culpable. Un pálpito le estrujaba el pecho.

—Tengo la sensación de que hay algo más que no quieres contarme.

—Bueno, tampoco me sorprende. Es lo que sueles hacer, ¿no? Si no hay motivos para dudar de mí, ya te encargas tú de buscarlos —le espetó William. Las aletas de su nariz se dilataron y un tic contrajo el músculo de su mandíbula—. A veces, las cosas simplemente son sencillas, Kate. No hay necesidad de complicarlas con suspicacias infundadas. —Poco a poco la arrinconó contra el cristal—. Tu desconfianza no me deja en muy buen lugar, ¿no crees?

Kate se quedó de piedra.

—¿Qué estás haciendo? —preguntó con un hilo de voz y los ojos muy abiertos.

—Solo te pido que confíes en mí.

—Lo hago, pero siento que eres tú el que no confía en mí. Estamos juntos, William. No pienso ser un mero adorno en tu vida. Debes contármelo todo, sabes que te apoyaré siempre.

—¿Estás segura de eso? —La tomó por la nuca para que alzara la cabeza y lo mirara a los ojos—. ¿Me apoyarás en todo igual que me apoyaste cuando quise matar a Adrien para evitar la profecía?

Ella parpadeó sorprendida y le apartó el brazo de un empujón.

—Eso ha sido un golpe bajo.

Cyrus apareció junto a ellos. Por la expresión incómoda de su rostro, era evidente que la discusión no había pasado desapercibida.

—El avión está listo, podemos embarcar —anunció.

Kate apretó los dientes enfadada y se abrió paso entre ellos. Se encaminó a la salida sin mirar atrás. Con una insolencia y un orgullo que no sentía, subió la escalerilla y tomó asiento, ignorando a propósito todo lo que ocurría a su alrededor. Estaba furiosa con William por haberle hablado de ese modo.

Contempló el anillo que destellaba en su dedo y la asaltaron un montón de dudas. Ahora que era un vampiro, su antigua vida había dejado de existir. Pero tampoco sentía que perteneciera a ese nuevo mundo que se abría ante sus ojos. William era el único nexo de unión. Si él la dejaba, si su relación con él se rompía, ¿qué le quedaría? ¿Adónde iría?

Apoyó la frente en la ventanilla y trató de no sacar las cosas de quicio.

Notó que William se sentaba a su lado y suspiraba.

—Lo siento —empezó a decir él—. Me he comportado como un demente y tú no tienes la culpa de que todo este asunto me estrese tanto. ¿Puedes perdonarme?

Alargó la mano y tomó la suya, después se la llevó a los labios y la besó.

A Kate se le hizo un nudo en la garganta solo por el hecho de que se lo hubiera preguntado. ¿Acaso no lo perdonaba siempre? Asintió una sola vez y dejó que entrelazara sus dedos con los suyos. Contempló sus manos unidas. Encajaban la una en la otra como si hubieran sido concebidas para no separarse.

—¿Aún me quieres? —susurró él.

Kate ladeó la cabeza y lo miró.

—Sabes que sí.

—¿Y serás capaz de recordarlo siempre?

—Sí.

—Entonces, prométeme una cosa.

—¿Qué?

—Pase lo que pase, haga lo que haga..., no me dejes nunca. Prométemelo.

Las pupilas de Kate se dilataron y el iris de sus ojos adquirió un tono violeta muy vivo. Tragó saliva y ese presentimiento que se había instalado en su pecho se estremeció.

—¿Hagas lo que hagas? ¿Qué significa...?

William se inclinó y silenció sus palabras con un beso.

—Prométemelo —le exigió contra sus labios.

—Te lo prometo.

Tres horas después, aterrizaron en el Aeropuerto Internacional Leonardo da Vinci, donde varios coches les esperaban para llevarles al centro de la ciudad.

Kate no podía despegar los ojos de la ventanilla, mientras circulaban por Via Aurelia Antica y delle Fornaci. Al llegar a un cruce, atisbó las columnas que rodean la plaza de San Pablo del Vaticano y fue consciente por primera vez de dónde se encontraba. Roma, la ciudad eterna.

Giraron a la derecha y cruzaron el río Tíber en dirección al centro. Penetraron en un laberinto de calles empedradas, edificios con fachadas de color tierra y plazas coronadas por fuentes y esculturas con miles de años. Pasaron junto al Panteón y Kate estuvo a punto de pedir que se detuvieran, para poder verlo de cerca e ir caminando desde allí hasta la Fontana di Trevi.

Sin embargo, no lo hizo. Había humanos por todas partes, una marea de cuerpos palpitantes, y aún no se sentía segura entre ellos. No confiaba en sí misma cuando lo único que podía ver al mirarlos era la sangre que circulaba por sus venas.

Notó la mano de William sobre la suya y ladeó la cabeza para mirarlo. Sus miradas se encontraron y la de ella descendió hasta su cuello. La sed se agitó en su interior al recordar el sabor de esa pequeña gota que le había robado el día anterior. Tragó saliva y alzó la vista. Los ojos de William habían cambiado de color y la observaba como si supiera cuáles eran sus pensamientos.

De pronto, el coche se detuvo frente a un palacete de muros de color terracota. Un guerrero abrió su puerta y la sostuvo mientras ella descendía. Alzó la vista y contempló el edificio de tres plantas.

—¿Es aquí? —le preguntó a William cuando se detuvo a su lado.

—Sí. Aquí está nuestro templo y residen los Arcanos. Si existe un lugar que represente el mundo vampírico, es este —respondió él.

El portón principal se abrió y en el umbral apareció un vampiro de cabello oscuro engominado y ojos rasgados. Se inclinó con una reverencia, que no abandonó hasta que todos estuvieron dentro.

—Sire, es un honor recibiros —dijo en tono ceremonioso—. Si me permite que les acompañe.

Siguieron al hombre a través de un vestíbulo de techos altos y paredes decoradas con frescos. Los dorados de las puertas y las ventanas entraban por los ojos como destellos, que rivalizaban en brillo con el suelo y las columnas de mármol. El lujo y la riqueza dejó muda a Kate. Nunca había visto nada igual. Ni siquiera la residencia de los Crain podía compararse a esa ostentación.

El mayordomo los condujo por un amplio pasillo, con grandes ventanales a un lado desde los que se podía ver un jardín interior con una fuente de piedra rodeada de bancos. Sobre la escultura que la coronaba, el sol se reflejaba en las gotas de agua creando un arcoíris.

Al fondo del pasillo, una puerta se abrió y Robert la cruzó.

—¡William! —Se saludaron con un abrazo. Sus ojos se posaron en Kate con una sonrisa—. *Mia adorata Kate, sei bella come sempre.*

—*Ciao, sono felice di vederti, Robert* —respondió con timidez, ni siquiera estaba segura de haberlo pronunciado bien.

Robert la tomó de las manos y se las llevó a los labios.

—Madre ha dispuesto que os alojéis en la primera planta. Santino os acompañará. Yo debo ir a recibir a los Solomon, están a punto de llegar. ¿Vosotros estaréis bien?

—No te preocupes —dijo William.

Cruzaron una larga e intensa mirada, en la que se dijeron muchas cosas.

—Prepárate para recibir al Consejo, padre quiere vernos antes de que se lleve a cabo la reunión —susurró Robert. William asintió y volvieron a abrazarse—. Tranquilo, todo va a salir bien —le dijo al oído.

—¿Sire?

—Guíanos, por favor —le pidió William al mayordomo.

Rodeó con su brazo la cintura de Kate y siguieron al vampiro hasta una antesala de paredes blancas, con columnas que sostenían el peso de una cúpula decorada con pinturas y un óculo en el centro. Subieron la escalera y recorrieron un largo pasillo decorado con estatuas sobre pedestales y alfombras persas.

Santino se detuvo frente a una doble puerta y la abrió para ellos.

—Sire, su equipaje ya está en la habitación. No duden en llamarme si me necesitan.

—Gracias.

Kate entró en el cuarto y quedó maravillada con la decoración.

Los brazos de William le rodearon la cintura desde atrás.

—No sabía que hablabas italiano.

Kate ladeó la cabeza y le dedicó una sonrisa.

—Es lo único que sé decir, además de *pizza, capuccino* y *gelato.* —Tomó aliento y lo soltó de golpe—: Este lugar es precioso, Will.

—Me encanta que me llames así.

Ella se dio la vuelta entre sus brazos y lo miró a los ojos.

—¿Crees que tendremos tiempo de visitar la ciudad?

—¿Te gustaría?

—Me encantaría, y podríamos fingir durante un día que somos Audrey Hepburn y Gregory Peck en *Vacaciones en Roma*. Es evidente que tú serás Audrey, por lo de ser princesa.

William rompió a reír y la abrazó con fuerza contra su pecho. Poco a poco, la risa desapareció al ver el traje oscuro que colgaba de una percha en la puerta de un armario. El recuerdo de lo que estaba por venir.

Inspiró hondo y forzó una sonrisa antes de apartarse de ella.

—Haré todo lo posible para que tengas ese día. De momento, voy a darme una ducha. No quiero hacer esperar a mi padre.

—De acuerdo.

William le dio un beso en los labios. A continuación, abrió una de las maletas, sacó un pequeño neceser y entró en el baño.

Kate se dedicó a curiosear por la habitación. Tras un par de cortinas, descubrió una terraza con vistas al jardín interior. Abrió las puertas de cristal y salió afuera. Desde allí descubrió que el edificio era mucho más grande de lo que en un principio le había parecido. Se apoyó en la balaustrada y cerró los ojos mientras disfrutaba del sol.

Un ruido la distrajo. Abrió los ojos y vio a William frente al armario, terminando de subirse unos pantalones negros que le quedaban como un guante. Describirlo como «guapo» no le hacía justicia, era mucho más en todos los sentidos. Su pelo se había aclarado a lo largo del verano. Crecía rebelde sobre su frente y comenzaba a cubrirle las orejas. Sus pómulos eran altos y poseía una mandíbula fuerte y definida. Tenía un rostro esculpido tan perfecto como el resto de su cuerpo y ella no se cansaba de admirarlo.

Entró sin hacer ruido, aunque sabía que él era plenamente consciente de su presencia. Su mirada lo recorrió de arriba abajo mientras él se colocaba un cinturón y embutía los pies en unos zapatos. Admiró los músculos tensos de su estómago, la curva de sus pectorales y la longitud de su cuello. Tragó saliva y se detuvo. El hambre le agitó el estómago y una pulsión despertó en su interior.

Cuando logró apartar los ojos de la arteria que le recorría la garganta, se encontró con la mirada de William sobre ella. Se sintió avergonzada y dio media vuelta para entrar en el baño. Él le cortó el paso.

—Tienes hambre.

—Estoy bien —dijo ella y tragó saliva de nuevo.

William dio un paso adelante y pegó su pecho al de ella. Inclinó la cabeza y le ofreció su cuello.

—Aliméntate de mí —le pidió en un tono bajo y áspero.

—¡No!

Trató de apartarse, pero él la retuvo.

—¿Por qué no?

—No está bien.

—¿De él sí y de mí no?

El rostro de Kate se contrajo con una mueca.

—No digas eso. En ningún momento supe lo que hacía. No creas que me siento bien por ello.

William le rodeó la nuca con la mano y el tono de sus ojos se oscureció. Se inclinó para hablarle al oído.

—Pues borra ese recuerdo creando uno nuevo conmigo.

Kate se humedeció los labios con la punta de la lengua. Un hambre voraz le arañaba el estómago y la piel de William se encontraba tan cerca, olía tan endemoniadamente bien, pero no podía hacerlo.

—No, Will, hacer eso me parece perverso.

—¿Alimentarte de mí te parece perverso? Yo creo que es un acto muy íntimo. Llegar tan dentro de ti, saciarte y darte vida, ¿no te parece?

—Puede... No. No lo sé —susurró.

La había acorralado contra la pared y no era capaz de pensar.

—Bebe de mí.

—No puedo hacerlo —susurró ella casi sin voz.

Sin embargo, su cuerpo decía otra cosa. Sus manos habían aferrado los brazos de William y lo atraían hacia ella. Su cuerpo la provocaba. Su voz la seducía. Su fuerza la sometía y ella deseaba tanto caer en la tentación.

—Hazlo, por favor.

William se inclinó sobre ella, atrapándola entre sus piernas. Enredó los dedos en su larga melena y le ofreció el cuello. Kate se resistió un poco, creando una deliciosa fricción entre ellos. Notó el preciso momento en el que ella claudicó. Su aliento le acarició la garganta y sus colmillos le rozaron la piel con una suavidad que aceleró el reflejo de su respiración. Un escalofrío le recorrió la columna en el momento que le perforó la piel. El dolor solo duró un segundo.

Kate gimió al notar el sabor de la sangre, y ese sonido le hizo arder. Trató de mantenerse quieto mientras se acostumbraba a la sensación, extraña a la par que placentera. Bajó la mirada y encontró una visión perfecta de su escote. El movimiento de su pecho tensaba el borde de encaje del sujetador de una forma muy erótica y esa imagen le hizo perder el control, abrumado por todo lo que sentía.

Bajó las manos por sus caderas y le subió el vestido hasta la cintura. Después las deslizó por el interior de sus muslos y los rodeó para agarrarle el trasero y alzarla del suelo. Empujó entre sus piernas y ella se movió contra él. La fricción le hizo gruñir. Con las manos la hizo moverse. Arriba y abajo. Adelante y hacia atrás.

Saciada y excitada. Kate aflojó la presión sobre su garganta y soltó el aliento de golpe. Lamió la herida y dejó caer la cabeza hacia atrás con los ojos cerrados.

—Dime que me quieres —gruñó William.

—Te quiero —musitó con un hilo de voz, eufórica por la sangre que alimentaba sus venas y las caricias que calentaban todas las zonas sensibles de su cuerpo.

—Dime que me deseas.

—Te deseo.

William se apoderó de su boca y notó en la lengua el sabor de su propia sangre.

—Dime que estaremos siempre juntos.

—Siempre juntos.

—Porque no voy a dejar que te vayas, nunca.

—Nunca —repitió entre beso y beso.

Kate apenas lograba pensar. Su mente solo era consciente de las caricias, cada vez más apremiantes, que exploraban su cuerpo. De la exquisita presión que sentía en el vientre cuando sus cuerpos se movían el uno contra el otro. De los besos que se la bebían. Que la devoraban con angustia. Un sabor salado se mezcló con la dulzura que aún sentía en la boca.

Tomó el rostro de William entre las manos y trató de apartarlo.

—Will, déjame verte —le pidió sin aliento. Él negó y volvió a besarla. Lo sujetó con más fuerza—. Déjame verte.

Poco a poco, él se apartó. Confundida, deslizó los pulgares por sus mejillas y limpió un par de lágrimas. Había más bajo sus pestañas.

—¿Qué te ocurre? —preguntó en tono temeroso. Él sacudió la cabeza y apartó la mirada—. Dímelo. Sabes que puedes contármelo todo.

William apretó los párpados, a punto de desmoronarse. No podía más. Una a una, las piezas de su interior comenzaron a aflojarse. Dejó a Kate en el suelo y le bajó el vestido. Después escondió el rostro en el hueco de su cuello.

—No lo entenderías —susurró sin fuerzas—. Sé que no vas a entenderlo, porque ni yo mismo puedo.

Kate lo rodeó con sus brazos. Apenas podía abarcar su cuerpo, pero lo acunó contra su pecho como si fuese un niño

—Te prometo que lo intentaré.

—¿Y si no puedes?

—Will, no vamos a estar de acuerdo siempre. Somos distintos y vemos algunas cosas de un modo diferente. Discutiremos en ocasiones, es inevitable, pero eso no cambiará lo que siento por ti. Debemos confiar el uno en el otro para que lo nuestro funcione.

William inspiró hondo y la abrazó con fuerza.

—No quiero perderte.

—No vas a perderme.

—Están pasando cosas que no te he contado. Cosas importantes que van a cambiarlo todo, pero que son necesarias para arreglar todo este lío.

Todo se precipitó sobre Kate. Miedo, dudas y una grieta enorme extendiéndose por su pecho.

—¿Qué cosas?

Sonaron unos golpes en la puerta. William inclinó la cabeza en esa dirección y suspiró con fuerza. Soltó a Kate y alcanzó una camisa gris que colgaba de una percha. Ella lo sujetó por la muñeca.

—Contesta, por favor. ¿Qué no me has contado?

Los golpes sonaron con más insistencia.

—William, tu padre te espera —dijo Cyrus al otro lado de la puerta.

William la miró y había un montón de secretos en sus ojos claros.

—Tengo que irme —dijo en voz baja.

La besó en la frente. Después tomó la chaqueta y cruzó la habitación mientras se abotonaba la camisa.

—Will, por favor.

La puerta se cerró y ella se quedó sola en la habitación, preocupada y más confundida que nunca.

5

William permanecía inmóvil junto a una de las ventanas. El silencio en la habitación pesaba en el aire y lo sentía viscoso dentro de sus pulmones. Estaba nervioso y sus pensamientos viajaban en una única dirección. Pensar en Kate lo rompía por dentro, como si un animal salvaje tratara de abrirse paso a través de su pecho desgarrando músculos y piel.

Estaba flaqueando y su seguridad comenzaba a diluirse tras las vibraciones de un brote de pánico incontrolable. El peso de la responsabilidad lo asfixiaba, lo aplastaba.

Notaba las miradas sobre él. ¿Cómo iba a guiar a todas aquellas personas si no era capaz de manejar su propia vida? Shane apareció a su lado y le ofreció un vaso con un líquido lechoso que apestaba a alcohol.

—Bébetelo, te calmará un poco.

—¿Qué es?

—Absenta, tumbaría a un elefante.

William tomó el vaso y se lo bebió de un trago. El líquido bajó por su garganta, abrasándola como si hubiera bebido ácido, y se le saltaron las lágrimas.

—¡Joder! —tosió.

Dejó el vaso en la repisa de la ventana y se apoyó contra el marco. Su mirada vagó por los rostros que lo acompañaban. Todos estaban igual de nerviosos que él.

La frente de Sebastian se arrugó por la preocupación. En breve comparecería ante el Consejo, y lo haría para mentir sin ningún escrúpulo. ¡Que Dios le ayudara con todo aquello, porque él sentía que se le escapaba de las manos! Entre todos ellos, y con la ayuda inestimable de Silas, habían dado forma a una historia bastante creíble que, con un poco de suerte, saciaría la curiosidad de los miembros del Consejo.

Los nobles solían huir de los problemas y dejaban en manos del rey los asuntos bélicos y políticamente conflictivos, esa era la ventaja con la que contaba. Mientras sus riquezas aumentaran y la sangre continuara llegando a sus despensas. Mientras no tuvieran que mancharse las manos ni poner en peligro sus vidas, acataban la palabra de su señor sin mucho dramatismo.

Robert se encontraba sentado en un sofá junto a Daniel, Samuel y los jefes de dos de sus manadas más numerosas. Carter tecleaba algo en su móvil, tan tranquilo como siempre. Y Shane conversaba en voz baja con Cyrus, esos dos habían creado un lazo de lealtad que William nunca habría imaginado posible.

De pronto, el teléfono de Cyrus vibró con un mensaje. Le echó un vistazo y salió de la sala.

La mirada de William recorrió a los presentes y se detuvo en Adrien, que se mantenía apartado y sin perder de vista a nadie. Minutos antes le habían explicado lo que iba a acontecer en las próximas horas, por qué estaba allí y cuál era su papel en todo ese asunto. Su cuerpo sudaba desconfianza y solo seguía allí por ese pequeño resquicio de culpabilidad que lo empujaba a hacer lo correcto.

Sus miradas se encontraron, atraídas por esa conexión que parecía haber nacido entre ellos. Podía sentir las emociones de Adrien, incluso su presencia cuando no se encontraba en la habitación, y algo le hacía sospechar que a él debía de ocurrirle lo mismo. Quizá se debía a que los ángeles funcionaban como una colmena, todos conectados. O puede que solo se tratase de ellos dos, al fin y al cabo, eran los primeros de una nueva especie.

Aún le costaba asimilarlo.

Cyrus entró de nuevo en la sala.

—Los Arcanos reclaman tu presencia —le dijo a William. Le lanzó una mirada a Adrien—. Tú también.

Adrien se puso derecho.

—¿Yo?

Cyrus asintió muy serio.

—Vamos.

Ambos siguieron a Cyrus fuera del edificio, hasta uno de los jardines interiores. Cruzaron un pequeño claustro y penetraron en el interior de una capilla. Recorrieron el pasillo central de la nave y accedieron a la sacristía. Una abertura en el suelo conducía a unas escaleras de piedra que descendían.

—¿Hay algo que deba saber sobre esos Arcanos? —preguntó Adrien.

William se encogió de hombros.

—Nunca los he visto. He oído hablar de ellos, nada más. —Lo miró por encima del hombro—. Un consejo: habla solo cuando se dirijan a ti y no les mientas. Si lo haces, lo sabrán. Pueden ver dentro de tu mente.

—¿En serio?

—Sí.

—Eso no me hace ninguna gracia —masculló Adrien.

Su mente estaba llena de recovecos oscuros de los que no se sentía orgulloso. De deseos y remordimientos que no era capaz de confesarse a sí mismo.

La escalera se comunicaba con un frío pasillo abovedado y siguieron a Cyrus a través de él.

—¿Tienes miedo? —inquirió William en tono malicioso.

—No tanto como tú. Yo no soy el idiota que va a convertirse en rey.

William resopló molesto.

—Solo si ellos me aceptan. Si no lo hacen, estamos jodidos. —Entornó los ojos y echó la vista atrás—. No vuelvas a llamarme «idiota» o será la última vez que uses la lengua.

Adrien lanzó un silbido y sus ojos brillaron en la penumbra del pasillo.

—A todo esto, ¿de quién fue la idea? No es que me asuste morir, pero nunca imaginé que sería porque iba a suicidarme.

—Si tienes una mejor, soy todo oídos.

Adrien compuso su cara más inocente.

—¿Enviar a todas las razas al infierno y convertirnos en la estirpe suprema? No sé, a mí me suena bastante bien. Prefiero una vida de sangre y sexo, a que me corten la cabeza. ¿Tú no?

William resopló, cada vez más mosqueado.

—Y pensar que tú y yo compartimos la misma sangre.

—Si esperas que te abrace...

—¿Sabes? No impresionas a nadie con esa actitud de «todo me importa una mierda». Si por una maldita vez intentaras tomarte algo en serio, yo no tendría que ir solucionando todo lo que estropeas.

Adrien se paró en seco y le lanzó una mirada feroz.

—Tú tampoco impresionas a nadie. —Lo golpeó en el pecho con un dedo—. Con ese aire de héroe atormentado solo das pena.

—No me toques —masculló William.

Lo apartó de un empujón.

Adrien le devolvió el empellón.

De repente, Cyrus se colocó entre ellos y los estampó contra las paredes.

—Basta ya, me avergonzáis con vuestro comportamiento. ¿Y vosotros sois los que vais a salvarnos? Estupendo, ya podemos darnos por muertos.

Los miró con desprecio. Después los soltó y se colocó la guerrera con un par de tirones. Continuó andando.

—¿Te sirve y le permites que te hable de ese modo? —preguntó Adrien a William en voz baja.

—No importa si se es rey o vasallo, el respeto hay que ganárselo. Y en este momento, yo no siento ninguno por vosotros —gruñó Cyrus y les dedicó una mirada aviesa.

—¿Siempre es así?

—Cierra la boca —dijo William entre dientes—. No te conviene meterte con él. Ahí donde le ves, va camino de los dos milenios. ¿De verdad quieres provocar a un vampiro tan antiguo?

—¡Joder! —soltó Adrien con los ojos clavados en la espalda de Cyrus.

¿Qué clase de tipo lograba sobrevivir tanto tiempo en un mundo como ese? La respuesta era evidente. Alguien con la fuerza y los recursos suficientes para ser considerado un arma peligrosa.

Algo parecido a la admiración cruzó por los ojos de Adrien.

Giraron a la izquierda y penetraron en un pasadizo iluminado por antorchas. El eco de unos pasos que se acercaban rebotó en las paredes. Cyrus se detuvo.

—Yo no puedo pasar de aquí.

Dos vampiros de un tamaño descomunal aparecieron frente a ellos. Lucían el emblema de la Guardia Púrpura, los soldados que se ocupaban de la seguridad de los Arcanos. Se hicieron a un lado y la luz de las antorchas iluminó a una mujer.

Era alta, esbelta, con una larga melena negra y lisa hasta la cintura. Caminaba sobre unos tacones imposibles que hacían que sus caderas se contonearan con un movimiento felino y cimbreante. Unas curvas que se adivinaban a la perfección bajo la fina seda de su vestido púrpura y dorado. Cada vez que daba un paso, la abertura de la prenda mostraba sus largas piernas hasta la cintura.

Se detuvo frente a ellos e inclinó la cabeza con una reverencia.

Los ojos de William se abrieron como platos y una sensación extraña le recorrió el cuerpo.

—¿Mako?

La mujer levantó sus ojos rasgados del suelo y le sostuvo la mirada.

—Debéis acompañarme, los Arcanos os esperan.

Dio media vuelta y emprendió el camino de regreso que la había llevado hasta allí. William y Adrien la siguieron. Tras ellos, los dos guardias cerraban la marcha.

—¿La conoces? —susurró Adrien en la lengua de los ángeles.

—No es asunto tuyo —le respondió William en el mismo idioma.

Ninguno sabía cómo y cuándo había surgido esa habilidad, pero la dominaban a la perfección.

A Adrien no le pasó desapercibida la incomodidad de William.

—Vaya, ya veo que sí la conoces.

—Déjalo —le advirtió William. Aceleró el paso hasta colocarse tras la mujer, tan cerca que casi la rozaba al andar—. Mako, ¿qué haces tú aquí?

—No me está permitido hablarte.

—Pero la última vez que te vi... ¡Te fuiste sin despedirte!

—Por favor. No es el momento —suplicó ella con la vista al frente.

Al final del pasillo había una puerta. Estaba abierta y penetraron en una sala tallada en la roca. Mako les indicó con un gesto dónde debían colocarse y permanecer quietos. Frente a ellos se levantaba un altar flanqueado por varios velones negros sobre candelabros de plata. Tras el altar, una pintura ocupaba toda la pared. La imagen de una mujer hermosa, semidesnuda y abrazada por serpientes. En una de sus manos, un cáliz de piedra goteaba sangre.

De pronto, tres figuras cubiertas por túnicas de color púrpura pasaron entre ellos y se dirigieron al altar, dejando a su paso un extraño vacío que absorbía hasta la última molécula de aire. Se situaron una al lado de la otra tras el altar. Nada en ellas era visible, ni siquiera sus caras.

Tres voces se alzaron:

—Bienvenidos, hijos de Lilith.

William se inclinó con la actitud más sumisa que fue capaz de adoptar.

La figura que ocupaba el centro alzó el brazo e hizo una señal a Mako. La vampira se giró hacia el altar y tomó una bandeja, donde reposaban tres cuencos de barro con sendas dagas de plata.

Tres voces hablaron de nuevo:

—La sangre pura que corre por vuestras venas hablará por vosotros.

Mako se aproximó a Adrien y le ofreció una de las dagas. Él la miró. No tenía que ser un genio para darse cuenta de lo que le estaba pidiendo. Tomó la daga e hizo un corte en su muñeca. Luego, derramó su sangre dentro de las vasijas. Recuerdos de lo ocurrido en Heaven Falls cruzaron por su mente y los remordimientos que su conciencia no lograba acallar se agitaron dentro de él.

A continuación, Mako se situó frente a William y le ofreció la otra daga. Durante un instante, no pudo resistir el deseo de mirarlo y alzó los ojos hacia él.

William le sostuvo la mirada hasta que ella la apartó. Deslizó la hoja por su muñeca y el tintineo de la sangre al gotear en los cuencos reverberó en las paredes.

Con la misma actitud ceremoniosa, Mako se arrodilló frente a los Arcanos y les ofreció la bandeja. Cada uno de ellos tomó un recipiente y bebió el contenido. De pronto, sus cuerpos comenzaron a vibrar con un tenue zumbido.

William los observaba con los ojos muy abiertos, cuando un frío intenso comenzó a ascender desde sus pies. Sus músculos se tensaron como si se convirtieran en hielo y una sensación desagradable se extendió por su interior. Un vistazo al rostro de Adrien le bastó para saber que el chico estaba experimentando lo mismo.

Sin previo aviso, notó un pequeño roce. Giró la cabeza, buscando aquello que lo había tocado. No vio nada. Un nuevo intento, esta vez más nítido. Una ligera presión, y entonces los sintió. Algo estaba entrando en su mente. Un brote de pánico se apoderó de él. Su instinto trató de bloquear la intromisión.

Imposible.

Notó un fuerte tirón y las puertas de su mente se abrieron. La oscuridad lo rodeó por completo, ávida como un animal hambriento y salvaje, desmenuzando su cerebro hasta la última célula. Cada pensamiento fue devorado por esa fuerza que lo absorbía.

Tres voces sonaron en el interior de su cabeza. Hablaban a la vez, frías y sin rastro de emoción:

—Te vemos. Sabemos lo que eres. Luz. Miedo. Dolor. Ira. Oscuridad. —Otro tirón y su cerebro palpitó—. Tiene debilidades, pero se hace fuerte. Es poderoso. Demasiada humanidad. La sangre de los otros es predominante. Ellos nos traicionaron. —William se llevó las manos a las sienes, no soportaba la furiosa invasión—. La dominará. No se apartará del camino. Ella lo aprueba. Empuñará la espada contra la serpiente. Aunque no por la razón correcta. Venganza. Es él. Debe ser él. No, ellos. El destino tejió sus hilos, están entrelazados. Son uno solo, comparten el vínculo. Pero aún es débil.

—Basta —suplicó William entre dientes.

—Se fortalecerá. La sangre los une. El destino los une. Es puro. Sacrificio. Vida. Traición. —Las voces comenzaron a retirarse—. Está escrito. El don será concedido. Muerte. Muerte. Muerte.

La oscuridad comenzó a alejarse y el frío dejó de atenazar sus huesos. Abrió los ojos de golpe y el estómago se le puso del revés. Unas fuertes arcadas ascendieron por su garganta. Logró enfocar la vista en el altar y comprobó que los Arcanos habían desaparecido. A su lado,

Adrien boqueaba como si se estuviera ahogando. Se acercó a él y lo sostuvo por los hombros.

—¿Estás bien?

—¿Ha terminado?

—Creo que sí.

—¿Qué demonios ha sido eso? —inquirió Adrien con un hilo de voz.

—No tengo ni idea, pero ha sido horrible.

—No quiero volver a sentir algo parecido nunca más. Me encontraba...

—¿Desnudo, expuesto, vulnerable...?

—Sí —respondió a media voz, y añadió preocupado—: Han visto lo que somos.

—Hemos visto lo que sois —dijo uno de los Arcanos tras ellos.

Adrien y William se volvieron con un susto de muerte y dieron un paso atrás.

—Lo que habéis provocado —dijo el segundo.

—Lo que habéis despertado —susurró el tercero.

—Ahora debéis pararlos —habló de nuevo el primero.

—Este mundo no les pertenece.

—Él no debe entrar.

—No debe quedarse.

—O todos pereceremos.

—¿Quién no debe entrar? —inquirió William.

No lograba entender nada y lo ponía de los nervios tanto misterio.

—¿Los renegados? ¿Es a ellos a quienes debemos parar? Joder, pues por eso estamos aquí —intervino Adrien.

William le lanzó una mirada airada, instándolo a que guardara silencio.

Los Arcanos formaron un círculo a su alrededor.

—Tu petición es aceptada. El rito tendrá lugar.

6

Sebastian dio por finalizada la reunión con el Consejo.

Nadie se movió ni comentó nada. Las caras de asombro y desconcierto lo decían todo. El rey acababa de abdicar y había nombrado a su segundo hijo su sucesor, pasando por encima de la línea de sangre que daba ese derecho a su primogénito. Había llevado a cabo su declaración con las explicaciones justas y necesarias, y su actitud fiera y dominante no había dado opción a ninguna réplica.

William podía ver en todos esos rostros las dudas y la curiosidad. También el agradecimiento por haberles liberado de la maldición y el recelo por los medios usados para conseguirlo. Sin embargo, nadie osó discutirle.

Durante miles de años, la familia real había protegido a su pueblo y eso era lo que de verdad importaba. Indómitos y orgullosos, nunca habían dado un solo motivo para cuestionar su liderazgo. Los Crain se habían ganado el derecho.

Los miembros del Consejo se pusieron de pie y uno a uno fueron abandonando la sala.

William se mantuvo impasible en su asiento, si bien por dentro era un manojo de nervios. No podía dejar de pensar en Kate. Necesitaba verla, hablar con ella, contarle de una vez por todas lo que estaba ocurriendo. Antes de que alguien se le adelantara y echara por tierra su única posibilidad de hacerle entender que no había tenido más opciones.

Por fin, los Crain se quedaron a solas con los Solomon.

—¿Qué demonios está pasando aquí? —preguntó Marie. Estaba que echaba chispas—. ¿Rey? ¿En serio? ¿Y me entero así?

Como miembro de la familia real, pertenecía al Consejo y debía asistir a las reuniones. Le había costado mucho mantener la compostura mientras escuchaba a su padre abdicar en favor de su hermano. Miró a William, buscando su mirada esquiva.

—¿Vas a convertirte en rey? —le preguntó furiosa. Después se giró hacia su padre y Robert—. ¿Por qué me habéis mantenido al margen de algo así? Debéis de llevar días planeándolo.

—Marie, teníamos un motivo... —empezó a decir Sebastian.

Ella lo ignoró y se volvió hacia Shane.

—Dime que no lo sabías. —La culpa tiñó las mejillas del chico—. No puedo creerlo. Me has estado mintiendo.

Demasiado enfadada para seguir allí sin sacudirle a nadie, abandonó la sala con los puños apretados y una retahíla de maldiciones. Shane la siguió.

—Marie, espera. Tenía motivos...

Ella se dio la vuelta y le apuntó con un dedo acusador.

—¡Y un cuerno! Me has mentido y ocultado cosas sobre mi propia familia.

—Puedo explicarlo.

—No puedes. —Marie sacudió la cabeza con vehemencia—.William va a convertirse en rey. No hay sensatez en el mundo que explique eso.

—¿Qué has dicho? —preguntó Kate tras ellos.

Cansada de esperar en su habitación, había estado curioseando por el palacio. Al ver a los miembros del Consejo retirarse, corrió al salón en busca de William. Necesitaba terminar la conversación que habían dejado a medias.

Sus ojos volaron hasta él, que cruzaba las puertas junto a Daniel.

—¿Es eso cierto? —le preguntó—. ¿Vas a convertirte en rey?

William le sostuvo la mirada. Acortó la distancia que los separaba y la tomó por el codo, instándola a acompañarlo.

—¡Respóndeme! —exclamó enfadada.

—Aquí no.

Con ella casi en volandas, cruzó el vestíbulo y subió la escalera. La condujo hasta la alcoba que compartían y cerró la puerta una vez dentro. Se recostó contra la pared y miró a Kate. Una expresión de profunda desaprobación ensombrecía sus bellas facciones.

—¿Esto es lo que me estabas ocultando? ¿Eso que pensabas que no iba a entender? ¿Pues sabes qué? Tenías razón, no lo entiendo —saltó ella sin poder controlarse. Cruzó la habitación para poner toda la distancia posible con él—. Hasta hace un instante me moría por saber. Estaba preocupada por ti, por eso que cargas y que parece pesarte tanto. Ahora me da miedo preguntar.

William continuaba mirándola desde la pared.

—Siento no habértelo dicho antes.

—¿Que lo sientes? Estoy harta de oírte decir esas palabras, para mí comienzan a perder todo su valor. No confías en mí, me excluyes de tu vida.

William dejó escapar un suspiro. Se acercó a ella y alzó la mano para acunarle la mejilla. Sus dedos solo lograron rozar las puntas de su cabello antes de que se apartara de él. Se moría por abrazarla y esconderse para siempre a su lado bajo las sábanas de esa cama.

—No digas eso, por favor —susurró.

—¿Por qué? Es la verdad.

—No te lo dije, primero porque así se acordó para evitar posibles filtraciones. Y segundo, para protegerte.

—¡Deja de escudarte en eso! No necesito que me protejas. —Inspiró hondo varias veces para calmarse y se cubrió las mejillas con las manos mientras pensaba—. De acuerdo, tienes una sola oportunidad. Explícame por qué vas a ser rey.

—Necesito convertirme en rey para ostentar todo el poder y que nadie pueda cuestionarme. Después, usaré esa soberanía para acercarme a los renegados y lograré que confíen en mí. Ya les he dado el sol, ahora les haré creer que comparto sus ideas y el deseo de disolver el pacto, que gobernaré para ellos sin restricciones. Una propuesta demasiado tentadora para que no acepten. Y cuando eso ocurra y bajen la guardia, caeré sobre ellos como una plaga y los aniquilaré.

Su piel había comenzado a centellear y sus ojos eran dos orbes plateados que no reflejaban ninguna vida.

Kate se pasó una mano por el cuello, sin saber muy bien qué hacer con la sensación angustiosa que le estrujaba las entrañas.

—¿Cómo piensas destruirlos? Son muchos y se encuentran dispersos.

—Estábamos equivocados respecto a ellos. Robert lo averiguó al infiltrarse. Están más organizados de lo que imaginábamos. Tienen una estructura jerárquica y conviven en aquelarres. Me acercaré a los que están arriba. Los convenceré para que asistan a una reunión con sus nidos, en un mismo lugar, apartado y seguro. Los cercaremos y los masacraremos. Son más numerosos que nosotros, por lo que debemos planearlo muy bien. Solo tendremos esa oportunidad —confesó con una honestidad brutal.

Kate sintió que el pecho se le congelaba. Era el plan más insensato y peligroso que a nadie podría habérsele ocurrido.

—Eso es un suicidio. No puedes hacer algo así, estarías enviando a una muerte segura a todos los que te sigan. ¡Dios, y algo me dice que están dispuestos a hacerlo! Shane, tu hermano, Daniel... —De pronto, notó que la rabia la dominaba. Su voz se alzó y resonó en la habitación—: ¿Has perdido el juicio? No puedes planteártelo en serio.

La expresión de William cambió.

—Por eso no te lo dije. Sabía que no lo entenderías y que reaccionarías de este modo.

—¿Y cómo esperas que reaccione cuando planeas tu muerte y la de todas las personas que me importan?

La pregunta fue como el azote de un látigo. William la fulminó con la mirada.

—¿Qué más puedo hacer? No hay otro modo, Kate. Una guerra no es viable, nos aplastarían, y cada minuto que pasa más cerca estamos de una. No se me ocurre otra cosa.

—Pues pensaremos en algo, pero con calma. Te ayudaré.

Una sonrisa amarga se encaramó a los labios de William y le dio la espalda mientras sacudía la cabeza.

—No hay tiempo.

—¿No hay tiempo o no quieres que lo haya? —estalló Kate—. Te has convencido a ti mismo de que no tienes más opciones, pero si te paras a pensar, puede que estén ahí.

William estaba perdiendo la paciencia.

—¿Cuáles? —Alzó la voz—. Si estás tan segura de eso, dime cuáles.

Ella abrió la boca para responder, pero no sabía qué decir. William continuó:

—¿Crees que quiero hacerlo? Conozco los riesgos, soy consciente de que dentro de unas semanas puedo estar muerto. ¡Todos pueden morir! Pero tengo que intentarlo —gimió derrotado—. Por eso no te lo dije. Sabía que intentarías convencerme, manipularme, y que solo conseguiríamos distanciarnos.

—¿Manipularte? —inquirió Kate sin dar crédito.

William se encogió de hombros, como si los hechos fueran evidentes.

—Me dejé convencer cuando te empeñaste en proteger a Adrien, y ahora mira dónde estamos. Si me hubiera desecho de él cuando debía... —Su rostro adoptó una expresión firme—. No volverá a pasar.

En lo más profundo de su ser, Kate supo que las palabras de William, a pesar de ser muy duras, eran ciertas. Se encontraban en esa situación por su culpa, porque no quiso aceptar lo que todos veían. Aun así, el orgullo y el enfado que sentía no la dejaron ceder y le lanzó un golpe bajo.

—Pudiste evitar todo esto dejando que me fuera.

—No vuelvas a mencionarlo —dijo él entre dientes. Sus ojos destellaron con impaciencia, cansado de volver siempre al mismo punto. Sacrificarla jamás había sido una opción. No se arrepentía. No hacía todo aquello porque se lamentara—. Te prohíbo que vuelvas a mencionarlo.

Los ojos de Kate se abrieron como platos.

—¡¿Me prohíbes?!

Unos golpes sonaron en la puerta.

—¡Márchate! —gritó William.

La puerta se abrió y Sebastian apareció en el umbral. Los miró muy serio, aunque un brillo de compasión dulcificaba sus ojos.

—Debemos prepararnos, hijo.

Dicho esto, salió de nuevo y cerró la puerta.

William se pasó las manos por el pelo y soltó el aire de sus pulmones con fuerza. Abrió la boca para decir algo, pero lo pensó mejor y se dirigió a la puerta.

—¿Adónde vas?

Él se detuvo, pero no se volvió.

—La tradición exige que el antiguo y el nuevo rey se sometan a un encierro hasta el rito.

—¿Y cuándo será eso?

—Mañana por la noche.

Kate se apoyó en la cama cuando sus piernas se negaron a sostenerla.

—No puedes irte y dejar las cosas así. Debemos resolver esto.

William apretó los párpados muy fuerte. Estaba cansado de discutir y de ese enfado constante del que no podía deshacerse. ¿Qué más podía decir que no acabara complicando las cosas? Nada que ella quisiera oír. En ese momento, ocupaban lugares opuestos en una balanza sin ningún equilibrio y cualquier movimiento podría hacerles caer.

Inspiró una vez y abandonó la habitación.

7

Las horas transcurrieron con una lentitud agónica para Kate. Cuando por fin llegó la noche, su sistema nervioso vibraba como un diapasón. Cerró el grifo de la ducha, se envolvió en una toalla y comenzó a secarse. Sin pretenderlo, se arañó la piel con la piedra preciosa que coronaba su anillo. Un corte finísimo aunque profundo apareció sobre su piel. Lo miró, y después contempló el aro en su dedo. Tantas promesas ligadas a ese pequeño trozo de metal, que ahora temblaban débiles.

Alguien llamó a la puerta.

—¿Mi señora?

La desconocida voz femenina sonó amortiguada al otro lado de la pared. Kate se puso la bata que colgaba de la percha y se dirigió a la puerta. La abrió y al otro lado una sirvienta se inclinó ante ella con una reverencia.

—Señora, soy Anna, me han enviado para que os ayude a prepararos.

Kate se hizo a un lado y la vampira entró en la habitación con una caja larga y plana en los brazos. La dejó sobre la cama y la abrió con mucho cuidado. Aparecieron unos pliegues de tul y satén púrpura. Se inclinó y sacó un maravilloso vestido.

Kate lo contempló paralizada. Era precioso, lo más extraordinario que había visto nunca. Lo tomó entre sus manos y lo pegó a su cuerpo mientras se colocaba delante del espejo. Sonrió para sí misma al contemplar su reflejo.

—Le sienta muy bien —dijo Anna.

Kate le dedicó una sonrisa y giró sobre sí misma. Entonces se percató de que en la tapa de la caja había un sobre negro pegado. Con las puntas de los dedos sacó la tarjeta que contenía y el estómago le dio un vuelco al reconocer la letra. ¿Quién sino él?

No puedo hacerlo sin ti.

Se quedó mirando esas cinco palabras. Impresionada por la súplica y la incertidumbre que unos simples trazos de tinta en el papel podían transmitir. Se sentó en la cama con la tarjeta entre los dedos. Estaba enfadada con William. Asustada por el futuro e insegura porque no sabía cómo afrontar todo lo que estaba ocurriendo.

—Mi señora —dijo Anna.

Kate alzó la vista hacia ella. No lograba acostumbrarse a que la llamaran de ese modo.

—¿Sí?

—Es casi la hora del rito.

Kate se estremeció. Esa noche, William iba a convertirse en rey y señor del clan vampiro. Se preguntó hasta qué punto cambiarían las cosas a partir de ahora. Hasta dónde cambiaría él, más de lo que ya lo había hecho.

—Señora, ¿pensáis asistir? —insistió Anna, nerviosa por la hora.

Buena pregunta.

Kate se sentía dividida. Asistir al rito daría a entender que estaba de acuerdo con todo ese teatro, y no lo estaba. Si no lo hacía, le estaría dando la espalda al hombre que amaba. Lo dejaría solo en un momento crucial.

Leyó de nuevo la nota.

—Por supuesto —respondió.

Forzó una sonrisa y dejó que Anna la ayudara a vestirse. Ella sola no habría podido abotonar las decenas de diminutos botones que cerraban la espalda. Se acercó al espejo y contempló su aspecto.

El vestido de corte imperio le confería a su silueta una forma aún más esbelta. Hacía palidecer su piel hasta un tono níveo que casi parecía traslúcido. Se pasó los dedos por las mejillas, cubiertas por un ligero rubor que nada tenía que ver con el maquillaje. Sus ojos relucían con ese color violeta sobrenatural que había sustituido al verde de sus ojos.

—Es un vestido precioso, hace juego con vuestros ojos —dijo Anna.

Kate asintió. Pasó las manos por la suave tela de la falda. Era maravillosa, aunque ella habría elegido otro color menos llamativo. Anna pareció advertir sus pensamientos porque añadió:

—Todos los asistentes deben vestir de púrpura en honor a los Arcanos. El único que esta noche lucirá un color distinto es nuestro futuro rey.

Kate la miró por encima del hombro. Iba a preguntarle por qué, pero alguien llamó a la puerta. Anna se apresuró a abrir.

Robert entró en la habitación, ataviado con una capa bordada con el emblema de la familia. Se había cortado el pelo y lucía un aspecto mucho más serio. Salvo por un remolino que se le formaba sobre la frente, que le daba un aire travieso.

—¡Estás preciosa! —exclamó él con admiración. Kate esbozó una leve sonrisa y giró sobre las puntas de sus zapatos—. Lo dicho, preciosa y perfecta. —La tomó de las manos y depositó un beso en sus nudillos—. ¿Estás lista?

Kate quiso decir que sí, pero su barbilla se movió con un gesto negativo.

—Ni para esto ni para lo que ha de venir.

Robert le pidió a Anna que saliera de la habitación. Inspiró hondo y miró a Kate a los ojos.

—Ha hablado contigo.

—Sí.

—Todo va a salir bien. Te lo prometo —dijo él.

—No hagas promesas que no puedes cumplir, Robert. Sé lo que está en juego y es imposible que algo así salga bien. Os estáis sacrificando a cambio de nada.

—A cambio de nada, no. Por nosotros, por la especie... Por todo esto. —Hizo un gesto con los brazos con el que abarcó la habitación. Le lanzó una mirada penetrante—. Por la supervivencia de cada vampiro decente que habita este mundo. Y no olvides a los humanos.

—Sé por qué quiere hacerlo, pero lo que pretende es una locura. Meterse en la boca del lobo, cuando ese lobo es mucho más grande que tú, no es lo más sensato.

Robert se acercó al tocador y tomó el collar que reposaba dentro de un estuche de terciopelo. Otro regalo de William.

Kate se dio la vuelta para que él pudiera colocárselo.

—Los lobos están de nuestra parte —comentó en tono divertido.

Kate puso los ojos en blanco, no estaba de humor para bromas.

—No tiene gracia.

Robert le abrochó el collar y le rozó la mejilla con el dorso de la mano. La sostuvo por los hombros y la miró a los ojos a través de su reflejo en el espejo.

—No temas, pequeña, tengo un pálpito. Y yo nunca te he mentido. Tampoco soy de los que adornan la realidad para que el mundo parezca mejor.

Kate colocó su mano sobre la de él, en busca de consuelo.

—Espero que tengas razón. Sois lo único que me queda, Robert. Ahora sois mi familia y ya he perdido una.

Él se inclinó y la besó en la mejilla.

—William nos necesita esta noche más que nunca. Sobre todo a ti. Ya nos preocuparemos mañana.

8

El rito iba a tener lugar en la pequeña capilla situada en el interior del palacio.

Cuando Kate hizo su entrada del brazo de Robert, el Consejo al completo ya se encontraba allí. Los Solomon y los lobos de su clan que les habían acompañado, ocupaban un lugar de honor junto a los Crain. Así lo había dispuesto Sebastian, como muestra de su rotunda confianza en el linaje licántropo. A esas alturas, pocos parecían sorprendidos de que no solo el pacto uniera a ambas familias. Amistad y lealtad formaban los cimientos de esa alianza.

Kate no podía levantar la vista del suelo, mientras recorría el pasillo hasta el lugar que iba a ocupar. Notaba las miradas de los asistentes sobre ella. Todo el mundo conocía su nombre y la relación que la unía a William. También que solo unas semanas antes había dejado de ser humana.

Permaneció de pie hasta que Sebastian y Aileen tomaron asiento. Entonces, todos los congregados los imitaron y ocuparon sus sillas. Inspiró hondo y recordó el protocolo que a grandes rasgos le había explicado Robert. «Guarda silencio, no te muevas y haz solo lo que yo haga», le había dicho minutos antes.

A simple vista, parecía fácil.

Con las manos entrelazadas en el regazo, observó el interior del templo, iluminado por un centenar de velas. La decoración era sencilla y casi inexistente. Las paredes estaban desnudas y el mobiliario se reducía a unas sillas antiguas, tapizadas con brocados, que habían sustituido a los habituales bancos. Sobre el altar, reposaba una bandeja con unos lienzos blancos de lino doblados y una jarra dorada.

Sus ojos se abrieron al fijarse en la pintura que ocupaba la pared tras el altar. Representaba a una mujer desnuda de largos cabellos y ojos penetrantes. Desde luego, no era eso lo que esperaba encontrar en un lugar santo.

—Esa es Lilith, nuestra madre —le susurró Robert.

Kate asintió en respuesta.

De repente, un escalofrío le recorrió la espalda y notó una caricia en su mente. Una sensación que comenzaba a reconocer. Giró la cabeza y no tardó en localizarlo, sentado no muy lejos de ella, al otro lado del pasillo junto a Ariadna. Una sonrisa traviesa se extendió por la cara del chico, que no había dejado de observarla desde que entró en el templo.

—¿Qué hace Adrien aquí?

—Pensaba que lo sabías —dijo Robert en voz baja—. Su madre es descendiente de una de las familias originales, por sus venas también corre la sangre de Lilith. Ahora forman parte de la línea sucesoria y del Consejo, tienen derecho a estar aquí.

De pronto, un pequeño revuelo junto a la entrada captó su atención. Se estiró un poco para ver qué ocurría, mientras un silencio sepulcral se adueñaba de todo el espacio. Si la muerte hubiese tenido sonido, habría sido ese, el de varias decenas de cuerpos sin vida conteniendo dentro de sus pulmones un aire que no necesitaban.

Unos pasos vibraron sobre la piedra y ocho soldados de la Guardia Púrpura entraron en el templo en fila de a dos, ataviados con largas capas de color escarlata y las cabezas cubiertas por las capuchas. Entre ellos caminaba una figura solitaria, completamente tapada bajo otra capa, esta de color negro.

Kate no necesitó ver su rostro para saber que se trataba de él. Su forma de moverse era impresionante y única. Arrogante y poderosa. Se le formó un nudo en la garganta al recordar lo cerca que ese cuerpo había estado del suyo apenas un día antes. La intimidad que habían compartido. Ahora se sentía a años luz de él.

Los miembros de la Guardia se posicionaron a ambos lados del altar. William se colocó en el centro, de frente a los asistentes y con la cabeza inclinada hacia abajo, de modo que solo se podía apreciar la sombra del arco de su mandíbula.

Una exclamación ahogada se extendió por la capilla. Los Arcanos habían aparecido de la nada bajo la imagen de Lilith. Tras ellos, una mujer morena, apenas cubierta por una toga casi transparente, se abrió paso hasta el altar. Todos los presentes se pusieron en pie e hicieron una reverencia.

Desde su posición, William apenas podía ver nada. Solo oía el sonido de las ropas al moverse y ese zumbido metálico al que su cuerpo reaccionaba con un estremecimiento de inquietud. Esos tipos que parecían fantasmas le ponían el vello de punta.

Comenzó la ceremonia.

Sebastian abdicó a favor de su hijo sin que nadie pusiera objeción. Posó la espada de Alexander, su padre, a los pies del nuevo rey y regresó a su asiento. Aileen lo recibió con un beso en la mejilla y una sonrisa repleta de amor. A continuación, los Arcanos iniciaron en voz baja un cántico. Una suave letanía en el antiguo idioma.

William trataba de seguir sus palabras, pero no lograba concentrarse ni prestar atención a cuanto sucedía a su alrededor. Le estaba costando la vida no levantar la cabeza y pasear la mirada por la sala en busca de Kate. No estaba seguro de si se encontraba allí y esa incertidumbre lo mataba poco a poco.

Sabía que iba a tener que emplearse a fondo para conseguir que lo perdonara. Aunque, por nada del mundo cedería en cuanto a sus planes. Ni siquiera por ella. Le había prometido que siempre estarían juntos y jamás le permitiría que lo dejara. Podía pasarse la eternidad molesta con él, si lograban sobrevivir. Le bastaba con tenerla a su lado.

«Aunque tenga que encerrarla en el maldito sótano», pensó, y él mismo se sorprendió ante tal idea.

El cántico se detuvo y William apretó los dientes. Había llegado el momento.

Notó unos pasos suaves tras él y tuvo que obligarse a permanecer tranquilo. Se dio la vuelta y cerró los ojos un instante. Cuando los abrió, la visión de un cuerpo de mujer semidesnudo ocupó sus retinas. Tragó saliva. ¡La situación comenzaba a ser muy incómoda!

—William, hijo adoptivo de Sebastian, hijo de Alexander, hijo de Balzac, hijo de Lilith. Heredero al trono por voluntad de tu padre. Guerrero y protector de nuestra raza. Aquel que ha vencido al sol —dijeron los Arcanos como si compartieran una única voz, tan severa como las líneas de sus túnicas contra la piedra blanca del suelo.

A William no le pasó desapercibida la mentira que contenían aquellas palabras, protegiendo así su secreto. Su ascendencia. Su verdadera naturaleza.

Una parte de él respiró aliviada.

Los Arcanos continuaron:

—Nuestro pueblo es fuerte, indómito y orgulloso. Aun así, su número disminuye. Guíalo con esperanza y mantenlo unido. Abrázalo con la fuerza de tu corazón. Sostenlo con tu inteligencia y no permitas que nadie lo doblegue. Nuestro pueblo necesita un rey que lo ayude a sobrevivir, que lo proteja y lo honre. Ese es ahora tu legado, guerrero. Liderarás a tu linaje. Lo protegerás con tu vida y glorificarás la herencia que tus antecesores depositan en ti.

Hubo un silencio y todos los presentes se pusieron de pie.

—Si te consideras digno de este legado, descubre tu rostro —dijeron al unísono los Arcanos. Sus voces se fundían en una sola. El mismo tono, el mismo timbre ronco y susurrante.

William tomó aliento. Echó la capucha hacia atrás con las manos y levantó la vista. Vio a Mako frente a él y todo su cuerpo se tensó al descubrir que era ella la que llevaría a cabo la Purificación. Se obligó a mirar imperturbable a las tres figuras que parecían flotar ante él.

—Soy digno —dijo con voz firme.

Y no pudo evitar sentir un regusto amargo en la boca. Era mentira.

Los Arcanos inclinaron sus cabezas con un leve gesto de aprobación y todo el mundo volvió a sentarse. Entonces, Mako se movió por primera vez desde que había aparecido. Muy despacio, se acercó a William. Se detuvo frente a él y, con la misma lentitud, sus manos soltaron el cierre que mantenía la capa sobre sus hombros. El manto cayó al suelo. A continuación, le soltó el fajín que le rodeaba la cintura. Luego la camisa, y la dejó caer con el mismo descuido.

Mientras tanto, William permanecía inmóvil. Cuando comprobó que los pantalones iban a continuar en su sitio, suspiró aliviado.

Mako se acercó al altar. Agarró la jarra y vertió la mezcla de aceites que contenía en un recipiente de metal. Tomó un paño de lino y lo empapó en el líquido. A continuación, se colocó frente a William, escurrió el lienzo con las manos y lo deslizó por su pecho con la intimidad de una caricia.

Los ojos de Kate se abrieron como platos mientras sus puños apretaban con fuerza la tela de su vestido. ¿Qué demonios estaba haciendo esa vampira?

—¿Por qué hace eso? —susurró.

Robert la miró de reojo.

—Está llevando a cabo la Purificación. Es la forma en la que nosotros coronamos a nuestros reyes. En la ceremonia ella representa a Lilith. Lava a William como una madre a su hijo. Limpia el mal que pueda haber en él y lo purifica, dándole así su bendición para que realice el sagrado designio de guiar a su progenie. Una vez finalizado el rito, William será omnipotente.

Kate le agradeció la explicación con una sonrisa tensa.

«Como una madre a un hijo, ¡y un cuerno!», pensó Kate. Podía ver el calor en los ojos de ella cuando lo miraba. El anhelo de sus manos al deslizar el paño sobre su estómago. La forma en la que buscaba el contacto entre sus cuerpos.

Se obligó a dominar el salvaje instinto posesivo que le retorcía las entrañas.

—Arrodíllate como siervo —dijo Mako.

William obedeció. Se arrodilló con las manos descansando sobre sus muslos. Ella tomó la copa que uno de los Arcanos le ofreció y dio un sorbo. Guardó la sangre en su boca y se inclinó sobre William. Le tomó el rostro con las manos. Muy despacio, posó sus labios sobre los de él y vertió la sangre a través de ellos. Se demoró más de lo necesario. Cuando se separó de él, sus ojos destellaban como ascuas ardientes.

Kate saltó del asiento. Robert alargó la mano y la posó sobre la de ella. Siseó por lo bajo como si arrullara a una niñita, tranquilizándola.

—Lilith alimentó a sus hijos con su propia sangre, por eso ha simulado... —empezó a explicarle.

—Estoy al tanto de la historia —masculló Kate.

Robert sacudió la cabeza y guardó silencio.

—Ahora, levántate como rey —dijo Mako en voz alta.

William se puso de pie. El aceite que lo impregnaba hacía brillar su piel bajo la luz de las velas. Se giró hacia los presentes y sus ojos, de un azul imposible, recorrieron la sala. El mundo dejó de respirar cuando su mirada se topó con la de Kate. Estaba preciosa. Ella apartó la mirada, y ese puñal se clavó tan hondo que perforó su alma.

9

A pesar de la música y la decoración, en el ambiente no se respiraba el aire de fiesta que envolvía los bailes. Los miembros del Consejo y el resto de asistentes aún estaban conmocionados por los últimos sucesos y lo precipitados que estos habían sido. Todas las conversaciones giraban en torno al nuevo rey y a los cambios que esa realidad podría suponer dentro del clan vampiro.

Sebastian había sido un buen monarca, autoritario e implacable, pero bueno y leal a su estirpe. William poseía todas esas aptitudes, aunque siempre había estado rodeado de un halo misterioso y siniestro que, junto a sus cualidades como guerrero y asesino, invitaban a guardar las distancias con él.

—¿Jugando al escondite?

Kate dio un respingo y su cuerpo se estremeció al notar un aliento en el cuello. No necesitaba verle para saber que se trataba de él. Continuó observando a las personas que bailaban en el centro del patio ajardinado. Se había refugiado bajo la galería porticada que sostenían las columnas del claustro, esperando pacientemente a que William apareciera. Marie le había dicho que se retrasaría un poco por culpa de una discreta reunión.

—¿Y te escondes de alguien en especial? —preguntó Adrien.

—Creo que de todos —respondió ella. Lo miró por encima del hombro—. No esperaba encontrarte aquí.

—No debería extrañarte. Estoy metido hasta el fondo en todo este asunto.

—Bueno, parece que soy la única que no sabía nada.

Adrien la contempló. Solo necesitó un segundo para darse cuenta de por qué estaba enfadada. Sonrió y le apartó un mechón de pelo de la cara.

—Kate, te juro que yo no sabía nada de esto hasta ayer. Si me hubiera enterado antes, te habría ido con el cuento. —Le guiñó un ojo con picardía—. Lo que sea para ganarme tu agradecimiento.

Kate disimuló una sonrisa y trató de mantenerse seria.

Adrien chocó su hombro contra el de ella de forma juguetona.

—Oye, aquí no pintamos nada. ¿Damos un paseo?

Kate negó con la cabeza.

—Espero a William.

—Créeme, tardará un buen rato en aparecer, y estoy seguro de que prefieres pasar este tiempo conmigo y no con esos cretinos estirados.

Kate sopesó su oferta.

—De acuerdo.

Adrien le ofreció su brazo y juntos se alejaron del claustro. Pasearon por los jardines y acabaron descubriendo un pequeño invernadero, repleto de flores y plantas trepadoras que se enroscaban en la estructura metálica que sostenía los cristales. Se sentaron en un banco de piedra situado entre lilas, sumidos en un silencio cómodo y natural.

—Lo siento —dijo Adrien de repente.

Kate parpadeó y ladeó la cabeza, buscando su mirada, que de pronto se había vuelto esquiva.

—¿Qué es lo que sientes?

—Esto —respondió él y le rozó con la yema del dedo el pulso que debería latir en su muñeca—. Siento cada minuto que ha pasado desde que te conocí. Te he quitado demasiado y...

Kate posó la mano sobre su boca y detuvo sus palabras. Lo miró con una sonrisa y luego apoyó la cabeza en su hombro. Contempló cómo una polilla nocturna revoloteaba contra el cristal, buscando una salida.

—Ya te he perdonado por eso. No te castigues, ¿vale?

Adrien la besó en el pelo y cerró los puños para controlar el deseo de envolverla con sus brazos. Parecía tan frágil en ese momento. Sentía que no merecía estar allí con ella después de todo lo que le había hecho, pero era incapaz de mantener la distancia. Kate era importante para él, y tras haberla convertido, el vínculo con ella se había estrechado.

—Gracias.

—Pero no sé si podré perdonarte que participes en esta locura —dijo ella en voz baja. Se puso de pie y se alejó unos cuantos pasos—. Lo que William pretende es un disparate, y parece que todos vosotros estáis dispuestos a seguirle como un rebaño de corderos directo al matadero.

Adrien también se levantó.

—Nadie quiere morir, y yo menos que nadie, pero no hay alternativas. —Respiró hondo y soltó el aire con fuerza—. Mira, no sé qué sabes exactamente sobre el plan, porque es evidente que William ha intentado... —guardó silencio para no herirla.

—Puedes decirlo. Me ha dejado fuera. Me ha mantenido al margen porque piensa que voy a ser un problema para él con mis lloriqueos y manipulaciones —escupió la última palabra.

Adrien resopló disgustado, William podía ser bastante idiota cuando se lo proponía. Se plantó delante de ella.

—No puedo creer que vaya a decir esto. —Se pasó una mano por el pelo—. William no obró bien manteniéndote al margen, pero sabiendo de primera mano cómo eres, creo que yo habría hecho lo mismo. No podemos dudar y cometer errores. Y cuando piensas con el corazón y no con la cabeza, como estás haciendo tú ahora, esos deslices son peligrosos.

—¿Qué? ¿Lo dices en serio? —estalló furiosa.

—Yo soy la prueba de ello —respondió Adrien en un tono marchito. Kate abrió la boca para discutírselo. No pudo, él tenía razón, había puesto en peligro a muchas personas para protegerlo—. Puede que tu corazón no palpite, pero está muy vivo en tu interior. En estos tiempos eso es una debilidad.

—Preocuparme por los que me importan no me hace débil.

—No quiero decir eso. —La tomó por las muñecas y la atrajo hacia su pecho. Cuando comprobó que ella no iba a rechazar su gesto, la abrazó—. Ojalá pudiera decirte otra cosa, pero no es así. Si no lo impedimos, se desatará una guerra que no ganaremos. No podemos sentarnos a esperar un milagro que lo arregle todo, porque no hay tal milagro. Esta vez no. Si no vamos a por ellos, serán ellos los que vengan a por nosotros. Moriremos de igual modo. Solo es cuestión de tiempo, ¿entiendes? Tenemos que golpear primero, con tanta fuerza que no sean capaces de volver a levantarse.

Kate echó la cabeza hacia atrás y lo miró con tanta desesperación e impotencia, que Adrien tuvo que obligarse a permanecer quieto. Lo único que deseaba era sacarla de allí y llevarla a cualquier parte que borrara esa expresión de su cara.

—¿Y qué puedo hacer yo? —preguntó ella con un hilo de voz.

Adrien le acarició la mejilla con ternura. La respuesta a esa pregunta era un puñal en su pecho.

—Hay cierto idiota que debe de estar de los nervios en este momento. Puede que necesite a alguien que le diga que todo está bien.

—Pero es que nada de todo esto está bien.

—Lo sé, y él también lo sabe. No es sencillo tomar el camino difícil. Por eso, a veces, la vida solo te muestra ese. —Alzó una ceja con un gesto travieso—. Esa corona debe de apretarle más que el collar de castigo de un perro de presa.

Kate sonrió.

—¿Cuándo te licenciaste en Psicología?

Adrien se echó a reír. Bajó la vista y la sonrisa desapareció de su rostro.

—Caer en el lado oscuro no es tan difícil, Kate. En William y en mí esa oscuridad forma parte de nuestra naturaleza. —Hizo un gesto hacia el cielo. Se refería a los ángeles, unos seres insensibles y soberbios—. Necesitamos una luz para no perdernos. Tú eres su luz, no lo olvides.

—Las cosas no están bien entre nosotros, solo discutimos.

—Discutir también puede ser divertido, si sabes cuándo parar. —La miró a los ojos y poco a poco la soltó—. Creo que voy a largarme. Estas fiestas no son para mí, prefiero un *pub* de mala muerte con buena cerveza. ¿Estarás bien?

—Sí, no te preocupes.

Adrien se desvaneció en el aire y Kate se quedó sola en el invernadero.

Miró a su alrededor, mientras sus emociones se sucedían una tras otra de una forma vertiginosa. Deseó ser menos impulsiva y tener más control sobre sí misma. Quizás así hubiera tenido la calma suficiente para escuchar a William y no habría necesitado de la paciencia de Adrien para comprender que no había otro modo de resolver el problema que ahora los acosaba.

Oyó el repiqueteo de unos tacones acercándose. Otros pasos, más rápidos y suaves, se aproximaban desde la misma dirección.

Kate se quedó de piedra al escuchar la voz de William. Por puro instinto, retrocedió y se ocultó tras un arbusto plagado de diminutas y olorosas florecitas rojas. A través de los tallos, vio cómo la mujer que había «purificado» a William se detenía y se daba la vuelta. Había cambiado la túnica por un vestido de corte sirena que se ceñía a sus curvas voluptuosas.

William llegó hasta ella, vestido con un esmoquin.

—¿Por qué me estás evitando? —preguntó él.

—No te evito. Tenía prohibido hablarte mientras duraran todos los pasos del rito.

—¿Por qué?

Mako se encogió de hombros.

—Normas de los Arcanos. Yo las acato sin preguntar.

—¿Cómo has acabado sirviéndoles?

Nerviosa, Mako parpadeó varias veces y se pasó una mano por el brazo.

—Conocí a Mihail en Varsovia, durante una emboscada al nido que yo perseguía. Me aceptó entre sus guerreros. Unas décadas después, me recomendó para la Guardia Púrpura. Pasé las pruebas y me quedé.

Hubo un largo silencio en el que ambos se sostuvieron la mirada muy serios.

—¿Por qué desapareciste sin decirme nada? Los amigos no hacen esas cosas. No se largan de la noche a la mañana sin despedirse siquiera —dijo William.

—No podía quedarme. Llevábamos dos años cazando juntos. Tu *vendetta* se convirtió en la mía, y yo tenía unos padres a los que vengar. Era algo que necesitaba hacer sola.

—Podrías haberme dicho esto entonces y no marcharte sin más. ¿Crees que habría intentado detenerte?

Mako sacudió la cabeza.

—Sé que no lo habrías hecho.

—Te busqué. Pensaba que te había ocurrido algo, que algún grupo de renegados te había capturado. Permanecí en la ciudad todo un mes, buscando cualquier pista sobre ti. Durante años traté de encontrarte, hasta que no tuve más remedio que aceptar que quizás habías muerto.

Ella bajó la vista al suelo.

—No creí que lo hicieras. Lo siento.

—Éramos amigos, Mako. Mi obligación era remover cielo y tierra para encontrarte. Aunque es evidente que tú no querías que lo hiciera.

Ella se abrazó la cintura y suspiró.

—No podía seguir contigo, William. Pasar tanto tiempo juntos no era bueno para mí.

—¿Por qué dices eso? Creía que formábamos un buen equipo...

—Y lo formábamos —lo cortó ella. Su piel era un lienzo blanco sin mácula, pero en sus ojos se podía ver el rubor que no llegaba a sus mejillas—. Lo éramos en todos los sentidos, tanto que de haberme quedado contigo me habría destrozado.

William frunció el ceño.

—No lo entiendo.

—¿Ves? Ni siquiera te diste cuenta.

—¿De qué tenía que darme cuenta? —preguntó William en tono paciente.

—Que para mí, lo que había entre nosotros dejó de ser solo sexo y compañía. Significaba mucho más. Tú no sentías lo mismo por mí, solo pensabas en Amelia y en encontrarla. Yo únicamente aliviaba tu cuerpo y tu soledad.

Esta vez fue William el que apartó la mirada avergonzado.

—Eso no es cierto, tú me importabas.

—No me amabas, William. Y para mí el sexo ya no era suficiente, necesitaba más de ti. Mucho más.

—Debiste decírmelo.

Ella se encogió de hombros con una disculpa.

—¿Para qué? Te conozco. Te habrías sentido culpable, responsable y me habría ido de todos modos. No quería a un hombre que estuviera a mi lado por caridad. Aunque ese hombre fueras tú.

—¡Debiste decírmelo! —insistió.

—¿Y qué habrías hecho, eh? ¿Enamorarte de mí sin más? ¿Abandonar la búsqueda de tu esposa para vivir conmigo en una casita blanca junto al mar?

Kate no podía seguir allí más tiempo. Cada palabra que escuchaba tenía el efecto de una daga clavándose hasta el fondo en su corazón. Deseó tener la habilidad de William para esfumarse en el aire y alejarse de aquel invernadero, incluso de la ciudad.

Dio un paso atrás, y luego otro. Con un poco de suerte podría marcharse sin que la vieran. La situación ya era bastante humillante para tener que enfrentarse a William en ese momento. Salió de su escondite y un rayo de luna incidió sobre ella. Algo crujió bajo su zapato.

Los ojos de William volaron hasta ella y se abrieron como platos. Se quedó petrificado.

—¿Cuánto llevas ahí?

—¿Quién es? —inquirió Mako, pero no obtuvo respuesta.

—El suficiente —respondió Kate y echó a andar de regreso a la fiesta.

Cruzó la puerta del invernadero sin intención de detenerse, quería alejarse de allí. Él le cortó el paso.

Por el rabillo del ojo, William vio que Mako se marchaba. Miró a Kate, había percibido el enfado en su tono mordaz. Se pasó una mano por el pelo, nervioso. Las cosas no hacían más que empeorar, con una facilidad casi ridícula. Se preguntó en qué momento habían iniciado esa espiral de mal rollo.

—¿Qué hacías ahí? No debes estar sola. En este momento ningún lugar es seguro —masculló entre dientes.

Kate lo miró perpleja. La única con motivos para estar enfadada era ella. ¿A qué venía esa actitud? La respuesta maliciosa salió de su boca como un proyectil.

—Estaba con Adrien, conversando. Acaba de marcharse.

El cuerpo de William se tensó bajo la chaqueta y una de las costuras crujió.

—¿Y era necesario un lugar tan apartado para conversar?

—Si lo que te preocupa es mi seguridad, él es muy capaz de protegerme y está cuando lo necesito.

William notó los celos en la boca del estómago como garras. Soltó una maldición.

—No lo necesitas. Y no es de fiar.

—¡Vaya, otra cosa que tenéis en común! —El gruñido de William la sobrecogió. Parecía muy enfadado y no tenía ningún derecho. Su propio enojo también aumentó. Intentó sortearlo y regresar al baile, pero él la sujetó por el brazo—. ¡Déjame! En este momento, tenerte cerca hace que quiera abofetearte.

—Y yo deseo besarte, ¿qué pasa, ni en eso podemos ponernos de acuerdo?

Una sonrisita se extendió por su rostro.

—No tiene gracia —masculló Kate.

—No, no la tiene.

Sin avisar, la atrapó en sus brazos y se desvaneció. Segundos después, tomaba forma en una sala oscura y húmeda de piedra arenosa, de un tamaño minúsculo.

Kate no paró de forcejear hasta que él la dejó en el suelo. Se alejó de su lado de un salto. Sus pies se enredaron en el bajo del vestido y tropezó. Solo el brazo certero de William en torno a su cintura impidió que se cayera.

—¿Qué demonios haces? —preguntó ella mientras lo apartaba.

—Tú y yo tenemos que hablar antes de que uno de los dos haga una tontería que empeore esta situación.

—Y crees que esa voy a ser yo, ¿verdad?

—Algo me dice que estás muy cerca.

Se quitó la pajarita de un tirón y se desabrochó los botones superiores de la camisa.

—Pues no quiero hablar contigo. ¡No quiero! —gritó. Se movió de un lado a otro, investigando los diferentes túneles que se abrían en la sala—. ¿Dónde estamos?

—En las catacumbas —respondió William. Se había quitado la chaqueta y le daba vueltas a los puños de su camisa tan tranquilo.

—¿En las catacumbas? ¿En las de Roma? —Observó con ansiedad los túneles. Empezó a sentir claustrofobia—. ¿Por qué me has traído aquí? Sabes que no puedo estar bajo tierra.

William se encogió de hombros con una expresión inocente en la cara.

—Porque quieras o no, aquí tendrás que hablar conmigo. En este lugar hay kilómetros de corredores que forman un complejo laberinto. Hay que conocerlos muy bien para no perderse. Sobre todo en esta parte, donde nadie ha entrado desde hace siglos. La salida se derrumbó y yace sepultada bajo los escombros. Solo yo puedo sacarte y lo haré si hablas conmigo.

Kate lo fulminó con la mirada. Durante un instante, la imagen de William la distrajo. Con la camisa entreabierta, remangada hasta los codos, y el pelo despeinado, estaba muy sexi. Se recompuso de inmediato e ignoró el calor entre sus piernas.

—Tengo mis recursos, y tú me subestimas.

William sonrió ante su descaro y suficiencia.

—Adelante —la invitó a salir y señaló con un dedo un oscuro pasillo.

Kate no dudó. Movida por su orgullo, se sacó los zapatos con un par de sacudidas y agarró el bajo de su vestido para no tropezar con él. Tomó el corredor con paso decidido.

William se sentó en el suelo, paciente. Se despeinó el pelo con los dedos y apoyó la espalda contra la pared. Cerró los ojos mientras descansaba los brazos en las rodillas y esperó. Empezó a silbar. Unos minutos después, oyó los pasos de Kate acercándose. Sonrió ante la retahíla de maldiciones que arrastraba.

—¿Cuántas mentiras me has contado desde que nos conocemos? —preguntó enfurruñada.

William abrió los ojos y la miró.

—Ninguna.

—¿Pero cómo puedes ser tan hipócrita?

—Nunca te he mentido.

—¿Ah, no? ¿Y qué pasa con lo de convertirte en rey y esa misión suicida?

—Simplemente no te lo dije. Eso no es mentirte.

—No, es ocultarme de forma deliberada algo que merecía saber. Para el caso, es lo mismo.

William suspiró y dejó caer la cabeza hacia delante.

—Sé que no hice bien y te pido perdón. De verdad que lo lamento.

—Me apartaste de todo, hasta de ti. No tenías necesidad de esto, porque al final lo habría entendido. —Hizo una pausa y suspiró—. Lo he entendido. Solo necesitaba tiempo para aceptarlo y que alguien me hablara con sinceridad, como a un igual. No como a la frágil, caprichosa e infantil mujer que crees que soy.

William se puso de pie a la velocidad del rayo. Dio un par de pasos hacia ella, pero se detuvo cuando Kate retrocedió. No soportaba que huyera de él.

—Jamás he pensado que seas frágil, caprichosa o infantil. Fue mi propio miedo el que me hizo actuar como un idiota. —Apretó los puños—. Ese alguien es Adrien, ¿verdad?

—¿Y qué importa eso?

—A pesar de todo, parece que os entendéis bien —dijo él en un tono más duro de lo que pretendía. Los celos eran como serpientes enroscándose en torno a su corazón—. Es curioso que hayas acabado confiando en él más que en mí.

—¿Y quién tiene la culpa, Will? Me pides que confíe en ti, cuando tú no eres del todo sincero conmigo.

—Eso no es cierto.

—¿Y qué hay de esa chica? Mako o como se llame. Me dijiste que después de Amelia no hubo nadie más para ti.

—No ha habido nadie.

Kate apretó los labios con escepticismo. La irritación la aguijoneó, eclipsando cualquier pensamiento lógico.

—Maldita sea, William, ni lo intentes. Estaba ahí cuando habéis aparecido, he oído toda la conversación.

Le dio la espalda para perderlo de vista.

William acortó la distancia entre ellos, solo unos centímetros los separaban.

—Nunca ha habido nadie después de Amelia. Ni siquiera ella, porque nunca he amado de verdad hasta conocerte a ti —le dijo al oído—. La última vez que vi a Mako fue en 1940. La conocí dos años antes en Praga, ella perseguía al mismo grupo de renegados que yo. La apresaron en un descuido y estaban a punto de asesinarla cuando yo aparecí. Logré rescatarla y me ocupé de ella hasta que pudo recuperarse. Me contó que buscaba a un vampiro albino que cinco años antes había asesinado a su familia.

—¿Andrew? —aventuró Kate con un hilo de voz.

—Sí —respondió él—. Mako cantaba en un club nocturno. Él apareció una noche y se encaprichó, pero ella lo rechazó. Andrew era un psicópata muy peligroso. Siguió a Mako hasta su casa y la obligó a ver cómo asesinaba a su familia. Después la violó y la transformó, abandonándola a su suerte. No sé si fue porque compartíamos el mismo deseo de venganza, o porque sabía que ella sola no iba a sobrevivir, pero le ofrecí la posibilidad de quedarse conmigo un tiempo.

Acercó la nariz al pelo de Kate e inspiró su olor. Necesitaba tocarla, y no dar rienda suelta a ese deseo se estaba convirtiendo en un infierno. Continuó:

—Juntos seguimos el rastro de Amelia. Andrew nunca se alejaba de ella. Viajábamos constantemente, tras cualquier pista que surgía, y mientras le enseñé todo lo que pude. Poco a poco se ganó mi confianza y también mi cariño. Se convirtió en una amiga. Después en mi amante. No sé cómo, pero pasó —su voz se transformó en un susurro—. No he sido un santo, Kate. Soy una persona con los mismos deseos y apetitos que cualquier otra, y no siempre he actuado con sensatez. Pero puedo asegurarte que entre Mako y yo solo hubo una necesidad física, que cubríamos del mismo modo que nos procurábamos alimento. Sé que esto no me deja en buen lugar, pero es la verdad. Nunca la quise.

—Te he oído decirle que te importaba.

—Como amiga.

—Una amiga a la que te tirabas.

—Mucho antes de conocerte. No puedes castigarme por haber tenido una vida, Kate.

Ella se dio la vuelta y lo miró a los ojos. Se desinfló como un globo, mientras un sollozo entrecortado se atascaba en su garganta. De repente, no sabía por qué estaba tan enfadada en realidad. Era como si la burbuja de ira y desconfianza que había crecido a su alrededor, hubiera explotado de golpe. Dejando la amarga sensación de que, quizás, había forzado la situación hasta sacarlo todo de quicio. Suspiró sin saber qué decir.

—No quiero seguir enfadada contigo. No me gusta.

—Eso puede arreglarse. Deja de estar enfadada conmigo —le pidió él con una sonrisa encantadora—. A mí me está matando.

—Lo haría si pudiera quitarme de encima esta sensación de ahogo. No puedo respirar.

—No necesitas respirar.

Kate hizo un puchero.

—Eso díselo a mi cerebro. No deja de pensar que las paredes y el techo van a sepultarme en cualquier momento.

William sonrió.

—Voy a sacarte de aquí —le dijo al oído.

La rodeó con los brazos, mientras ella se dejaba caer contra su pecho.

Kate notó cómo cada molécula de su cuerpo se separaba del resto, formando una corriente de energía blanca y brillante, que se entrelazaba con otra mucho más vibrante y dorada que tiraba de ella. Se dejó arrastrar con la calma de que no había un lugar más seguro que esos brazos que la sostenían. Sus pies desnudos se posaron de puntillas sobre la alfombra de su habitación.

Abrió los ojos y se encontró con la mirada de William sobre su rostro.

—Me he dejado los zapatos.

Él sonrió y sacudió la cabeza.

—¿Quieres ir a buscarlos?

—No.

—¿Aún estás enfadada conmigo?

—Un poco.

William inspiró hondo y le rodeó la nuca con la mano. La miró y pensó que debía convertirse en alguien digno de merecerla, porque hasta ahora solo había sido un imbécil con mucha suerte. Se inclinó lentamente hasta alcanzar sus labios. La besó, y fue un beso lento y contenido, comparado con el ansia que lo agitaba por dentro. Deslizó las manos por su cintura y clavó los dedos en sus caderas. Ella gimió.

—¿Sigues enfadada? —susurró sobre sus labios con la voz ronca.

—Un poco menos.

—Bien.

Se apoderó de sus labios. Hundió la lengua en su boca y su sabor y su tacto lo sobrepasaron. La besó como si fuese la última oportunidad de hacerlo, hambriento de ella. Loco por ella. Movió las manos por su cuerpo, pero lo único que encontraba era tela y más tela. Gruñó cuando tocó la hilera de diminutos botones que le recorrían la espalda.

—¿Te gusta mucho este vestido? —inquirió sin paciencia.

—¿Por qué lo preguntas?

—Para conseguirte otro.

Nada más pronunciar esas palabras, todos los botones del vestido saltaron con fuerza y se estrellaron contra las paredes sin que nadie los hubiera tocado. Las costuras se deshicieron y el vestido cayó al suelo hecho jirones. Kate ahogó un grito, sorprendida, y rompió a reír. Él esbozó una sonrisa de pirata que le iba que ni pintada, mientras la miraba de arriba abajo.

—Mucho mejor.

—No sé si esto es buena idea —dijo ella.

—Lo es, te lo aseguro.

Su mirada se oscureció mientras acortaba cada paso que ella daba hacia atrás.

—Puede que te estén esperando en la fiesta.

William hizo un gesto de indiferencia y se quitó la camisa. Kate no dejaba de moverse, jugando al gato y al ratón, y eso le encantaba.

—Me da igual.

—¿Y no tendrás problemas?

—Ahora soy el rey, puedo hacer lo que me dé la gana.

Kate no tuvo tiempo ni de parpadear. Él apareció a su lado. La levantó de un solo movimiento y la tumbó de espaldas sobre la cama. Se cernió sobre ella con los ojos ocultos bajo sus gruesas pestañas. Su mirada intensa vagó por su rostro y luego más abajo. Tragó saliva y volvió a mirarla a los ojos.

—Te quiero con cada ápice de mi ser, no lo olvides.

A Kate se le encogió el corazón.

—Yo también te quiero.

10

William se frotó los ojos. Apoyó los codos sobre la mesa y miró por la ventana. La villa estaba situada a orillas del lago de Como, una casa de estilo renacentista patricio, rodeada de jardines en terraza, cipreses y un muelle flotante al que se accedía a través de una pronunciada escalera de piedra.

Necesitaba un lugar tranquilo y aquel era el mejor con diferencia. Se alegraba de no haberla vendido. Se puso en pie y salió a la terraza. Se aferró con ambas manos a la baranda de hierro y contempló el paisaje. Las aguas del lago estaban tan quietas que parecían una pintura en un enorme lienzo.

Miró hacia abajo y atisbó a Kate en el agua, flotando boca arriba con los ojos cerrados. Suspiró. La mayor parte del tiempo no sabía cómo le funcionaba la cabeza. Cada vez que estaba seguro de conocerla, hacía o decía algo que le demostraba todo lo contrario. Kate estaba repleta de matices y era impredecible, y la idea de lo inesperado junto a ella hacía que la quisiera mucho más.

Regresó a la casa y se sentó a la mesa. Contempló con atención los mapas que la cubrían.

Al cabo de un rato, Kate entró en la casa, envuelta en una toalla. Un perrito de pelaje dorado la seguía sacudiendo la cola mientras la miraba con adoración.

—¿De dónde ha salido eso?

—No lo sé, pero me sigue a todas partes —respondió ella en tono divertido—. ¿Verdad que es mono? Todavía es un bebé.

William alzó una ceja. El tamaño del cachorro era considerable para la corta edad que parecía tener. Iba a ser enorme cuando creciera.

—¿Y qué vas a hacer con él?

—Nada, supongo que tendrá dueño y se habrá perdido.

—No lleva collar.

Kate lo miró con más atención.

—La verdad es que no parece que esté muy cuidado.

—Y tampoco nos tiene miedo —le hizo notar él.

Normalmente, los animales huían de los vampiros. Para ellos eran depredadores y reaccionaban con un instinto irracional de supervivencia. Sin embargo, esa bolita de pelo se encontraba bastante cómoda y no desistía en su empeño de llamar la atención de Kate con saltitos y gimoteos.

William se repantigó en la silla.

—No sabes cómo te entiendo, pequeñajo. A mí también me vuelve loco.

—Muy gracioso —masculló Kate. Rodeó la mesa y se sentó en las rodillas de William. Le echó un vistazo a los papeles y mapas que tenía esparcidos por toda la superficie—. ¿Qué es todo esto?

William la abrazó por la cintura y se inclinó hacia delante. Con la barbilla sobre su hombro contempló los mapas.

—Las marcas verdes señalan los lugares donde hay comunidades de vampiros acogidas al pacto. Son regiones seguras. Las amarillas marcan las zonas donde ya se ha hecho limpieza.

—¿Limpieza?

—Búsqueda y eliminación de renegados —aclaró él—. Las naranjas indican los lugares donde hemos localizado objetivos, nidos pequeños que no suponen un gran problema.

El teléfono de William sonó. Le echó un vistazo a la pantalla y descolgó. Escuchó en silencio durante un par de minutos y colgó con un simple «gracias». Tomó un rotulador de color amarillo e hizo un círculo sobre las marcas naranjas que rodeaban las ciudades de Ámsterdam y Praga.

—¿Y las rojas? De esas hay muchas.

William tomó una bocanada de aire y miró el mapa con el ceño fruncido.

—Creemos que ahí se esconden los nidos más peligrosos. La mayoría están liderados por asesinos sin escrúpulos, que no se contentan con alimentarse y matar. Tienen ideales, creen en la supremacía de la raza y odian todo aquello que representa el pacto, incluida la alianza con los licántropos. Sabemos con seguridad que se están organizando para una rebelión, por eso no podemos perder tiempo.

—Todos esos nidos están en Estados Unidos y Canadá —dijo Kate en voz baja. Miró a William con los ojos muy abiertos—. ¿Por qué?

—Nuestra presencia allí siempre ha sido limitada, y los lobos solo tomaban medidas cuando alguno llamaba demasiado la atención. Es un territorio grande con millones y millones de personas, donde un par de desaparecidos aquí o allí no preocupan a nadie. Entran dentro de las estadísticas. Y lo más importante, no tienen que competir entre ellos por la caza, hay para todos.

Kate miró con atención el mapa. En el sur solo había marcas amarillas.

—¿Y por qué no hay renegados en Sudamérica?

—Silas lo estudió hace mucho. Piensa que se debe a su carácter y cultura. En esos países las personas no son tan escépticas, creen en los monstruos. Esos humanos pueden ser peligrosos para nosotros. Siempre miran más allá de las apariencias.

Kate volvió a centrarse en la parte superior del mapa. No podía disimular el miedo y la incertidumbre que sentía.

—¿Cómo vas a hacerlo? ¿Cómo vas a llegar hasta ellos?

William la estrechó con más fuerza y la besó en el hombro.

—Aprovechando sus debilidades. Toda rebelión necesita un líder. No son idiotas y saben que solo podrán salir adelante si se unen. De momento, les está costando bastante. Hay tres nidos que desean el poder y ninguno quiere someterse. Mi baza es convertirme en su única opción. Tengo que ser más listo y duro que ellos.

—Ya lo eres —susurró Kate sobre sus labios.

William sonrió contra su boca. Con ella cerca todo parecía más fácil. El cachorro se acercó y comenzó a dar saltitos y a ladrar. Alargó la mano y lo alzó en el aire. El perrito lo miró sin inmutarse.

—Eres valiente, bolita de pelo —le dijo con los ojos entornados. El perrito lo ignoró y estiró las patas para alcanzar a Kate—. Lo tienes fascinado. ¿Debo ponerme celoso?

Kate se echó a reír y tomó al perrito en su regazo.

—Mira que eres bobo.

El sonido del motor de una lancha llegó hasta ellos. Poco después, Robert entraba en la casa sin llamar. Había cambiado su habitual ropa elegante por un vaquero azul y una camiseta blanca que le daba un aire menos serio y más travieso.

—¡Hola, tortolitos! —saludó con una sonrisa encantadora. Sus ojos volaron hasta el perro—. ¡Vaya, pero si me habéis preparado un aperitivo!

Se acercó a la mesa y lo agarró por el lomo sin que a Kate le diera tiempo a impedirlo. Lo alzó a la altura de su rostro y arrugó la nariz.

—No es ningún aperitivo, Robert. Devuélvemelo ahora mismo.

—Ya veo. Lo quieres para ti, ¿verdad? —Le guiñó un ojo y añadió en tono socarrón—: Egoísta, es de mala educación no compartir.

—No seas idiota. No voy a tocarlo.

—Entonces, deja que le dé un mordisquito. Solo uno.

Kate le dio un codazo en las costillas a William, que trataba de no reír.

—¿No piensas decirle nada?

—Robert, deja al chucho —pidió William intentando parecer severo.

Kate le dio otro codazo por usar un nombre tan despectivo.

—¿A quién estás llamando «chucho»? —preguntó Shane desde la puerta.

—Creo que es a ti —dijo Adrien al pasar por su lado—. Eres el único aquí. Sin contar a tu sobrinito, claro.

Señaló al perrito, que había regresado a los brazos de Kate.

Robert soltó una carcajada.

Shane apuntó con el dedo a Adrien.

—Yo tendría cuidado con los chuchos. Hay algunos con los dientes muy grandes.

William se pasó las manos por la cara.

—Solo llevan aquí un par de minutos y ya me duele la cabeza —susurró para sí mismo. Cuando llegara el resto, iba a necesitar de todo su control para no asesinar a nadie.

—He encontrado un lugar en Nueva Orleans, junto al puerto. Es lo bastante grande para reunirlos a todos. La estructura es sólida. Si mantenemos el control en las salidas, podremos sitiarlos —dijo Samuel. Había sido el último en llegar, junto a dos de sus hombres—. Solo tiene un problema, y es uno muy grande. No hay donde esconderse, los hombres que metamos dentro estarán a la vista. Si nos pasamos con el número, se sentirán amenazados y sospecharán.

—Robert, tú eres el que más cerca ha estado de ellos. ¿Cómo logro que confíen en mí? —preguntó William desde la pared contra la que se había apoyado.

Robert bajó las piernas de la mesa y se puso derecho en la silla.

—Tienes que ganarte su respeto, y para eso debes parecer mucho peor que ellos. Han de temerte y creer que cuentas con medios suficientes para plantarles cara si inician una guerra. Y que si quieren un trozo de pastel, deberán unirse a ti.

—De acuerdo, haré que me teman.

—Nos reuniremos por separado con cada grupo y les prometerás privilegios que otros nidos no tendrán, si aceptan aliarse contigo. Esa promesa logrará que entre ellos no intenten comunicarse ni negociar.

—¿Y todos irán hasta Nueva Orleans? Es la parte más importante del plan. Si esa falla... —dijo Shane.

Robert se frotó la frente y miró a su hermano.

—Promételes sangre y el favor de un rey, y no dudarán. Irán a rendirle pleitesía para sellar la alianza.

—Visto así, parece fácil —intervino Adrien. En su mano tomó forma una pequeña serpiente de fuego, que se deslizó entre sus dedos como si fuese la moneda de un truco de magia—. Pero no lo es, ¿verdad?

Cyrus negó con un gesto.

—Para empezar, William y tú no podéis usar vuestros poderes. Nadie debe saber lo que sois en realidad —dijo el guerrero. Adrien lo miró a los ojos e hizo desaparecer el fuego de su mano—. No sabemos cuántos acudirán, pero estoy seguro de que serán muchos. Querrán ganarse un trato de favor y se arrastrarán si es necesario. Eso es bueno; cuantos más, mejor.

—Podrían caer casi todos de un solo golpe —apuntó Samuel.

—El problema es que no podemos impedirles que vayan armados, es una prueba de confianza por ambas partes —les recordó Cyrus. Guardó silencio un segundo, pensativo—. Somos pocos y no puedo disponer de todos los guerreros, dejaríamos nuestro hogar y a nuestra gente desprotegidos.

—No pienso hacerlo —declaró William.

Se miró la mano donde lucía el anillo de Sebastian. Ese pedrusco pesaba una tonelada. Kate salió de la cocina y cruzó la habitación directa a sus brazos. La estrechó contra su pecho.

—¿A cuántos de los tuyos podrás reunir? —preguntó Cyrus a Samuel.

—A unos setenta sin dejar expuesta a mi gente, no somos muchos —respondió el lobo—. ¿Y tú?

—Con la preparación suficiente para algo así, unos ciento veinte hombres. Puede que alguno más, si Mihail cree que sus novatos están preparados.

Adrien se puso de pie y se acercó a la ventana. Afuera solo se veían las luces de algunas casas en la otra orilla del lago.

—¿De qué cifras estamos hablando, seis a uno? —preguntó.

—Eso, si somos optimistas —señaló Robert.

—Podríamos lograrlo, pero habrá muchas bajas —advirtió Adrien muy serio.

Por su expresión, William estaba pensando lo mismo.

—Un número excesivo de bajas nos dejaría expuestos en un futuro inmediato —comentó Cyrus—. El pacto, nuestras leyes, la mortalidad durante el cambio. Nuestro clan no es tan numeroso como antaño. No podemos permitirnos perder a tantos guerreros.

—Entonces, ¿qué hacemos? —preguntó Shane.

—Ser tan precisos que no se den cuenta de lo que está ocurriendo hasta que se desplomen con la garganta abierta —dijo William con un filo acerado en la voz.

La reunión terminó poco después.

A la mañana siguiente, todos viajarían de vuelta a Heaven Falls para terminar de atar cabos sobre el terreno. El tiempo corría en su contra, y aún debían preparar la entrada al país de los guerreros que

Cyrus y su segundo al mando, Mihail, habían seleccionado para la misión. Además, Robert necesitaba margen para concertar las reuniones con los dirigentes de los nidos más peligrosos de renegados.

William abandonó la casa y caminó hasta la orilla del lago. Había dejado a Kate recogiendo sus cosas y pensando qué hacer con la bola de pelo que la seguía a todas partes. Algo le decía que estaba a punto de tener su primera mascota. Sonrió, la situación era tan rara como que un pájaro adoptara a una lombriz.

Enfundó las manos en los bolsillos de sus tejanos y se quedó inmóvil, contemplando las sombras del bosque que rodeaba la casa. En algún lugar, no muy lejos de allí, se oían risas y música a un volumen muy alto.

—Parece que alguien está dando una fiesta —dijo Adrien tras él—. No sé tú, pero yo pillaría un buen pedo en este momento.

—Has tardado.

—¿Ah, sí? Yo solo he oído «Quiero hablar contigo». Se me ha debido pasar el «inmediatamente». —William lo miró por encima del hombro muy serio—. Vale, ¿qué pasa?

—Necesito que hagas algo por mí —dijo William. La seguridad de que Adrien era el indicado le dio el coraje para hablar—. No formarás parte de mi escolta en las reuniones. Vas a quedarte en Heaven Falls.

Adrien giró el cuello tan rápido, que fue un milagro que no se lo partiera.

—¿A qué viene esto? ¿Sigues sin confiar en mí? —preguntó enfadado y herido en su orgullo—. ¡Pues lo llevas claro! Soy el único que de verdad puede proteger tu culo si las cosas se ponen muy feas, y lo sabes.

—No se trata de eso.

—¡Oh, sí, te has propuesto recordarme hasta el último día que soy la escoria que ha provocado todo esto! Ni siquiera vas a dejar que intente redimirme. —Se dio la vuelta y comenzó a alejarse—. Buena suerte, mi rey —replicó con desprecio.

—Quiero que te quedes con Kate y cuides de ella.

Adrien se paró en seco y giró sobre sus talones con la boca abierta.

—¿Es una trampa? ¿Me estás poniendo a prueba? Te dije que no la molestaría y estoy manteniendo mi promesa.

—Dios, ¿quieres cerrar la bocaza y escuchar? —le ordenó William—. Necesito a alguien que cuide de ella mientras yo no esté.

—¿Y has pensado en mí?

—¿Tanto te sorprende?

Adrien alzó las cejas de forma elocuente.

—Sí, porque estoy seguro de que pedirme esto te está provocando una úlcera.

William no pudo evitar sonreír. Puede que una úlcera no, pero iba a tener pesadillas por culpa de esa conversación.

—Me preocupan los arcángeles —confesó al fin.—. No me digas que tú no lo has pensado. Podrían ir a por nosotros y castigarnos a través de Kate, tu madre, tu hermana... Si eso ocurre, tú eres el único que podría hacerles frente.

—¿Te dan miedo los ángeles?

William alzó la vista al cielo. Una oleada de pánico lo abrumó. No le asustaba que Gabriel y sus hermanos volvieran, no temía enfrentarse a ellos. Le asustaba que fuesen a por Kate, que intentaran quitarle aquello por lo que lo había sacrificado todo.

—¿Tú no los temes? —preguntó a su vez.

—Cada amanecer me pregunto si ese será el día que aparecerán para ajustar cuentas.

—Entonces, ¿lo harás?

—Lo haré —dijo al fin.

No le gustaba quedarse al margen. Quería participar en la misión, porque quizás así lograría quitarse de encima el sentimiento de culpa que lo torturaba. Pero no había llegado tan lejos defendiendo a su familia, para dejarla ahora desprotegida. Tampoco a Kate, ahora era su creador y no podía pasar por alto ese hecho.

William dio media vuelta y se dirigió a la casa.

—No intentes nada con ella —le avisó sin dejar de caminar.

—¿Y si es ella la que intenta algo conmigo? —preguntó Adrien con una sonrisita maliciosa.

—Sigue soñando.

11

—¿Qué? —estalló Kate.

La mirada de Adrien sobre ella había logrado sacarla de quicio.

—Nada, solo espero —respondió el chico, mientras guardaba en el coche unos botes de pintura que acababan de comprar.

Ella puso los ojos en blanco.

—Vale, ni siquiera sé por qué pregunto, pero ¿a qué esperas?

Adrien se apoyó en el coche con los brazos cruzados y entornó los ojos.

—A que empieces a patalear y quejarte porque has tenido que quedarte aquí, a mi cuidado. Los dos sabemos que no te va el papel de princesa en la torre. Así que me preocupa que intentes jugármela, largándote durante algún, seguro que improbable, despiste por mi parte.

Kate se lo quedó mirando, dudando entre darle un puñetazo o echarse a reír. Se colocó el pelo tras las orejas y se acomodó a su lado. Le dio un empujoncito con el codo.

—No pienso hacer nada, ¿de acuerdo? Sé que lo mejor es que me quede aquí y rece para que todo salga bien. Me mata no tener noticias y no saber qué está pasando, pero me da más miedo ponerlos en peligro. No lo soportaría. —Lo miró de reojo y sonrió—. Me portaré bien, tranquilo.

—¿De verdad?

—De verdad —le aseguró—. ¡No pasa nada por ser de vez en cuando la princesa en la torre!

—Ya, y me lo creería si no supiera que te dan arcadas con solo pensarlo.

Kate soltó una carcajada.

Adrien también rio y le rodeó los hombros con el brazo de forma protectora.

—Bueno. Ya tenemos la pintura, las herramientas y la madera. ¿Qué más necesitas?

—Nada más —respondió ella.

—Entonces, ¿nos vamos?

Kate sacudió la cabeza mientras rebuscaba en su bolso.

—No. Aún debo pasar por la oficina de correos y recoger unos paquetes para Rachel. Keyla y yo le prometimos que nos encargaríamos de la librería mientras ella estuviera fuera con los niños.

—No te preocupes, yo me ocupo de eso. Si a cambio tú entras en Lou's y me consigues una tarta de calabaza para Carter. Esa camarera, Mandy, me acosa cada vez que me ve —le dijo con un guiño travieso.

—¿Lo dices en serio?

—Y tan en serio. Intenta meterme mano en cuanto tiene ocasión.

Kate lo miró de reojo y sonrió de oreja a oreja.

—¿Desde cuándo le llevas tartas a Carter?

—No preguntes.

—Me alegra que empieces a llevarte bien con ellos. Me hace feliz.

—Mi familia necesita un lugar seguro y yo haré lo que sea para que lo tenga. Si el precio es convertirme en un buen chico, lo seré. —Se encogió de hombros con una sonrisa que dibujó hoyuelos en su cara—. Aunque si Carter sigue mirando a mi hermana como lo hace, jugaré con sus ojos a las canicas.

—¡¿Carter y Cecil?! —exclamó Kate sin dar crédito.

—Por eso debes comprar tú la tarta, yo la envenenaría.

Kate rio a carcajadas.

—Anda, Dios del cianuro, nos vemos aquí en diez minutos.

Cruzó la calle y entró en el Café. Fue directa a la barra y pidió una tarta de calabaza para llevar. Miró a su alrededor. Rodearse de humanos aún la ponía un poco nerviosa y el dolor que le causaba la sed podía ser muy molesto, pero cada día que pasaba se sentía un poco más segura y fuerte a la hora de controlarse. Después del susto que tuvo con Jill, el miedo a hacer daño a otra persona se había vuelto mucho más poderoso que su instinto.

De pronto, tuvo la sensación de que alguien la observaba. Paseó la mirada por el local.

Junto a la ventana, sentado a una mesa, un hombre de unos treinta años comía tortitas. Era imposible no fijarse en él. Tenía una cabellera abundante de un color... Ni siquiera estaba segura del color de su pelo. Era como si tuviera todos los tonos entre el castaño claro y el rubio platino. Él ladeó la cabeza y sus miradas se encontraron. Alzó su taza y la saludó con una inclinación de su barbilla. Kate frunció el ceño, por un momento pensó que no era a ella a quien se dirigía. Miró a su alrededor. Cuando clavó la vista de nuevo en la mesa, el tipo ya no estaba.

Pagó la tarta y salió de la cafetería con un nudo en el estómago. Adrien la esperaba junto al coche. Miró a un lado, después al otro, y justo antes de cruzar la calle, lo vio otra vez. El hombre de la cafetería se encontraba junto al semáforo y no apartaba sus ojos de ella.

—¿Habías visto antes a ese tipo? —preguntó a Adrien en cuanto llegó a su lado.

Él escudriñó la calle.

—¿Qué tipo?

—Allí. Junto al semáforo. Pantalón oscuro y cazadora gris.

—Yo no veo nada, Kate.

—¡¿Cómo que no?! ¡Si está ahí mismo! —Giró la cabeza un instante, para asegurarse de que Adrien miraba en la dirección correcta—. Allí...

Se quedó muda. El hombre había desaparecido.

—Kate, ahí no hay nadie. —Le puso una mano en el hombro—. ¿Estás bien?

Ella parpadeó y lo miró a los ojos. Se esforzó por sonreír, pero el gesto no llegó a sus ojos. Asintió.

—Sí.

—Pues vámonos. No me gusta que mi hermana pase tanto tiempo con el chucho.

—Se llama Carter.

—Sé cómo se llama.

Kate puso los ojos en blanco y subió al coche. Apoyó la frente en la ventanilla mientras Adrien conducía. Estaba tan segura de haber visto a ese hombre. Quizá su imaginación le había jugado una mala pasada.

Se enderezó en el asiento a la velocidad del rayo. Allí estaba de nuevo, junto a la carretera, y la miraba. Si se desviaban unos centímetros, le pasarían por encima. Alargó el brazo para señalarlo y miró a Adrien, pero este seguía tamborileando sobre el volante al ritmo de la música y sin intención de frenar, como si allí no hubiera nadie. Y no lo había. Kate se dio la vuelta en el asiento y miró a través del cristal trasero. La carretera estaba desierta.

Dios, ¿estaba teniendo alucinaciones?

12

—Es hora de irnos —dijo Robert desde la puerta.

William se puso de pie y se miró una última vez en el espejo. Vestido de negro, la única nota de color la ponían sus ojos de color zafiro, que esa noche destellaban con un brillo mortífero y decidido.

Abandonó la habitación del hotel con Robert a su lado, escoltados por los vampiros que en los últimos días se habían convertido en su sombra. Cyrus abría la marcha con cuatro de sus mejores guerreros controlando los flancos. Tras ellos, Mihail y Mako vigilaban la retaguardia seguidos de otros dos hombres.

Para William había sido toda una sorpresa encontrar a la vampira formando parte de sus guardaespaldas. No porque tuviera dudas sobre sus capacidades. El hecho de que Mihail la hubiese elegido antes que a otros guerreros más viejos y con más experiencia, demostraba que era un arma precisa y mortal. Le sorprendía que ella hubiese dejado de servir a los Arcanos por voluntad propia. Era un puesto importante.

En la calle les esperaban tres coches de color negro con los cristales tintados. William subió al asiento trasero del segundo y Robert se sentó a su lado. Cyrus ocupó el lugar del copiloto. Dio una orden por radio y se pusieron en marcha.

Se encontraban en San Diego. Allí se ocultaba uno de los nidos más peligrosos de los que tenían conocimiento. William contempló las luces de la ciudad, mientras pensaba en todo lo que Robert le había contado sobre el líder que dirigía el aquelarre. Esperaba que estuviera tan dispuesto a colaborar como lo habían estado los otros dirigentes. Y si no, tampoco tenía inconveniente en ser un poco persuasivo. Nunca lo había tenido. Por ese motivo su nombre siempre había sido temido entre los renegados.

Se frotó el pecho con los nudillos. Sentía un calor extraño en su interior. Se miró las manos y percibió en los dedos destellos de luz blanca. Cada vez le costaba más controlar las evidencias de su otra naturaleza. Mantener a raya al ángel era toda una demostración de autocontrol.

Los coches se detuvieron frente a un club nocturno.

—Aquí es —informó Robert—. ¿Estás listo?

William asintió al tiempo que acomodaba un par de dagas bajo su chaqueta, y esperó a que Cyrus le abriera la puerta. Odiaba la parafernalia que implicaba su nuevo estatus, pero era necesaria para darle credibilidad. Descendió del vehículo y sus ojos recorrieron el entorno con precisión milimétrica. Había sombras observándoles en cada rincón. Se enderezó en toda su estatura y con una tranquilidad más que estudiada se dirigió a la puerta con su séquito armado pisándole los talones.

Entró en el club sin un ápice de duda. Se movía con la elegancia mortal del depredador que era, y el influjo que desprendía se extendió por la sala. A medida que se abría paso a través de las mesas, todos los ojos se alzaron para mirarle.

Entornó los párpados y sus labios se curvaron con una sonrisa siniestra. Logró el efecto que pretendía y muchos apartaron la vista, como si supieran que podía despedazarlos solo con las manos. Y no se equivocaban.

Al fondo del local, tras una pared de cristal, William localizó lo que parecía una zona vip. Sentados en un sofá de plástico rojo había varios renegados. En el centro, un vampiro de larga melena rubia se puso de pie nada más verle. Sonrió y unos colmillos quedaron a la vista tras sus labios, finos y pálidos.

—Bienvenido a mis dominios, señor Crain —dijo el vampiro en tono alegre, evitando de forma deliberada llamarle «rey». Le ofreció la mano con una actitud prepotente—. Soy Roland Trap.

William miró la mano y clavó sus ojos en los del vampiro. Había comenzado el juego y William debía dejar muy claro cuál era su posición. Su lugar en la cúspide como rey, dueño y señor de cada vida vampira sobre la faz de la Tierra.

Hizo un gesto imperceptible y Cyrus agarró por el cuello a un renegado que parecía bastante divertido con la escena. Lo levantó en peso y lo sacó de la sala. Sin cambiar el semblante, William se sentó en el sillón que había ocupado el vampiro. Después le pidió a Roland con un gesto que hiciera lo mismo. Sacó las dagas que ocultaba a la espalda y las colocó sobre la mesa, con las empuñaduras apuntando hacia el vampiro. Una clara invitación a que intentara usarlas si tenía agallas.

Roland se quedó mirando las dagas. Después paseó la vista por los guerreros que acompañaban a William. Había que estar loco o ser imbécil para provocar un conflicto contra ellos. Observó a los hermanos y trató de medir sus fuerzas. Si los rumores eran ciertos, Robert era un psicópata narcisista con habilidades de carnicero. Y William era el Coco que asustaba a los monstruos. Se sentó de nuevo y su arrogancia inicial dejó paso a la cautela.

—Cuando tu hermano contactó conmigo para concertar esta reunión, me aseguró que me interesaba acceder a verte. Y no solo eso, me contó cosas muy interesantes. ¿Es cierto lo que se dice? ¿Has sido tú el que ha roto la maldición del sol?

—¿Conoces a algún otro que hubiera podido hacerlo?

—¿Y por qué debería creerte sin pruebas? ¿Por tu real palabra?

—Háblale con respeto —intervino Cyrus.

—¡Mi respeto ha de ganárselo! Hasta ahora, que yo sepa, lo único que ha hecho es asesinar a su propia especie. Ha ayudado a su padre a mutilarnos, refrenando por la fuerza nuestros instintos. Nuestra naturaleza depredadora. A un vampiro no se le puede domesticar —escupió Roland.

Mihail dio un paso adelante y desenfundó su arma.

William alzó la mano y el guerrero se detuvo con un gruñido animal.

—Sí, he roto la maldición —respondió.

—¿Cómo?

—Eso no importa. Podía y lo he hecho. Acepta el regalo y no lo cuestiones.

La confusión deambulaba por el rostro de Roland como una sombra oscura y recelosa. La tranquilidad que exhibía William lo estaba poniendo nervioso. No había fanfarronería ni prepotencia en su actitud, solo una seguridad aplastante. No mentía. Además, no podía ignorar el hecho de que siempre había sido inmune al sol. Los más santones siempre habían creído que era una especie de elegido enviado a salvarles.

—Los rumores también dicen que has depuesto a tu padre, que ahora eres el rey. ¿Eso es cierto?

William se miró la mano donde lucía el anillo.

—Mi padre llevaba demasiado tiempo al mando, era hora de un cambio. El futuro necesita nuevas perspectivas.

—Debes de haber sido muy persuasivo para que él y el Consejo hayan accedido sin más.

William dibujó una amplia sonrisa. Se inclinó hacia delante y la luz de los focos dejó de iluminarle el rostro, que quedó oculto en sombras. Sus ojos destellaron convertidos en rubíes. Su aspecto acobardaba, aunque intimidaba mucho más lo que no se veía, pero que podía sentirse latir bajo su piel.

—Siempre consigo lo que quiero, Roland. Y suelo enfadarme cuando alguien intenta impedirlo. Mi padre goza ahora de unas merecidas vacaciones en un lugar encantador.

Roland sonrió y estudió a William. Se moría por preguntar qué le había ocurrido al virtuoso traidor de Sebastian, pero no lo consideró prudente en ese momento. Lo importante era que el rey represor había dejado de ser un problema por fin.

—Y bien, ¿qué quieres de mí?

William se estiró en el sillón y unió las puntas de sus dedos a la altura de su boca.

—Tengo grandes planes —empezó a decir—. Cada paso que doy me acerca más a un fin. La maldición, el trono, mi presencia aquí... Son avances para lograr un propósito. Quiero que los vampiros vuelvan a estar arriba en la cadena alimentaria, de donde no debieron descender nunca.

—Eso suena muy bien —dijo Roland con agrado.

William sonrió.

—Solo es cuestión de tiempo y paciencia lograrlo. Los humanos no son más que alimento, rebaños. Pero no soy idiota, esos rebaños son muy numerosos y la masa cobra fuerza por sí sola. Un solo error y caerán sobre nosotros antes de que consiga controlarlos. Así que no puedo permitir errores, ni que nada ni nadie ocasione esos descuidos. Voy a deshacerme de todos aquellos que puedan suponer un riesgo que amenace mis deseos. ¿Entiendes lo que quiero decir?

—Por supuesto y creo que tienes toda la razón. También imagino por qué estás aquí. Así que dime, ¿en qué puedo ayudarte?

William suspiró desencantado.

—No lo has entendido. No posees nada que yo quiera, ya lo tengo todo. Eres tú quien necesita algo de mí.

—¿Me tomas el pelo? ¿Qué podría necesitar yo de ti? —le soltó con desprecio.

Cyrus gruñó y Robert se inclinó hacia delante, con el cuerpo tenso y listo para saltar sobre el renegado.

—Cuida tu lengua o dejará de pertenecerte.

William posó una mano en el brazo de su hermano, y este se relajó.

—No he venido a negociar contigo, ni a hacer un trato. Solo a avisarte. ¿Quieres seguir conservando todo esto? —Hizo un gesto con el que abarcó el local—. ¿Quieres seguir vivo?

—¿Vivo? —repitió el renegado con un ligero temblor en la voz—. ¿Qué te hace pensar que podrías matarme?

Miró a sus hombres. En ese momento, había más de una veintena en el club. Duplicaban en número a William y sus guerreros.

—Ni siquiera tendría que moverme para acabar contigo en este momento —dijo William.

Se inclinó hacia delante y envolvió con su mente el corazón de Roland. Una garra invisible lo envolvió. Roland abrió la boca con un resuello y se llevó las manos al pecho. El miedo se reflejó en sus ojos. Continuó:

—Vamos, Roland. Mírame. —Abrió los brazos, exhibiéndose con ese aire arrogante tan natural en él—. Estoy muy lejos de ser un vampiro corriente. Nunca me ha afectado el sol y he liberado a la raza de su única debilidad. Soy rey y cientos de guerreros están dispuestos a matar y morir por mí. Soy el Mesías que ha venido a liberaros de todas vuestras cadenas —le hizo notar con un susurro amenazador—. Inténtalo, da la orden. Diles que me maten.

Roland negó con la cabeza. Un instinto primario le advertía de que no jugara con él. William era mucho más de lo que parecía a simple vista. ¿Y si no era palabrería? ¿Y si era algún tipo de Mesías? Siempre había sido escéptico, pero ahora...

—¿Y qué tendría que hacer para conseguir tu favor? —cedió al fin.

—Nada, eso es lo mejor de todo. No tendrás que hacer absolutamente nada. No te moverás, hablarás o comerás sin que yo te lo ordene primero. Te limitarás a esperar hasta que te necesite, si es que te requiero. Y si haces todo eso, yo seré benevolente y un buen rey contigo.

Roland lo meditó un largo instante.

—Está bien, acepto.

Un brillo de diversión apareció en los ojos de William.

—Sabia decisión. Pero voy a necesitar que repitas esas mismas palabras en otro momento y en otro lugar.

El renegado asintió con la cabeza.

—Será como digas.

—Bien. Dentro de diez días, en Nueva Orleans. Irás con tu gente al lugar que yo te indique a rendirme pleitesía, y todos haréis un juramento. Permanece a mi lado y te recompensaré. Puedo ser muy generoso.

William se puso de pie con el sabor de la victoria en su paladar. Estaba eufórico. La primera parte del plan había funcionado. Los tenía. Un solo golpe y acabaría con la mayor parte de ellos, los más peligrosos. Después de eso, el resto quedaría disperso. Se escondería. Cazarlos no sería un problema y el mundo quedaría libre de la plaga que eran.

—Espera —exclamó Roland. Hizo un gesto a uno de sus hombres, que desapareció con paso rápido tras una puerta—. Me gustaría hacerte una ofrenda. Un regalo.

—¿Un regalo?

La puerta volvió a abrirse y el vampiro regresó con una chica humana a la que sujetaba de un brazo y casi obligaba a caminar. La joven tenía los ojos muy abiertos, asustados y enrojecidos, como si hubiera estado llorando; parecía en estado de *shock*.

—Acéptala, por favor, como símbolo de mi lealtad hacia ti. —Se llevó la mano al pecho e inclinó la barbilla—. Juro que lucharé por ti, te protegeré con mi vida y te alimentaré, mi señor. Acepta mi humilde sacrificio y el poder de su esencia.

William se quedó de piedra.

Roland era más antiguo de lo que parecía y conocía las viejas tradiciones anteriores al pacto. Regalar una presa, con lo escasas que habían llegado a ser en otras épocas, era un gesto de generosidad y respeto que no se debía rechazar sin caer en la ofensa.

Casi se le doblaron las rodillas. Miró a la chica. Era menuda, con unas mejillas sonrosadas en un rostro redondo y moreno. No tendría más de veinte años, puede que menos. La humana le devolvió la mirada y poco a poco su miedo dio paso a otra cosa.

Se quedó embelesada.

No era la primera vez que a William le ocurría algo así con los humanos. Despertaba en ellos una incómoda fascinación, que había ido en aumento desde que su naturaleza de ángel se estaba haciendo con el control de su cuerpo y su mente.

Maldijo para sí mismo. Ni siquiera se había planteado que algo así pudiera ocurrir. Era un contratiempo, e importante.

—Si no es de tu agrado, puedo ofrecerte otra —dijo Roland, preocupado por su silencio.

«¡Dios, esto no puede estar pasando! ¡No puedo hacerlo!», pensó.

Él luchaba para defender a los humanos. Y bien sabía que no era lo suficientemente fuerte como para beber de uno sin perder la cabeza. Ese riesgo era demasiado alto en su caso. Sin contar con que incumpliría el pacto que él mismo había jurado defender. Aunque si no lo hacía, el papel que estaba representando quedaría en entredicho.

Miró por encima de su hombro, buscando a su hermano. Robert parecía una estatua impasible, solo sus ojos reflejaban el pánico que sentía. También una determinación. Asintió de forma imperceptible. Todas las batallas exigían sacrificios.

—Ya veo —continuó Roland—. Temes que haya puesto algo en su sangre. Te demostraré que puedes confiar en mí.

Tomó a la humana del brazo y sin un atisbo de compasión se llevó su muñeca a la boca. Clavó los dientes en ella. La chica se estremeció y gimoteó, incapaz de apartar los ojos de la herida sangrante. El olor a vida penetró en el olfato de William. Sus fosas nasales se dilataron, capturando el aroma. Su estómago se agitó.

Roland se relamió.

—Deliciosa.

Colocó una mano en la espalda de la joven y la empujó hacia delante.

La chica tropezó y William la sostuvo por la cintura antes de que perdiera el equilibrio. La miró a los ojos, los suyos cambiaron de color hasta convertirse en fuego. El olor de la sangre lo estaba trastornando. Se dijo que pararía antes de dejarla seca. Después la transformaría y cuidaría de ella para compensarla.

Mejor vampira que muerta para siempre.

Contempló la curva de su cuello, incapaz de pensar en otra cosa.

Ella sollozó.

—Shhh —la hizo callar y le dedicó una sonrisa tranquilizadora.

Deslizó la mano por su garganta. Le acarició la arteria con el pulgar. ¡Dios!, le palpitaba a un ritmo endemoniado, bombeando adrenalina. El deseo se apoderó de él. Había fantaseado tantas veces con hacer algo así. Sin más dilación, le inclinó la cabeza y la mordió. Clavó sus dientes en la piel suave y el mundo se detuvo cuando la sangre inundó su boca. Bebió y no dejó de hacerlo.

Dolor, placer y poder le recorrían las venas. Cerró los ojos y un éxtasis demoledor lo sacudió. Mientras tanto, el cuerpo de la joven humana languidecía entre sus brazos. Los latidos se ralentizaron y el flujo disminuyó.

William clavó los colmillos con más fuerza y succionó sin dejar de gruñir. No quería que se acabara. Necesitaba más. Volvió a gruñir, insatisfecho con ese último sorbo. Entonces notó algo que no esperaba, pegándose a su lengua, deslizándose por su garganta. Abriéndolo en canal de arriba abajo.

La esencia vital de la chica se abrió paso hasta su corazón y, durante un instante, lo hizo latir. Palpitó de verdad.

13

Abandonaron el club sin entretenerse.

Apelando a su escasa fuerza de voluntad, William logró entrar en el coche como si no pasara nada de nada. Por dentro, un zumbido hacía temblar su cuerpo. La sangre de la chica le había sabido tan dulce, y su esencia... ¡Dios, su esencia! No tenía palabras para describir lo que había sentido. Fuerza y poder en estado puro.

Desde el asiento contiguo, Robert observaba preocupado a su hermano. No podía apartar los ojos de las manchas de sangre que le salpicaban la piel y la camisa. Del mismo modo que tampoco podía quitarse de la cabeza su imagen bebiendo de esa joven humana, ni la expresión de absoluta maldad en su rostro al separarse de su cuerpo sin vida. Después, su placer se había transformado en desconsuelo al comprobar que estaba muerta. Había sacrificios que jamás compensarían el precio que se pagaba por ellos.

Por suerte, el resto de su séquito no había visto la escena. Cyrus había sido prudente a la hora de hacerles salir un instante antes.

—¿Estás bien? —preguntó Robert.

—La he matado. No he sido capaz de detenerme —susurró con la vista clavada en sus manos temblorosas. Se sentía como un asesino, un violador y un monstruo.

—Esa chica ya estaba condenada antes de que tú llegaras. Al menos, no ha sentido miedo y ha servido a un buen propósito. ¡No te atormentes, hermano!

William alzó el rostro, con lágrimas en los ojos.

—Lucho para evitar que cosas así ocurran y me he convertido en lo que combato.

—¡No, has hecho un sacrificio necesario! ¿Acaso crees que yo no cargo con mis propios demonios? Mientras le seguía el juego a Amelia y a Marcelo, no tuve más remedio que hacer ciertas cosas. Aunque siempre me detuve antes de que la vida abandonara al humano. Mi oscuridad está demasiado presente como para ponerla a prueba.

—Yo no he podido detenerme. ¡Dios, ¿qué he hecho?! —Se llevó las manos a la cabeza y presionó sus sienes. Necesitaba salir de ese espacio diminuto—. Detén el coche —le ordenó al guerrero que conducía.

El vampiro obedeció y William descendió del vehículo.

Robert lo siguió y le hizo un gesto a los otros dos vehículos para que no se preocuparan.

—¿Adónde demonios vas?

—No lo sé.

—Habla conmigo. ¿Qué te pasa?

William se detuvo y se giró para mirarlo. Abrió la boca como si fuese a gritar, pero la cerró de nuevo y sacudió la cabeza.

—Nada, solo necesito estar un momento a solas y caminar.

—Vale, te esperaremos en el coche.

—No, marchaos. Volved a casa. Yo regresaré por mis propios medios.

Robert le sostuvo la mirada, preocupado y temeroso.

—Hermanito, no creo que sea prudente.

—Por favor, necesito que me dejes solo.

—Will, lo de esa humana...

William hizo una mueca de dolor.

—Era necesario. Lo sé, ¿de acuerdo? Y estoy bien. No voy a lanzarme sobre el primer cuello que vea.

Sin darle tiempo a decir nada más, se alejó con paso rápido y desapareció en la noche. Aunque no estaba tan seguro de esa afirmación como creía.

Mientras se movía entre las personas que circulaban por la calles, sus sentidos se distraían con cada latido con el que se cruzaba. Decenas de corazones repletos de vida lo rodeaban como un mar revuelto, sacudiéndolo de un lado a otro. Una chica con un uniforme de camarera salió de una cafetería. Sin querer chocó con él. Alzó sus ojos y lo miró con una disculpa en su sonrisa. El rubor le tiñó las mejillas y William quedó atrapado en ese sonrojo.

—Lo siento. No miraba por donde iba.

—Perdonada —dijo William sin dejar de mirarla.

En realidad, contemplaba la vena que latía bajo su oreja, cada vez más rápido.

—Vaya, creo que te he manchado la camisa.

Sacó un pañuelo del bolsillo de su delantal y comenzó a frotar lo que parecían restos de tomate.

Él detuvo su brazo por la muñeca, pero no la soltó.

—No importa. ¿Por qué tiemblas?

La chica tragó saliva y su rubor se acentuó.

—No lo sé —respondió, incapaz de apartar los ojos de los de él—. ¿Nos hemos visto antes?

William ladeó la cabeza y sonrió. La estaba seduciendo, era consciente y no se detuvo. Tragó saliva y su estómago se agitó. Notaba las puntas de sus colmillos arañándole la lengua.

—Creo que me acordaría.

—Sí, yo también.

William percibió el cambio de olor en su cuerpo. Se sentía atraída físicamente por él. El corazón le martilleaba el pecho con fuerza y sus pupilas se habían dilatado. Deslizó el pulgar por su muñeca y le mostró una sonrisa mucho más seductora. Era tan fácil atraparlos si se lo proponía. La miró. Si le pedía que lo acompañara, ella lo haría, y él tenía un agujero en el pecho que necesitaba llenar. Solo podía pensar en ese agujero.

—¿Tienes novia? Porque si no sales con nadie, he pensado que podría darte mi número y...

La pregunta se abrió paso en su cerebro como la hoja de un cuchillo. Todo su cuerpo se tensó y dio un paso atrás. ¿Qué demonios estaba haciendo coqueteando con esa chica? No, «coquetear» no era el término adecuado. La estaba acechando.

Apretó los dientes y echó a andar, dejándola allí plantada.

De repente, la marea humana ya no era tan apetitosa, sino molesta, y él estaba tan cabreado.

Se adentró en un callejón, buscando un lugar para desmaterializarse sin ser visto. Anduvo entre los contenedores, donde algunos mendigos rebuscaban algo que llevarse a la boca. Un poco más adelante, un hombre discutía con dos mujeres por dinero. Parecían prostitutas. Ellas le dieron todo lo que llevaban encima y él las despidió con un cachete en el trasero.

William se detuvo frente a él.

—¿Se puede saber qué estás mirando? —le espetó el tipo, mientras contaba un fajo de billetes.

William ni siquiera se dio cuenta de cómo ocurría, pero un segundo después el corazón de ese hombre estaba en su mano. Lo sostuvo, mientras observaba impasible cómo su dueño se desangraba en el suelo a través de un agujero en el esternón. Su mano se iluminó y el músculo quedó reducido a cenizas. Apartó el cuerpo de una patada y se desvaneció en el aire sin ningún remordimiento.

Se materializó junto al arroyo que discurría cerca de su casa. Se miró la mano ensangrentada. Le había arrancado el corazón del pecho a ese tipo. Lo había asesinado a sangre fría y, aunque el tipo era un indeseable, no dejaba de ser una vida sobre la que él no tenía ningún derecho.

Pensó en la chica que también había asesinado. Cerró los ojos. El zumbido de su sangre aún le calentaba las venas. Los remordimientos se mezclaban con el placer y la necesidad de volver a sentir la vitalidad humana en sus venas. La deseaba como un maldito renegado y no se podía confiar en él.

«Se me está yendo de las manos», pensó.

Se agachó y comenzó a lavarse, y enseguida se dio cuenta de que no sería suficiente. Tenía la ropa manchada de sangre. Se quitó la chaqueta, la camisa y los zapatos, y después les prendió fuego. Mientras contemplaba las llamas, intentó ignorar la oscuridad que pulsaba en su interior, abriéndose paso, pidiéndole que la liberara.

Se sobrepuso a la inquietante sensación a fuerza de voluntad y se dirigió a la casa.

Las luces de la segunda planta estaban encendidas y se oía el agua de la ducha caer. La imaginó desnuda bajo esa lluvia caliente y su necesidad de ella, de verla y sentirla, lo dominó por completo. Ella era su oasis en el desierto.

Nada más poner un pie en la entrada, se detuvo con un escalofrío. Ladeó la cabeza y sus ojos taladraron el bosque.

—Como la estés mirando, te sacaré los ojos.

Se oyó una risita y el ruido de unas ramas. Una sombra cayó hasta aterrizar en el suelo con la elegancia de un puma.

—Mi vista aún no puede atravesar paredes, pero no estaría mal, ¿eh? Por cierto, de nada. Ha sido estupendo hacer de niñera.

William puso los ojos en blanco y esbozó una leve sonrisa.

—¿Cómo está?

—Ha pasado toda la semana en la casa de huéspedes, dándome órdenes y haciéndome trabajar como un esclavo. Lo mío es el arte de la guerra, no pintar estuco. —Miró a William y notó que evitaba su mirada—. ¿Cómo ha ido?

—Ese tipo de San Diego, Roland, es un capullo narcisista, pero he podido convencerle igual que al resto. Irá a Nueva Orleans y llevará a su gente con él. Si ninguno se echa atrás, tendremos a los aquelarres más importantes y numerosos reunidos en un mismo lugar. —Tragó saliva y se miró las manos—. Es posible que lo logremos.

Adrien asintió y trató de pasar por alto el hecho de que había aparecido sin ropa y oliendo a sangre humana. No quería sacar conclusiones precipitadas. Podía haber muchas razones inocentes que lo explicaran y ninguna era asunto suyo. Sin embargo, conocía esa expresión, ya la había visto frente al espejo en muchas ocasiones.

—Dime que no lo has hecho.

William se enderezó, tenso como un cable de acero. Lo miró a los ojos y supo que a él no podía mentirle. Jodida conexión. Apretó la mandíbula.

—Tú no estabas allí. Ese hijo de puta me la ofreció y no pude decir que no. Si lo hubiera hecho, habría desconfiado de mí —escupió sin rodeos.

Adrien resopló y se pasó las manos por el pelo.

—¿Hasta dónde llegaste?

—¿Y qué importa?

—Importa, William —masculló en voz baja, consciente de que Kate estaba en la casa.

—No pude detenerme.

—¡Joder!

William lo miró una última vez. No necesitaba que nadie le dijera que había cometido un gran error, era consciente de lo mucho que se había equivocado.

—Vete a casa, Adrien. Te llamaré si te necesito.

—Espero que de verdad lo hagas. Créeme, soy el único que podrá ayudarte si de verdad estás tan jodido como pareces.

Dio media vuelta y desapareció en la oscuridad.

William se tomó un momento para tranquilizarse. Después entró en la casa y subió hasta el dormitorio. La ropa de Kate estaba esparcida por el suelo y olía a pintura y disolvente. Se coló en el baño sin hacer ruido y se quedó mirando la silueta de su cuerpo tras la mampara de la ducha. Era tan hermosa.

¡Dios, cómo la había echado de menos! Ella lo derretía, lo conmovía, y las capas de frialdad y tiranía tras las que se cobijaba caían una tras otra cuando la tenía cerca. Era su mundo privado, donde todo era perfecto.

Kate se quedó quieta. Por un momento le pareció percibir una presencia en la casa. Pensó que sería Adrien. Corrió el cristal y asomó la cabeza.

—¡Hola!

Nadie contestó. Lo habría imaginado. Cerró el cristal y se giró para alcanzar la esponja. Un grito escapó de su garganta. William estaba dentro de la ducha, desnudo salvo por unos pantalones de tela que comenzaban a empaparse.

—¡Dios, casi me matas del susto!

Los labios de William se curvaron con una sonrisa.

—No era esta la bienvenida que esperaba —le dijo en voz baja. De repente, ella lo abrazó y escondió el rostro en su pecho. Él estrechó su cuerpo desnudo, frágil y tembloroso—. Mucho mejor.

—Me alegro tanto de que hayas vuelto. Estaba muy preocupada —confesó. Echó la cabeza atrás para poder mirarlo a los ojos—. ¿Todos están bien?

—Sí.

—¿Y las cosas han salido como esperabas?

—Han ido bien.

Kate suspiró y su cuerpo se relajó entre sus brazos.

—¿Y ahora qué?

William le alzó la barbilla con un dedo y la miró fijamente. Una de las comisuras de sus labios se elevó con una media sonrisa tan arrogante como sexi. Deslizó la otra mano por su cadera y le acarició el trasero. La empujó bajo el agua caliente hasta que la tuvo de espaldas contra la pared de azulejos.

—¿De verdad quieres hablar de renegados y el futuro en este momento? Porque yo prefiero demostrarte lo mucho que te he echado de menos. No puedo estar lejos de ti sin sentir que me han arrancado medio cuerpo. Te deseo.

Kate se lamió los labios, ofreciéndoselos.

William dejó de contenerse y su control se quebró. Necesitaba sentirla y olvidarse de todo. Tomarla y acallar cualquier pensamiento. Le echó la cabeza hacia atrás y la besó. No fue suave ni delicado. Le mordió el labio y abrió la boca para él. La saboreó mientras soltaba el botón y bajaba la cremallera de sus pantalones. La levantó por la cintura y envolvió sus piernas alrededor de sus caderas. Sin pensar. Dejándose llevar por el tacto, las miradas y los sonidos sofocados de sus gemidos.

Se movía bajo ella, contra ella. Sus pechos presionando, peleando contra un espacio inexistente. Enredó los dedos en su pelo y entró en ella de golpe. La sensación le hizo estallar y llegó a lo más profundo de su ser. Llevó sus manos por encima de la cabeza y se movió más rápido, mientras la besaba sin descanso. Ella no pudo contenerse y le mordió el labio inferior.

William gimió con un sonido delicioso, mientras la sangre brotaba y se mezclaba con su saliva. Le soltó las muñecas e inclinó el cuello. Con una mano en la nuca, la acercó hasta su garganta. No tuvo que pedírselo. Kate separó los labios y desnudó los colmillos. Lo mordió y perforó su piel. Gruñó de placer y dejó que bebiera mientras sus caderas acometían contra las suyas.

Solo había un orden natural posible en su vida y era ese.

Kate entre sus brazos.

14

Kate lo miró como si tuviera delante a un extraterrestre. Sacudió la cabeza y puso los ojos en blanco.

—No pienso llevar escolta. ¿Sabes lo raro que será ir por ahí rodeada de unos tíos que parecen clones de Riddick? —replicó mientras buscaba las llaves del coche por el salón—. Olvídalo. No necesito guardaespaldas.

Él la observaba desde el sofá.

—Por favor, serán discretos. No puedes ir por ahí desprotegida.

—No estoy desprotegida. Sabes muy bien que puedo defenderme, y estos días he practicado con Adrien.

La sonrisa desapareció del rostro de William. No le gustó oír eso. Intentó apartar de su mente la imagen de un combate cuerpo a cuerpo entre ellos. Imposible. Ahora no lograba pensar en otra cosa. Se puso de pie y se dirigió a la cocina. Sacó de la nevera una bolsa de sangre y la rasgó con los dientes. Empezó a beber. Necesitaba calmar los nervios que sentía en el estómago.

Ella lo siguió. Se quedó parada junto a la puerta y lo miró. Solo llevaba un pantalón de pijama que colgaba por debajo de sus caderas, mostrando lo suficiente para que pudiera distraerse con su perfecta anatomía.

—Will —dijo con voz mimosa. Él la miró de reojo, enfadado. Unos mechones de pelo castaño le cayeron por la frente cuando giró la cabeza hacia la ventana—. Sé que te preocupa mi seguridad, pero no puedo pasearme por Heaven Falls con un ejército de vampiros. Llaman demasiado la atención, son enormes y dan miedo. La gente hará preguntas, empezarán a fijarse en nosotros y a especular. Sabes que eso no sería bueno. —Hizo una breve pausa y se apoyó en la mesa con los brazos—. Además, no hay motivos para pensar que en este momento los renegados vayan a atacarnos. Y si lo que te preocupa son los ángeles, sabes que solo necesitan un pensamiento para reducirme a cenizas. Si deciden ir a por mí, ni siquiera tendrán que acercarse.

William dejó de beber. Parpadeó y de golpe cayó en la cuenta de lo que ella acababa de decir. Que tuviera una escolta no era suficiente. ¡Dios, cómo no se había dado cuenta antes!

—Tienes razón, por eso será mejor que te quedes en casa hasta que todo esto pase y estemos seguros.

—¿Qué? —Kate dio un respingo—. No pienso quedarme en casa encerrada.

—Solo será hasta que todo acabe y eliminemos el peligro.

—¿Eliminar el peligro? ¡Siempre habrá ángeles! No puedes tenerme encerrada toda la eternidad.

—Lo que no puedo permitir es que te hagan daño.

—¿Incluso a costa de mi libertad? ¡No eres mi dueño!

William alzó los brazos exasperado.

—Estoy cansado de discutir. Es lo único que hacemos, discutir y discutir.

Tiró la bolsa vacía a la pila. No lograba entender la actitud de Kate. ¿Acaso no se daba cuenta de que lo hacía por ella, para mantenerla a salvo? ¿Que no eran solo paranoias suyas y que fuera de esos muros había peligros reales?

—Puede que dejemos de discutir si tú intentas ser más razonable —le espetó Kate.

La irritación aguijoneó a William. Se plantó delante de ella, tan cerca que el aire apenas circulaba entre sus cuerpos. Apretó los labios con una mueca de suspicacia.

—¿Ser razonable es que me quede de brazos cruzados mientras te expones con una diana del tamaño de Maine en la espalda? Todo el mundo sabe ya lo que significas para mí. Eres mi debilidad e intentarán aprovecharla para controlarme o castigarme. Así que no estás en posición de negociar conmigo, sino de hacer lo que yo diga.

Kate retrocedió con los puños apretados y más que enfadada. William se estaba pasando con esa actitud machista y controladora. Le importaba un cuerno si había nacido dos siglos atrás y su educación era otra, había tenido tiempo de sobra para ponerse al día.

—Bueno, yo veo otra solución al problema. Quizá debamos demostrarles que no soy tan importante para ti. Es más, les dejaremos muy claro que no soy nada tuyo. —Lo apuntó con el dedo—. Ni siquiera habrá que fingir. ¡Porque a este paso será la verdad!

La piel de William comenzó a iluminarse y sus ojos se convirtieron en dos pozos sin fondo de plata fundida. Su expresión era siniestra y amenazante.

—¿Y eso qué quiere decir?

Kate se envaró, dispuesta a no dejarse amedrentar. No podía permitir que él la doblegara. Y mucho menos iba a quedarse encerrada, vigilada día y noche de forma indefinida.

—Que no soy una propiedad, ni una mascota, ni uno de tus súbditos que obedecen todas tus órdenes sin rechistar. Si lo que buscas es una mujercita sumisa, te has equivocado conmigo.

La luz que rodeaba a William, cada vez era más intensa. De repente, empezaron a oírse un montón de clics. Todas las ventanas y puertas se estaban cerrando solas. Solas no, las había cerrado él. Los ojos de Kate se abrieron como platos.

—Vuelve a abrirlas.

—Todo lo que estoy haciendo es para mantenerte a mi lado. Para que mañana, dentro de un siglo o de diez, sigamos juntos y tengamos una vida que vivir. Solo intento protegerte —masculló él.

—No, tú quieres enterrarme entre estas paredes. Sin aire. Sin vida. Yo no puedo vivir así, ni siquiera por ti. Lo siento. Esta es mi última palabra.

Kate se sacó el anillo del dedo.

—Vuelve a ponértelo —ordenó él en un susurro.

Ella no le hizo caso, sino que extendió la mano con el aro en la palma, dispuesta a devolvérselo. Estaba tan enfadada que no lograba pensar. Solo quería ganar ese pulso de poder injusto y estaba preparada para arriesgar el compromiso, aunque eso también le rompiera el corazón.

—No estoy de broma, Kate. ¡Vuelve a ponerte el maldito anillo!

Alguien tosió fuera y los dos se giraron hacia la puerta acristalada. Robert y Adrien saludaron, sin poder disimular la incomodidad del momento.

—Terminaremos esta conversación más tarde —dijo William en voz baja, mientras cogía el anillo y se lo colocaba en el dedo casi a la fuerza.

—Ya ha terminado. No vas a encerrarme, ni a controlarme, eso te lo aseguro —replicó de forma tajante Kate.

Se dio la vuelta y salió de la cocina hecha una furia.

William movió la mano y la puerta de la terraza se abrió.

—No pretendíamos interrumpir —dijo Robert a modo de disculpa.

—No importa —respondió William. Miró su reloj y exhaló el aire que estaba conteniendo. No tenía ni idea de que fuera tan tarde. En pocos minutos esa casa iba a llenarse de gente—. Iré a vestirme.

Subió al dormitorio. En el baño se oía el agua de la ducha. Cogió el picaporte y lo giró, solo para comprobar que ella había cerrado desde dentro. Una sonrisa arrogante se dibujó en su cara. Si pensaba que eso podía detenerlo... Se le cayó el alma a los pies. Kate sabía perfectamente que un cerrojo no iba a impedirle el paso, pero sí el claro mensaje que estaba enviando y que lo ponía a prueba. No lo quería cerca.

Se alejó de la puerta y se sentó en la cama. Se quedó mirando las sábanas desordenadas. Presa de la frustración, se pasó una mano por la barba incipiente y después por el pelo. Solo un par de horas antes habían estado en esa cama, envueltos en besos y abrazos. Ahora ni siquiera estaba seguro de si ella volvería a hablarle. ¿Por qué tenía que ser tan testaruda?

Sacó del armario unos tejanos azules y una camiseta gris de manga larga. Quizá no fuera el atuendo más adecuado para el rey, pero eso era algo que estaba lejos de importarle.

Cuando bajó al salón, todos a los que había convocado ya se encontraban allí. Comprobó que el ambiente entre vampiros y lobos parecía mucho más relajado que en Roma. Era un avance. Que llegaran a entenderse, como si de un solo clan se tratara, hacía más fácil que se cubrieran las espaldas los unos a otros, sin importarles de qué linaje procedía el que luchaba a su lado.

Se sentó junto a Daniel, que le dio un fuerte apretón en el brazo a modo de saludo. Robert se acomodó a su lado y Adrien se colocó a su espalda, junto a la pared. Cyrus, Mihail y sus guerreros más cercanos ocuparon cada asiento disponible en el amplio salón. El resto permaneció de pie.

—¿Y bien? —preguntó William.

—Tengo hombres revisando palmo a palmo los muelles —empezó a decir Cyrus—. Pero van con cuidado y aún tardarán un par de días en pasarme un informe. No me fío de que los renegados también envíen a algunos de los suyos para asegurarse de que no tramamos nada y sorprendan a los nuestros.

—Yo lo haría —indicó Robert—. Intentaría conocer el lugar con antelación. Los accesos y salidas, las zonas donde podrían tenderme una emboscada. Necesitamos conocer muy bien el terreno para poder esconder a nuestros hombres antes del ataque.

—Habría que trasladarlos hasta allí con tiempo y mucha cautela. Es probable que los renegados comprueben el terreno varias veces. Sería de ilusos creer que confían en nosotros, aunque hayan jurado lealtad —replicó Mihail.

—Ese juramento no sirve de nada hasta que lo hagan de forma pública y derramen su sangre en señal de obediencia —intervino William.

—Y aun así no sería sensato fiarnos de ellos —indicó Daniel. Miró a William a los ojos—. ¿Tenemos alguna idea de cuántos serán?

William le hizo un gesto a Cyrus para que contestara.

—No, solo previsiones, pero estoy seguro de que nos superan en gran número. Tengo hombres vigilando los nidos, intentando conseguir un censo. No es fácil, se disgregan continuamente.

—Mis hombres estarán listos en tres o cuatro días. Se están concentrando al norte de Atlanta. Allí pasarán desapercibidos —informó Samuel—. ¿Los vuestros?

—Nos está costando un poco que entren en el país sin llamar la atención —admitió Mihail—. Tres, cuatro días, puede que cinco. Eso nos deja poco margen antes de la reunión. Aunque... —guardó silencio al ver a Kate en la puerta e inclinó la cabeza a modo de saludo.

Ella le devolvió el gesto. Forzó una sonrisa y recorrió los rostros de los presentes, hasta que sus ojos se detuvieron en Mako, ataviada como un guerrero más. Se preguntó qué hacía ella allí. Fingió que le era indiferente y alargó la mano para tomar las llaves del coche, que se encontraban sobre el aparador.

—¿Vas a salir? —la voz de William llegó hasta ella abriéndose paso como una hoja afilada.

Kate clavó sus ojos en él, fría y desafiante.

—Sí, tengo cosas que hacer.

Le sostuvo la mirada, retándolo a que dijera o hiciera algo delante de todas aquellas personas. Pero él no hizo nada, solo fulminarla. Se dio la vuelta y se dirigió a la puerta.

A William le costó un esfuerzo sobrehumano controlarse y no salir tras ella para volver a meterla en la casa. Kate se había propuesto sacarlo de quicio. Buscó a Adrien con la mirada. No necesitó decirle nada, y fue un alivio porque la frustración que sentía ni siquiera lo dejaba pensar.

Adrien asintió una sola vez y salió tras Kate.

15

Kate entró en la biblioteca pública, cargada con todos los libros que había sacado prestados unas semanas antes, con intención de familiarizarse con algunas de las asignaturas que daría en la Universidad. Eso había ocurrido antes de que un híbrido la convirtiera en vampiro y que toda su vida cambiara para siempre.

Estudiar, tener un trabajo normal, ese tipo de cosas parecían lejanas e imposibles en ese momento. Su día a día se había convertido en una sala de espera en la que el reloj avanzaba implacable mientras ella era un mero objeto inanimado sin ninguna prisa.

Cruzó las puertas y se dirigió al mostrador. Ni rastro de Gayle, la bibliotecaria. Miró el reloj que colgaba de la pared. Eran más de las diez y quería regresar a la casa de huéspedes antes del mediodía para continuar recogiendo las cosas de Alice.

Dejó los libros sobre el mostrador y deambuló por las distintas salas en busca de la chica. Recorrió un pasillo tras otro, rodeada de montones de estanterías. Apenas había gente en las mesas; y más allá, en los atrios junto a los ventanales, solo halló un par de parejas dándose el lote.

Notó un escalofrío en la nuca y se giró. Durante una milésima de segundo le pareció ver una figura familiar, que desapareció tras un cubículo. La siguió, sin tener muy claro por qué y a quién estaba persiguiendo. Llegó hasta una zona donde se amontonaban los ordenadores anticuados y el mobiliario roto.

Se paró de golpe y, aunque estaba tan muerto como las mariposas que colgaban de alfileres en los cuadros de la pared, sintió que su corazón saltaba con fuerza dentro del pecho. El hombre de la cafetería se hallaba sentado a una mesa, no muy lejos de donde ella se encontraba, y la contemplaba. Su instinto le dijo que saliera corriendo, pero se impuso la curiosidad y la necesidad de saber si solo se trataba de una alucinación.

Se acercó con cautela, sin apartar la vista de esa mirada que le sonreía.

—Saludos, mi dulce niña —dijo el hombre.

—¿Me conoces?

—No deberías visitar lugares donde los humanos pueden cortarse con trozos de papel.

Kate se puso tensa al escuchar el timbre de su voz, tentador. También el conocimiento que implicaban sus palabras.

—¿Cómo sabes lo que soy?

El hombre sonrió.

—Yo sé muchas cosas. —La invitó a sentarse con un gesto. Kate miró por encima de su hombro, solo para comprobar que estaban solos—. Tranquila, soy inofensivo para ti.

Kate apartó la silla y se sentó. Apoyó las manos en la mesa y contempló al hombre. Tenía un aspecto que le resultaba familiar y al mismo tiempo sobrecogedor. Poseía un rostro hermoso que distaba mucho de ser perfecto, pero sus rasgos la tenían embelesada.

—No eres una alucinación. Ayer te vi de verdad.

Él le dedicó un guiño y sus labios se curvaron con una sonrisa de suficiencia.

—Solo porque yo quise que me vieras.

—¿Por qué?

—¿Y por qué no?

Se produjo un largo silencio en el que Kate era incapaz de apartar la vista de él. Sabía que estaba mal mirar a una persona de ese modo, pero tenía una sensación extraña que la empujaba a buscar algo que, estaba segura, tenía ante las narices y se le escapaba. Algo importante que aparecía en su mente y que era tragado por una oscuridad silenciosa antes de que tuviera tiempo de averiguar de qué se trataba.

—¿En qué piensas? —preguntó él con verdadera curiosidad.

—No eres un vampiro, ni un licántropo, y tampoco pareces un ángel. ¿Qué eres?

Él se reclinó en la silla y sacó del bolsillo de su chaqueta una bolsita con galletas saladas.

—Será divertido ver cómo lo averiguas. —Se metió una galletita en la boca—. Por cierto, ¡qué maleducado soy! No me he presentado. Me llamo Marak. ¿Quieres?

Le ofreció una galleta.

Kate negó con la cabeza.

—Si sabes lo que soy, también sabes que no puedo ingerir esas cosas.

—¿Lo has intentado?

—Oye, Marak —su nombre se le atascó en la boca un instante—. Sé que no puedo. Los vampiros enfermamos con la comida.

—Tú no eres un vampiro corriente. Te convirtió el retoño de un ángel y la sangre de otro te alimenta. Querida, tú también eres única en tu especie. Otro milagro de la evolución. —Se encogió de hombros y se comió la galleta—. ¿Quién sabe qué cosas podrás hacer?

Kate lo miró estupefacta y un miedo irracional se instaló en su pecho. Ese tipo sabía cosas sobre ella que no debería saber. Su instinto la empujaba a huir de allí a toda prisa, pero no le hizo caso y se quedó donde estaba.

—¿Cómo sabes tantas cosas sobre mí?

—Observar es lo único que me distrae.

—¿Nadie te ha dicho que es de mala educación espiar a los demás?

—No soy un mirón. —Parecía ofendido—. No necesito acechar en las sombras para saber esas cosas. Puedo leer el alma de las personas. Es el registro más completo que existe, todo se almacena ahí. La mente olvida, el cuerpo olvida... El alma nunca lo hace.

Los ojos de Kate se abrieron de par en par.

—¿Puedes ver el alma? ¿La de cualquiera?

—Solo si quiero, por supuesto. Aunque pocas despiertan mi interés.

A Kate le temblaron los labios. ¿Qué clase de ser podía ver el alma y leer en ella? «Un ángel», se dijo con un nudo en el estómago. Solo que no parecía uno.

—¿Y has mirado en mi alma?

—No he podido resistirme.

—¿Y por qué he despertado tu interés?

Marak permaneció en silencio.

Kate se dio cuenta de que no iba a sacarle nada más. Se fijó en el libro que tenía abierto sobre la mesa. Un tomo muy antiguo, escrito a mano y con ilustraciones un poco toscas. Había recorrido cada pasillo de esa biblioteca infinidad de veces, desde que era una niñita que ni siquiera sabía leer. Conocía cada estante y no recordaba haber visto algo parecido antes.

—*Infernum Canem* —leyó en voz alta el título que figuraba sobre un dibujo. Miró a Marak a los ojos e intentó ver en ellos algo más de lo que mostraban—. ¿Perros del infierno? ¿Crees en estas cosas?

—Si existen otros seres, criaturas como tú o yo, ¿por qué no habrían de existir ellos también?

—Porque si es verdad todo lo que se ha escrito sobre ellos, unos seres tan malévolos no deberían existir.

Un brillo de diversión iluminó el rostro de Marak.

—Oh, querida. Ni el malo es tan vil, ni el bueno es tan piadoso. Y sé de lo que hablo. —Giró el libro y lo empujó hacia ella—. ¿Por qué no te lo llevas? Verás que el mundo está lleno de extrañas criaturas y todas fueron creadas para un fin.

Kate estudió el dibujo. Representaba una manada de enormes perros de grandes fauces y mirada enloquecida. Lo aceptó sin saber muy bien por qué lo hacía. De repente, tenía la necesidad de llevarse ese libro con ella. Al coger la tapa para cerrar el volumen, su mano se topó con la de Marak. Dio un bote en la silla y a punto estuvo de caer de espaldas. Su mano había atravesado la de él como si esta fuera de humo. Lo miró de hito en hito.

—¡Madre mía, ¿eres un fantasma?!

Marak se echó a reír con ganas.

—Es una forma de verlo.

Kate se relajó, aunque solo un poco. Que Marak fuese un fantasma era algo tranquilizador, comparado con todas las peligrosas posibilidades que había estado barajando. O eso esperaba. ¿De verdad existían los fantasmas?

—¿Estás atrapado aquí, en este lado? No es que sepa mucho sobre espectros, pero he visto esa serie, *Cazadores de fantasmas*. Dicen que sois espíritus que quedáis atrapados en este lado por cuentas pendientes, o porque simplemente no sabéis que estáis muertos. Estás muerto, ¿no?

Marak arqueó una ceja, divertido.

—Ya no. Tu presencia y tu sonrisa me han devuelto la vida.

Kate se quedó mirándolo. Le estaba tomando el pelo. Sabía que no podía ruborizarse y aun así notaba un calor intenso en las mejillas. Apartó la vista, cohibida.

—¡Eres tan inocente! —exclamó Marak, bebiéndosela con los ojos—. Pura y buena como el alma que no ha conocido el pecado.

—¡Kate! —la voz de Adrien se abrió paso en el silencio de la biblioteca como lo haría un trueno. Alguien le chistó para que guardara silencio y él soltó una palabrota. Llegó hasta ella hecho un basilisco—. No lograba encontrarte. ¿Qué demonios haces?

—Hablando, ¿no lo ves?

—¿Sola?

—¿Sola? —Se giró hacia Marak y vio cómo este se desvanecía en sus narices—. No estaba sola, había alguien. Estaba ahí hace un segundo. Lo he... visto.

Adrien alzó las cejas y la miró preocupado.

—Ahí no había nadie. Estabas hablando sola. Te he visto desde el otro extremo de la sala.

Kate abrió la boca para contestar, pero soltó un suspiro y guardó silencio. El día anterior, Adrien tampoco había visto a Marak. ¿De verdad que solo ella podía verle?

Se pasó una mano por el cuello y apretó los párpados un segundo. Lo más sensato era dejarlo estar y no insistir en algo que podría causarle problemas. Hablar sola no la hacía parecer muy cuerda.

—Supongo que te ha enviado William para vigilarme.

Adrien asintió. De nada servía negarlo, era la verdad. Aunque la habría seguido igual de no habérselo pedido. Desvelarse por ella formaba parte de su día a día, no podía evitarlo.

—Está preocupado por tu seguridad. Yo también lo estoy. Eso es lo normal cuando alguien te importa y no quieres que le ocurra nada malo.

—Eso no es preocupación, es control. Está obsesionado. —Tomó el libro y lo abrazó contra su pecho mientras se dirigía a la salida—. ¿Sabes por qué discutíamos esta mañana? —Adrien negó de forma imperceptible—. Quiere que me quede en casa mientras él considere que fuera hay peligro. Quiere confinarme prácticamente de por vida, porque los ángeles estarán siempre ahí.

Él le sostuvo la mirada, incómodo al verse involucrado en algo tan personal entre ellos.

—Puede que él...

—¿Qué? —saltó atónita por lo que parecía un intento de justificarle—. ¿Estás de acuerdo con él?

—No. Aunque me pertenecieras en cuerpo y alma, jamás tendría ese derecho sobre ti. Nadie lo tiene, Kate.

Ella dejó escapar un suspiro de alivio. Sus palabras le calentaron el pecho.

—Pues explícaselo a él. A mí no me escucha.

Adrien sacudió la cabeza mientras sostenía la puerta de salida.

—No pienso meterme en vuestros asuntos —replicó una vez en la calle.

—¿Y qué haces aquí entonces? Estás vigilándome porque él te lo ha pedido.

—Te protejo, hay una diferencia enorme. —Se detuvo frente al coche de Kate y extendió la mano para que le diera las llaves. Ella se las entregó—. Y sí, él me lo ha pedido y el hecho de que confíe en mí me obliga a ayudarle. ¿Prefieres que nos odiemos?

Ella negó con la cabeza.

Subieron al coche.

Adrien puso el motor en marcha y se incorporó al tráfico con una hábil maniobra. La miró de reojo, sin saber muy bien cómo ayudarla con William sin hablar más de la cuenta y traicionarlo a él. ¿En qué momento se había convertido en terapeuta sentimental?

—¿Puedo darte un consejo?

—Supongo.

—No tenses demasiado la cuerda con él. Entiendo tus razones, pero también sé por lo que él está pasando estos últimos días.

—¿Crees que yo no?

—No tienes la más remota idea. Tú solo has visto una parte diminuta del peligro al que nos enfrentamos. No imaginas lo que hay ahí fuera y lo mucho que acojona. William se está enfrentando solo a todo ese miedo para salvarnos el culo. La situación lo supera y trata de hacerlo lo mejor que puede, pero si se le presiona demasiado...

Giró en el cruce, en dirección a la casa de huéspedes donde Kate había insistido en que se instalaran Ariadna y Cecil.

—¿Qué?

—¿Recuerdas la conversación que tuvimos en Roma? Lo que te expliqué sobre la oscuridad que crece dentro de nosotros. —Ella asintió y en sus ojos pudo ver que el enojo daba paso a la comprensión—. De eso te estoy hablando. La presión puede llevarte a hacer cosas que no deseas y a creer que de verdad son necesarias. Y si se fuerzan los puntos equivocados, las consecuencias podrían ser desastrosas.

Kate pensó en las palabras de Adrien y notó un agujero abriéndose en su pecho. También un pálpito.

—¿Qué es lo que no me estás contando?

Adrien puso el intermitente y giró hacia el sendero de tierra que conducía a la casa. Pisó el acelerador e ignoró la pregunta.

Kate lo dejó estar, agotada por la situación. Miró el libro que reposaba en su regazo y pensó en Marak. El estómago le dio un vuelco, inquieta.

—No hablaba sola en la biblioteca. —No podía fingir que ese encuentro no había sucedido—. Había alguien conmigo. Creo que es un fantasma.

Adrien giró la cabeza y la miró pasmado.

—¿Qué? —Parpadeó varias veces—. Oye, ¿seguro que estás bien?

—¡Sí! —Puso los ojos en blanco y resopló molesta—. Si dejas de mirarme como si me hubiera vuelto loca, podría explicártelo.

—Adelante.

En voz baja le habló de Marak y le contó la conversación que habían mantenido en la biblioteca.

—¿Me crees?

Adrien había frenado en medio del camino y la miraba sin parpadear. El silencio se alargó unos instantes en los que Kate se arrepintió de haber abierto la boca.

—Admito que es raro, pero... —Contempló el libro que ella sostenía—. El mundo está lleno de seres sobrenaturales, ¿por qué no fantasmas? Y por ese mismo motivo no deberías acercarte a él. Algo en este asunto me da mala espina.

—Si hubiese querido hacerme daño, lo habría hecho, ¿no crees? Es posible que...

—Sin concesiones, Kate. Ni siquiera voy a darle el beneplácito de la duda. Si le ves, te alejas y vienes a buscarme, ¿de acuerdo?

Kate frunció los labios con una mueca de fastidio. Estaba cansada de recibir órdenes, como si fuese una niña pequeña que necesitase atención constante. De repente, notó un nudo en el estómago y miró a Adrien con cierta desconfianza.

—¿Vas a contárselo a William? Porque lo último que necesito es que se ponga paranoico con este asunto.

Adrien negó con la cabeza y volvió a ponerse en marcha.

—No diré nada, si esto se convierte en un acuerdo. Yo mantengo la boca cerrada y tú no te acercas a ese... lo que sea. ¿Trato hecho?

Kate musitó un sí y se dedicó a mirar por la ventanilla.

No dijeron nada más durante el resto del trayecto.

Una sonrisa enorme se dibujó en la cara de Adrien cuando detuvo el coche frente a la casa. Cecil agitaba la mano desde el porche, saludándolos. Adoraba a su hermana. La sonrisa desapareció de golpe cuando Carter Solomon asomó tras ella sin camiseta, cubierto de serrín y con un martillo enorme sobre el hombro.

—El chucho empieza a ponerme de los nervios —masculló mientras el volante crujía entre sus dedos—. ¿Es que no tiene ropa que ponerse?

—No veo qué tiene de malo su atuendo —bromeó Kate.

Él le dedicó una mirada juguetona.

—¿Quieres que yo también me pasee sin camiseta?

Kate rompió a reír y bajó del coche.

16

William se adentró en el bosque. El día se le había antojado eterno entre planes, estrategias y reuniones de las que apenas recordaba los detalles, ya que no había hecho otra cosa que pensar en Kate. Tomó forma ante la casa de huéspedes. Adrien le había dicho en un mensaje que ella estaba allí y que aún tardaría un rato en regresar, pero él no quería esperar para verla. Necesitaba disculparse por su comportamiento de esa misma mañana.

Percibió movimiento a través de las ventanas del salón. Se acercó sin prisa y vio a Cecil enseñando a Carter a bailar. Kate se encontraba en el sofá, junto a Ariadna. Desde un sillón, Adrien fulminaba a Carter con una mirada asesina.

Amparado en la oscuridad de la noche, observó a Kate durante unos minutos. Mientras ella reía y hablaba sin parar, trató de recordar cuándo fue la última vez que la vio así de feliz a su lado. No estaba seguro, pero hacía mucho.

Dio media vuelta y se alejó de la casa. No quería estropearle la noche con su presencia, porque de haber querido verle, ya habría vuelto a casa. Ese pensamiento le hizo apretar los puños. Se sentía responsable del distanciamiento entre ellos, y no tenía ni idea de cómo arreglarlo. Cada vez que lograban volver a estar bien, ocurría algo que los separaba de nuevo, abriendo un abismo cada vez mayor entre los dos.

¡Y eso lo cabreaba!

Su teléfono móvil sonó. Le echó un vistazo, era Robert. Rechazó la llamada. Un segundo después, le llegó un mensaje de texto en el que le pedía que regresara a casa. Había surgido algo. ¡Dios, no podían dejarle en paz ni un maldito segundo!

Mientras un gruñido brotaba en su garganta, estrelló el teléfono contra el tronco de un árbol. Pequeñas piezas se incrustaron en la corteza. Aceleró el paso hasta que su cuerpo se convirtió en un borrón. No veía nada con claridad. Los colores habían desaparecido y su vista solo percibía una luz teñida de rojo.

Rogó para encontrar algún desahogo, pero el que necesitaba ni siquiera podía planteárselo.

Se detuvo al cabo de unos minutos. La frenética carrera no aliviaba la tensión. La rabia y la agonía bullían en su interior alcanzando niveles insoportables. Entornó los ojos y recorrió con la mirada el entorno. Había acabado en un parque, demasiado cerca de la ciudad. Demasiado cerca de sus habitantes. Sus ojos volaron hasta un hombre que paseaba a su perro. Desde allí podía oír el latido de sus corazones. Cerró los ojos y escuchó.

Otro sonido llegó a sus oídos. Alguien se acercaba muy rápido, con la respiración acelerada. Una mujer vestida con ropa de deporte apareció corriendo en el sendero, mientras comprobaba una pulsera que medía su frecuencia cardíaca. Debería haberse apartado, pero no lo hizo y ella se vio obligada a frenar de golpe en cuanto se percató de su presencia. Sus ojos se abrieron por el sobresalto, pero se relajó de inmediato.

—¡Ah, hola, no te había reconocido! William, ¿verdad? El prometido de Kate.

William parpadeó. ¿La conocía? Al ver que él no decía nada, ella acortó la distancia y le sonrió.

—Soy Gayle, trabajo en la biblioteca. No nos han presentado formalmente. —Alargó el brazo y le ofreció la mano. Él la miró durante un instante, antes de estrecharla—. Encantada de saludarte.

—Lo mismo digo.

Se quedó mirándola, atrapado en el rubor que teñía su piel, provocado por los latidos apresurados de su corazón. Podía ver las venas palpitando al ritmo de su respiración y percibía el olor de la adrenalina que inundaba su sangre.

Sus ojos se convirtieron en dos ranuras que ocultaron el cambio de color de sus iris. Una sonrisa perezosa se extendió por su cara y presa de un impulso incontrolable, se llevó la mano a los labios y la besó en los nudillos. Inhaló su olor. Con suavidad le giró la muñeca y dejó a la vista el pulso que latía bajo la piel. Los colmillos presionaron en su encía y un hambre atroz se apoderó de él.

Gayle sonrió por su gesto galante.

—Eres encantador, Kate tiene suerte. Por cierto, esta mañana estuvo en la biblioteca. ¿Te importaría decirle que no es suficiente con que deje los libros en el mostrador? —comentó divertida—. Necesito que vuelva y que lleve su carnet para poder registrar la devolución. Es un cielo, pero últimamente parece distraída y nerviosa. Supongo que será por el compromiso. La gente comenta que os vais a casar muy pronto.

A William le costó entender el parloteo de la humana, solo pensaba en cuál sería el mejor punto en su piel para hacer una incisión que mantuviera un flujo constante de sangre. Pequeños retazos se colaron en su mente. Kate, compromiso...

La soltó de golpe y dio un paso atrás. ¿Qué demonios estaba haciendo?

—Se lo diré. Deberías regresar al pueblo, este sitio no es seguro tan tarde —dijo en un tono más brusco de lo que pretendía. Le estaba costando no abalanzarse sobre ella y dejarla seca—. Gayle, por favor.

Ella asintió. Se despidió con un gesto y continuó corriendo.

William le dio la espalda y se obligó a no salir tras ella. Empezó a alejarse en dirección contraria, con las manos en los bolsillos para contener el temblor que las sacudía. En ese momento se sentía en el mismísimo infierno. Necesitaba sangre y ese «algo» que empezaba a desear más que cualquier otra cosa. No podía pensar en nada más.

Oyó un grito ahogado, un arrastre entre la maleza y después un siseo, como si alguien estuviera chistando para obligar a guardar silencio. Susurros, gemidos y un llanto suplicante. Sigiloso como un depredador, se dirigió al lugar de donde provenían los ruidos. Un hombre de mediana edad inmovilizaba a una chica, mientras le tapaba la boca con una mano sucia.

—Solo quiero el dinero, pero te haré daño si te mueves.

William no pensó, solo reaccionó a un impulso. Agarró al tipo por el cuello y se desvaneció con él.

Una brisa helada los sacudió cuando tomaron forma a kilómetros del parque.

—¡Dios, ¿qué me has hecho?! —gritó el hombre mientras se palpaba el cuerpo. Miró a William con el rostro desencajado—. Tus ojos... ¿Qué eres?

William aspiró el aire impregnado de miedo. Apretó los párpados con fuerza. Notó que el tipo echaba a correr, sus pasos se alejaban erráticos y descoordinados. Abrió los ojos y una maldad absoluta brilló en ellos. Una de sus comisuras se elevó con una sonrisa ladeada. ¡A cazar!

Corrió tras él. Le cortó el paso, lo agarró por la pechera y lo levantó a la altura de su cara. Con un gruñido, hundió los dientes en su cuello. El dolor y el tormento desapareció bajo un chorro de vida que sabía a gloria. El golpe lo pilló por sorpresa. Salió despedido por los aires y se estrelló contra un árbol. Se puso en pie y lanzó un rugido de frustración al encontrarse cara a cara con Adrien. Iba a matarlo.

Adrien no desaprovechó la escasa ventaja que tenía. Cogió al vagabundo y con ambas manos le sostuvo la cabeza. Un giro y le partió el cuello. El hombre se desplomó sin vida sobre la hojarasca, donde terminó de desangrarse.

—¡¿Qué diablos haces?! —gritó William.

Con el dorso de la mano se limpió la sangre que le escurría por la barbilla.

—¿Que qué hago? ¡Evitar que te condenes!

—¿Rompiéndole el cuello?

—Mejor eso que dejarte continuar —bramó con las manos en las caderas—. ¿Acaso no ves dónde te estás metiendo?

—¡No es asunto tuyo! Nada de lo que yo haga es cosa tuya, ¿está claro? —Lo empujó en el pecho una vez, y después otra. La tercera no llegó porque Adrien le devolvió el golpe—. No deberías haber hecho eso.

Adrien, lejos de amedrentarse, sonrió.

—¿Quieres desahogarte? Adelante. —Lo invitó mientras tiraba al suelo las dagas que llevaba escondidas bajo la ropa—. Pero sin truquitos de ángel que llamen la atención. No queremos visitas imprevistas, ¿verdad?

—Te vas a arrepentir.

—Si me arrepiento de algo, es de no haber hecho esto mucho antes.

William no necesitó que le insistiera y se deshizo de sus propias dagas. Estaba fuera de sí, tan frustrado que solo se guiaba por impulsos. Sentía la sangre del humano pegada al paladar, pero eso no era suficiente. Necesitaba lo que Adrien había permitido que se perdiera junto con su último aliento.

Se abalanzó sobre él sin vacilar y hundió un hombro en su costado. Las costillas crujieron. Adrien no se inmutó. Devolvió el golpe y acabaron enzarzados en un combate titánico cuerpo a cuerpo. William se agachó y se deslizó bajo los brazos extendidos de Adrien, le dio una patada en la espalda, saltó sobre él mientras caía y le clavó un puñetazo en el costado.

Adrien rodó por el suelo. Giró sobre sí mismo, barrió el suelo con la pierna extendida y golpeó a William bajo las rodillas. Lo derribó. Saltó sobre él, pero William fue más rápido, estiró el brazo y lo golpeó en el pecho, lanzándolo hacia atrás.

Ambos se pusieron en pie y arremetieron el uno contra el otro. Chocaron. William inclinó el torso hacia atrás, buscando impulso, y le dio un cabezazo. La sangre de Adrien lo salpicó. No lo vio venir y un gancho impactó en su mandíbula. Sacudió la cabeza, aturdido, y vio la sonrisita de suficiencia que curvaba la boca ensangrentada de Adrien. Se lanzó a por él. Giró en el aire para asestarle una patada, pero no lo alcanzó.

Adrien lo agarró por el tobillo y lo lanzó como si fuera un martillo, arrojándolo contra un árbol. Echó a correr y cayó sobre él antes de que tocara el suelo. Rodaron por un terraplén. Lejos de detenerse, se pusieron en pie y continuaron golpeándose. William echó los brazos hacia atrás y agarró a Adrien por el cuello, que trataba de estrangularlo, y lo lanzó por encima de su hombro.

Adrien cayó de espaldas sobre una roca y notó cómo varios de sus huesos se rompían. Con los dientes apretados, se puso en pie. Le costaba ponerse derecho y tenía la vista turbia. William no estaba mucho mejor y resoplaba con las manos en los muslos, como si necesitara ese apoyo para no desplomarse.

—Vamos, ¿a qué esperas? —dijo William con la voz entrecortada por el esfuerzo.

Adrien negó con la cabeza, que parecía pesarle una tonelada, y escupió sangre al suelo.

—Tú primero.

—Un segundo.

Tosió y se limpió con el dorso de la mano la sangre que le goteaba de una herida en el labio.

—De acuerdo, pero solo uno —convino Adrien.

Se dejó caer de rodillas. Su cuerpo cedió hacia un lado y se derrumbó de costado.

William se desplomó y giró el cuerpo con un quejido hasta colocarse de espaldas con las manos en el estómago. Se miraron y una estúpida sonrisa dibujó una mueca de dolor en sus caras. Menudo par de idiotas. Notó un pinchazo en la mejilla y la rozó con los dedos. Palpó un corte bastante largo y profundo que no estaba curándose. El rostro de Adrien tampoco tenía buen aspecto.

Habían consumido tanta energía atizándose, que ahora apenas tenían suficiente para que se curaran sus heridas.

—¿Cuántas veces lo has hecho? —preguntó Adrien.

William sabía de qué le estaba hablando. Se puso un brazo sobre los ojos. Estaba tan cansado que hasta su enfado se había diluido. Ya no tenía ganas de matar a nadie, de hecho, no sentía nada de nada.

—Solo una. En San Diego. —Soltó el aire de golpe—. Ese tipo me la ofreció y no podía rajarme. Mi tapadera habría quedado al descubierto.

—Hiciste lo que debías. Hay que asumirla como un daño colateral —admitió Adrien.

—Quise detenerme. Lo intenté, pero no pude. Fue como si algo se apoderara de mi razón. Dejó de importarme si estaba bien o mal. Sentía cómo esa chica se apagaba poco a poco y me dio igual. Entonces, con el último latido, su esencia entró en mí y fue mil veces mejor que cualquier orgasmo. Y al mismo tiempo, fue horrible —declaró avergonzado.

Adrien asintió, entendía perfectamente lo que William trataba de explicarle—. Ahora no dejo de pensar en ese momento. Necesito volver a sentir esa cosa de nuevo. A veces creo que no podré vivir sin ella y me siento despreciable.

—Te sentirás aún peor, te lo aseguro.

—Gracias por animarme —masculló William.

—¿Prefieres que te mienta? La oscuridad es nuestro hábitat natural y nos atrae como moscas a la miel, por eso nos resulta tan fácil ser perversos. —Hizo una pausa y contempló las estrellas—. Lo difícil es ser bueno, William. Aun así lo intentamos, nos aferramos a nuestra conciencia, por eso te sientes tan mal.

—¿Y no hay forma de equilibrar la balanza? No sé, para no ser un capullo todo el tiempo, porque es una auténtica mierda.

Adrien soltó una risita.

—Espero que sí.

—Ni siquiera sabemos si tenemos un lado bueno —dijo William en voz baja—. Mira de dónde venimos, lo que somos. ¿Sabes? Cuando pienso en mis padres, recuerdo esa película tan mala, *Alien vs. Predator*, ¿la has visto?

—Sí.

—Pues en esa película, se supone que los Xenomorfos son los malos y los buenos los Yautja, pero en realidad ambas especies son monstruos. Si echaran un polvo y tuvieran un bebé, ¿cómo crees que sería?

—Bastante feo, la verdad.

Rompieron a reír con ganas, hasta doblarse por la mitad. Al cabo de unos minutos, lograron tranquilizarse. Adrien se secó lo ojos e inspiró hondo.

—Entiendo lo que quieres decir, porque yo me siento exactamente igual. —Con esfuerzo, se puso de pie—. Joder, creo que necesitamos un trago.

—Con estas pintas no podemos entrar en un bar.

—Tengo una botella de Macallan 1947 escondida en la cabaña. Pensaba bebérmela cuando mate a mi padre, pero este momento es igual de bueno.

—¿De dónde la has sacado?

Adrien le guiñó un ojo y lo ayudó a levantarse.

—¿Te ves capaz de llegar hasta allí? Porque no pienso cargar contigo.

Minutos después, ambos se desplomaban frente a la chimenea de la cabaña. Adrien contempló la botella de *whisky* como si se estuviera despidiendo de ella y le quitó el tapón con los dientes.

Se la llevó a la boca y dio largo trago. Chasqueó la lengua y se sacudió mientras el líquido dorado se deslizaba por su garganta. Se la pasó a William y, con un movimiento de su mano, prendió los troncos que se apilaban en la chimenea.

—Está de muerte —tosió William.

Volvió a saborearlo y en su cara se dibujó la misma expresión relajada que lucía Adrien. Incomprensiblemente, se sentía bien junto al tipo que más odiaba en el mundo. Bueno, quizá no fuese al que más, pero se acercaba bastante a los primeros puestos.

—¿Te encuentras mejor? —preguntó Adrien con cautela.

William no tenía ánimo para confesiones al calor del fuego, la única iluminación de la casa en ese momento. Miró al chico de reojo.

—¿Por qué te importa? No me soportas.

—Yo no diría tanto —admitió Adrien—. En realidad, no tengo nada contra ti. Es cierto que te mataría si pudiera, y me quedaría con tu novia. Adoptaría un par de niños y ¿quién sabe? Hasta me compraría un perro. Pero un perro de verdad, no esa cosa peluda y llorona que os habéis traído de Laglio. —Su nariz se arrugó con una mueca—. Sin embargo, no voy a hacerlo. Sé que esa partida la perdí antes de iniciarla. ¡Si hasta empiezo a creer que me caes bien!

William trató de fingir indiferencia. No lo logró y las comisuras de sus labios se elevaron con una sonrisa.

—Y por eso has intentado darme una paliza.

—¿Intentado? Te he machacado. Y por cierto, has empezado tú.

Guardaron silencio durante un buen rato. Apuraron la botella de *whisky* y Adrien encontró otra de vino en la cocina. Continuaron bebiendo mientras el fuego ardía, iluminando sus caras.

—No puedes caer de nuevo —susurró Adrien un poco achispado—. Si entras en esa espiral, nunca volverás a ser el mismo. Acabará contigo y perderás todo lo que de verdad te importa. Durante dos años me alimenté así. Dejé de ser yo, no pensaba en otra cosa y nunca era suficiente. He matado a muchos, William, algunos inocentes. Cada vez que asesinaba a un humano, una parte de mi alma se rompía y moría con él. No he recuperado esos fragmentos y sé que nunca lo haré, seguirá rota e incompleta mientras viva. No le deseo a nadie ese tormento.

William se inclinó hacia delante y se pasó las manos por la cara.

—¿Qué te llevó a hacerlo la primera vez?

—Fue mi padre. Él me obligó la primera vez. Nos enfrentamos cuando me dijo quién era y lo que había hecho con mi madre y mi hermana. Casi me mata, y me necesitaba vivito y coleando, así que... —Se encogió de hombros y le dio un trago al vino con mirada ausente—. Me obligó a beber de una chica que tuvo la mala suerte de pasar por allí en ese momento. Era casi una niña. Recuerdo su cara, el color de sus ojos, el miedo que había en ellos. Al menos, la segunda vez fue con un tipo que se lo merecía.

—Justo después de asesinar a esa chica en el club, casi hago lo mismo con una camarera con la que me tropecé en la calle. Recuperé el juicio en el último momento. Eso no impidió que un minuto más tarde le arrancara el corazón a un tipo en un callejón. Me descontrolé —confesó William.

Adrien lo miró de reojo.

—¿No le gustaba tu peinado?

—Algo así.

Sonrió, no pudo evitarlo. Miró a Adrien a los ojos y por primera vez sintió una conexión positiva entre ellos. Estuvo a punto de poner los ojos en blanco. Si hubieran sonado unos violines, habría salido corriendo.

—Bueno, yo le rompí las piernas a un idiota que pensó que era buena idea llamar a mi madre «zorra». Luego me lo bebí enterito —comentó Adrien—. Después de él ya no pude parar.

Se puso de pie y se acercó a la ventana. William lo siguió con la mirada.

—¿Y ahora?

—¿Te refieres a si he parado? —inquirió Adrien. William asintió con rigidez—. Kate fue la última humana a la que mordí. Desde entonces, el infierno que vivo por la culpa me ayuda a controlarme. Aunque hay días que los supero a duras penas.

William apretó los dientes y los músculos de su mandíbula se contrajeron con un tic. Le entraron ganas de volver a liarse a golpes con él.

—Ella no lo merecía.

—Lo sé.

—Tampoco la chica de San Diego —dijo William para sí mismo, y una pequeña parte de él conectó con Adrien—. Aún no has contestado a mi pregunta. ¿Por qué te importa lo que yo haga o deje de hacer?

Adrien se dio la vuelta y lo miró con aplomo.

—Lo hago por Kate, solo por ella. Se lo debo. Por mi culpa ha perdido demasiadas cosas y no voy a permitir que te pierda a ti también. —Hizo una pausa y soltó un largo suspiro. Confesar aquello le resultaba difícil—. Kate te quiere y no deseo que sufra más.

William se frotó los ojos, cansado.

—Y tú la quieres a ella.

—No voy a disculparme por eso.

William frunció el ceño.

—Entonces, el pacto, los humanos, el problema con los renegados... ¿Están en segundo plano para ti?

—Me importan un cuerno los vampiros, los humanos y unas estúpidas leyes basadas en una moral absurda. También odio a los ángeles, así que mejor no hablemos de Dios y su indulgencia o empezaré a vomitar. —Sacudió la cabeza y echó un vistazo al bosque—. No soy buena persona. Soy un maldito egoísta capaz de cualquier cosa para lograr que las personas a las que quiero estén a salvo. Y si para conseguirlo hay que salvar a la humanidad, me pondré la capa de superhéroe.

William empezó a reír por lo bajo.

—Seguro que las mallas te quedan de miedo.

—Vete a la mierda —rio Adrien.

William apuró el vino de la botella y se puso de pie. Parpadeó para deshacerse del velo brumoso que le cubría los ojos. La debilidad y la falta de sangre habían hecho que su cuerpo asimilara el alcohol con mucha rapidez.

—Creo que estoy borracho.

—Puedes quedarte aquí, hay sitio.

—Quiero volver a casa y ver si Kate ha regresado. Tengo que disculparme con ella, si antes no me arranca la cabeza.

Se encaminó a la puerta con pasos torpes.

—William.

—¿Sí? —Lo miró por encima del hombro.

—Déjala respirar. Si le quitas el aire, buscará cualquier salida para recuperarlo. Entiendo por qué lo haces, pero una cárcel, aunque esté hecha de diamantes, no deja de ser una prisión. No lo soportará y la perderás de todos modos.

—¿Te lo ha contado? —preguntó. Adrien asintió. William echó la cabeza hacia atrás y sollozó—. Pero al menos seguirá a salvo.

—¿Y quién la salvará de ti? No tienes ese derecho sobre ella.

William lo sabía y aun así era incapaz de asumirlo. Abrió la puerta. La noche llenaba de vida el bosque, inundándolo de sonidos y extraños colores. De olores que durante el día el sol y su calor diluían. Respiró el aire cargado de humedad y salió al porche.

—¿Vas a contarle mi problema?

—No, debes hacerlo tú —respondió Adrien tras él—. Y te lo dice alguien que aún oculta a su familia que es un adicto psicópata que intenta no recaer.

—Entonces, entenderás que no pueda contárselo.

—En ese caso, pórtate bien y no me obligues a decírselo yo.

17

Gabriel descendió a gran velocidad y sus pies se hundieron en la tierra al posarse. Estaba cubierto de sangre y aún empuñaba sus espadas gemelas con manos temblorosas. Amatiel y Nathaniel aterrizaron a su lado. Un segundo después, Rafael se posaba junto a ellos cargando con el peso de Meriel, que tenía una herida en el costado y parte del ala izquierda chamuscada.

La tregua entre cielo e infierno había finalizado.

Muchos siglos atrás, después de una guerra que mermó considerablemente sus filas, ambas facciones llegaron al acuerdo de no intervenir en ningún plano terrenal. La Tierra pertenecía a los humanos.

Ambos bandos permanecerían recluidos en sus planos correspondientes y no influirían en el futuro de los mortales. Solo los arcángeles de mayor rango podían disfrutar de los placeres y la belleza del mundo, pero únicamente si mantenían su promesa de no intervenir.

Lo que estaba escrito se cumpliría sin más, pero llegado su momento. Era la ley.

Los demonios, los siervos y las almas difuntas tenían prohibido cruzar los portales. Aunque siempre había insurgentes del lado oscuro que incumplían dicha norma y cruzaban para poseer cuerpos y obrar con una gran maldad. Estos eran perseguidos por las Potestades y devueltos a su plano, y el orden se mantenía.

Hasta ahora.

Gabriel se acercó a Meriel, que continuaba en los brazos de Rafael y valoró sus heridas.

—Llévalo a casa para que lo sanen.

Rafael asintió y emprendió el vuelo con su hermano.

Clavó una de las espadas en el suelo. Se agachó y hundió los dedos en la arena empapada en sangre. Recorrió con la mirada los cuerpos sin vida que yacían diseminados. Se habían ensañado con ellos de un modo salvaje.

No lograba entender tanta crueldad.

Las Potestades eran seres celestiales, designados como guardianes de las fronteras entre el mundo espiritual y el físico. Eran puros y justos. Incorruptibles. Fieros cumpliendo su papel y no pertenecían a ningún bando. Siempre neutrales. Por ese motivo habían sido elegidos como custodios de los portales. No merecían una muerte tan horrible.

Gabriel se puso de pie y contempló el portal abierto.

—Todo este tiempo nos han engañado.

La mirada dorada de Nathaniel se clavó en su hermano.

—¿Qué quieres decir?

—Los ataques que hemos estado sufriendo en nuestras fronteras no eran reales, no pretendía tomar nuestros dominios. No tenía lógica que lo intentaran una vez tras otra, cuando estaban sufriendo tantas bajas. Era un plan demasiado ambicioso, incluso para ellos. Además de inútil. Intentaban distraernos para que no descubriéramos el auténtico ataque.

La confusión se reflejó en los rostros de Amatiel y Nathaniel.

—¿Qué ataque? —preguntó Amatiel y sus ojos plateados relampaguearon.

—Pensadlo, han estado enviando huestes como corderos al matadero, pero solo eran siervos y almas descarriadas bajo el mando de los Caídos de menor rango —explicó Gabriel—. ¿Y nuestros hermanos y sus capitanes? ¿Dónde estaban ellos?

Nathaniel paseó la vista por los cuerpos de las Potestades y sus ojos se iluminaron con un destello de comprensión.

—No quieren un trono en los cielos, lo quieren aquí —susurró.

Gabriel apretó los dientes y su espada centelleó con una lengua de fuego que lamía la hoja.

—Este es el premio gordo. Siempre lo ha sido. Quienes controlen el lado físico dominarán el espiritual. Nos han hecho creer que apuntaban más alto y, mientras tanto, aniquilaban la primera defensa. ¿Cómo hemos podido caer en un ardid tan burdo?

—No te atormentes, Gabriel —susurró Amatiel.

Se acercó a su hermano y le colocó una mano en el hombro.

—No era ningún farol. Está cumpliendo sus amenazas e intenta lograr que cruce. ¡¿Te das cuenta ahora?! —gritó Gabriel. Su mirada voló por encima de Amatiel y se clavó en Miguel, que acababa de aparecer tras ellos—. No era palabrería. Te transmití su mensaje y lo ignoraste. Podríamos haber evitado todo esto.

—Se estableció un acuerdo de honor. El poder del cielo y el infierno lo deciden los hombres con su libre albedrío —empezó a decir Miguel sin apartar los ojos de los cuerpos salvajemente mutilados—. La lucha se libra en las mentes humanas, a través de su voluntad para decidir entre el bien y el mal. El desequilibrio a favor de un bando u otro lo decide esa voluntad.

Gabriel resopló frustrado. Dio media vuelta y con la espada colgando aún de su mano se acercó a Miguel.

—Por nuestro padre te lo suplico, hermano. Abre los ojos. Nunca se arrepentirán. Nunca pedirán tu perdón. Tu amor por ellos no es correspondido. —Señaló los cuerpos—. Mira lo que han hecho con estos seres, han apagado la luz más pura que existía. Ni Mefisto ni ninguno de ellos tienen honor, tampoco Lucifer. El acuerdo se ha roto y debemos pasar a la ofensiva.

Miguel asintió. Se sentía deshecho.

Miles de años manteniendo la esperanza de que algún día sus hermanos recapacitarían le habían vuelto descuidado. El dolor que sentía al ver a su familia dividida era insoportable, y su confianza escapaba con la misma rapidez que lo había hecho la sangre de sus hermanos. Del mismo modo que había dejado que su espíritu guerrero lo abandonara hacía mucho.

Había sido un ingenuo, cegado por la culpa y un corazón que aún sentía amor por su hermano pequeño, su pupilo.

Miró a Gabriel a los ojos. Su mirada le mostró lo que ya sabía: hacía mucho tiempo que su hermano se había convertido en un recipiente vacío. Tras la primera caída, todos los arcángeles sufrieron un daño que los cambió para siempre. Amor, misericordia, honestidad..., esos valores fueron sustituidos por otra «cosa» que les ensombreció el corazón. Desde entonces, sufrían una lucha interior entre los destellos fugaces de esos sentimientos y la oscuridad más absoluta. Gabriel era quien más sufría esa lucha, sus ojos lo delataban.

—Tienes razón —dijo Miguel, consciente de adónde le habían conducido sus errores—. Primero averigüemos si todas las Potestades han sufrido la misma suerte. Necesitamos más guardianes que vigilen los márgenes, nadie debe cruzarlos. —Se volvió hacia Amatiel—. Toma las milicias que necesites y encuéntralos a todos. Después, devuélvelos al infierno. Nathaniel, tú debes revisar todos los portales. Busca cada grieta y agujero que hayan encontrado y séllalos.

—Atrapar a los Caídos no será difícil, pero ni el mejor de nuestros capitanes podrá hacer frente a nuestros hermanos —indicó Amatiel.

Miguel inspiró y su frente se llenó de arrugas.

—Nosotros personalmente nos ocuparemos de ellos.

—¿Lucharemos contra ellos? —preguntó Nathaniel sorprendido.

—Lo haremos, no hay otro camino.

—Somos seis, ellos ocho. La balanza no está muy equilibrada —le recordó Gabriel.

Miguel exhaló el aire de sus pulmones. Uriel los había abandonado pocos meses antes. No lo vio venir. No percibió los cambios. Las señales de aviso. La sombra de la tentación cerniéndose sobre el arcángel. Se lamentó en silencio, ¿cómo había estado tan ciego a lo que ocurría frente a sus ojos?

—Estar en minoría nunca ha sido un problema para ti. Disfrutas con los retos.

Gabriel sonrió y su expresión traviesa provocó que Miguel también sonriera.

—Cierto. —La sonrisa desapareció de su cara al echarle un nuevo vistazo al portal—. ¿Y si ha cruzado?

—No hay posibilidad de que haya pasado a este lado. Me encargué personalmente de cada portal. Hay tantos hechizos protegiéndolos, que ni con las puertas abiertas de par en par él podría cruzarlos. He estudiado cada profecía relacionada con su alzamiento, y he creado un sello que anularía al roto en caso de que se cumpliera alguno de los presagios —explicó con vehemencia.

Y conforme las palabras salían de su boca, estas perdían fuerza. Hasta el plan más perfecto podía tener fallos. Los híbridos y la maldición de los vampiros eran dos de esos sellos, y ambos estaban ahora rotos.

Cada sello quebrado hacía más fuerte a Lucifer, y su poder siempre había sido superior al de todos ellos. Era más listo y escurridizo. No podía estar seguro de que fueran a funcionar, que pudieran contenerlo para siempre.

—Aunque todas la profecías se cumplan y todos los sellos se rompan, no hay forma divina de que cruce —insistió Miguel con un atisbo de esperanza en la voz.

—Ni siquiera tú eres infalible —masculló Gabriel.

«Usé magia prohibida para desligar su alma», confesó Miguel a través del vínculo mental que lo unía.

Gabriel lo contempló boquiabierto. El alma era el bien más preciado que existía. Cualquier acto contra el espíritu de un ser era tabú. El mayor pecado. Y a ese acto infame había que sumarle que la magia prohibida requería un pago importante de almas; y, en su caso, esas almas eran buenas.

Después de todo, Miguel poseía menos conciencia de la que imaginaba. No podía criticarlo. En su lugar, él habría hecho lo mismo. Aunque no dejaba de sorprenderle que su hermano hubiera considerado una medida tan extrema. La culpabilidad de tal acto debía de atormentarlo.

—¿Desligaste su alma?

—Aunque lograra llegar hasta aquí, cruzaría su cuerpo, pero no su alma. Quedaría atrapada en el infierno sin un recipiente que la proteja, expuesta a los demonios y todas esas almas descarriadas. Dudo de que confíe tanto en ellos.

—¿Y si se arriesga?

—Sin su alma no tiene ningún poder en este mundo, es tan frágil como un niño humano. No correrá un riesgo tan grande —susurró Miguel con la voz teñida de vergüenza.

Gabriel miró los cuerpos de las Potestades. Aquello era obra de Mefisto, no tenía ninguna duda. Consideró la confesión de su hermano. Si Miguel estaba en lo cierto, la posibilidad de que Lucifer quedara libre era prácticamente inexistente. El mayor problema estaba resuelto, pero aún quedaban unos cuantos más.

—Cuando Mefisto descubra que no puede traerlo de vuelta, no dejará piedra sobre piedra.

—Lo encontraremos mucho antes de que eso ocurra, a él y a los demás. Después haré con ellos lo mismo que con Lucifer y destruiré los portales —dijo Miguel. Apoyó la mano en el hombro de Gabriel—. Volvamos para ver cómo se encuentra Meriel.

—Adelántate. Quiero ver a los híbridos. Los ataques han hecho que no piense en ellos y me preocupa lo que puedan estar tramando —le pidió Gabriel.

—¿Qué importancia tienen en este momento?

—Están ligados a la Profecía y a tus sellos, quiero saber si traman algo que deba preocuparnos.

—Está bien, pero envía a otro. Alguien en quien confíes. No podemos perder ni un segundo más.

18

Kate se encontraba en la cocina, sentada a la mesa con el libro que había traído consigo desde la biblioteca, cuando Mako entró.

—Hola.

Kate levantó la vista del libro y la miró.

—Hola —respondió.

Mako se dirigió a la nevera y sacó una bolsa de sangre, que sirvió en varios vasos.

—Es curioso, llevo aquí varios días y aún no hemos hablado.

—Supongo que no había mucho que decir —comentó Kate y continuó con la lectura.

Mako no le gustaba. Había algo en ella que le provocaba desconfianza, y no era solo por los estúpidos celos que sentía al verla pegada a William todo el tiempo. Era otra cosa, un pálpito, y hasta ahora sus presentimientos no se habían equivocado.

—Tenéis una casa muy bonita —dijo Mako.

—Gracias.

—Yo no podría tener esta vida. Ya sabes, pasar todo el día en casa, sin hacer nada. Siendo la esposa de alguien... Aunque entiendo que a ti te guste. A mi madre también le gustaba, pero la pobre se pasaba los días esperando a que mi padre regresara del trabajo. Bueno, y de lo que no era trabajo. ¡Hombres!

Kate se tensó y el libro crujió entre sus dedos. ¿Qué estaba insinuando? Una respuesta afilada trepó por su garganta, que quedó ahogada por la voz de Cyrus llamando a Mako desde la sala. La vampira le dedicó una sonrisa artificial y abandonó la cocina con los vasos.

—No le hagas caso —la voz de Marie sonó a su espalda.

—He estado a punto de arrancarle la tráquea para que dejara de hablar.

Marie se sentó frente a ella y le dedicó una sonrisa.

—¿Y ese instinto psicópata?

—¿Tú qué crees? —preguntó en tono sarcástico.

—¿Qué importa que mi hermano le guste? Él la trata como a un guerrero más.

Kate no estaba tan segura de eso. La noche anterior, poco después de la medianoche, se había asomado a la ventana en el preciso momento que William salía del bosque con pasos inseguros. Parecía ebrio. Dos guerreros que vigilaban la casa salieron a su encuentro, pero él los detuvo con un gesto y se sentó en el columpio que Shane había colgado semanas atrás de un árbol.

Kate se había apartado de la ventana para ir a buscarlo. Lo había echado de menos pese a la fuerte discusión que habían mantenido por la mañana. Un movimiento la hizo detenerse. Se quedó petrificada cuando vio a Mako cruzando el jardín. No estaba de guardia, así que había sustituido su uniforme por unos pantalones ceñidos y una camiseta minúscula.

A ella sí la dejó acercarse.

Mako se detuvo al lado de William y sujetó la cuerda para detener el balanceo del columpio. Comenzaron a hablar y él se hizo a un lado para que ella pudiera sentarse. La conversación se transformó en risas a media voz, y las risas en leves empujones con el codo. En un momento determinado, Mako alzó la mano y le tocó el rostro como si le estuviera frotando una mancha con el pulgar y acabó apartándole el pelo de la frente. William la dejó hacer y, después de eso, Kate no tuvo estómago para seguir mirando.

Pocos minutos después, William había aparecido en el dormitorio que compartían. Kate fingió estar dándose una ducha y no salió del baño hasta que su respiración pausada le dijo que se había quedado dormido. Desde ese instante, había evitado estar a solas con él.

Kate continuó hojeando las páginas del libro, aunque su atención volaba continuamente a lo que sucedía en la sala. Mako siempre se las arreglaba para ocupar un espacio junto a William.

—¿Tan mal estáis? —preguntó Marie.

Kate se encogió de hombros.

—Ni siquiera sé si estamos. Está muy cambiado y a veces me cuesta reconocerle. Lo peor es que siento que hemos dejado de comunicarnos. Nos estamos distanciando. —Frunció el ceño y empezó a rascar con la uña una de las esquinas del libro.

Dos días más tarde, la comunicación seguía siendo inexistente entre ellos. Kate pasaba la mayor parte del tiempo en la casa de huéspedes. Las pequeñas reformas que estaba llevando a cabo la mantenían ocupada y la distraían. Por su parte, William apenas tenía tiempo para pensar en nada que no fuese Nueva Orleans y lo que allí sucedería.

El atardecer volvía a pintar el cielo de un rojo intenso y la noche se abría paso, arrastrando consigo un manto cuajado de estrellas. Cuatro ocasos más y tendría lugar el encuentro con los renegados. La tensión se palpaba en el ambiente con tanta intensidad que podía saborearse. Todo el mundo estaba nervioso y la sensación crecía minuto a minuto.

—Lo estás haciendo bien —dijo Robert.

William se levantó del escritorio de su estudio y se paseó por la habitación.

—¿Qué parte, la de mandar o la de atemorizar?

En apenas una semana, había tenido que tomar más decisiones que en toda su larga vida. Resoluciones de las que dependía la supervivencia de los dos linajes y la de muchos humanos. Descubrió que tenía un don natural para dirigir. El de provocar miedo ya venía de serie desde el mismo momento que se convirtió en la clase de persona que ahora era.

Su oscuridad nació la noche en la que tres renegados entraron en su casa y le arrebataron la inocencia a su espíritu. Después, Amelia le marchitó el corazón. El odio y la venganza lo convirtieron en un guerrero sin escrúpulos que no sentía nada. Sanguinario y cruel. Su nombre era una leyenda entre los proscritos por esos motivos.

Después de décadas y décadas sin ningún sentimiento, Kate le había devuelto la vida a su corazón. Ahora era incapaz de saber qué hacer con todas esas emociones que lo abrumaban, y lo llenaban de paz y sufrimiento en igual medida.

—Ambas —respondió Robert con una leve sonrisa. Se masajeó las mejillas con las palmas de las manos y se dejó caer en un sillón—. ¿Vas a contarme qué te atormenta?

William lo miró de reojo.

—Estoy bien.

—Leo en tu rostro como lo haría en un libro. Algo te angustia.

William suspiró y se encaminó a la puerta.

—Mi vida en sí es un tormento, siempre lo ha sido —dijo mientras giraba el pomo.

Abrió y se dio de bruces con dos guerreros que hacían guardia en el pasillo. Inclinaron sus cabezas como muestra de respeto y él les devolvió el saludo. Si fuese humano, ya tendría una contractura en el cuello por la cantidad de veces que repetía ese gesto a lo largo del día.

Sus botas sonaron con fuerza sobre el suelo mientras se dirigía a la terraza.

Salió afuera. Al instante, sus ojos dieron con ella. Se encontraba en medio del jardín. Había llevado hasta allí una manta y enterrada en una pila de cojines contemplaba el cielo plagado de estrellas.

La última vez que habían estado a solas, discutieron muy alterados porque él se había empeñado en convertir la casa en una jaula para ella. Desde entonces, no habían cruzado más de tres palabras.

Fue hasta ella y se dejó caer a su lado. Tenía la sensación de que el cuerpo le pesaba una tonelada. Miró a Kate, de repente sin palabras. Había tantas cosas que quería decirle, que necesitaba confesar, y no sabía por dónde empezar. Aunque de momento se conformaba con olvidarse de todo durante un rato y abrazarla muy fuerte. Se moría por hacerlo, pero solo se atrevió a colocarle un mechón de pelo tras la oreja. Ella ni siquiera lo miró. ¿Cuándo se habían distanciado tanto?

Dando rienda suelta a su deseo de tocarla, le acarició la mejilla y la observó detenidamente. Su cuerpo parecía exhalar oleadas de cansancio. Se la veía tan triste, que el alma le sangraba al pensar que él tenía toda la culpa. Con un diminuto pantaloncito y una camiseta sin mangas, su pálida delgadez era evidente. No lo había notado hasta ahora. Se la veía tan pequeña, tan vulnerable, y empezó a preocuparse.

Le acarició el cuello, rezando para que no lo rechazara.

No lo hizo. Al contrario. Ella se movió y se acurrucó entre sus brazos. Se apretó contra su pecho y le rodeó el torso con los brazos.

William la besó en el pelo e inspiró su olor hasta llenar los pulmones.

—Hueles tan bien —susurró él—. A vainilla y algo más.

Se inclinó y la besó en la frente. Continuó:

—Y tu piel sabe igual de bien, a bizcocho recién hecho y a sirope de caramelo. Tan dulce. —Le tomó una mano y se la llevó a la boca. Olió su muñeca y la acarició con la nariz—. A manzanas y a licor de menta. No, espera... —Con la punta de la lengua recorrió la piel donde debería latir su pulso. Ella dio un respingo y lo miró con los ojos muy abiertos. El reflejo de su respiración se aceleró. William sonrió divertido—. Sabe a melocotones.

Le besó la palma de la mano y después los dedos, uno a uno. Con los dientes apresó su dedo índice y lo mordisqueó.

Kate se estremeció e intentó soltarse. Una suave risa escapó de su garganta.

—Déjame, me haces cosquillas.

William la mantuvo abrazada.

—Vamos, solo un bocadito. Eres como un trozo de delicioso pastel y yo tengo hambre. Pensándolo mejor, creo que voy a comerte entera.

Apresó otro dedo con los dientes y jugueteó con ellos.

—Suéltame —rio Kate. Logró que abriera la boca y aprovechó el momento para echarse hacia atrás y mirarlo a los ojos con una enorme sonrisa—. Eres tonto.

William hinchó su pecho con orgullo.

—Lo sé. Si dieran un premio al tipo más tonto del mundo, me lo darían a mí sin lugar a dudas —susurró con un guiño. Se quedó mirándola como si fuera la primera vez—. Te echo de menos.

—Y yo a ti —musitó Kate.

Con las puntas de los dedos le acarició la mandíbula y el cuello. Era cierto. Lo echaba tanto de menos, que su ausencia le dolía de una forma física. Echaba de menos sus largas conversaciones tumbados en la cama a oscuras. Sus escapadas a la cascada y los baños a la luz de la luna.

William la tomó por la cintura y la sentó en su regazo.

—Kate, escucha, si lo conseguimos, si logramos derrotarlos de algún modo, te prometo que todo será distinto para nosotros. Mi padre volverá a ser rey, y tú y yo nos alejaremos de esto. Empezaremos de nuevo. —Le tomó la barbilla entre los dedos y la acercó a su cara. Sus ojos no podían disimular el sentimiento de culpa que lo consumía al mirarla—. Te quiero. Te quiero muchísimo. Lo sabes, ¿verdad?

—Lo sé —respondió casi sin voz.

William la besó con ternura, mientras ella enlazaba los brazos alrededor de su cuello. Podía sentirla en cada célula de su cuerpo. Deslizó la mano por sus piernas desnudas y ella se estremeció en respuesta a su caricia. Dentro de la casa se oyó un teléfono. Los faros de un coche destellaron en el camino de entrada, acercándose; y entre la espesura se oían las pisadas de los lobos que vigilaban los límites de la propiedad.

Echaba en falta tener intimidad.

Le costó ignorar el deseo que le calentaba la piel y tensaba algunas partes de su cuerpo, y separar sus labios de los de ella lo dejó moribundo. La realidad volvió a aplastarlo con todo su peso. Puede que ese fuera uno de sus últimos momentos con ella. Forzó una sonrisa despreocupada y trató de no pensar en el futuro. Le echó un vistazo al viejo libro que había quedado encajado entre sus piernas y lo agarró.

—¿Es bueno? —preguntó mientras pasaba las páginas—. Lo llevas contigo a todas partes.

Kate se encogió de hombros.

—No sé, es interesante.

—Interesante —repitió él.

—Sí, aunque no consigo leer la mayor parte. Hay frases escritas en latín y puedo traducirlas, pero otras están en una lengua que desconozco.

William se fijó en el texto. Kate tenía razón, no solo estaba escrito en latín, había distintos pasajes en otras dos lenguas. ¡Qué extraño! Frunció el ceño y lo miró con más atención. Parecía una especie de diario que recopilaba información sobre seres sobrenaturales, hechizos, símbolos malditos, pentáculos que podían convertirse en trampas para fantasmas...

—Tienes razón, pero no hay una sola lengua, sino dos: arameo y polabo, una lengua eslava —empezó a explicar él.

Kate lo miró con los ojos como platos.

—¿Las conoces? ¿Sabes leer esto?

—Sí.

—¡Vaya, es increíble!

—Mi infancia transcurrió entre libros y tutores. Cuando tus profesores son vampiros con cientos de años, aprendes cosas que no suelen estar en los planes de estudio de un colegio normal. No sé, quizá me habría resultado más útil Economía Doméstica. —Kate sonrió y le dio un beso en la mejilla—. ¿De dónde has sacado esto?

Kate abrió la boca para contestar. Dudó un instante, no podía hablarle de Marak.

Preocuparlo por algo que no sabía si era importante, no le parecía una buena idea dadas las circunstancias. Él ya tenía mucho por lo que inquietarse y ella no estaba de ánimo para otra discusión sobre su seguridad.

—Lo vi en la biblioteca —mintió sin dudar.

William pensó inmediatamente en Gayle y una punzada de vergüenza le atravesó el pecho. Había estado a punto de atacarla. Después intentó dejar seco a ese hombre. Su mente se distrajo con el recuerdo de esa noche.

—¿Estás bien? —preguntó Kate.

William parpadeó varias veces y esbozó una sonrisa despreocupada.

—Sí. —Miró de nuevo el libro y se obligó a concentrarse en las palabras para no pensar en lo que su cuerpo le exigía para calmarse. Pasó otro par de páginas—. Estos sí que dan miedo.

Kate miró la ilustración que representaba a los perros del infierno.

—Lo mismo pensé yo. ¿Qué dice sobre ellos? En la Wikipedia solo he encontrado cosas sobre la diosa Hel, guardabosques esqueleto, jinetes muertos... Nada creíble.

—¿De verdad te interesa todo esto?

Ella se encogió de hombros. Lo cierto era que tenía una curiosidad inexplicable por esos seres.

William paseó la vista por el texto. Había perdido práctica y le costó traducir algunas palabras.

—Bueno, por lo que dice aquí, este libro lo escribió un tal Battista Thier, pero no menciona el año. Según este tipo, los perros del infierno no son seres espectrales, en realidad son...

Un coche se detuvo en la entrada, se oyeron dos portazos y los pasos apresurados de alguien caminando sobre la hierba. William se puso tenso. El olor a vida inundó el jardín y llegó hasta él como el canto de una sirena. La cabeza empezó a darle vueltas y sus colmillos se alargaron con vida propia.

—¡Kate! —exclamó Jill mientras iba al encuentro de su amiga.

—¡Eh, hola! —Kate se puso en pie y fue al encuentro de su amiga—. Te hacía en la Universidad.

—Bueno, debería estar allí, pero dadas las circunstancias...

—Te entiendo, quieres estar con Evan.

—Sí.

—¿Qué tal estás?

Mientras ellas hablaban, William también se puso de pie. Se movió inquieto. Inclinó la cabeza y escondió el rostro en la larga melena de Kate. Aspiró su olor, pero ni la dulzura de ella pudo enmascarar el aroma que desprendía el cuerpo de su amiga. Apretó la mandíbula con fuerza y clavó sus ojos en la oscuridad del bosque. No sirvió de nada, el pulso de la humana era un eco que resonaba en sus oídos como una llamada insistente.

El impulso lo estaba desgarrando. Miró a su alrededor. Algunos de sus hombres conversaban en la terraza, y a través de las ventanas podía ver a Shane y Marie. Daniel no andaba muy lejos. ¿Alguno llegaría a tiempo si perdía el control? No. Y si Jill continuaba allí más tiempo, acabaría rajándole el cuello. Soltó un juramento en voz alta.

—Jill, tienes que irte.

—¿Qué?

—Este no es tu sitio, márchate.

La chica dio un paso atrás, demasiado impresionada.

—¡William, ¿a qué viene eso?! —saltó Kate.

Él la miró a los ojos.

—No me reprendas —masculló. Después miró a Jill—. Tu presencia incomoda.

Dio media vuelta y se encaminó a la casa. Se cruzó con Evan.

—¿Qué ocurre?

—Que has olvidado que tu mujer es humana y esta casa está llena de vampiros. Guerreros más interesados en su sangre que en prepararse para evitar que los decapiten dentro de pocas horas. ¡Llévatela a casa, Evan!

Evan se quedó de piedra. El tono airado y desquiciado de William lo había pillado por sorpresa. Su bestia reaccionó con un gruñido a la amenaza que suponía el vampiro en ese momento. Su lado racional le dijo que tenía razón y se obligó a tranquilizarse.

—Solo he pensado en la seguridad de este sitio y que podría quedarse aquí, a salvo con Kate —se justificó.

—¿A salvo? —se burló William—. Tanto como un pequeño cervatillo entre una manada de lobos. ¿Por qué no piensas de vez en cuando? Si le ocurriera algo, tendría que castigar al responsable y perdería un buen soldado porque tú eres un inconsciente.

Evan apretó los dientes.

—Entendido.

—Bien. No necesito cachorros a los que sermonear, sino Cazadores.

Lo empujó con el hombro al pasar por su lado, y lo hizo a propósito. Estaba hirviendo de rabia y necesitaba dejarla salir.

—¿Pero a ti qué demonios te pasa? —gruñó Evan.

William se paró en seco. Se giró mientras sus manos se iluminaban y sus ojos se convertían en dos estrellas blancas. La bestia de Evan reaccionó a la amenaza y su cuerpo comenzó a convulsionar. Iba a transformarse.

—¡Eh, basta ya, tranquilos! —Adrien apareció tras William y le rodeó el pecho con un brazo. Tiró de él hacia la casa. Una tarea bastante difícil porque William no dejaba de retorcerse y maldecir—. Ya vale. Déjalo de una vez.

Daniel pasó por su lado e hizo lo mismo con Evan. Logró contenerlo y alejarlo hacia la espesura.

19

—Suéltame —gruñó William.

—Pues cálmate y no me obligues a dejarte frito.

—Como si pudieras.

—A este paso, vamos a necesitar un ring en el sótano —bromeó Adrien con la voz entrecortada. Logró arrastrarlo por la cocina y conducirlo hasta su estudio. Lo empujó dentro y entró tras él—. ¿Qué te ha pasado ahí fuera? Ese chico te admira.

William se movía por la habitación como un león enjaulado.

—Lo sé. Tuve a ese idiota en los brazos minutos después de que naciera —replicó con la mirada encendida. Se llevó las manos a la cabeza. Había estado a punto de hundirle el puño en el estómago y arrancarle los intestinos—. He perdido el control.

Los cuadros bailaban en las paredes y la pantalla del televisor se encendía y se apagaba.

—¿A él tampoco le gusta tu peinado?

—Con Jill, he perdido el control con Jill. He estado a punto de... —Cerró los ojos y lanzó un grito—. ¡Esto es un infierno! ¿Cómo lo soportas?

Se oyeron varios chasquidos. Las bombillas de las lámparas estaban explotando y los cristales vibraban como si los sacudiera un terremoto.

Adrien miró a su alrededor, preocupado por el poder que estaba manifestando William.

—Minuto a minuto —respondió. Se acercó a él y le apretó el hombro—. Mira, el truco está en pensar en eso que no puedes soportar y apoyarte en otro pensamiento que lo anule. No soporto ser un adicto, pero sufriría mucho más la mirada de mi madre si lo supiera. O el regocijo de mi padre si volviera a caer.

William lo miró a los ojos y empezó a tranquilizarse.

—Puede que tu voluntad sea mayor que la mía. Todos creen que soy una especie de héroe lleno de virtudes, y no hay nada más lejos de la realidad —dijo con tono amargo.

Adrien le dio un golpecito en el hombro y se apoyó en la mesa.

—Bienvenido al Club de los Desastres. —Sacudió la cabeza, preguntándose en qué momento ese cretino había empezado a caerle bien—. No voy a dejar que hagas nada de lo que te puedas arrepentir. Aunque para eso tenga que convertirme en tu sombra, ¿de acuerdo?

—Vale —musitó.

—Pero no te hagas ilusiones, no voy a ducharme contigo.

Una leve sonrisa asomó a los ojos de William. No dijo nada, pero en su rostro se podía apreciar lo agradecido que se sentía. Adrien le sostuvo la mirada durante un largo instante.

—Quédate aquí un rato y tranquilízate, ¿vale? Voy a ver qué tal están las cosas ahí fuera.

Adrien salió del estudio y William se quedó inmóvil en el centro de la habitación. Se frotó la cara con la palma de la mano. Le dolía el pecho y se pasó los dedos por el esternón con un fuerte masaje. Sentía como si hubiera envejecido un siglo en las últimas dos semanas.

Se dio cuenta de que aún llevaba el libro de Kate en la mano. Lo apretó con fuerza y lo tiró sobre la mesa. Los papeles volaron y una caja con lapiceros se desparramó sobre la superficie. Oyó un sollozo que le costó identificar. De repente, se dio cuenta de que era él quien sollozaba. Tenía lágrimas en los ojos y estaba gimoteando como un idiota. Se dejó caer en el suelo, con la espalda contra la mesa y los brazos cruzados sobre las rodillas. Frotó la cara contra las mangas de la camiseta y escondió el rostro.

La puerta se abrió y volvió a cerrarse con rapidez.

—¿Mi señor? —preguntó Mako.

—No me llames así, por favor —dijo él sin levantar la cabeza—. ¿Quieres algo? Porque si no, necesito estar solo un rato.

Mako se acercó y se arrodilló en el suelo. Indecisa, alargó la mano y enredó los dedos en el pelo de William, como había hecho otras veces, muchos años atrás. Los deslizó hasta su nuca con una suave caricia. Al ver que él no la rechazaba, continuó repitiendo el gesto en silencio.

William apretó los párpados con fuerza. Se estaba derrumbando casi sin darse cuenta. Su mente retrocedió en sus recuerdos, hasta cuando era un niño tan pequeño que necesitaba ponerse de puntillas para subirse a una silla. Tenía miedo a la oscuridad y las pesadillas lo despertaban aterrado. Su madre solía calmarlo de aquel modo, lo acurrucaba en su regazo y le acariciaba la cabeza mientras tarareaba dulces melodías.

Si solo pudiera volver atrás unos instantes.

Se inclinó sobre Mako hasta apoyar la cabeza en su regazo. El calor de las lágrimas le abrasaba los ojos y la piel. Lloró en silencio. Por todo y por nada. Por el odio y el dolor que sentía. Porque era un corazón maldito incapaz de sentirse en paz.

Mako notó cómo se le humedecían los pantalones. Sorprendida, deslizó los dedos desde el cabello de William hasta su mejilla. Tragó saliva al notar el líquido caliente. Le tomó el rostro entre las manos y lo obligó a que la mirara.

—¿Cómo es posible?

—Nunca he sido muy normal, ¿verdad? —respondió con cinismo.

Mako esbozó una leve sonrisa y sacudió la cabeza.

—No, pero dudo de que eso sea algo malo. —Hizo una pausa, atrapada en su mirada azul—. ¿Qué eres en realidad?

—¿Acaso importa?

—¿Tampoco importa por qué estás así de mal? —preguntó con cautela.

William suspiró y negó con la cabeza, como si estuviera asumiendo la mayor de las culpas. Se estaba volviendo loco dentro de esa lucha constante consigo mismo. Sin embargo, no tenía más elección que aparentar que se encontraba bien, para mantener a todo el mundo sereno y que no se desmoronaran como un castillo de naipes sacudido por el viento.

Así que se obligaba a fingir una mente fría y un cuerpo tranquilo, cuando en realidad su sed no cesaba porque solo había una cosa que podía calmarla. Cuando sabía que solo era cuestión de tiempo que volviera a caer, porque caería. Cuando estaba muerto de miedo y la mayor parte del tiempo no tenía la menor idea de lo que hacía.

Y su mal humor no ayudaba en la ecuación, incrementaba su deseo de destrozar todo cuanto sus ojos alcanzaban. Apenas podía contener la violencia que giraba en su interior como un tornado de fuego.

—Verte así me duele —susurró Mako.

Deslizó los dedos por sus mejillas hasta el arco que dibujaba su mandíbula. Miró sus preciosos ojos azules, que muchas décadas atrás le habían sonreído solo a ella. No lo había olvidado, pese a que sabía que nunca había sido correspondida del modo que su corazón anhelaba.

Pero así eran las cosas. Uno sentía lo que sentía y no era culpa de nadie si la conexión solo funcionaba por una de las partes. El problema residía en su incapacidad para aceptar que esa conexión nunca fluiría en ambos sentidos, y empezaba a aferrarse a las cenizas del fuego que una vez fueron.

Se inclinó y posó sus labios sobre los de él. Un tímido roce que pilló a William desprevenido. Lo aprovechó y su boca presionó contra la de él con más urgencia, dulce y tierna.

William se apartó de golpe.

—Mako, no. Ese tiempo pasó.

—Podríamos hacer que regrese, esta vez funcionará. Lo supe en Roma, al encontrarte de nuevo. Lo sentí aquí. —Se llevó una mano al pecho e intentó acariciarle el rostro con la otra—. ¿Tú no lo sientes?

—¡No! —exclamó mientras se ponía en pie—. Si estás aquí porque en algún momento has pensado que volveríamos a estar juntos, lo siento mucho. No debiste dejar a los Arcanos y arriesgar la vida por algo que nunca podré darte. Amo a Kate.

—¿Y por qué no está ella aquí? Mírate, tú no estás bien y parece que no le importa. A mí sí, William.

Él se acercó a la ventana. Sus ojos destellaron a la luz de la luna.

—Si no está aquí, es porque no hago otra cosa que alejarla de mí.

—No es buena para ti si te abandona y se aleja cuando más la necesitas. Aunque tú la hayas empujado a hacerlo —susurró tras él. Posó una mano en su espalda—. Ella no es lo que necesitas, ¿acaso no lo ves?

William se giró y la miró a los ojos.

—Arriesgaría cuanto poseo para mantenerla a mi lado. Mi clan, mi familia, hasta mi alma. Ya lo he hecho antes y volveré a hacerlo. Haré pedazos este maldito mundo si la pierdo. No vuelvas a decir que no la necesito.

Mako dio un paso atrás, los ojos de William se habían iluminado con una extraña luz blanca. Dentro de él había algo que la asustaba. Una presencia inquietante y peligrosa que sacudía su instinto más primario, la supervivencia.

La puerta se abrió de golpe y Robert apareció en el umbral. Sus ojos evaluaron la escena y no le gustó lo que vio. William resplandecía como el maldito ángel que era, solo le faltaban las alas para completar la imagen. Una multitud de emociones cruzó por el rostro de Mako al girarse hacia él.

—¿Todo bien por aquí? —le preguntó Robert. Ella asintió y recuperó de inmediato la compostura—. Si habéis terminado, necesito hablar con mi hermano.

Mako volvió a asentir y se dirigió a la puerta.

Robert la sujetó por la muñeca cuando pasó por su lado.

—Tú no has visto nada —susurró sin mirarla. El tono de su voz era tan frío y mortífero como la daga que llevaba oculta bajo la manga en el antebrazo.

—Por y para siempre mi rey. Así lo juré ante Lilith —respondió ella consciente de la amenaza.

Una vez que Mako hubo salido, Robert cerró la puerta y se quedó mirando a William. Sin prisa se acercó a la mesa y se sentó en la esquina, con una pierna apoyada en el suelo y la otra colgando con un ligero balanceo.

—¿Eres consciente de que debería cortarle la cabeza a esa chica por lo que acaba de ver? ¿Y que tal vez lo haga en cuanto salga de aquí? —dijo como si nada.

William entornó los ojos y le dedicó una mirada furiosa.

—No vas a tocarla. Confío en ella.

—No deberías confiar en nadie. Ni siquiera en ti mismo hasta que todo esto acabe. Y desde luego no es prudente hacerlo en una mujer que ha salido de este cuarto bastante despechada. —Suspiró con aire dramático y un brillo divertido en los ojos—. Todos estos años pensando que habías sido tan casto como un monje eunuco y resulta que has sido un chico muy malo.

—¡Que te den! —le espetó William. Se dejó caer en un sillón—. ¿Qué quieres?

Robert fue directo al grano.

—¿A qué ha venido lo de antes? Ningún vampiro bajo tu mando habría puesto un solo dedo en Jill, y lo sabes. Esos guerreros llevan sobre sus espaldas siglos de entrenamiento. Se les ha puesto a prueba de todas las formas posibles y siempre han mantenido el control.

—Yo no estoy tan seguro de eso. Conforme se acerca el momento, están más nerviosos.

—¿Estás seguro de que es por ellos y no por ti? En San Diego...

—No tienes que preocuparte por eso, así que cambiemos de tema.

Robert entornó los ojos con un mal presentimiento. La esencia humana era la heroína de un vampiro. Te volvía loco y te acababa matando. Lo había visto a lo largo de los siglos en muchos vampiros. Antes del pacto, los vampiros eran auténticos monstruos.

—Si lo que allí pasó te hubiera trastornado de algún modo, sabes que podrías confiar en mí, ¿verdad? Te ayudaría.

William se movió incómodo. Cada vez que pensaba en esa chica, en su sangre, su esencia, la cabeza le daba vueltas.

—No hay nada que contar. Todo está controlado.

—Te conozco, William, y nos parecemos demasiado. Puedo ver que algo te angustia.

William se puso de pie. La rabia hervía de nuevo en sus venas.

—No creas que me conoces tan bien, y no nos parecemos tanto. Compartimos la sangre de nuestro padre, pero es la naturaleza de mi madre la que se impone desde hace tiempo. ¡Soy un maldito mestizo!

—¿Y quién estaba dispuesto a machacar a Evan, el vampiro o el ángel? Porque si es el mismo que quería merendarse a Jill, tiene un problema.

Un largo y tenso silencio llenó la habitación. William bajó la mirada y ocultó el sentimiento de vergüenza que se abría paso bajo su coraza. No le gustaba el sabor amargo que tenía.

—No hay tal problema. ¿Necesitas que te lo diga por escrito para que me creas?

—Will....

—¡Maldita sea, Robert! ¿Debo darte una puñetera orden para que me dejes en paz?

—¿Lo dices en serio?

—Nunca lo he querido —masculló William, dando vueltas al anillo de su padre en el dedo—. Pero ahora es mío y es lo que soy. Cambia de tema o te pediré que te largues, y será una orden.

20

Robert lo dejó estar y acató el deseo de William, solo porque había pasado toda su vida inculcándole valores y el respeto por las leyes. Debía dar ejemplo.

—De acuerdo, tú mandas —accedió. Cogió el viejo libro que William había lanzado sobre la mesa y empezó a hojearlo—. Espero que seas consciente de que ese anillo volverá a la mano de nuestro padre. Entonces te patearé el culo hasta que me implores un poco de misericordia y me demuestres el respeto que me debes como tu hermano mayor.

William sintió remordimientos. Quería a Robert y lamentaba cómo acababa de comportarse con él. Le dedicó una pequeña sonrisa, ansioso por dejar a un lado los últimos minutos.

—Será divertido ver cómo lo intentas.

Robert soltó una risita perversa y bajó la vista hacia el libro.

—¿Qué diablos es esto?

—Kate lo encontró en la biblioteca. No sé, parece el diario de un investigador de temas ocultos.

Robert cerró el libro para ver la cubierta, fabricada en cuero. Le echó un vistazo al autor en la primera página y pronunció su nombre en voz baja. Luego lo abrió y continuó hojeándolo. Se detuvo en la ilustración de los perros.

—Esto es polabo. ¿Qué hace un libro como este en la biblioteca de Heaven Falls? Es una reliquia, un museo sería más apropiado.

William se encogió de hombros. Robert comenzó a leer en silencio.

—Pues esta historia es buena. Según el tal Battista, en el año 1642, un grupo de, y leo textualmente, salvajes bestias sin conciencia y seguidores de Satán fue encerrado en una profunda sima a las puertas del infierno para proteger al mundo de la destrucción que arrastraban a su paso. —Miró a su hermano—. Habla de licántropos, pero los describe como fieros perros, tan altos como un caballo y la envergadura y la fuerza de un *Ursus arctos middendorffi*. ¡Joder, un oso Kodiak! Nunca he visto un lobo tan grande. ¡Es lo que tienen las leyendas y los cuentos, que siempre exageran!

—Sí lo has visto. Shane —dijo William.

Robert rememoró la noche del baile en la que Fabio intentó matar a Shane por celos. En ese momento la adrenalina y la rabia le empujaron a actuar sin pensar, y apenas recordaba nada de lo que pasó. Solo tenía vagos recuerdos del lobo blanco desangrándose sobre la hierba, la histeria de Marie y las heridas de William. Las cadenas de plata hechas trizas en el suelo. Esas cosas eran prácticamente irrompibles.

—¡Eso tengo que verlo! —exclamó con un brillo curioso en la mirada.

William puso los ojos en blanco. Robert había encontrado un nuevo juguete, solo que el juguete podía devorarlo de un bocado si se pasaba de listo.

Sonaron unos golpes en la puerta y Cyrus entró sin esperar a que le dieran permiso.

—Samuel y Mihail acaban de llegar. No traen buenas noticias —anunció el guerrero.

William y Robert cruzaron una mirada. Con paso rápido, los tres se dirigieron al salón, donde Samuel conectaba un ordenador portátil a una pantalla, bajo la mirada atenta de Daniel y sus tres hijos. Mako y Shane observaban las fotografías que uno de los hombres de Samuel colocaba sobre la mesa con expresión grave. El cazador hablaba muy rápido, y Shane asentía sin parar, tan envarado y tenso que parecía una estatua de granito.

—¿Qué pasa? —preguntó William.

—Aquí, tu Capitán Colmillos —empezó a decir Samuel, refiriéndose a Mihail— cree que el número de renegados que asistirán a la reunión es mucho mayor de lo que esperábamos. Parece que te has hecho famoso y su curiosidad por ti se ha impuesto a la cautela. Serán muy pocos los que no acudan a tu llamada. Eso es algo bueno, cuantos más renegados caigan esa noche, menos habrá por las calles que rastrear después.

—Apoyó las manos en la mesa y sacudió la cabeza—. El problema es que nuestro número es insuficiente para enfrentarnos a ellos. Ni aunque fueran desarmados podríamos con todos.

—¿Estás seguro de eso? —preguntó William.

—Sí —respondió Mihail. Le lanzó una mirada molesta a Samuel—. No vuelvas a llamarme «Capitán Colmillos».

Samuel se encogió de hombros.

—Tú no tienes mucho sentido del humor, ¿verdad?

Mihail lo ignoró y señaló las fotografías. Había decenas de ellas. Tomadas desde el mar, el aire y todos los ángulos posibles. También en el interior del edificio. Un enorme almacén de contenedores a punto de ser embargado.

William lo había comprado a través de una empresa fantasma.

—Se han reforzado todas las paredes con planchas de acero, y estas se han recubierto para que pasen desapercibidas —empezó a explicar Mihail—. Las ventanas tienen rejas y se han soldado y tapiado las salidas. Una vez dentro, nadie podrá salir salvo por los tres accesos que hemos marcado. Dos laterales y el principal, que estarán bien controlados. Pero contenerlos no será suficiente, si no los reducimos rápido, acabarán con nosotros.

—¿Sospecharán? —preguntó Robert.

—Por supuesto que sospecharán, por eso irán armados hasta los dientes —respondió Samuel—. Seamos realistas. Nosotros pensamos masacrarlos, y es muy probable que ellos se estén aliando para hacer lo mismo contra nosotros. Es posible que todo acabe en un baño de sangre al que nadie sobreviva.

—Solo contamos con que los jefes de cada nido prefieran someterse al rey, antes que iniciar una guerra entre ellos para decidir quién los liderará en el enfrentamiento —dijo Mihail.

La puerta se abrió y Kate entró en la casa seguida de Adrien. William alzó la cabeza y la miró mientras cruzaba la sala. Ella esquivó su mirada a propósito y por la tensión que reflejaba su cuerpo, debía de estar muy enfadada por lo ocurrido con Jill. Bajó la vista, disgustado consigo mismo.

—Lo más importante es mantener a los lobos ocultos. Esperarán que acudas con un buen número de guerreros que garanticen tu seguridad y la de la zona. Pero no cuentan con los licántropos. Son nuestra mejor baza —continuaba explicando Mihail.

William se obligó a prestar atención.

—No hay muchos sitios donde ocultar a mis hombres. Tendrán que mantenerse alejados para que no capten su olor, y eso nos hará perder un tiempo vital —indicó Samuel.

Insertó un USB en el ordenador y en la pantalla se abrió un plano de los muelles de Nueva Orleans con todos los edificios, calles y accesos. Señaló un cuadrante.

—No podremos acercarnos a menos de dos kilómetros, lo que impedirá que mantengamos contacto mientras los renegados van llegando. Los puntos marcados con rojo son los más seguros, pero están demasiados expuestos. —Suspiró y se pasó una mano por la cabeza—. No puede fallar nada o estaremos perdidos.

—Aunque no se cometan errores y consigamos encerrarlos dentro de ese edificio, las posibilidades de vencer son escasas. Los números hablan solos. Nos superan —indicó Shane—. Aprovechando el desconcierto, podríamos matar a muchos durante los primeros segundos, pero ellos son demasiados y en cuanto se den cuenta de lo que ocurre, estaremos muertos.

—Dentro del edificio apenas podremos meter a unos sesenta hombres, haciéndolos pasar por renegados. El resto tendrá que permanecer en el perímetro, y el acceso a los lobos se limita al tejado y a los puntos de desagüe bajo el suelo. Todo es demasiado lento —masculló Carter. Cruzó una mirada con Shane, que frunció el ceño enfadado. Carter explotó—: Voy a ir digas lo que digas. Necesitamos hasta el último hombre.

—De eso nada. Tú llevas la marca, te quedas por si los demás no podemos volver. La manada no puede seguir adelante sin un líder. Del mismo modo que Marie se queda para asegurar el linaje de los Crain.

—Puede hacerlo Jared —replicó Carter.

—Es demasiado joven —le hizo notar Shane. Miró a su tío Daniel—. ¿De verdad vas a dejar que vaya?

—Sois igual de testarudos. ¿Tú te quedarías? —masculló Daniel.

Shane se cruzó de brazos y de su garganta brotó un gruñido.

Robert soltó una risita divertida.

—Nuestras posibilidades de sobrevivir son inexistentes. ¡Me encantan los retos imposibles! —Le guiñó un ojo a William—. Ahora es cuando nos vendrían bien unos cuantos perros del infierno, ¿eh?

Daniel alzó las cejas, sorprendido.

—¿Conocéis esa historia?

—Un poco —respondió Robert.

Daniel apoyó la cadera en la mesa y se apartó unos cuantos rizos de la frente. Sonrió con desgana y cierta resignación.

—Yo también lo he pensado. Aunque dudo de que encontráramos la forma de controlarlos. Se convirtieron en bestias con una sed de sangre descontrolada, no distinguían a amigos de enemigos. —Se frotó las manos en los vaqueros—. Su lucha se redujo a algo personal entre ellos y el resto del mundo. Victor casi perdió la vida al capturarlos, pero logró someterlos y aislarlos donde no hicieran daño a nadie.

Robert cruzó la sala y se paró delante de Daniel. Los inteligentes ojos del vampiro se clavaron en el lobo. Cuando habló, no pudo ocultar la emoción que le recorría el cuerpo.

—¿Estás diciendo que esa historia es cierta? —Daniel asintió, desconcertado por la actitud eufórica de Robert—. ¿Quieres decir que esa manada de licántropos existe de verdad?

—Sí, existe.

Robert lanzó un puñetazo al aire.

—¡Bien! ¡Diablos, sí! Ya tenemos caballería.

—¿Estás pensando lo que creo? —preguntó William.

—Es una locura —terció Samuel.

—No lo es —dijo Robert—. Si esos chuchos son tal como los describen, con unos cuantos de ellos podríamos tener una oportunidad. ¡Vamos, pensadlo!

Shane se plantó delante de Robert y lo golpeó en el pecho con un dedo.

—Borra la palabra «chucho» de tu vocabulario o lo haré yo.

—Vamos, cuñadito, no te des por aludido. Un pajarito me ha dicho que tú te pareces mucho más a un osito polar.

Shane mostró los dientes y su cuerpo empezó a temblar.

Marie apareció como un soplo de brisa tras él y le rodeó el pecho con los brazos para alejarlo de su hermano.

—Robert, eres idiota. No entiendo qué consigues metiéndote con él.

—Que el osito se lo meriende de un bocado —masculló Shane.

Robert sonrió encantado. Provocar a Shane era tan divertido como picar a William. Hasta ahora, el único capaz de enfrentarse a él y suponer un reto.

—No le hagas caso —suspiró William—. Hay quien se entretiene jugando a las cartas y Robert prefiere que le hagan escupir los dientes.

—Cuando quieras —retó Shane a Robert.

—No es que me moleste el nivel de testosterona en el ambiente —intervino Mako—, pero deberíamos centrarnos en lo importante. No disponemos de más Cazadores, ni Guerreros, y no podemos sacrificar civiles que no han peleado nunca.

—Necesitamos a esos tipos —insistió Robert.

—Es imposible, nadie sabe dónde se ocultan —trató de explicar Daniel.

—Puede que yo sí.

Robert salió de la sala como una exhalación y no tardó en regresar con el libro. Lo abrió sobre la mesa y pasó las hojas hasta dar con la que buscaba. Daniel y Samuel se acercaron y observaron las páginas. Cruzaron una mirada.

—¿De dónde has sacado esto? —preguntó Daniel.

—Yo lo encontré en la biblioteca —respondió Kate con voz temblorosa.

Miró de reojo a Adrien. Él mantuvo su palabra y no dijo nada sobre Marak ni ninguna otra cosa relacionada con el supuesto fantasma. Alzó la vista y se encontró con la mirada de William sobre ella. Aún podía verlo echando a Jill de la casa como si no fuese importante. ¡Por Dios, era su mejor amiga! Lo ignoró de forma deliberada, demasiado enfadada como para actuar de otro modo.

—¿En la biblioteca? ¿Y cómo ha llegado esto a la biblioteca? —preguntó Samuel sorprendido por el hallazgo—. Este libro lo escribió un licántropo. Battista Thier era un escriba, un testamentario e investigador de nuestro linaje. Algo así como Silas para vuestro clan.

—¿Qué más da cómo ha llegado hasta nosotros? Lo importante es que lo tenemos y que puede ayudarnos —terció Robert, con la sensación de que nadie más veía el filón que tenían entre manos.

—Robert tiene razón —dijo Cyrus. Esa afirmación silenció todas las otras conversaciones que se habían desatado—. No estamos en posición de descartar nada.

—¡Vaya, gracias! —Robert se concentró en el libro. Su polabo nunca había sido muy bueno y le costaba traducir el texto. El último párrafo daba a entender que el mapa mostraba el lugar donde habían escondido a los perros del infierno—. ¿Qué es esto?

William echó un vistazo al dibujo que su hermano señalaba en el reverso de la ilustración.

—Parece una carta astral.

Robert entornó los ojos y lo estudió con más atención.

—En aquella época las cartas astrales servían como mapas. Señalan la latitud y longitud exacta de un lugar y una hora concreta —explicó cada vez más nervioso—. Tenemos un mapa y sé quién puede leerlo. —Sacó su teléfono móvil y escaneó el dibujo—. Espero que ese viejo cascarrabias haya aprendido a usar el ordenador que le instalé.

—Aunque encuentres la localización, no servirá de nada. Perdieron la razón. Es imposible presentarse ante ellos y pedirles que nos ayuden —dijo Daniel.

—Silas —ladró Robert al teléfono, haciendo caso omiso a Daniel.

—¿Cuántos eran? ¿Qué les pasó? —preguntó Carter, interesado en la historia.

—La manada la dirigía un hombre llamado Daleh y contaba con una treintena de miembros, todos parientes entre sí —empezó a relatar Samuel—. Se dice que son los lobos más antiguos que existen. Los primeros, nacidos de una bruja a la que un dios nórdico castigó. Eran fieros y enormes. También fueron los primeros licántropos capturados por los vampiros. Durante siglos soportaron muchas torturas. Perdieron esposas, hijas y hermanas, como castigo a sus intentos de sublevación. Bajo el látigo y la humillación alimentaron su rabia, y acabaron perdiendo su humanidad. Renegaron de su forma humana y adoptaron la de la bestia para siempre.

—¿Para siempre? —inquirió Jared.

Samuel asintió.

—Cuando tuvo lugar la rebelión, escaparon y emprendieron una venganza personal contra todos, incluido su propio clan cuando la mayoría de su gente aceptó el pacto con los vampiros. A pesar de haber perdido el juicio, el honor y el espíritu del cazador nunca los abandonó. De ese honor se valió Victor y desafió a Daleh a combatir, cuando logró sitiarlo cerca de Varsovia. —Miró a William—. Eso ocurrió días después de que Daleh y su manada acabaran con todos los miembros de una de vuestras castas.

Los ojos de Robert relampaguearon y la euforia se evaporó de su sangre. Sabía perfectamente a qué casta se refería Samuel. La familia de su esposa, la única mujer de la que se había enamorado y que murió con un hijo suyo en el vientre. Apretó los puños, intentando controlar el sentimiento que durante siglos había tratado de reprimir y ahogar. Nunca estuvo seguro de quiénes la habían asesinado. Ahora ya lo sabía. Kara, su adorada y hermosa Kara. Desde entonces había buscado su rostro en infinidad de amantes, pero nunca logró encontrarlo. Por ese motivo continuaba solo y se había resignado a estarlo para siempre.

—Nunca supimos quién lo hizo —susurró Robert.

William se acercó a su hermano y puso una mano sobre su hombro.

—¿Qué ocurrió? —preguntó Shane a su tío.

Abrazaba a Marie contra su pecho, como si temiera que pudiera desaparecer si no la sujetaba muy fuerte. Cada vez que oía historias sobre los años de guerra y odio entre ambos clanes, su cuerpo se estremecía con una extraña mezcla de emociones.

Daniel tomó aliento antes de responder.

—Se enfrentaron y Victor ganó el desafío, también el respeto de Daleh. Este aceptó su derrota y le entregó sus vidas. Victor no consintió el sacrificio. A cambio les ofreció el exilio y la promesa de servirle si algún día los necesitaba. Pero Victor ya no está y el lazo con ellos se ha roto.

—Según vuestro escriba, Victor los recluyó en un viejo castillo al norte de Sajonia —reveló Robert—. Pero unas décadas después tuvo que sacarlos de allí, cuando los suecos intervinieron en la guerra de los Treinta Años. Consiguió un barco que zarpó desde Cádiz, España, hacia el Nuevo Mundo. Y aquí se acaba la información. Este viaje se realizó en 1632. Tenemos un espacio de tiempo aproximado y con la carta astral podremos averiguar el lugar al que los llevaron.

—De acuerdo, ¿y quién asegura que Battista conociera de verdad el lugar donde se ocultan? —preguntó Samuel.

—Era un miembro más de la tripulación de ese barco —declaró Robert. La voz sonó al otro lado del teléfono. Segundos después, su cara se iluminó con una sonrisa perversa—. Acabas de ganarte mi respeto, viejo gruñón. —Soltó una carcajada cuando Silas empezó a maldecir y le colgó—. Están a unos doscientos kilómetros al norte de Montreal. ¿Y sabéis qué? Hay una leyenda en esa zona que habla de un valle maldito, donde habitan unos demonios que caminan a cuatro patas. ¡Son ellos!

—¿Y qué? Solo perderíamos el tiempo yendo hasta allí, y puede que también la vida —dijo Samuel—. Nunca ha existido nada parecido a esos hombres. Son sangre pura y perdieron la cordura y la humanidad. El único que tenía algún poder sobre ellos era Victor, y ya no está.

William no apartaba la mirada de su hermano. Casi podía oír los engranajes de su cerebro funcionando a toda prisa. Conocía la expresión que tallaba sus facciones. Esa mirada de genio lunático, preámbulo de sus planes más descabellados.

—Yo no estoy tan seguro de eso —lo contradijo Robert y su mirada se posó en Shane—. Transfórmate.

—¿Qué? —replicó Shane.

—Cambia a lobo. Quiero ver cómo eres de grande.

—No, Robert —intervino William, de repente consciente de los pensamientos de su hermano—. ¡Venga ya, no lo puedes estar pensando en serio!

—Aquella noche, cuando te mostré el cuadro durante el baile, te dije que no existían las coincidencias. Tenía razón. Todo tiene un porqué y el suyo es este —le recordó Robert a su hermano mientras señalaba a Shane con un dedo.

—¿De qué demonios estáis hablando? —preguntó Shane.

William se inclinó sobre Robert, tan cerca que sus mejillas se tocaban.

—Lo que propones es una locura —le dijo al oído—. ¿Sabes cuántas probabilidades hay de que exista una conexión en todo esto? Ninguna. La estás imaginando. Peor aún, tú quieres creer que existe y eres el idiota más obsesivo que conozco.

—Vale, pero no me discutirás que es igualito y que el plan podría funcionar.

—William, ¿de qué está hablando Robert y qué tiene que ver con él? —preguntó Marie.

—Explícate, pero sea lo que sea, no me gusta que tenga que ver con mi sobrino —le exigió Samuel.

Robert asintió.

—Yo estuve presente durante la firma del pacto y conocí a Victor. Shane es una réplica exacta de él, y no solo en su forma humana. Por lo que sé, su lobo es impresionante y blanco como la nieve, al igual que Victor.

Hubo un silencio sepulcral en el que todos se quedaron mirando a Robert.

—¡Tienes que estar de broma! —explotó Carter.

—¡Olvídalo, no le darán tiempo ni a hablar! —exclamó Samuel.

—Tú... tú... —comenzó a gritar Marie. Apuntó a su hermano con una mano temblorosa—. Tú has perdido el juicio. Lo que propones es una locura. No, de eso nada, Shane no se moverá de aquí.

Kate se levantó y fue junto a ella.

—Tranquila, nadie le pedirá a Shane que haga algo parecido.

Buscó con la mirada a William para que acabara con aquella locura, pero él parecía sumido en sus propios pensamientos.

Robert dio un golpe en la mesa y de nuevo se hizo el silencio.

—Estamos ante una guerra que no podemos ganar. Surge una posibilidad y la rechazáis sin considerarla. Shane puede hacerlo, su aspecto le ayudará a acercarse. ¡Creerán que es Victor!

—¿Y qué ocurrirá cuando se den cuenta de que no es él? Lo matarán —intervino Daniel—. Es mi sobrino y no pienso sacrificarlo por un plan sin pies ni cabeza.

—Por supuesto que no —aseveró Marie.

—Lo haré, desafiaré a Daleh —dijo Shane. Su voz resonó firme y segura. Miró a Robert—. ¿Estás seguro de que nos parecemos tanto?

—Pregúntaselo a tus tíos. Samuel llegó a conocerlo —respondió Robert.

—Solo era un niño —gruñó Samuel, evitando la cuestión.

—¿Es cierto? —insistió Shane. Samuel asintió con los labios apretados en una fina línea recta—. Entonces dejarán que me acerque. La sangre de Victor corre por mis venas, si tienen honor, me dejarán hablar. Y entonces desafiaré a Daleh.

—¡¿Qué?! —gritó Marie—. ¿Pretendes retar a una bestia sin juicio?

—Shane puede vencerlo y lograr su lealtad. Una treintena de licántropos del tamaño de un oso gigante equilibrarían la balanza. Los necesitamos —dijo Cyrus.

—¿Tú también? —replicó Kate con los ojos como platos—. Creía que lo apreciabas.

—El aprecio no tiene nada que ver con el deber —se justificó Cyrus—. Estamos hablando de supervivencia.

Kate lo atravesó con la mirada y se acercó a William, que continuaba en silencio. Tomó su mano.

—William, tienes que parar esto.

Él la miró a los ojos y apretó su mano con suavidad. Un gesto que escondía algo más, una súplica para que intentara comprenderle.

—¿Crees que podrás hacerlo? —preguntó William a Shane.

El joven lobo asintió sin dudar.

Kate apartó la mano de la suya con brusquedad. El abismo entre ellos no dejaba de crecer y William sentía que no podía hacer nada para remediarlo. Debía acabar con los renegados y recuperar el control y la seguridad del mundo vampiro. Sin esa estabilidad, no podrían sobrevivir.

—Está bien. Hay que prepararlo todo, apenas queda tiempo —susurró sin apartar la vista de Shane. Si le ocurría algo, cargaría con una culpa insoportable el resto de su vida.

—¡No puedes hacerlo, William! —exclamó Kate. Él guardó silencio y ella quiso abofetearlo. Dominó su enfado y se mostró firme—. No lo hagas, no lo dejes ir.

—Kate, por favor.

—No te voy a permitir que lo hagas. Estoy segura de que él hace esto por ti. Solo se ofrece porque no es capaz de negarte nada —le gritó a la cara, frustrada hasta rayar la desesperación.

Marie salió corriendo y Shane la siguió, suplicándole que hablara con él.

—Está decidido —dijo William sin más.

—Creía que te conocía, pero ya veo que no.

Todo el mundo comenzó a abandonar la sala con cierta incomodidad.

Ella dio media vuelta, dispuesta también a marcharse. Él la detuvo con una mano en el codo.

—Iré con él. No dejaré que haga esto solo —le susurró.

—Sí, desde luego eso mejora bastante la situación.

—Entonces, ¿qué quieres?

—No lo sé. ¡Suéltame, por favor!

—¿Por qué te alejas de mí de este modo?

—Porque estoy tan enfadada y tengo tanto miedo, que no sé qué hacer con todo esto que siento. Te quiero, pero ya no aguanto esta situación. No es solo la presión a la que estás sometido, hay mucho más que no dices y que tratas de ocultar. Lo noto. Es el control y las órdenes. La forma en la que has tratado a Jill. Son las decisiones que tomas sin que te frenen las consecuencias y a quiénes afectan. Es el hecho de sacrificar a las personas que te importan en nombre de un supuesto bien mayor, como si el fin justificara los medios y el precio no importara. Eso es lo que me molesta y me aleja de ti. Lo que me asusta de ti.

William sacudió la cabeza y esbozó una sonrisa amarga.

—¿Ahora te asusto?

Kate se deshizo de su mano y salió de la casa como alma que lleva el diablo. Se plantó en medio del jardín sin saber qué hacer para dar rienda suelta a la frustración que la ahogaba. Se llevó un puño a la boca y lo mordió, acallando un grito de frustración.

«¿Acaso se han vuelto todos locos?», pensó.

Oyó unos pasos a su espalda y notó un aroma conocido. Apretó los dientes.

—No deberías hablarle de ese modo, y menos delante de sus hombres —dijo Mako.

Kate la miró por encima del hombro.

—¿Disculpa?

—Es el rey, nadie puede hablarle en ese tono, ni siquiera tú. No puedes humillarlo ante sus soldados, le hace parecer débil y puede perder su respeto. ¡No vuelvas a hacerlo!

Kate no daba crédito a lo que estaba oyendo.

—Tú no eres quién para meterte en nuestros asuntos.

—Soy miembro de su guardia. Lo protejo y velo por él. Tú le has faltado al respeto delante de todo el mundo y no pienso permitirlo. Dentro de vuestra alcoba haz lo que te plazca, pero fuera no se te ocurra intentarlo de nuevo —replicó Mako con tono vehemente.

Una sonrisa curvó los labios de Kate, pero no había ni un ápice de humor en el gesto.

—Tú no hablas como un soldado, sino como la mujer que aún está enamorada de él. No tienes ningún derecho.

Mako la miró de arriba abajo, buscando esa particularidad que la hacía tan fascinante a los ojos de William. Solo encontró una vampira neófita, débil y sabelotodo.

—Conozco a William desde hace mucho. Hemos compartido cosas importantes, más de las que puedes imaginar. Es cierto, aún me importa, y también lo acepto como es. No intento cambiarlo y convertirlo en la clase de hombre que nunca será. Si tú no eres capaz de hacer lo mismo, quizá deberías apartarte de su camino.

—¿Y dejarlo libre para ti?

—Le convengo más que tú. Durante años lo compartimos todo. Un propósito, confidencias y cama. Sé cómo es, cómo piensa. Hasta lo que le gusta. Tú no sabes nada.

—William no es la misma persona de entonces.

—Oh, sí que lo es. Eres tú la que ha vivido con el reflejo de algo que no es real. Hace un rato era yo la que enjugaba sus lágrimas y lo consolaba. ¿Dónde estabas tú? No puedes darle lo que necesita.

Kate debía alejarse de esa arpía, o acabaría dándole un puñetazo en su pálida cara de rasgos orientales. Apeló al último resquicio de autocontrol que le quedaba.

—Si te sientes mejor soñando, adelante. Pero no vuelvas a acercarte a él o te las verás conmigo.

—¿Es una amenaza?

—Yo no amenazo —le espetó Kate mientras regresaba a la casa.

Mako no se movió. Sentía el sabor de la victoria en el paladar. Kate no era rival para ella en ningún sentido y solo era cuestión de tiempo que su relación con William terminara. Por la tensión que percibía entre ellos, no tardaría mucho en suceder.

Una sombra surgió de la nada y Adrien se detuvo a su lado.

Mako lo observó de reojo. No lo había oído acercarse. Él permaneció quieto, con las manos embutidas en sus tejanos y la mirada perdida en las primeras luces del alba que iluminaban el bosque. Muy despacio, ladeó la cabeza y la miró.

—No vuelvas a hablarle de ese modo. Porque si lo haces, me obligarás a enseñarte modales sin importarme que seas una chica. —Su voz no fue más que un susurro, pero estaba teñida de agresividad.

Mako se irguió con la espalda tensa y lo atravesó con la mirada.

—Soy un guerrero, podría romperte unos cuantos huesos sin ningún esfuerzo.

Adrien se encogió de hombros.

—Muy bien, guerrero, si vuelves a molestarla te las verás conmigo.

Se produjo un silencio en el que ambos se evaluaron a conciencia.

—Para ser solo su guardaespaldas, pareces demasiado preocupado por sus sentimientos.

Adrien comenzó a juguetear con el anillo que llevaba en su dedo meñique.

—Mi relación con Kate es algo que tú nunca podrás comprender. No permitiré que nadie le haga daño, ni siquiera una exnovia celosa que quiere ocupar su lugar.

Mako dio un paso atrás. Sonrió con una mezcla de condescendencia y lástima. ¿Cómo no se había dado cuenta antes?

—¡Ella te gusta! —Sacudió la cabeza—. Entonces sabes mejor que nadie cómo me siento, no deberías cuestionarme.

—Yo pienso que sí.

—¿Y no crees que lo mejor para ambos sería aliarnos y que cada uno consiga lo que desea?

Adrien contuvo el aliento un instante y después lo soltó con fuerza.

—Ella ama a William y es feliz con él. Nada cambiará eso, ni siquiera yo. Así que déjala en paz y no vuelvas a inmiscuirte entre ellos. De lo contrario, me encargaré personalmente de que te largues y no vuelvas —le advirtió.

21

—No quiero que vayas —dijo Marie.

Shane se colocó de lado y la miró desde arriba. Su melena desparramada sobre la cama parecía una cascada de fuego iluminada por los últimos rayos de sol que se colaban por la ventana.

—No puedes pedirme eso.

—Puede que no vuelvas, ¿no te das cuenta?

—Me encanta que tengas tanta fe en mí.

Marie le sostuvo la mirada y poco a poco sus labios se curvaron con una sonrisa.

—Creo en ti. Pero no quiero que te pase nada. —Tragó saliva y su pecho se llenó con una profunda inspiración—. A veces pienso que mereces otra vida.

—¿Qué quieres decir?

—No sé, una vida tranquila, con alguien de tu especie que pueda darte una familia, hijos. Yo solo te he dado dos hermanos dementes y jaqueca.

Shane rompió a reír. Se inclinó y la besó en el hueco entre sus pechos.

—No quiero hijos, te quiero a ti.

—Eso lo dices ahora, pero algún día...

Los labios de Shane aterrizaron sobre los suyos y se olvidó de lo que estaba diciendo. Le devolvió el beso sin vacilar y deslizó las manos por su espalda fuerte y bronceada. Notaba su corazón latiendo contra su pecho. Le encantaba sentirlo, tanto como su piel caliente.

—Hay muchos tipos de familia, Marie. Nosotros formaremos la nuestra, te lo prometo.

—Si sobrevives —dijo ella con un mohín.

—¿En serio?

—Por primera vez en mi vida tengo todo lo que quiero, y esa vida es tan injusta que quiere quitármelo.

Los hombros de Shane se sacudieron con una risa silenciosa. Le lanzó una mirada pícara.

—Nadie va a quitarte nada. Vamos a tener una vida larga y perfecta, y podrás seguir mangoneándome por siempre jamás.

Marie le dio un puñetazo en el pecho.

—¡Yo no te mangoneo! —exclamó indignada, y volvió a sacudirle.

Muerto de risa, Shane le sujetó las muñecas por encima de la cabeza. Marie le rodeó las caderas con las piernas y acabó a horcajadas sobre él, inmovilizándolo con las manos en el pecho. La contempló con ojos brillantes.

Levantó la mano y atrapó uno de sus rizos rojos. Lo estiró y después lo soltó para ver cómo recuperaba su forma. Deslizó el pulgar por sus labios y una punta afilada le arañó la piel. Una sonrisa torcida curvó su boca. Nunca pensó que unos colmillos le pusieran tanto.

—Me gusta verte desde aquí.

—Quédate y podrás verme así todo el tiempo.

La abrazó contra su pecho y hundió el rostro en su pelo.

—Tengo que ponerme en marcha.

Marie resopló y se tumbó de espaldas sobre la cama. Lo observó mientras recogía su ropa del suelo y volvía a vestirse. No quería ponerse triste y que esa fuese la última imagen que tuviera de ella, pero le estaba resultando muy difícil mantener la compostura. Quería a Shane con locura y la idea de perderlo le hacía entrar en pánico. Sin embargo, no solo se trataba de él. Los dos idiotas con los que compartía el apellido también iban a arriesgar sus vidas y el agujero que sentía en el pecho no parecía tener fin.

—¿Vienes? —le preguntó él desde la puerta.

—Dame cinco minutos.

Shane le guiñó un ojo y salió al pasillo. Lo recorrió en dirección a la escalera. La puerta del dormitorio de William estaba entreabierta y atisbó a Kate sentada sobre la cama. El cachorro que había adoptado saltaba entre sus piernas y mordisqueaba un juguete de plástico.

Llamó con los nudillos y se asomó.

—¿Puedo pasar? —Ella le dedicó una sonrisa y asintió. Apartó unos libros para que pudiera sentarse—. ¿Qué tal estás? Hace mucho que no hablamos.

—Bien.

Él la observó con atención.

—No lo parece.

—Me siento mal con todo lo que está pasando, nada más. No se debería arriesgar tanto.

—¿Lo dices por mí? —preguntó Shane con la frente arrugada.

—Él va a enviarte a ese sitio.

—Te equivocas, nadie me envía a ninguna parte. William es mi mejor amigo y haría muchas cosas por él, pero esto no. —Dejó escapar un suspiro entrecortado—. Voy a enfrentarme a ese tipo por mí, porque sé que es lo que debo hacer, y porque tengo una familia y una chica para los que deseo una vida que merezca la pena. Si no, ¿de qué sirve tener esperanza?

Kate le sostuvo la mirada y su expresión se llenó de impaciencia y temor.

—Es muy peligroso y esa manada da muchísimo miedo.

—Sé que puedo hacerlo, Kate. —Alargó la mano y acarició al cachorro tras las orejas—. En cuanto a William...

—No quiero hablar de eso.

Shane asintió a la vez que desviaba la mirada hacia la puerta.

—De acuerdo, pero los dos me importáis mucho y no sé qué demonios os está pasando. Puede que no te gusten algunas de las decisiones que está tomando, pero ten claro que yo tomaría las mismas si estuviera en su lugar. Hace lo que puede, Kate. Recuerda que no ha pedido nada de esto.

Kate no supo qué contestar. Su mente era un caos que ni ella misma entendía. Desde que se había transformado lo sentía todo con tanta intensidad que la desbordaba. Las emociones se manifestaban a borbotones y la mayor parte del tiempo la confundían.

Shane observó al cachorro.

—¿Qué nombre le has puesto?

—No le he puesto nombre —respondió Kate.

—¿No vas a quedártelo?

Ella se encogió de hombros.

—¿Por qué iba a querer quedármelo? ¿Sabes cuántas veces al día pienso a qué sabrá su sangre? Es mono, pero no deja de ser un batido caliente de sangre fresca.

El perrito gimoteó y se bajó de su regazo a toda velocidad.

—Cualquiera diría que te ha entendido.

Kate forzó una sonrisa y se recostó sobre los cojines. Tenía esos pensamientos porque estaba famélica. Tomaba sangre, pero su cuerpo no se saciaba. Al contrario, protestaba con unos dolores de estómago espantosos. Era como si solo admitiera lo que únicamente William podía darle. Y llevaba días sin tomar de él.

Shane apoyó una mano en su rodilla y le dio un ligero apretón antes de ponerse en pie.

—Tengo que ir abajo con los demás.

—Ten mucho cuidado, Shane.

—Lo tendré.

Kate se tumbó de lado en cuanto el chico salió de su habitación y cerró los ojos. Quizá, si se concentraba mucho, podría desconectar su mente y dormir un poco. Lo necesitaba, pero el tictac del reloj resonaba dentro de su cabeza. El tiempo avanzaba sin detenerse y, en unas horas, William y los demás se marcharían. No sabía qué hacer. Le daba miedo despedirse y que fuese un adiós para siempre. Le daba miedo no hacerlo y tener que vivir con ese remordimiento si él no regresaba.

De repente, la casa se llenó de ruidos, gritos y órdenes. Se oyeron un par de golpes y un estruendo. Kate salió al pasillo y se dio de bruces con Marie.

—¿Qué ocurre? —le preguntó.

—No lo sé.

Los sonidos de cristales rotos y madera crujiendo no dejaban de oírse. Un ligero olor a quemado flotó en el aire. Más ruidos imposibles de identificar y un aullido de dolor que les taladró los tímpanos.

Juntas se dirigieron a la escalera y allí se toparon con Jared.

—¿Qué pasa? —preguntó Marie.

—Ángeles —respondió él, como si esa palabra pudiera explicarlo todo.

Se lanzaron escaleras abajo y sus ojos se abrieron como platos.

Había un hombre en medio de la sala, vestido con lo que parecía un uniforme de color negro. Se elevaba en el aire unos centímetros y no dejaba de forcejear como si intentara liberarse de unas cuerdas invisibles.

Shane apareció frente a ellas y las hizo retroceder.

—No os acerquéis.

—¿Es un ángel? —preguntó Marie.

Ella aún no había visto uno, salvo a Aileen. Pero no podía comparar la dulzura de su madre con la presencia amenazante de ese ser.

—Adrien y William lo están controlando, pero es fuerte y no deja de resistirse.

—¿Y qué hace aquí un ángel? —preguntó Kate sin disimular su preocupación.

No podía apartar los ojos de la criatura. Su piel oscura refulgía con una pálida luz. Poseía un rostro hermoso de facciones infantiles, donde sus ojos sin pupilas parecían dos faros en medio de la oscuridad. El ángel la miró y sus párpados se entornaron.

Kate apartó la vista y notó una mano en el hombro que tiraba de ella. Cyrus apareció a su lado y se levantó como un escudo entre ella y el serafín. Se dio cuenta de que en la sala había más gente. Mihail ocupaba la puerta principal, armado hasta los dientes. Daniel y Carter flanqueaban la entrada a la cocina y Mako empuñaba una espada, con los ojos muy abiertos y una mezcla de fascinación y desconcierto. Kate se dio cuenta de que el secreto de William había dejado de serlo.

—¿Quién te envía? —preguntó William. El ángel lo miró y su piel oscura destelló—. No te repetiré la pregunta.

El ángel lo ignoró y se mantuvo impasible. William alzó el brazo y una lengua de fuego surgió de su mano y se enroscó alrededor del cuello del serafín. El dolor se reflejó en sus ojos sin pupilas. Ni siquiera entonces emitió un solo sonido.

—No dirá nada —masculló Adrien.

—¿Qué estaba haciendo exactamente? —inquirió Shane.

—Nada. Nos observaba. Ni siquiera sé cómo he logrado percibirlo. Era invisible y estaba a un centenar de metros de aquí, flotando sobre los árboles —respondió Adrien. Se giró hacia el ángel—. Será mejor que hables —lo amenazó, y su mente se abrió paso como una hoja afilada a través del pecho angelical.

El serafín aguantó de forma estoica la tortura y se mantuvo firme con los labios apretados. Sus ojos brillaron como si estuviera conteniendo las lágrimas.

Kate se conmovió. Casi parecía un niño.

—¿Qué hacemos, William? —preguntó Daniel—. Deberíamos salir en un par de horas.

William se pasó una mano por la cara, tratando de pensar y ordenar sus pensamientos.

—No podemos dejar que se vaya. No sabemos cuánto tiempo lleva espiándonos y lo que sabe —indicó Carter.

—¿Y qué hacemos con él? ¿Encerrarlo? —propuso Mihail.

Adrien negó con la cabeza.

—No se puede encerrar a un ángel entre cuatro paredes. Pueden desmaterializarse.

—¿Estás diciendo que no hay manera de contenerlo?

—¿Y qué crees que estoy haciendo ahora? —escupió Adrien.

En las arrugas de su frente se podía apreciar el esfuerzo que estaba haciendo para mantener inmóvil al ángel.

—¿Ha tratado de hacer daño a alguien? —preguntó Kate en voz baja.

Su voz hizo que William se girara hacia ella.

—No deberías estar aquí.

—Quizá solo nos observe, ¿y qué puede haber visto? A un grupo de licántropos y vampiros conviviendo en la casa, nada más.

El ángel la miró y ella le sostuvo la mirada. La compasión dulcificó sus ojos y el ser pareció sentirla, porque se relajó un poco.

—Me preocupa más lo que haya oído —masculló Cyrus.

—Nada de lo que pueda haber oído incumbe a los ángeles, ¿por qué iban a interesarles nuestros asuntos? Solo intentamos frenar la amenaza de los renegados, no tomar el cielo —replicó Kate.

—Tengo un mal pálpito con esto —dijo Adrien.

—¿Y qué hacemos? —gruñó Daniel—. No sabemos si ha venido solo o aparecerán más. Y tampoco podemos contenerlo.

Mihail apuntó con un dedo a Adrien.

—Contrólalo mientras vamos a Montreal, eres el único que puede hacerlo, ¿no?

—Dicho así, parece fácil, si no fuese porque William me está ayudando y en los pocos minutos que llevamos aquí nos está dejando secos. No aguantaremos mucho más.

—Dejad que se vaya. No creo que quiera hacer daño a nadie —les pidió Kate.

—¿Y por qué calla? Que responda a un par de preguntas y lo dejaremos ir —intervino Carter.

Kate se movió para sortear a Cyrus y acercarse al ángel, pero el vampiro la frenó con el brazo.

—¿Te ha enviado alguien? Solo dinos por qué has venido y podrás irte —le preguntó ella.

—Sirvo a Gabriel —respondió el ángel para sorpresa de todos. Una oleada de poder brotó de su cuerpo y hasta los cimientos de la casa se sacudieron. Adrien y William tuvieron que concentrarse para no aflojar el lazo con el que lo mantenían sujeto—. Me ha enviado a vigilaros. Le preocupa vuestro papel en los acontecimientos que están teniendo lugar. Decido si sois una amenaza.

—No lo somos —replicó Kate con tono vehemente.

William apretó los dientes y bajó la mirada al suelo. Así que el maldito arcángel no se había olvidado de ellos y seguía al acecho en las sombras. Quizás esperando una excusa, el momento idóneo para aniquilarlos.

—¿Y qué le dirás si te dejamos marchar? —preguntó Shane con voz mortífera.

—Mi juicio no importa, sino vuestros actos —respondió el ángel.

—¿Y qué dicen nuestros actos? —preguntó William.

El ángel meditó su respuesta.

—Aún no lo sé.

—No podemos dejar que se vaya —masculló Cyrus.

—¿Y cómo lo controlamos? —intervino Carter.

—No hacemos nada malo —Kate miró al ángel a los ojos con una súplica—. Se lo dirás, ¿verdad? Le dirás que no debe preocuparse por nosotros.

—Me habéis torturado sin motivo. La misericordia divina es solo para los inocentes. El daño que ya habéis causado es irreparable —dijo sin emoción alguna.

—¿Y eso qué significa? —preguntó Adrien.

—Que os reduciré a cenizas —sentenció el ángel.

Adrien y William cruzaron una mirada, se quedaban sin fuerzas y la debilidad se apoderaba de ellos. Se movieron al mismo tiempo. Adrien saltó tras el ángel y lo sujetó por los brazos, mientras William giraba con la gracia letal de un felino y le atravesaba con su puño el pecho. La sangre le salpicó la cara y todo lo que había a su alrededor. Su brazo se transformó en una corriente de luz mientras lo traspasaba y el ángel estalló como si estuviera hecho de miles de cristales.

Kate se tapó la boca para contener el grito que le desgarraba la garganta.

El silencio se impuso en la sala y todas las miradas se clavaron en William.

De él surgía un resplandor que palpitaba como un corazón que bombea al límite de su capacidad. Sus ojos brillaban desde dentro, fríos y letales. Se llevó la mano a la cara y se limpió las gotas de sangre que resbalaban por sus mejillas. Con la misma frialdad con la que había acabado con el ángel, se frotó la mano en los pantalones. Después salió de la sala sin decir nada, cubierto por una capa de apatía gélida y perturbadora que envolvió a Kate, calándola hasta los huesos.

22

Una luna pálida iluminaba la casa como si se tratara de una aparición espectral.

William se quedó mirándola desde el límite de la arboleda. Apretó el puño, pegajoso por la sangre del ángel.

—¿Hemos hecho lo correcto? —preguntó cuando Adrien se paró a su lado.

—No lo sé, pero que se jodan. Un ángel muerto es un ángel menos del que preocuparse.

—Gabriel vendrá a buscarlo —le hizo notar William.

—Entonces iré sacando las velas, la porcelana fina y la plata.

Los labios de William se curvaron con una sonrisa, que acabó transformándose en una suave carcajada. Adrien rio con él y la tensión que le agarrotaba el cuerpo se relajó un poco. No duró mucho, el reloj corría y ya deberían haber salido hacia Montreal. La sonrisa desapareció de su cara al pensar en Kate.

No había podido hablar con ella, y algo le decía que acababa de bajar otro peldaño en el descenso imparable en el que estaba cayendo su relación. La luz que iluminaba a Kate era el faro que él necesitaba para no hundirse en las tinieblas que intentaban engullirlo. Sin embargo, la empatía que Kate parecía sentir por todo el mundo no se la aplicaba a él. Al contrario, era un repelente contra la clase de persona en la que él se estaba convirtiendo poco a poco. La luz de ese faro estaba dejando de brillar y William se hundía sin remedio.

—Voy a quitarme toda esta porquería —dijo Adrien mientras se miraba la ropa cubierta de sangre seca—. Y tú deberías hacer lo mismo.

William entró en la casa y fue directamente a su habitación. En el baño se oía el agua de la ducha. Se le formó un nudo en la garganta y sintió una opresión en el pecho que lo dejó sin voz. Una expresión de alivio cruzó su rostro impasible. Kate estaba allí.

Solo que no era Kate.

—¿Qué haces aquí? —preguntó.

La mampara de la ducha se abrió y Mako apareció desnuda.

Él apartó la mirada de golpe y se dio la vuelta.

—Vamos, no hay nada que no hayas visto antes.

—¿Qué haces, Mako?

—Los otros baños están ocupados por los chicos y he pensado que no te importaría.

—No creo que sea lo apropiado dadas las circunstancias. No quiero que Kate se enfade por cosas que no son.

Ella agarró una toalla y se envolvió con ella.

—¿Acaso no confía en ti?

Él la miró por encima del hombro, Mako seguía siendo preciosa. Sus rasgos orientales parecían esculpidos en fina porcelana y contrastaban con su melena de un negro azulado. Poseía un cuerpo fuerte y atlético de curvas generosas que volvería loco de deseo a cualquier hombre.

A cualquiera, menos a él. Ya no sentía esa atracción por ella.

Alargó la mano y cogió el montón de ropa que había sobre el lavabo. Se lo ofreció con el brazo estirado.

—Será mejor que te vistas fuera.

Mako tomó la ropa y salió del baño.

William se metió bajo el agua de la ducha. Frotó cada centímetro de su cuerpo, poniendo especial atención a la cara y los brazos. La sangre se había pegado a la piel y le estaba costando sacarla. Se concentró en limpiarla, para no pensar en lo que estaba por venir en las próximas horas. Los próximos días.

Al cabo de un rato, salió del baño oliendo a jabón y con una toalla alrededor de las caderas.

Se detuvo al descubrir que Mako continuaba en la habitación. Su cuerpo, cubierto tan solo por unos diminutos bóxer y una camiseta de tirantes, brillaba bajo la luz de la lámpara y olía a loción corporal. Se estaba desenredando el cabello con las suaves pasadas de un peine.

Ella le sonrió, como si que siguiera allí fuese lo más natural.

William tomó una bocanada de aire y se dirigió al vestidor. Se puso unos pantalones negros de corte militar. Sus hombros se tensaron cuando subió la cremallera y notó un fuerte tirón en el cuello. Estaba tan rígido como una barra de acero. Lo giró a un lado y luego al otro. Le dolía horrores.

Regresó a la habitación, rotando el hombro para tratar de aflojar el nudo que notaba bajo la piel. Se acercó a la cómoda y sacó del primer cajón una camiseta negra de manga corta.

—¿Estás bien? —preguntó Mako.

—Sí, solo es un tirón.

Ella dejó a un lado el peine y se levantó.

—Déjame ver.

—No es necesario, estoy bien. Deberías vestirte, saldremos de inmediato.

Mako soltó una maldición y lo tomó por el brazo. Tiró de él hacia la cama.

—¿Podrías dejar de comportarte como un idiota y aceptar un poco de ayuda?

Lo empujó hacia abajo por los hombros, obligándolo a que se sentara. Después se colocó tras él, de rodillas sobre las sábanas. Comenzó a masajearle los hombros y el cuello, clavando los dedos en los músculos con habilidad. Trazó pequeños círculos y palpó cada nudo. Poco a poco, notó cómo él se iba aflojando bajo su roce.

—¿Mejor? —Él gruñó un sí y cerró los ojos—. Siempre tenías problemas con el cuello. Debo de haber hecho esto como un millón de veces.

Miró el reloj, inquieto. Su conciencia era como una brasa ardiente que le susurraba que nada en esa habitación estaba bien. Pensó en Kate y llegó al borde mismo del límite, allí donde el siguiente paso daría salida a la oscuridad que lo acechaba.

De repente, la puerta se abrió y Kate apareció en el umbral, como si su pensamiento la hubiera invocado. Se puso de pie a la velocidad del rayo.

Kate tardó un instante en asimilar la escena. Entonces sintió que el pecho se le convertía en un pozo frío y húmedo. La idea de un momento tan íntimo entre ellos le provocó náuseas. Notó un clic dentro de su cabeza. La rabia se derramó, empapándola, fluyendo sin control. No recordaba estar tan enfadada en toda su vida. Era como si un fuego violento la quemase por dentro e hiciese arder sus pensamientos.

—Tú, largo de aquí —le espetó a Mako. Ella la miró sorprendida por el tono soberbio de su voz—. ¿Acaso no me has oído? ¡Fuera!

—Yo solo acepto órdenes de...

—Mako, por favor —le pidió William.

La vampira recogió su ropa y salió de la habitación a toda prisa.

—Sé que estás furiosa... —empezó a decir él.

—No tienes ni la más remota idea de cómo me siento. Durante estas semanas has jugado conmigo y mis sentimientos. Me has mentido y me has ninguneado. Has sido mezquino, un déspota y solo has pensando en ti. —Se abrazó la cintura y dio paso atrás para alejarse—. Y ahora te encuentro a solas con ella.

—No estábamos a solas en ese sentido. Necesitaba la ducha, los otros baños estaban ocupados por los chicos...

Kate alzó las cejas con un gesto de desdén.

—¿Está mal que comparta el baño con ellos pero no contigo? Ah, disculpa, qué tonta soy. Los dos años que fuisteis amantes le dan ese derecho. ¿Recordabais viejos tiempos?

—No ha pasado nada entre nosotros.

—¿Y debo creerlo porque lo dices tú? Perdona, pero tu credibilidad quedó en entredicho hace mucho.

William apretó los dientes, empezaba a enfadarse. Kate estaba tocando las teclas necesarias que podían hacerle perder los nervios.

—Nunca te he mentido —aseveró rodeado por un halo de energía.

—Es cierto, nunca mientes, solo no mencionas las cosas. ¡Qué estúpida soy, ¿verdad?! —se burló.

—Hay cosas sobre mí que es mejor que no sepas. En este momento, no las entenderías —susurró William.

Intentó acercarse, como si sintiera sus emociones y estas lo empujaran hacia ella.

—Llevas repitiéndome eso desde que viajamos a Roma. Según tú, parece que no soy capaz de entender nada. Eso no es excusa para que no seas sincero conmigo. Si me conocieras, sabrías que no puedo estar con alguien que me miente. No a estas alturas —y conforme lo dijo, se arrepintió.

Ella también tenía secretos. Marak era su secreto. Sin embargo, estaba tan enfadada y celosa, que la necesidad de explotar era insoportable. Quería abofetearlo, hacerle tanto daño como él le estaba haciendo a ella. El despecho la ahogaba y la imagen de Mako sobre él la corroía como el ácido.

En ese momento, ni siquiera se sentía capaz de estar en la misma casa que él.

William casi podía leer sus pensamientos. Iba a dejarlo.

Su primer impulso fue tomarla en sus brazos y contárselo todo. Estaba harto y soltar el lastre que lo asfixiaba sería tan liberador, pero se quedó donde estaba, herido y con un fuerte sentimiento de traición. Ella debería confiar en él por encima de todo y no lo estaba haciendo.

—Sé lo que estás pensando —procuró que su voz sonara tan dura como había sonado la de ella.

—¿Qué pasa, ahora también eres vidente?

—Intentas decidir si te alejas de mí.

Kate apartó la mirada. Su actitud altiva flaqueó.

—Y si decido que sí, ¿me dejarás marchar?

—Todo lo que tiene un principio, también tiene un final.

Ella alzó la mirada, sorprendida por su respuesta.

—Vaya, veo que te importa tan poco como a mí —replicó con soberbia.

Dio media vuelta y se encaminó a la puerta.

William la agarró por la muñeca. Ella forcejeó y él la sujetó más fuerte.

—Todo tiene un final, excepto nosotros. El nuestro aún no se ha escrito —le dijo al oído.

—Lo has escrito tú durante estas semanas, palabra a palabra. —Intentó soltarse y llegar hasta la puerta—. Déjame.

—No vas a ninguna parte.

—Como si pudieras pedírmelo sin más.

—No te lo estoy pidiendo. Te lo ordeno, soy tu rey.

Los ojos de Kate se abrieron como platos.

—¡Tú no eres mi rey! Es más, ni siquiera pertenezco a este sistema que os habéis montado. ¡Paso!

William soltó una palabrota que ella nunca le había oído antes.

—¡No puedes pasar! Eres un vampiro, perteneces a este mundo. Lo contrario podría considerarse traición.

—¿Traición? No te atrevas a hablar de traición conmigo. ¿Quién está engañando a quién? No te reconozco. Tú no eres... este hombre. —Kate alzó las manos para señalarlo de arriba abajo—. O quizá Mako tenga razón y ahora seas más tú que nunca.

—¿Qué tiene que ver Mako en esto?

—No sé, dímelo tú. Tengo la impresión de que ella sabe mucho más de ti que yo.

William sentía cómo la sangre le palpitaba en las sienes. Se la quedó mirando. Después soltó una maldición. Había llegado a su límite, al infierno con todo.

—¿Seguro que quieres conocer la verdad que con tanta dignidad exiges? —preguntó pegado a su cara—. ¿Te crees capaz de encajar una realidad que ni yo consigo asumir y no salir corriendo? Porque si no te la he contado hasta ahora, es porque dudo de que superes la prueba y sigas conmigo. —Se le crispó el rostro al confesar lo que de verdad lo torturaba durante días.

—¿Qué quieres decir? —preguntó Kate.

William se inclinó sobre ella hasta casi rozarle la oreja con los labios. Quería la verdad e iba a tenerla.

—En San Diego, un renegado me puso a prueba. Lidera el aquelarre más importante y no podía correr el riesgo de que sospechara de mí. Me entregó a una humana para sellar el acuerdo. Fue un regalo de un depredador a otro, y no tuve más remedio que matar a la chica.

El tono frío de su voz resultaba espantoso. William continuó:

—Bebí de ella hasta dejarla seca y absorbí su esencia. No pude parar. Al principio me sentí mal, pero después solo podía pensar en hacerlo de nuevo. Y casi lo hice, con una camarera que encontré en la calle. ¡Dios, la deseaba de verdad!, y ella estaba tan dispuesta. Creo que ni siquiera se habría resistido. Pero pensé en ti y dejé que se fuera. Aunque eso no evitó que después le arrancara el corazón a un tipo que no fue muy amable conmigo. —No pudo reprimir cierto tono burlón y suficiente—. Ni que por mi culpa, Adrien tuviera que romperle el cuello a un vagabundo al que ataqué para evitar a mi verdadero objetivo esa noche. ¿Sabes quién? Gayle, la bibliotecaria.

Hizo una pausa e inspiró con fuerza. El brazo de Kate se había quedado flojo entre sus dedos.

—Y lo mismo me ocurrió con Jill. La eché porque apenas puedo controlarme cuando está cerca. Rajarle el cuello se ha convertido en una tentación constante —confesó sin ninguna emoción.

—¿Y el ángel? —preguntó Kate con un hilo de voz.

—¿El ángel? He disfrutado atravesándole el pecho. Los odio con todas mis fuerzas. —Soltó una risita fría y traviesa—. Estoy a punto de volverme loco por los remordimientos y el hambre, por estos deseos enfermizos de abandonarlo todo y dejarme llevar. ¿Y sabes por qué? Porque no soy bueno, nunca lo he sido. Estoy luchando contra lo que soy por ti. Solo por ti. Tú eres lo único que me mantiene cuerdo y no quiero perderte, aunque eso suponga mentirte y fingir lo que no soy. Ahí tienes tu verdad, querida.

Por fin la soltó. Kate dio un paso atrás y se frotó la muñeca allí donde los dedos de él se habían clavado. William la miraba con la mandíbula tensa, esperando una reacción. Ella no sabía qué decir, aún estaba asimilando todo lo que él acababa de confesarle.

—Tengo razón, no puedes con la verdad. Me tienes miedo —suspiró él.

Kate sacudió la cabeza.

—No es miedo, es que no te conozco. Tú no eres la persona de la que estoy enamorada.

La mirada de William vagó por la habitación. Una inspiración temblorosa llenó su pecho.

—Esa persona nunca ha existido, Kate. Lo sabes muy bien. Y si existió, ya no queda nada.

Kate cerró los ojos con fuerza. Agarró el pomo de la puerta, dispuesta a marcharse. Necesitaba poner distancia entre ellos y pensar. Aunque primero tenía que sacarse de la cabeza la imagen de William con Mako. La idea de que se había alimentado de una chica hasta asesinarla y la certeza de que había disfrutado matando al ángel.

William empujó la puerta y la cerró de nuevo.

—No puedo dejar que te vayas. Puede que... No sé, cuando todo esto acabe...

Kate se volvió hacia él con un brillo salvaje en la mirada. Perdió los nervios y dejó de pensar.

—¡Inténtalo! —gritó con rabia—. Intenta retenerme y te juro que dedicaré cada segundo de mi existencia a odiarte como nadie hasta ahora. Ni siquiera Amelia.

Fue un golpe bajo, rastrero, y salió con tanta facilidad que ella misma se sorprendió. No podía creer que esas palabras hubieran brotado de su boca, pero había sido incapaz de detenerlas. Y por si eso no bastaba, se quitó el anillo y lo dejó caer al suelo.

Muy despacio, William quitó la mano de la puerta y se apartó un par de pasos. Él mismo la abrió y la sostuvo para que Kate pudiera salir. En cuanto ella desapareció por el pasillo, la cerró de un portazo que aflojó los goznes y rajó la madera.

23

Kate echó a correr y alcanzó el bosque sin que nadie tuviera tiempo de detenerla. Continuó corriendo hacia el único lugar que consideraba suyo de verdad. Su casa, su refugio desde el día que nació. Aunque esa casa estuviera ahora vacía de recuerdos.

Unos brazos la sujetaron por la cintura y detuvieron su frenética carrera. La alzaron del suelo y la aplastaron de espaldas contra el tronco de un viejo pino. Se encontró con la cara de Adrien a solo unos centímetros de la suya. Ni siquiera pensó en lo que hacía, su mano salió disparada y lo abofeteó.

—Lo sabías y no me lo dijiste —le gruñó. Lo apartó de ella de un empujón—. ¿Cómo has podido?

—Intenté decírtelo, ¿recuerdas? Te hablé de la oscuridad, de la luz que necesitamos para no hundirnos en ella. Te dije que él estaba pasando por demasiadas cosas que apenas podía controlar. Que no se le debía presionar mucho...

—No me dijiste un cuerno, Adrien. Palabras sin más. Olvidaste mencionar que estaba enganchándose a la esencia de los humanos. No me has hablado de Gayle, ni del vagabundo, ni de lo que ocurría cada vez que Jill venía a casa. Y tampoco has mencionado que se ha convertido en un recipiente vacío sin un ápice de remordimientos. Es un psicópata.

—Por supuesto que no —él también alzó la voz. El brillo de sus ojos perforaba la oscuridad—. No puedo contarte sus secretos, cuando yo no soy capaz de contarle los míos ni a mi propia madre. No es fácil decirle a alguien que quieres que ya no queda dentro de ti ni un atisbo de humanidad. Que te estás convirtiendo en un monstruo sin remordimientos y te gusta sentirte así. ¡Nosotros somos distintos! ¡Diferentes a todos vosotros! —gritó exasperado. Se le crispó el rostro—. ¡Ya no somos vampiros, Kate!

La soltó y dio una vuelta sobre sí mismo con las manos en la cabeza, antes de añadir:

—Si aún quedaba algo de la estirpe en nosotros, ya no está. Se ha diluido. No somos vampiros, no somos ángeles. Ni una cosa ni la otra, y no hay nadie a quien podamos acudir que nos ayude. Estamos solos y aprendemos solos. Él es mi identidad, lo más parecido a unas raíces que tengo, y no voy a traicionarlo.

Kate se quedó sin palabras. No tenía ni idea de cuáles eran los sentimientos reales de Adrien hacia William. Puede que él tampoco, viendo la cara que se le había quedado tras el arrebato que acababa de sufrir.

—Tenía derecho a saberlo —insistió ella en un susurro.

—Es posible, pero ¿qué hay de sus derechos? William también merecía saber que compartes confidencias con fantasmas que, casualmente, han puesto en tus manos un diario bastante sospechoso, ¿no crees? Justo cuando nos hacía falta —le hizo notar con una mirada elocuente.

Kate se quedó helada, ni siquiera había asociado ambas cosas. Algo incómodo se agitó dentro de ella. Él continuó:

—Me pediste que guardara silencio para no preocuparlo, y he cumplido mi promesa a sabiendas de que no debía. Tú estás haciendo exactamente lo mismo que él, mentir y callar. Y mi mala suerte me ha colocado entre vosotros dos.

Kate quiso replicar. Decirle que las acciones de William no se podían comparar a las suyas, porque ella no era un peligro para nadie. Abrió la boca buscando las palabras, pero no había nada que decir. Adrien tenía razón.

—¿Te lo ha contado todo? —preguntó él.

—Creo que sí.

—Y por lo que veo, no te lo has tomado muy bien.

—¿Y cómo quieres que me lo tome?

Kate se dejó caer hasta sentarse en el suelo. Se abrazó las rodillas y apoyó la barbilla sobre el brazo.

—Hay algo que no entiendo —dijo Adrien. Se agachó frente a ella y la miró a los ojos—. Mi historia es aún peor. Sabes que he matado a muchas personas para alimentarme de su esencia. Inocentes con familias que han quedado destrozadas. Sabes que soy un adicto intentando rehabilitarme y que estar cerca de cualquier humano me tortura, incluida tu amiga.

—No sé adónde quieres llegar.

—También sabes que he hecho cosas horribles de las que jamás podré redimirme. Tú eres la prueba de ello. Te condené a vivir en este sórdido mundo sin darte elección. Casi te sacrifico y obligué a William a cumplir la profecía. Pero nunca te has enfadado conmigo por esas cosas. Has tratado de ser comprensiva y perdonarme, incluso me has defendido a riesgo de perder a tus amigos. ¿Por qué no eres capaz de hacer lo mismo con él?

Kate alzó la cabeza y contempló el cielo. El firmamento nocturno era inalterable sin importar cuánto cambiaran las cosas bajo él. Cada estrella, cada planeta y constelación, ocupaba su lugar; y ella se sentía tan fría como la luz que irradiaban.

No tenía una respuesta clara a la pregunta de Adrien. Pero la vergüenza que comenzaba a sentir le daba una idea del porqué. Celos. Miedo. Inseguridad. Que era idiota. Más celos, infantiles y enfermizos.

—¿Crees que va a recuperarse?

Adrien asintió.

—Seguro que sí. Es mucho más duro que yo y su voluntad es más fuerte que la mía. Lo está haciendo bien, aunque no lo parezca. Y siente remordimientos, Kate, te lo aseguro. Sufre.

Kate lo miró a los ojos y curvó sus labios con una pequeña sonrisa.

—Gracias por preocuparte por él.

—Yo he pasado años solo en ese infierno, pero estoy saliendo. Nunca te libras de la oscuridad, pero al final encuentras los motivos que te ayudan a soportar todo eso. Él también lo hará.

—No logro entender cómo ha acabado así. —Se encogió de hombros—. Bueno, intenta salvar el mundo, eso debe de volver loco a cualquiera —dijo ella mientras su enfado remitía un poco.

—¿El mundo? —Adrien soltó una risita burlona—. Le importan un cuerno los humanos y cualquier otra especie. Nunca le han interesado y lo sabes tan bien como yo.

Kate suspiró, Adrien tenía razón. Cuando conoció a William, lo primero que percibió fue su desprecio por todo lo que lo rodeaba. Sus pequeñas muestras de afecto se limitaban a quienes significaban algo para él. Los demás eran como cucarachas bajo sus zapatos. ¡De qué se sorprendía ahora!

—Lo hace por ti —añadió Adrien—. Quiere darte un futuro en el que estés a salvo, donde no tengas que esconderte de nada ni nadie. Y no le importa el precio que deba pagar.

Kate se frotó los ojos, le escocían y la garganta le ardía.

—No merezco tanto.

Él alzó la mano y le apartó unos mechones de la cara.

—Ve a verle antes de que se vaya. Arregla las cosas. Despídete —le pidió.

Kate se puso de pie y se alejó unos pasos, de nuevo alterada.

—No puedo hacerlo.

—¿Qué te lo impide?

—No imaginas las cosas horribles que le he dicho. Además, he roto con él y le he devuelto el anillo.

Adrien miró su mano y comprobó que el anillo no estaba allí.

—¿Por qué?

Los celos regresaron como una gran ola y la golpearon de lleno.

—Antes, al entrar en nuestra habitación, he visto a William con Mako en mi cama, casi sin ropa...

Los ojos de Adrien se abrieron como platos.

—¿Estaban...?

—¡No estaban... haciéndolo! —se apresuró a aclarar ella—. Mako le masajeaba el cuello, solo llevaba puesta la ropa interior y él un pantalón. Todo era demasiado íntimo, Adrien. Me he enfadado muchísimo y he perdido el control.

—Vale, puedo entenderlo. Tienes derecho a enfadarte, ¿de acuerdo? No te sientas mal por eso. Aun así, dudo de que William llegara a hacer algo con ella. No le interesa.

—Pero desde que la encontramos en Roma, esa chica no ha dejado de perseguirlo. Siempre está cerca de él con su uniforme de guerrera y su expresión de suficiencia —dijo con despecho—. Mientras yo me quedo en segundo plano.

—William no siente nada por ella, te lo aseguro —replicó Adrien. Ella lo miró a los ojos, como si necesitara creerle para volver a respirar—. Oí lo que Mako te dijo en el jardín. No debes creerla. Cualquiera puede ver que está enamorada de William y parece capaz de muchas cosas para intentar separaros. Demuéstrale que pierde el tiempo.

—¿Y si ya ha conseguido separarnos?

—Kate, ve a hablar con William. Estoy seguro de que no tendrás que esforzarte mucho para arreglar las cosas.

—No puedo.

Él resopló sin entender nada de nada.

—Cuando le he devuelto el anillo y he salido del cuarto, una parte de mí esperaba que me siguiera. No lo ha hecho. Así que eso deja bastante clara su postura. Lo ha aceptado sin más.

Adrien se quedó con la boca abierta.

—A ver si lo entiendo, ¿no quieres arreglar las cosas porque no estás dispuesta a tragarte tu maldito orgullo? —Kate no contestó y le dio la espalda—. ¿Cómo puedes ser tan...?

—¿Mala, vengativa, vil? ¡Tú me has hecho como soy, no lo olvides! —le espetó. Cerró los ojos con una punzada de dolor en el pecho. Se dio cuenta de que se estaba comportando con Adrien del mismo modo mezquino que con William—. Lo siento.

—Iba a decir infantil.

La abrazó sin pedirle permiso y ella se dejó porque necesitaba ese afecto. Apoyó la barbilla sobre su cabeza y la estrechó con más fuerza. La sintió estremecerse, su interior lloraba en silencio. Tan solo era una niña que intentaba ser fuerte en un mundo que aún no conocía ni entendía, ¿qué más se le podía exigir que no hubiera dado ya?

—No me ha seguido, Adrien. Me ha dejado ir.

—En las películas queda bien, ¿verdad? —Le acarició las mejillas con los pulgares—. Esto no es una película, Kate. Has roto con él y le has devuelto el anillo. Ha respetado tu decisión, no había más que decir. Aunque estoy seguro de que tuvo que atarse a los cimientos de la casa para no salir a buscarte.

—¿Lo crees de verdad?

—Vuelve y compruébalo tú misma.

Ella le dedicó una sonrisa insegura y asintió.

Había llegado tarde. Cuando alcanzó la casa y corrió a buscarlo, William ya no estaba. Todo el mundo se había marchado. Se lo tenía bien merecido, por desconfiada, estúpida e impulsiva.

Decepcionada imploró a Adrien que la llevara hasta Montreal, aunque sabía que esa opción era imposible. Demasiado arriesgada y peligrosa. Podría atraer a los ángeles hasta él y echarlo todo a perder; sobre todo ahora que escondían los restos de uno en el jardín.

—¿Estás bien? —preguntó Adrien.

Kate dijo que sí con la cabeza, perdida en sus pensamientos mientras se encaminaba a la escalera. Se detuvo y lo miró.

—Voy a recoger mis cosas y me trasladaré a la casa de huéspedes con Ariadna y Cecil. No quiero quedarme aquí sola. ¿Crees que les importará?

—Kate, esa sigue siendo tu casa, y ellas estarán encantadas de verte.

—De acuerdo, solo tardaré unos minutos. —Subió la escalera, pero a medio camino volvió a detenerse—. Contigo aquí, no habrá nadie que lo vigile y se preocupe por él. ¿Y si...?

Adrien la miró desde abajo y forzó una pequeña sonrisa.

—No me siento orgulloso, pero les he contado a Shane y Carter lo que está pasando y hasta qué punto William es un peligro para sí mismo. No dejarán que haga ninguna tontería.

Kate se recogió el pelo tras las orejas y después se pasó las manos por el estómago, sin saber muy bien qué hacer con el temblor que le sacudía el cuerpo.

—¿Estás seguro? Quizás ellos no sean capaces de entender lo que le ocurre. Tienen sus propias ideas sobre dañar a los humanos. Por el pacto, ya sabes. Son Solomon.

—Todo irá bien.

Kate entró en su habitación arrastrando los pies, cansada y deprimida. Sacó su teléfono del bolsillo y le echó un vistazo. Nada. Después de todo, tampoco es que esperara encontrar un mensaje o una llamada. Se lo quedó mirando. Solo necesitaba pulsar unas cuantas teclas y podría hablar con él.

En un arrebato, marcó su número y esperó, mientras una vocecita le decía que quizá no fuera buena idea. Antes de que pudiera arrepentirse y colgar, una voz contestó al otro lado:

—Diga. ¡Diga!

Kate colgó. Era Mako quien había respondido. Se sentó en la cama con el corazón roto en mil pedazos, otra vez. Se moría de pena sin entender cómo había llegado a ese punto de soledad y angustia. Intentó pensar y no recordaba nada. Ni el porqué de cada discusión. De las malas caras. De los desplantes. De repente, no lograba seguir el hilo y se sintió perdida.

Sus ojos volaron hasta su mesita de noche. Se acercó y encendió la lamparita. Un nudo muy apretado le cerró la garganta. El álbum de fotos que no había logrado terminar estaba allí, con una nota pegada en la cubierta. La desdobló y el vacío se abrió a sus pies al leerla.

Lo terminé por ti. No sé por qué he tardado tanto en dártelo.

Abrió el álbum y fue pasando las páginas. Era cierto, lo había terminado por ella. Recuerdos de su infancia, imágenes de sus padres, de Alice y Jane le llenaban el pecho de calor y ternura. También había otras mucho más recientes. Jill, los Solomon, Marie, incluso Robert aparecía en un par de ellas. La boda de Jill había dado para muchas.

Frunció el ceño y volvió a mirarlas, pasó las hojas con rapidez. No había fotos de William, ni una sola. Los espacios que habían ocupado estaban en blanco y solo quedaban los restos del pegamento. Miró a su alrededor y vio un sobre color hueso sobre las sábanas. Lo abrió con manos temblorosas y allí estaban. Le había dejado a ella la decisión de si merecía formar parte de sus recuerdos.

¡Ahora sí que se sentía miserable!

Una a una las fue colocando en los huecos. Cuando pegó la última, se la quedó mirando un buen rato. William y ella en la feria ambulante, delante de un fondo idílico del Barrio Francés de Nueva Orleans, casi parecía premonitoria. Esa misma noche, él le hizo una promesa y le regaló un anillo. Inconscientemente, se tocó la mano. Ya no estaba allí y se sintió desnuda sin él.

Preparó una maleta con ropa, guardó el álbum dentro y fue al encuentro de Adrien. Minutos más tarde, se instalaban en la casa de huéspedes. Marie apareció poco después y Jared también se les unió, junto con un guerrero que Cyrus había dejado como protección. Lo mejor que podían hacer era permanecer juntos.

Ocuparon el salón y alguien encendió el televisor. *Orgullo y Prejuicio* apareció en la pantalla, en el momento exacto que Elizabeth Bennet y Fitzwilliam Darcy se ven por primera vez. Para cualquiera, la estampa parecía de lo más normal, una familia reunida y distraída con una película. Pero lo cierto era que nadie prestaba atención. La preocupación y la tensión se palpaban en el ambiente. Marie tenía la mirada perdida en la pared, arrebujada bajo el brazo de Jared en una esquina del sofá. Cecil y Ariadna conversaban en voz baja en un diván junto a la ventana. Adrien no perdía de vista la ventanas y el guerrero llevaba un buen rato vigilando el exterior.

Iban a ser unos días muy largos para todos.

24

—¿Son ellos los que asesinaron a T.J.?

Al ver que la chica no respondía, la agarró por el antebrazo y la sacudió. Ella se encogió y soltó un gemido mientras asentía.

—Sarah, te he hecho una pregunta, ¿son ellos los que asesinaron a mi hermano? —insistió el nefilim.

Medía casi dos metros y poseía una mirada brillante y feroz, que en ese momento rezumaba odio y desprecio. Se inclinó hacia delante y su cuerpo musculoso tembló. Apenas podía contenerse, cuando su deseo era irrumpir en esa casa y matar a todos los monstruos que la habitaban. Frunció los labios con una mueca de asco. Vampiros y licántropos reunidos. ¡Quién lo diría! Y esa cosa mestiza que despertaba sus instintos más crueles y despiadados.

Sarah asintió de nuevo y su largo flequillo oscuro le ocultó parte de los ojos.

—Sí. Es él —respondió entre sollozos—. El otro no está. No lo veo por ninguna parte. Te lo juro, Emerson, no está ahí.

El nefilim la miró con una expresión tallada en hielo. Después la soltó.

Sarah comenzó a frotarse el brazo y vio las marcas moradas de sus dedos sobre la piel. Si T.J. había sido un jefe intratable y despótico, su hermano pequeño lo era aún más. Ella nunca había odiado a nadie, pero a Emerson lo detestaba hasta envolver sus pensamientos con una niebla de violencia contenida, que en cualquier momento iba a desbordarse. Aunque ese arranque le costase la vida.

—Bien, esperaremos un poco más. Si el otro bastardo no aparece, nos cargaremos a este y a los que hay con él. Volvamos con los demás —dijo Emerson.

Dio media vuelta, de regreso al campamento que habían montado cerca de la falda de la montaña, ocultos en un profundo barranco.

Sarah se quedó mirando la casa. No podía apartar los ojos de Adrien. Su silueta se recortaba contra la ventana y la luz del televisor lo rodeaba con un halo brillante. Le inspiraba miedo, y al mismo tiempo otra emoción que no lograba explicar. Ese chico se había convertido en un pensamiento constante que no podía sacarse de la cabeza. Sabía que era un interés estúpido, cuando él se había mostrado más que dispuesto a matarla la primera vez que se vieron. Pero así de tonta era, anhelando siempre lo que no podía tener. Una vida normal y tranquila. Alguien que se preocupara por ella y la quisiera.

Un silbido le hizo dar media vuelta y adentrarse en el bosque.

—Sarah —gruñó Emerson en la oscuridad—, no me gusta repetir las cosas, y aún te queda espacio en ese cuerpo para unos cuantos moratones más.

Sarah se encogió sobre sí misma y se apresuró a seguirlo. Clavó una mirada asesina en su espalda y se juró a sí misma que encontraría la fuerza para huir de él.

25

La primera nevada había caído antes de lo previsto. Aún faltaban semanas para el inicio del invierno, pero un temporal surgido de la nada había cubierto con más de un metro de nieve todo el norte de la reserva.

William y Shane caminaban sobre el manto blanco, inmaculado bajo los abetos y píceas rojas. De la boca del lobo surgía una columna de vaho, que se condensaba a su alrededor como una nube de cristalitos brillantes.

Las coordenadas que Silas había logrado descifrar en la carta astral del diario, correspondían a un punto concreto al noreste del parque. Aunque ese punto era tan amplio que alcanzaba una vasta extensión de bosques y lagos. Las probabilidades de encontrar a la manada de licántropos eran escasas. Solo disponían de unas pocas horas y se necesitaban días para recorrer toda la zona.

Iban a necesitar un milagro.

A los lejos vieron un oso negro afilándose las garras en la corteza de un árbol. De pronto, el animal se quedó quieto, alzó la cabeza y olfateó el aire. Volvió la cabeza en su dirección. Lanzó un rugido y echó a correr, perdiéndose entre los árboles.

—Llevamos dos horas andando y ni rastro de esa cueva, ni perros del infierno. Nada —se quejó Shane.

—¿Tienes prisa por enfrentarte a ese tío? —preguntó William.

—La verdad es que sí —susurró Shane para sí mismo.

Continuaron caminando sin decir nada más. Atentos a cualquier rastro o ruido extraño.

William se concentró en la nieve y en la forma en la que sus botas se hundían. Estaba preocupado por su amigo. Si encontraban a las bestias, el enfrentamiento sería inevitable. Conocía la fuerza y el poder de Shane, y sabía de lo que era capaz. Sin embargo, no tenía ni idea de cómo podía ser ese tal Daleh. Solo sabía que el tipo era uno de los lobos más viejos que existían, y eso no lo tranquilizaba en absoluto. Cuanto más viejo, más fuerte, al igual que ocurría con los vampiros.

Deseó poder ocupar su lugar, pero hasta un mestizo como él poco podía hacer contra una manada como esa. Además, los necesitaban vivos y dispuestos a colaborar.

Llenó sus pulmones con una fría bocanada de aire y se paró en seco. El ambiente le estaba crispando los nervios y prefería mil veces discutir con él a aquel silencio.

—¿Desde cuándo lo sabes?

Shane se detuvo un poco más adelante. Se quedó quieto mientras su ancha espalda subía y bajaba por la rapidez con la que respiraba.

—Adrien me lo contó antes de salir hacia aquí —respondió. Ladeó la cabeza para mirarlo por encima del hombro—. Aunque hace días que lo sospecho.

—¡Ese estúpido bocazas!

—Ese estúpido bocazas ha hecho lo que debía. Por alguna extraña razón le importas, y sabía que no debía dejarte salir de Heaven Falls sin niñera.

Shane sonrió con aire travieso.

—No necesito una niñera.

—No, en realidad necesitas dos, por si pierdes los estribos. Carter también está al tanto y has de saber que su lealtad ha sufrido un leve conflicto de intereses. Tú eres su amigo, pero Adrien es hermano de Cecil. Pórtate bien o se chivará.

William se quedó mirando a Shane con las manos en los bolsillos. Una brisa helada jugueteó con los mechones que le caían por la frente.

—No estoy tan mal —comentó sin mucha convicción.

—Sí lo estás, pero eres tan arrogante y orgulloso que jamás dejarás que tus instintos te conviertan en ese monstruo que crees que llevas dentro. Y si al final sucumbes, siempre estaremos nosotros para traerte de vuelta.

Se miraron en silencio. No había reproches, ni acusaciones en los ojos de Shane, solo comprensión y la misma lealtad de siempre. William se dijo a sí mismo que era un maldito afortunado que no merecía a su amigo. Asintió despacio.

—Gracias.

—De nada —respondió Shane. Se percató del anillo que colgaba del cuello de su amigo sujeto a una cadena. Se le encogió el estómago, no tenía ni idea de que las cosas hubieran llegado tan lejos—. ¿Estás bien?

William se llevó la mano al cuello, tomó el anillo y lo guardó bajo su ropa.

—Sí, no te preocupes. Nada va a distraerme.

Shane sonrió, pero el gesto desapareció de su cara con la misma rapidez que había aparecido. Por el rabillo del ojo vio un lobo gris de ojos oscuros que lo observaba con cautela. Apenas había alcanzado la madurez. Meneaba la cola y se movía de un lado a otro en una especie de extraño baile, extendiendo y retrayendo las zarpas con nerviosismo. Solo era un lobo normal y corriente, pero su bestia se puso alerta.

—¿Quieres decirme algo? —preguntó Shane con una sonrisa.

Se agachó y alargó la mano hacia el animal.

El lobo dudó. Poco a poco se acercó hasta olisquearle la mano. Se alejó de Shane dando saltitos y se detuvo una decena de metros por delante de ellos. Dio media vuelta para mirarlo, moviéndose en círculos. Gimoteó, como si le estuviera pidiendo que lo siguiera.

Shane se puso de pie y comenzó a quitarse la ropa.

—Están cerca de aquí —anunció.

William se estremeció con un escalofrío. Había llegado el momento.

—¿Estás seguro?

—Al otro lado de esa montaña. Tenemos el viento a favor, eso ha evitado que nos descubran. De haberlo hecho, ya estaríamos muertos. A partir de aquí sigo yo solo. —Hizo una pausa. Su enorme cuerpo desnudo parecía esculpido en granito, con los músculos tan tensos que una roca habría rebotado en ellos. Agarró su ropa y se la entregó a William—. Si no... Si no regreso...

—Volverás, ¿vale? Sé que lo harás.

—Pero si no lo lograra. No dejes que Marie... Dile...

William le rodeó la nuca con una mano y clavó sus ojos en los de él.

—Puedes hacerlo.

Shane tomó aliento, dio unos pasos atrás y se transformó en lobo. Sin perder más tiempo, se adentró en la espesura hasta fundirse con la capa de nieve que la cubría. Su olfato le mostró el camino con la precisión de un GPS. Recorrió unos cinco kilómetros antes de salir a campo abierto. Se detuvo en la última línea de árboles y escudriñó el prado helado. Se tomó un momento, antes de enfrentarse a la bestia que lo observaba oculta entre la maleza.

Con pasos firmes y seguros, se adentró bajo cielo abierto. Se mantuvo tranquilo mientras los licántropos más grandes que había visto nunca, abandonaban la espesura y formaban un círculo a su alrededor con un coro de gruñidos y leves aullidos de advertencia.

¡Dios, eran enormes! Pero lo que más le sorprendió fue comprobar que su propio tamaño era similar al de ellos. ¿Cuándo había dado semejante estirón?

Abandonó sus pensamientos, y a punto estuvo de quedarse con la boca abierta, cuando un último lobo de pelo gris tomó posición frente a él. Tenía una expresión fiera, acentuada por una cicatriz que le cruzaba la cara desde la ceja hasta el labio superior.

«Nunca creí que volvería a verte, pero ahí estás. Solo hay un motivo que te arrastraría hasta aquí, vienes a reclamar la deuda que tengo contigo», dijo el lobo a través del vínculo mental que la especie compartía en su forma animal.

Shane supuso que era Daleh y guardó silencio. Sabía que en cuanto abriera la boca se darían cuenta de que él no era Victor. Asintió sin más.

«¿Y qué necesitas de mí, Victor Solomon?», preguntó Daleh.

Shane ignoró el penetrante olor que destilaba la ira de Daleh y prestó atención al resto de la manada. Todos los lobos tenían los ojos puestos en él, alertas y preparados para atacar a la mínima señal de alarma. Uno de ellos lanzó un aullido ronco, que contenía poco más que furia ciega.

Shane le sostuvo la mirada sin inmutarse. Sus brillantes ojos dorados desprendían una seguridad perturbadora, la confianza que distingue a un alfa, y Shane lo era aunque no tuviera la marca. Por ese motivo abandonó toda cautela y enfrentó lo que no le quedaba más remedio. Cuanto antes, mejor.

«Soy un Solomon, pero no soy Victor...».

No pudo terminar la frase. Un lobo, de pelo tan negro como una noche sin luna, abandonó su posición y saltó sobre él, desnudando los dientes. El instinto fue lo que hizo que Shane se moviera sin pensar. Se apartó en el último momento y con un giro imposible logró apresar la garganta del atacante. Usó la fuerza de su cuerpo en movimiento para levantarlo en el aire y hacerlo caer de espaldas, inmovilizándolo. Un solo jadeo más fuerte que un susurro y le partiría el cuello.

Nadie se movió. Todos miraban a Shane y a su presa sobre la nieve. Las caras de sorpresa casi parecían una cómica caricatura. Un segundo lobo gruñó y se preparó para abalanzarse sobre él.

Daleh lo detuvo con una orden.

Los ojos de Shane se movían de un rostro a otro, alerta. Los latidos de su corazón le estaban machacando el pecho con un ritmo frenético. ¡Dios, seguía vivo! Y no solo eso, de momento parecía tener el control. Con más calma, evaluó la situación. Los lobos no apartaban los ojos del compañero que yacía en el suelo y podía sentir el desasosiego en sus pensamientos. Vale, se preocupaban los unos por los otros, eso era bueno.

«¿Cómo nos has encontrado?», preguntó Daleh.

«Victor era mi bisabuelo», respondió Shane.

«¿Era? Eso quiere decir que Victor ya no mora en este mundo».

«No. Murió hace mucho, pero nos habló de ti y tu deuda, y nos explicó cómo encontrarte si te necesitábamos», declaró de forma concisa, aunque solo era una verdad a medias.

«Mi deuda era con Victor, y él ya no está. Tú no tienes poder sobre mí», respondió Daleh.

Su mirada viajaba constantemente al lobo que permanecía sometido sobre la nieve. Un presentimiento se apoderó de Shane. Los lazos que unían a Daleh con ese licántropo eran fuertes, de sangre. Un hijo, hermano..., ¿hija? ¡No se había dado cuenta de que era una chica!

Fue directo al grano. Intentaba ganar tiempo, porque no tenía ni idea de cuándo dejarían de hablar para pasar a la acción.

«Están sucediendo cosas que también os afectan, corréis el mismo peligro que nosotros. La maldición de los vampiros se ha roto y cientos de renegados van a tomar las ciudades si no lo impedimos», dijo Shane.

Daleh se enderezó y su enorme cuerpo se puso tenso.

«Esa lucha terminó para nosotros, no nos incumbe. Tenéis lo que os habéis buscado. Avisé a Victor, se lo dije —gruñó. Se movía de un lado a otro, con la cabeza rozando el suelo y los ojos entornados, acechándolo—. Los vampiros jamás serán aliados y se propagarán como la peste, matándolo todo a su paso. Mis hermanos y yo vinimos al mundo por la magia de una bruja. Fuimos los primeros y creamos una estirpe fuerte y poderosa. Los vampiros nos lo arrebataron todo y nos encadenaron. Nunca debisteis confiar en ellos».

«El pacto se mantiene y es más fuerte que nunca. Pero Guerreros y Cazadores no son tan numerosos como en otros tiempos y los renegados se han convertido en un problema mayor de lo que jamás imaginamos», dijo Shane.

«¿Crees que me importa?», preguntó Daleh con desdén.

«Voy a soltarla», anunció Shane como muestra de buena fe.

«Si la sueltas, nada impedirá que mis hermanos te descuarticen después», comentó Daleh.

Una ligera sonrisa se insinuó en su boca. Los lobos se movieron nerviosos y gruñían mostrando una hilera de dientes afilados.

«Tú no dejarás que lo hagan. Tienes honor y Victor se ganó tu respeto, por eso sigues aquí», replicó Shane.

Muy despacio, abrió las fauces y la loba quedó libre. De un salto se puso de pie y quiso arremeter contra Shane, pero Daleh ladró una orden que la dejó clavada al suelo.

Shane se enderezó y los músculos se perfilaron bajo su pelo blanco. Su aspecto era impresionante y se fundía con la nieve como si formara parte de ella. Sus ojos resaltaban en el blanco como las llamas de una hoguera. Miró fijamente al alfa de la manada.

«He venido a desafiarte y a cobrar la deuda que tienes con Victor. La sangre que nos une me da ese derecho».

Daleh estudió a Shane unos largos segundos.

«Confías demasiado en unos principios en los que yo ya no sé si creo. ¡Matadle!», gruñó mientras daba media vuelta.

Dos lobos se lanzaron contra Shane. Logró evitar al primero, pero el segundo le machacó las costillas, dejándolo sin aire en los pulmones. Aun así, logró que su mente funcionara y le gritó a través del vínculo:

«No fue por Victor, ni porque ganara el desafío. Fuiste un cobarde, Daleh, porque no eras capaz de enfrentarte al mundo que te arrebató lo que amabas. Odiar es fácil. Lo difícil es tomar ese odio y usarlo para hacer las cosas bien y aceptar que pueden cambiar, tal y como hizo Victor hasta sus últimos días. Tú elegiste la muerte, y cuando esta no acudió, preferiste el exilio. Eso es de cobardes».

Daleh se detuvo y sus zarpas crispadas se hundieron en el manto blanco.

«Acepto el desafío», rugió.

Los lobos se apartaron y formaron un amplio círculo en el claro. Nubes de vaho se alzaban desde sus hocicos y el ambiente se cargó del olor acre del sudor que emanaban sus cuerpos. La adrenalina fluía como electricidad entre ellos.

Shane apenas tuvo tiempo de prepararse antes de que Daleh lo atacara. Se vio obligado a aplicar todo el músculo, la velocidad y la inteligencia a su alcance para evitar que el licántropo lo abriera en canal cada vez que se acercaba demasiado. La batalla se transformó en un baile mortífero de dentelladas y garras rasgando carne hasta el hueso.

La prístina nieve se convirtió en un barrizal donde la sangre se mezclaba con el hielo derretido y las huellas de los cuerpos. Shane sentía su cuerpo aplastado y machacado, no había un solo centímetro que no le doliera. Por eso no tenía ni idea de dónde estaba sacando la voluntad para seguir moviéndose, atacando y encajando golpes sin desfallecer. Quizá fuera por la imagen de Daleh. No se encontraba mucho mejor que él. Así que se obligaba a aguantar un segundo más, y después otro, con la esperanza de que fuera el viejo lobo el que se viniera abajo.

Daleh resbaló en el barro y perdió el equilibrio durante una décima de segundo.

Shane la aprovechó. Se lanzó hacia delante, clavó las garras en el suelo para ganar tracción y embistió al viejo lobo, mientras con la boca apresaba la parte posterior del cuello y la oreja. No frenó, sino que lo arrastró consigo y rodaron por el hielo, con sus cuerpos formando una maraña de miembros. Cuando por fin se detuvieron, Daleh estaba de espaldas sobre la superficie congelada, entre las patas delanteras de Shane y con sus colmillos desnudos a escasos centímetros de la parte vulnerable de su cuello. Un giro bastaría para romperle el pescuezo y destrozarle la arteria.

La tensión se alargó en el tiempo. Los lobos gruñían y arañaban el suelo, alentando a Daleh para que se moviera. No lo hizo, sino que relajó su cuerpo a modo de rendición. Lo había intentado, pero finalmente un alfa más fuerte se había impuesto. Cerró los ojos y se quedó quieto. Poco a poco, su cuerpo adoptó una forma humana y Shane se encontró con unos rasgos duros, enmarcados en una piel clara cubierta de pecas rojizas, al igual que la cabellera que le llegaba hasta los hombros. Unos ojos tan verdes como el tallo de una flor recién cortada se clavaron en los suyos.

—Has ganado —dijo con una voz ronca, que no había usado en siglos—. Dime para qué nos necesitas.

Shane se dejó caer sobre los cuartos traseros. Apenas podía tenerse derecho. Recuperó la forma humana entre resuellos.

—Necesito que luchéis por mí.

26

—Estás hecho un asco —dijo Carter mientras cargaba con las bolsas de ropa y las botas que acababan de comprar en una tienda de artículos de caza en Laval.

Shane lo miró de reojo, ni siquiera podía respirar sin ver un millón de estrellas. Se apoyó en el mostrador y apretó los dientes hasta que el calambre que le oprimía el diafragma se aflojó un poco. Forzó una sonrisa mordaz.

—¿No me digas? Porque yo me siento de maravilla.

El dependiente los miraba desde el otro lado del mostrador con desconfianza, como si llevaran colgado un cartel de peligro en cada parte visible del cuerpo.

—¿Algo más?

—No, gracias —respondió William.

Le entregó una tarjeta de crédito. Tras firmar el recibo, volvió a guardarla en su cartera. Después sujetó a Shane por un brazo y lo ayudó a caminar hasta la salida.

—Pues si tú has quedado así, el otro tiene que estar hecho trizas. ¿Cómo demonios vais a estar en forma para mañana por la noche? Ni siquiera puedes caminar —dijo Carter, mientras empujaba la puerta con un pie.

—¿Quieres cerrar el pico? Estaremos bien.

—¡Vale, ya me callo! Por cierto, tengo hambre, ¿vosotros no?

Shane puso los ojos en blanco.

—Primero hay que encargarse de Daleh y su manada —dijo William—. Les hemos conseguido ropa, ahora hay que procurarles comida.

—El diario decía que no podían transformarse en humanos —comentó Carter.

Miró con aprensión hacia el parque donde sabía que se ocultaban los lobos. Aún no había podido verlos y la excitación por contemplar a sus antepasados lo ponía nervioso.

—Te aseguro que pueden, y menos mal, resuelve el problema de su transporte —convino Shane.

Cruzaron la calle y se adentraron en el parque. El silencio los envolvió y el zumbido de la ciudad se apagó a sus espaldas. Penetraron en la oscuridad, cargados con un montón de bolsas de plástico que crujían por el peso. La silueta de un puente quedó recortada frente a ellos.

—Es ahí —dijo Shane. Se detuvo y miró a William—. Es mejor que tú no te acerques mucho. Están al tanto de todo y saben quién eres, pero es prudente ir poco a poco.

William asintió y le pasó sus bolsas a Carter.

Shane y su primo continuaron andando hasta llegar al puente. Del hueco surgieron dos licántropos en su forma animal. Olisquearon el aire y gruñeron por lo bajo al reconocer el olor a vampiro. Otro gruñido los tranquilizó desde la oscuridad.

—¡Madre de Dios! —susurró Carter—. Menudos músculos tienen estos tíos.

Shane le dio un codazo para que mantuviera la boca cerrada y se adentraron bajo el puente.

Los lobos se hicieron a un lado, permitiéndoles el paso. Al final, cerca del otro extremo, sentado en el suelo con la espalda apoyada en la pared, se encontraba Daleh en forma humana y completamente desnudo. Su aspecto era tan terrible como el de Shane, que lograba mantenerse en pie a duras penas. Su hija se encontraba junto a él, igual de desnuda, y los chicos apartaron la vista, incómodos.

—Os hemos traído ropa —dijo Shane.

Carter se adelantó y dejó las bolsas en el suelo. Daleh emitió un sonido áspero y los lobos comenzaron a transformarse. Tardaron un buen rato en vestirse. No se familiarizaban ni se sentían cómodos con los pantalones ni los jerséis. Tampoco con las botas, demasiado rígidas para unos pies que aún intentaban acostumbrarse a caminar erguidos.

Daleh se levantó. Con el apoyo de la pared, se acercó hasta la boca del túnel donde se había detenido Shane. Se quedó mirando las montañas, cuyas siluetas agudas se recortaban sobre el cielo estrellado. Después del enfrentamiento, y a pesar de las heridas y el cansancio, Shane y él habían conversado durante mucho tiempo.

El chico Solomon le había relatado todos los acontecimientos importantes que debía saber. Desde entonces, no había dejado de pensar en la emboscada en la que tendrían que participar. Sus hermanos y él iban a estar rodeados de vampiros, de supuestos aliados y fieros enemigos. Ni siquiera sabía cómo iba a distinguir a unos de otros. Si por él fuera, los mataría a todos; pero tenía una deuda que saldar e iba a pagarla de una vez por todas.

Le preocupaban las consecuencias del ataque. No quería perder a ningún miembro de la manada, aunque algo le decía que no todos sobrevivirían. Cuando Shane le explicó el plan desesperado que iban a llevar a cabo, pensó que se habían vuelto todos locos. También le inquietaba qué sucedería después si lo lograban.

—¿Qué pasará con nosotros si ganamos la batalla? —preguntó.

Shane cambió el peso de su cuerpo de un pie a otro.

—Si ganamos... —empezó a decir.

—No te lo pregunto a ti, sino a él. —Daleh señaló a Carter con el dedo—. Tiene la marca, puedo sentir su influencia. ¿Eres el alfa de la especie?

Carter sacudió la cabeza. El aire atolondrado y despreocupado que solía lucir desapareció de su rostro. Sus rasgos se endurecieron y se transformaron en una máscara fría y controlada. No era el heredero solo por la marca. También por otras muchas razones. Era fuerte, letal y extremadamente inteligente. Además de noble y compasivo.

—Yo no soy el alfa, lo es mi padre, Daniel Solomon. Pero puedo hablar en su nombre y mi palabra es ley —respondió sin vacilar—. Si vencemos, los que sobreviváis seréis libres. La deuda se considerará pagada y podréis regresar aquí o ir a cualquier parte que queráis. Siempre y cuando cumpláis las leyes. —Hizo una pausa y su expresión se tornó solemne—. Aunque me gustaría que permanecierais con nosotros. El clan necesita a miembros como vosotros.

Daleh levantó la vista del suelo, sorprendido. Shane percibió lo que el viejo lobo sentía en ese momento por Carter: prudencia. Ni desprecio ni rechazo, solo una respetuosa cautela. La actitud de un depredador hacia otro en territorio neutral.

—Piénsalo, ¿vale? Solo es una opción tan buena como cualquier otra —continuó Carter. Se dio la vuelta y echó a andar en busca de William. De repente, se detuvo—: Una cosa más. Si tocáis un solo pelo del vampiro equivocado, os mataremos. Vendré a buscaros en cuanto tengamos listo el transporte.

27

—¿Lo habéis oído? —preguntó Marie tras colgar el teléfono. Todos asintieron—. Bien, porque no tengo fuerzas para hablar —dicho eso, se giró hacia Cecil y la abrazó con fuerza.

Kate y Adrien cruzaron una mirada, el alivio iluminó sus caras. Shane lo había logrado y en ese momento viajaba con su extraño grupo a Nueva Orleans, para unirse al resto de Cazadores y Guerreros.

Kate había podido oír la voz de William, mientras Marie cruzaba unas palabras con él. Cerró los ojos para dominar el repentino dolor que la asfixiaba, como si un puño le estuviera estrujando el corazón. El tiempo transcurría implacable y en unas horas la pesadilla llegaría a su fin. Para bien o para mal.

A pesar de la buena noticia, una conocida sensación de ansiedad se apoderó de ella. La emoción la aplastaba, como si las paredes encogieran sobre ella sin dejarle espacio para respirar. «No necesitas respirar», se recordó para dominar su claustrofobia, que parecía empeorar cada vez más.

El pequeño labrador llegó corriendo hasta ella desde la cocina y comenzó a gimotear y a arañar la puerta. No era la única que estaba nerviosa.

Abrió la puerta y lo dejó salir. El perrito echó a correr hacia el lago y desapareció de su vista.

—¡Eh, no te alejes mucho! ¡Por aquí hay animales mucho más grandes que tú! —gritó Kate.

Bajó del porche y lo siguió. Una brisa húmeda le agitó la ropa y le apartó el pelo de la cara. El cielo nocturno brillaba abarrotado de estrellas, pronto desaparecerían con la llegada del amanecer. Kate aún podía sentir la proximidad del sol. Un cosquilleo en su nuca que le erizaba el vello con una sensación desagradable, como si su cuerpo todavía lo reconociera como un enemigo. Era extraño, a pesar de que los vampiros podían moverse a la luz del día, continuaban sintiéndose más cómodos durante la noche. Incluso ella, que solo se había visto sometida a su maldición unas cuantas semanas.

No tardó en alcanzar el lago. Mientras recorría la orilla, sacó del bolsillo de su pantalón el teléfono móvil. Le echó un vistazo y el desencanto se apoderó de ella. Nada. Ni un escueto mensaje. Pensó en llamarlo, pero ¿de qué iba a servir? La segunda vez que lo intentó, Mako respondió de nuevo. No sabía el motivo, pero era ella quien llevaba su teléfono.

Al menos, sabía que él se encontraba bien, de momento.

Cerró los ojos un instante.

¿De verdad todo se había terminado entre ellos? ¿Sin más?

En solo unas horas podría estar muerto y ni siquiera esa razón parecía suficiente para dejar a un lado todo lo ocurrido y llamarla.

Recordó su expresión tras dejar caer el anillo y una punzada de dolor le atravesó el pecho. Adrien tenía razón, él había asumido la ruptura que ella había forzado con su ataque de celos.

El mundo se desmoronaba a su alrededor y no sabía qué hacer. Deseó con todas sus fuerzas poder retirar cada palabra, pero no podía.

Apagó el teléfono.

El perrito soltó un ladrido lastimero.

Kate se puso de puntillas para intentar verle entre la maleza.

—Eh, pequeño, ¿dónde estás?

Frenó en seco y se quedó inmóvil. Marak estaba a solo unos metros de donde ella se encontraba, observándola mientras acariciaba al cachorro de forma distraída entre sus brazos. Llevaba la misma ropa de siempre, aunque tuvo la sensación de que su aspecto era más sólido, menos etéreo.

—¿Cómo lo haces? ¿Cómo logras sostenerlo si eres... así?

No estaba segura de qué sustancia estaban hechos los fantasmas.

—Lo educado es saludar primero —dijo Marak con una sonrisa. Esperó, pero Kate no abrió la boca. Dominar la materia a través del pensamiento es difícil, pero una vez que lo logras, el mundo adquiere una nueva perspectiva para un ser como yo. Por cierto, ¿te gustó el libro?

Kate le dedicó una mirada de desconfianza.

—En realidad fue útil, demasiado diría yo.

—¿Qué quieres decir? —inquirió Marak con un gesto inocente.

—Dímelo tú, estoy segura de que contigo nada es casual. Viniste aquí con un propósito. ¿Por qué querías que mis amigos encontraran ese libro?

—Querida, no tengo la más remota idea de qué estás hablando.

—Sabes mucho más de lo que sospecho, y empieza a preocuparme qué sacas tú de todo esto.

Marak se agachó y dejó al cachorro en el suelo. El perro se quedó sentado a su lado, mirando fijamente a Kate.

—Chica lista —susurró, más para sí mismo que para ella—. ¿Y si te dijera que quiero ayudarte porque me caes bien?

—Me costaría creerte.

Marak sonrió. La luz de la luna jugueteaba sobre sus altos pómulos, mientras alzaba la cabeza para contemplar las estrellas.

—Tienes razón, puse ese libro en tus manos con la esperanza de que pudiera ayudarte. No quiero que te pase nada malo, Kate. Eres importante para mí y te necesito sana y salva, mi dulce mariposa.

Kate se estremeció, que la llamara de ese modo le ponía el vello de punta.

—¿Por qué soy importante para ti? —Solo obtuvo un largo silencio por respuesta—. No sé qué pretendes ni qué buscas, pero no vuelvas a acercarte a mí.

—Mi único interés es que sobrevivas el tiempo necesario.

—¿Y eso qué quiere decir? ¿El tiempo necesario para qué?

—¡Kate!

El viento arrastró la voz preocupada de Adrien. Ella lo buscó por encima de su hombro y cuando se volvió hacia Marak, este había desaparecido. El perrito continuaba inmóvil, como si se encontrara en alguna especie de trance. Kate se agachó y alargó la mano hacia él.

—¿Estás bien, pequeñajo?

El cachorro parpadeó. Ladró al aire y se precipitó entre sus brazos.

Adrien apareció tras ella muy preocupado.

—¿Qué parte de «no te alejes de la casa» es la que no entiendes?

—Estaba aquí —dijo ella mientras buscaba algo con la mirada.

—Eso ya lo veo, y es imprudente que salgas sola.

—No hablo de mí, sino de él.

—¿Quién? —preguntó Adrien con recelo.

Deslizó una mano bajo su camiseta y sacó la daga que ocultaba en la cinturilla del pantalón.

—Marak. Estaba ahí hace un segundo.

Adrien giró sobre sí mismo y escudriñó el bosque mientras forzaba sus sentidos. Nada, no percibía absolutamente nada. Resopló molesto. Cada vez que perdía a Kate de vista se ponía histérico, y ahora un *poltergeist* la perseguía por toda la ciudad.

—Me estoy planteando sacar a todo el mundo de aquí y trasladarnos... No sé, ¿a la Antártida? Donde el mayor peligro sea un pingüino cabreado.

—¿Un pingüino cabreado? —repitió Kate con los ojos como platos.

—Por tu bien, borra esa sonrisa. Te pedí que no salieras sola. —El perrito empezó a ladrarle, como si estuviera defendiendo a Kate—. Y tú cierra el pico o te dejo seco.

Kate tuvo que apretar los labios para no a reír con ganas.

Durante un instante, volvió a sentirse bien.

Un solo instante.

28

Salma tuvo que apoyarse en la pared. Las visiones la estaban volviendo loca.

Al principio no conseguía entenderlas, ni lograba establecer una relación entre ellos. Solo veía ese libro una y otra vez. Sus páginas escritas en un idioma que no reconocía, aunque, de algún modo, sabía lo que contenían. Guardaban la fórmula de un gran desastre. La puerta que ocultaba el caos. El arma que lo aniquilaría todo.

Necesitaba ese libro. No la creerían sin él.

No podía presentarse ante ellos y decirles sin más que iban a acabar con el mundo. Aún recordaba al vampiro que había ido a buscarla, tan siniestro y peligroso. Se le ponía el vello de punta solo con pensar en él. La simple idea de verle de nuevo le disparaba el pulso, pero no tenía una alternativa mejor.

Nunca había sabido a ciencia cierta a qué se debía su don. Por qué había nacido con él y no otra persona. Quizá las respuestas a todas esas preguntas estaban por fin allí. Quizá su propósito era mucho más importante que adivinarle el futuro a unas cuantas adolescentes durante las ferias.

—Salma, ¿estás bien?

Salma parpadeó y trató de enfocar sus ojos en el rostro que tenía pegado a la cara. Lena, la jovencita que tomaba fotografías junto a su tienda, la miraba asustada y muy pálida.

—Esta noche va a pasar algo horrible. He visto un río de sangre —respondió sin apenas voz.

Lena se dejó caer al lado de Salma y le dio un pañuelo para que se limpiara la nariz, le sangraba un poco.

A través de los arbustos tras los que se habían escondido, espió la casa que había al otro lado de la calle. No entendía cómo se había dejado convencer para esa misión sin sentido.

Siempre había creído que Salma estaba loca de remate. Que su don para la adivinación no era más que un fraude y su suerte a la hora de vaticinar se debía a que sabía observar a las personas. Con las preguntas adecuadas, podía dar con las respuestas correctas.

Sin embargo, en los últimos días había comprobado de primera mano que no era así. Salma veía cosas. Y si había interpretado bien sus últimas visiones, estaban en un lío de los grandes.

—Siguen ahí. ¿Cómo vamos a entrar sin que nos vean?

—Dentro de un rato recibirán una llamada y se moverán. Después, solo tendremos unos minutos —respondió Salma.

—¿Y estás segura de que ese libro se encuentra en la casa?

—Sí.

—¿Y por qué tienen algo tan importante guardado ahí? —preguntó la joven.

—No tengo todas las respuestas, Lena. Solo sé lo que veo. Ese libro está ahí y lo necesito. No solo para que me crean y confíen en mí, sino para que lo descifren y se pueda evitar el desastre.

—Sigo sin saber cómo vamos a cogerlo si esos dos son... demonios. —Tragó saliva tras pronunciar la palabra que, en las últimas horas, había adquirido un nuevo significado para ella—. ¿No crees que se darán cuenta de lo que intentamos? ¿Qué nos harán si nos descubren?

—No nos verán. Confía en mí —dijo Salma.

Sonó un teléfono móvil y uno de los dos hombres a los que vigilaban respondió a la llamada, tal y como Salma había visto en su visión. La conversación llegó hasta ellas con claridad. Habían pedido comida a domicilio y el coche del repartidor se había averiado unas calles más abajo. El tipo que contestó al teléfono ladró un par de maldiciones y unas cuantas palabrotas, y se subió a un destartalado coche. Lo puso en marcha y desapareció al doblar la esquina.

—¿Los demonios conducen? Pensaba que volarían o se transportarían, ¿no? —susurró Lena.

—Han pedido *pizza*. Quizá sean más normales de lo que imaginamos —respondió Salma.

—Supongo.

Salma oteó por encima del arbusto, en pocos segundos aparecería la segunda distracción. Miró a su derecha. Allí estaba, una rubia despampanante embutida en un vestido muy ceñido. La mujer se detuvo frente a un coche y trató de abrir la puerta, pero esta se le resistía. El tipo que se había quedado en el porche acudió en su auxilio.

—¡Ahora! —susurró Salma. Tomó a Lena de la mano—. Tenemos un par de minutos.

Cruzaron la calle a la sombra de un camión de reparto que pasaba. Luego se deslizaron por un lateral de la casa y la rodearon. Penetraron en un jardín bastante descuidado y encontraron la entrada trasera. Abrieron la mosquitera y empujaron la puerta. Cruzaron la cocina y continuaron por un pasillo enmoquetado que olía a pis de gato y a azufre.

—Abajo —susurró Salma.

Giró el pomo de una puerta y se precipitaron escaleras abajo hasta el sótano.

Lena no daba crédito a cómo se desenvolvía la vidente dentro de la casa. Sabía dónde estaba cada cosa con una precisión increíble. Si le quedaba alguna duda sobre su don, esta acababa de disiparse.

En medio del sótano encontraron un arca de madera, idéntica a la que Salma le había descrito unos días antes. Empezó a temblar. Todo lo que la mujer había visto era cierto. Entonces, también lo sería el fin del mundo y el caos, la desaparición de la raza humana... Se llevó una mano a la boca, aterrada.

—Tienes que ayudarme a mover la tapa, yo sola no puedo —masculló Salma.

Lena parpadeó y volvió en sí. Para eso estaba allí. Salma había sabido desde un principio que iba a necesitar ayuda, por ese motivo se había visto obligada a contárselo todo.

Juntas colaron los dedos en la única rendija en la que podían hacer palanca y tiraron hacia arriba. La tapa cedió muy despacio, con un chirrido de bisagras oxidadas que recorrió el sótano. El viejo libro quedó a la vista.

—¿Puedes sostener la tapa? —preguntó Salma.

—Creo que sí.

Lena utilizó toda la fuerza de su cuerpo para sujetarla, mientras Salma se inclinaba y agarraba unas cuantas hojas de papel amarillento perforadas con un punzón y unidas por un cordón que atravesaba los agujeros.

Salma las sostuvo en sus manos con sumo cuidado, como si acunara a un recién nacido. Alzó la vista y miró a Lena, que estaba roja y comenzaba a sudar por el esfuerzo. Dio un respingo y dejó el libro a un lado. Ayudó a la chica a bajar la tapa y salieron corriendo de regreso arriba. Recorrió el pasillo con el libro apretado contra su pecho. De repente, en su cabeza apareció la imagen de un hombre vestido con una túnica blanca, inclinado sobre una mesa de madera a la luz de un par de velas, mientras escribía en esas mismas hojas como si estuviera poseído por una especie de trance.

Salieron afuera y sus pies se hundieron en la hierba plagada de ortigas secas. Corrieron con todas sus fuerzas y enfilaron la acera en dirección a la calle donde habían aparcado la pequeña furgoneta de Lena.

—Conduce tú, me tiemblan las manos —dijo la chica.

Salma tomó las llaves. Abrió la puerta y saltó al interior. Se inclinó sobre el asiento y abrió la otra puerta para que la joven pudiera subir. Una vez dentro, le pasó el libro y arrancó el vehículo. No perdieron el tiempo en ponerse el cinturón. Pisó el acelerador a fondo y salieron disparadas hacia la salida del pequeño pueblo.

Se miraron un instante, y una sonrisa se dibujó en sus labios. Lo habían conseguido. Tenían el libro. Ahora solo debían viajar hasta New Hampshire y dárselo a quienes de verdad podían hacer algo con él.

La mirada de Salma voló hasta la sombra que se cernía al otro lado de la ventanilla tras Lena. Se encontró con unos ojos completamente negros e inhumanos. Un brazo atravesó el cristal y agarró a Lena por el cuello. Tiró de ella y la sacó por el hueco, dejando tras de sí una lluvia de cristales.

Salma no pudo reaccionar, solo tuvo tiempo de ver la expresión horrorizada de la chica y cómo, en una fracción de segundo, su rostro se transformaba con un gesto audaz mientras empujaba el libro hacia el interior de la furgoneta.

«No pares», leyó en sus ojos.

Salma pisó a fondo el acelerador. El motor rugió, vibrando como si en cualquier momento fuese a desmontarse. Miró por el retrovisor y pudo ver a Lena en el suelo, inmóvil. Las lágrimas resbalaron sin control por sus mejillas. Había muerto. Lena había muerto por su culpa.

Ahora no podía permitir que su pérdida fuese en vano.

29

Carter puso el intermitente y el furgón de reparto alquilado abandonó la Interestatal 10 y se dirigió a la 61. Doce horas antes, habían tomado un vuelo desde Montreal a Houston, y desde allí habían emprendido un viaje por carretera hasta la ciudad de Nueva Orleans. Carter conducía y William lo acompañaba en la cabina. En la zona de carga iban una treintena de licántropos entre los que se encontraba Shane.

No había sido nada fácil calmarlos y hacerlos subir a un avión. Nunca habían visto uno de cerca. Para los hombres de Daleh eran engendros del demonio. Las aves volaban, no los hombres.

No dejaba de ser curiosa la percepción que tenían del mundo. Nunca habían abandonado las montañas en las que Victor los exilió, unos bosques donde solo moraban algunos pueblos nativos. Nómadas que viajaban junto a los grandes rebaños de renos, alces y caribús para poder alimentarse. Cientos de años viviendo en un lugar salvaje que se había convertido en su hogar.

Desde allí habían visto cómo el mundo avanzaba y evolucionaba, cómo aparecían nuevas máquinas, vehículos y objetos electrónicos. Sabían en teoría qué eran todas aquellas cosas, pero nunca les interesaron ni trataron de comprenderlas.

El viaje había estado salpicado de momentos raros y tensos, incluso divertidos. Vestirlos fue el primer contratiempo. En la tienda no habían encontrado tallas lo suficientemente grandes para todos. Se sentían torpes con las botas, parecían niños aprendiendo a andar.

En el aeródromo tuvieron serios problemas para no llamar la atención. Los tipos estaban irascibles y nerviosos. La idea de despegar los pies del suelo, parecía suficiente para volverlos locos. Por suerte, lograron alquilar un avión de carga con bastantes arneses y cables como para mantenerlos quietos. Con dinero podías conseguir prácticamente todo lo que te propusieras, incluso cruzar una frontera y medio país en un vuelo sin declarar.

William miraba por la ventanilla del furgón. Todo lo acontecido en los últimos días le parecía algo muy fácil que había sucedido hacía mucho, pero solo lo parecía porque lo que estaba por venir era muchísimo peor.

Un destello llamó su atención. Se enderezó en el asiento y vio los coches aparcados en la cuneta. Los señaló con la mano y Carter redujo la velocidad hasta detenerse tras un todoterreno.

William saltó del vehículo, mientras de los otros coches descendían Robert, Cyrus, Daniel y Samuel.

—Me alegro de verte —dijo Robert, yendo al encuentro de su hermano—. Sin problemas, por lo que veo.

—Shane lo hizo bien —comentó William con una sonrisa.

Carter fue hasta la parte trasera del furgón y levantó la puerta. El primero en descender fue Shane. Aún cojeaba un poco y lucía varios moratones en la cara y en los brazos desnudos.

Los ojos de Robert se abrieron como platos.

—¡Ni que te hubiera pasado un tren por encima! —exclamó. Shane le dedicó un gruñido y una mueca de dolor se dibujó en su cara al enderezarse—. Venga, no seas quejica. Seguro que no ha sido para tanto. ¿Al cachorrito le han hecho daño? —se burló como si lo estuviera arrullando.

—Un día de estos voy a cerrarte esa bocaza, Robert. Aunque después Marie me mate.

Robert iba a replicar, cuando los lobos comenzaron a descender del camión. Se quedó mudo al ver a Daleh. Todo en él era grande. Su altura, el tamaño de su espalda, de sus brazos. Menudos puños. Del lobo emanaba un aire de amenaza que despertaba todos los instintos de los vampiros presentes.

Cyrus se llevó la mano al costado, donde una daga reposaba en su funda de cuero. La apretó con fuerza.

William se acercó a él y le apretó el hombro.

—Están de nuestro lado, no lo olvides —le susurró al oído.

Cyrus aflojó su mano y se obligó a relajar el brazo.

—Si tú lo dices.

Daniel, con Samuel tan cerca que parecía su sombra, se acercó a Daleh.

El viejo lobo se lo quedó mirando. De repente, cayó hacia abajo y clavó una rodilla en el suelo en señal de respeto. No necesitó ver la marca para saber a quién tenía delante. La influencia de Daniel se le metía en la piel a través de los poros y penetraba en cada terminación nerviosa hasta alcanzar su cerebro. Sus hombres lo imitaron. Un gruñido de reconocimiento se elevó en el aire, mientras se golpeaban el lado derecho del pecho con un puño.

—No es necesario que hagáis eso. Levantaos —les pidió Daniel. Hacía décadas que un lobo no lo saludaba a la vieja usanza.

Daleh alzó la vista hacia él.

—Eres el padre de la raza. Debemos mostrarte respeto como es debido.

Daniel cruzó una mirada con Samuel. Su hermano le guiñó un ojo, divertido por el mal rato que estaba pasando.

Pasó un coche y sus ocupantes se quedaron embobados, mirando la escena. Samuel se movió incómodo. Empezaban a llamar la atención, así que tomó el control. Ese era su trabajo.

—Soy Samuel Solomon —informó a Daleh. Dio un paso hacia él y le tendió la mano.

Daleh se puso de pie y se la estrechó con fuerza. Sus ojos pasaron de un rostro a otro. Shane, Carter, Daniel y Samuel. La estirpe de Victor había seguido su camino sin perder un ápice de pureza y mantenía su fuerza intacta. Eran hombres de valía y esa era una virtud que siempre había respetado.

También percibió otra cosa. La relación que mantenían con esos vampiros iba más allá de una simple alianza. Entre ellos las emociones y los sentimientos mostraban algo más profundo. El abrazo entre Shane y un vampiro rubio le confirmó lo que su instinto ya sabía: «Muerde a uno y tendrás que enfrentarte a todos», pensó.

—Yo daré las órdenes —continuó Samuel—. A partir de ahora, haréis lo que yo diga cuando yo lo diga. Sin preguntar, sin dudar. Supongo que ya os habrán puesto al tanto de cómo están las cosas y lo que nos jugamos.

Shane asintió.

—Lo saben todo.

—El plan es sencillo. Una vez dentro, no dejéis que ningún renegado salga con vida —dijo Samuel.

Daleh hizo un gesto afirmativo.

—Gracias por ayudarnos. Sin vosotros estaríamos en un aprieto mayor —apuntó Daniel con expresión fiera.

—Siempre pagamos nuestras deudas. El desafío fue justo y tu sobrino ganó. Victor estaría orgulloso de él —respondió Daleh.

Shane se dio la vuelta para ocultar que se había sonrojado.

—Debemos ponernos en marcha, William —dijo Cyrus mientras guardaba su teléfono en un bolsillo de su guerrera—. En el Barrio Francés hay movimiento. Varios nidos han llegado ya.

—En pocas horas habrán tomado la ciudad. Espero que no llamen la atención.

Se encaminó al primer todoterreno, pero se detuvo al ver que Robert no se movía. Su hermano parecía una estatua y no apartaba la mirada de la manada de licántropos. El aire que lo rodeaba parecía latir de pura furia. Los hombres que tenía delante lo habían mutilado sin necesidad de tocarlo, la noche que asesinaron a Kara sin ninguna compasión.

—Debemos marcharnos —dijo William.

Robert tardó un largo instante en darse la vuelta y subir al coche.

—¿Cuál de ellos crees que fue? —preguntó una vez dentro. No había emoción en su voz, solo frialdad.

—¿Acaso importa ahora?

—Importa —respondió Robert para sí mismo. Clavó la vista en la ventanilla—. Duele demasiado para que no importe.

William se lo quedó mirando. Nunca había visto a su hermano tan trastornado. De repente parecía vacío, mayor y agotado. Demasiado cansado. Era como si todos los muros que había ido levantando duran-te años a su alrededor, hubieran caído de golpe y sin tiempo a recons-truirlos, mostrando al hombre que era en realidad. Pudo ver su dolor, tan real y sólido que pensó que podría palparlo si extendía la mano.

Clavó la vista en el parabrisas. Nunca había conocido a la esposa de su hermano, apenas había oído hablar de ella. Pero si Robert la amaba tanto como él amaba a Kate, le parecía un milagro que hubiera sido capaz de controlarse. Bien sabía que no era por miedo.

Él se habría vuelto loco y los habría matado a todos.

30

William salió del hotel a medianoche envuelto en acero.

Desde su llegada a Nueva Orleans, se había dejado ver por sus calles, apenas custodiado por un par de guerreros y su hermano. Demostrando así que no sentía ninguna inquietud por su seguridad en una ciudad repleta de renegados. Estaban por todas partes. En cada esquina. En cada calle. Habían acudido en masa, tal y como esperaba.

William los miraba a los ojos como si él fuera un dios invencible y ellos sus súbditos, a los que podría reducir a cenizas por simple capricho sin mancharse las manos. Debían temerle. Tenían que saber que los destriparía si se enfrentaban a él; y ese mensaje, de momento, les llegaba alto y claro.

Subió al todoterreno con Cyrus, Robert y Mako. Mihail conducía.

Nadie dijo una sola palabra mientras circulaban hacia el puerto. Esa noche se celebraba una gran fiesta de disfraces para los turistas, con un desfile, música en vivo recorriendo las calles y fuegos artificiales. Ruido y celebración, la mejor distracción para que nadie se fijara en lo que iba a ocurrir a poca distancia de allí.

William se ajustó las dagas que llevaba bajo la chaqueta y volvió a comprobar la pistola que le había dado Cyrus. Los hombres de Samuel habían rellenado balas huecas con plata líquida, acónito y belladona. Un disparo al corazón y la plata se extendería por el torrente sanguíneo.

—¿Funcionarán?

—Esperemos que sí. Luchar cuerpo a cuerpo nos pone en desventaja, ellos son más —dijo Cyrus.

Mako se movió a su lado.

—Había olvidado que lo tenía —susurró mientras le entregaba su teléfono móvil.

—¿Has podido instalar las aplicaciones que te pedí?

—Sin problema. Ahora podrás conectarte y manejar todos los archivos, listados e informes que necesites. También cualquier sistema de seguridad. Cámaras, contraseñas... Todo.

William le dedicó una sonrisa.

—Gracias.

Ella se encogió de hombros y le devolvió la sonrisa.

William aprovechó para hacer una última llamada. Duncan, el abogado de la familia, descolgó el auricular en su despacho del bufete.

—¿Lo has solucionado? —preguntó sin ningún tipo de saludo.

—Sí. No tienes de qué preocuparte. —Duncan hizo una pausa y tomó aire. Le resultaba difícil hablar, dada la situación y el carácter de la conversación—. Ella será la dueña absoluta de cuanto posees. También lo he dispuesto todo para ocultarla de una forma segura junto a tu familia. Puedes estar tranquilo.

—Gracias, Duncan.

—No tienes que darlas, ya lo sabes. Suerte, mi rey —dijo a modo de despedida.

William colgó el teléfono y trató de distraerse comprobando las llamadas y los mensajes. Cualquier cosa que lo ayudara a no pensar.

De repente, se quedó helado.

El número destellaba en la pantalla como si lo iluminara una baliza. Ella lo había llamado. Se estremeció y las dudas se apoderaron de él. ¿Habría pasado algo? No, de ser así, Adrien hubiera contactado con Robert o Cyrus. Así lo habían decidido.

Se estrujó el cerebro en busca de una razón lógica para su llamada, porque no quería hacerse ilusiones. Pero ¿qué otro motivo podía tener ella para querer hablar con él?

Otro pensamiento le hizo estremecer. Se volvió hacia Mako.

—¿Cogiste estas llamadas? —masculló en un tono demasiado duro—. ¿Respondiste?

—Llamó un par de veces, pero no contesté. No pensé que estuviera mal atenderlas.

—No debiste hacerlo, Mako. ¡Joder!

Mako ladeó la cabeza y contempló las calles a través de la ventanilla. Poco a poco, una sonrisa malévola se extendió por su rostro.

William se tragó un par de maldiciones. Apretó el teléfono y le devolvió la llamada, a esas alturas le importaba una mierda arrastrarse y suplicar. Blasfemó de nuevo, ella tenía el teléfono apagado. Colgó, pero se negaba a rendirse. Necesitaba saber, así que buscó el número de Adrien en su agenda.

Mihail detuvo el vehículo frente a la puerta principal del almacén.

—Hemos llegado —anunció Cyrus.

—Un segundo —pidió William. No encontraba el maldito número.

Robert le puso una mano en el brazo y detuvo sus movimientos compulsivos.

—No tenemos un segundo.

—Es importante.

—¿Más importante que esto?

William se detuvo. Apretó los dientes y guardó el teléfono en su bolsillo.

Cuando se bajó del coche, sus guerreros formaban un pasillo hasta la entrada del edificio. Tomó aire y dejó que una máscara fría y letal cubriera sus emociones. Dio el primer paso con la certeza de que ya no había vuelta atrás. Iba a interpretar su papel tan bien, que deberían darle un jodido Oscar. Lograría entretenerlos el tiempo necesario para que los lobos pudieran rodear el edificio y sitiarlos sin que se percataran de la tela de araña que ya se estaba tejiendo. Después saldría de allí intacto y averiguaría por qué Kate le había llamado.

Caminó con paso seguro, escoltado por un gran número de sus hombres. Cuando atravesó la puerta, alzó una ceja con arrogancia. La realidad superaba con creces sus expectativas. No cabía un alma en el interior. A pesar del gran número de renegados, apenas se oían voces, solo susurros.

Los miembros de cada nido se mantenían juntos y observaban con cautela a los otros. La desconfianza se podía oler en el ambiente. Sus líderes ocupaban posiciones más seguras parapetados entre sus hombres. En cuanto se percataron de la llegada de William, se movieron abriéndose paso para ser los primeros en saludarlo, reclamando posiciones de poder al lado del rey. Las que él les había prometido.

William esbozó una sonrisa taimada. Eran tan predecibles que se sorprendió por haber pensado que serían capaces de aliarse en su contra y preparar una emboscada. Se les veía tan ciegos de poder, que pactar entre ellos habría sido lo último.

Avanzó sin prisa, mientras sus guerreros le iban abriendo camino casi a la fuerza. Un poder letal y embriagador bullía dentro de él y lo alimentó abriendo paso a la oscuridad que tanto se esforzaba por controlar. Dejó que brotara de él sin control. Sin ningún límite. A sabiendas de que corría el riesgo de no poder encadenarla de nuevo, pero ya se preocuparía de eso más adelante. Su agresividad y su impulso asesino eran las únicas armas de que disponía para controlarlos; así que las dejó fluir, junto a una mezcla volátil de adrenalina y furia.

Roland salió a su encuentro con una gran sonrisa. Inclinó la cabeza a modo de saludo y se llevó un puño al pecho. Después le ofreció su mano.

William aceptó el fuerte apretón. Luego hizo algo que sabía que seduciría el ego de Roland: le rodeó el hombro con un brazo y lo invitó a que lo acompañara.

—Me alegra volver a verte, Roland. ¿Todo bien?

—Por supuesto, mi señor. Es más, mis dagas están a vuestro servicio esta noche. —Con disimulo levantó la solapa de su americana de firma y dejó a la vista el destello de plata—. Parece que los ánimos están un poco agitados.

William volvió a sonreír.

—Gracias, mi querido amigo. —Se inclinó sobre su oído y le susurró—: No te alejes mucho, tengo una sorpresa.

Le palmeó la espalda y fue en busca del siguiente líder que buscaba su atención. Ya tenía a Roland de su lado. Con su gesto le había dado una posición de ventaja y el viejo vampiro parecía encantado. El resto de cabecillas se obligaron a relajar su postura. William no solo contaba con sus guerreros, sino con el apoyo del nido de San Diego, el más grande. Para el resto, someterse era la mejor opción. Ahora solo se trataba de conseguir un buen trozo del pastel.

—¡Lukan! —William abrió los brazos al cabecilla de Seattle—. Tu presencia me llena de alegría.

—Señor, a mí me llena de júbilo tu gratitud.

—Me gusta cuidar de mis hermanos. Siempre y cuando ellos sean buenos conmigo, por supuesto —replicó William en un tono malicioso.

Los ojos de Lukan se abrieron como platos. El rey lo había llamado «hermano» y el halago tuvo un efecto tan inmediato, que pasó por alto la amenaza implícita. Sus hombros se relajaron y una sonrisa sincera se extendió por su cara.

—Mi privilegio es protegerte, mi rey.

—Y mi obligación es garantizar tu protección y la de los tuyos. No dudes de que lo haré siempre que lo necesites.

—Gracias, señor. Sois muy generoso.

—¡Aún no te he dado nada, Lukan! Espera a ver lo que tengo para vosotros.

El renegado sonrió satisfecho y dejó que William continuara con su paseo.

Cyrus y Robert cruzaron una mirada temerosa. William se había transformado por completo, metiéndose en su papel tan bien que se veían obligados a recordarse que solo se trataba de una representación y no de algo real.

William saludó uno a uno a todos los dirigentes de los nidos. Se movía entre ellos como pez en el agua. Cuando llegó al otro extremo del edificio, se subió a una escalera de metal que daba acceso a una oficina de paredes de vidrio. Desde allí podía controlar hasta la esquina más alejada y a todos los renegados que se agolpaban frente a él.

Con las manos en la barandilla, sonrió a los presentes y dejó que el silencio se prolongara a propósito. Todos le observaban ansiosos. Por debajo de la violencia latente y el juego de las apariencias, pudo percibir una corriente de miedo fluyendo hasta él. Recelaban de su calma y seguridad. De su arrogancia y su soberbia. Oh, sí, le temían, y era una sensación única.

Desde su posición, captó movimientos que nadie más podía ver. El número de sus hombres aumentaba sin que se percataran de ello. Se colaban por los accesos como un goteo constante, apenas perceptible, creando un cerco de cuerpos y acero.

En pocos segundos, los lobos tomarían el tejado y las entradas bajo el suelo. Ellos eran su arma secreta y necesitaban enmascarar su olor a toda costa. Les había costado llegar a esa conclusión y aceptarlo, por todo lo que entrañaba, pero el sacrificio era necesario para alcanzar un bien mayor.

—Bienvenidos... —dijo William.

Comenzó un discurso preparado al milímetro. Les habló del pasado, de la supremacía de la raza, de lo que esperaba del futuro y del mundo que iba a servirles en bandeja de plata. Un mundo solo para ellos, un restaurante de lujo y sin límite en la carta.

En este punto, hizo un gesto con la mano y la puerta de la oficina se abrió. Cyrus salió arrastrando por el cuello a un tipo corpulento que no dejaba de retorcerse, y Steve hacía lo mismo con otro que parecía a punto de hacerse pis en los pantalones. Habían tenido mucho cuidado a la hora de escogerlos. No podía ser cualquiera, debían merecer lo que les iba a pasar, y a esos dos no los iba a llorar nadie salvo sus clientes.

Hora de crear la distracción.

William sujetó por el brazo a uno de los hombres y tiró de él. Por dentro temblaba como un flan, rezando para no sucumbir y mandarlo todo al infierno por un trago de la esencia del humano. Por fuera continuaba siendo el rey; frío, indiferente y con una mirada psicótica.

En su mano apareció un cuchillo y sin ningún preámbulo le rajó la muñeca al humano. Un suspiro ahogado recorrió el edificio. Los vampiros se agitaron dentro de sus ropas, provocando una fría corriente de aire. William colocó una copa bajo la sangre que brotaba profusa. El olor lo mareaba. Sus colmillos pulsaban en sus encías deseando liberarse. Hizo crujir el cuello y alzó la copa rebosante.

—Esto es lo que os prometo y lo que tendréis si me seguís. Nadie os amenazará por tomar lo que os pertenece.

Los murmullos se extendieron. Las cabezas asentían con vehemencia. El olor dulzón de la sangre lo inundó todo y distrajo a los renegados.

William se llevó la copa a los labios y dio un trago mientras sus ojos volaban arriba. Había llegado el momento.

—Y bien, ¿qué respondéis? —preguntó con una sonrisa maliciosa.

Los renegados comenzaron a arrodillarse e inclinaron sus cabezas en señal de respeto. Una sonrisa se extendió por el rostro de William y abrió los brazos como si quisiera abrazarlos a todos. Su presencia se adueñó del edificio. Se llevó la copa a los labios y bebió de nuevo.

—Entonces, sed bienvenidos a mi reino —dijo en un tono que habría parado el corazón de cualquier ser vivo.

Alzó una ceja y un brillo de diversión iluminó sus fascinantes ojos azules. Soltó la copa, que impactó contra el suelo y se hizo añicos. La sangre se extendió por el piso de cemento. La siguieron los cuerpos de los humanos, aún vivos.

El caos se desató. Los sonidos del acero y los disparos se mezclaron con los gritos y los gruñidos. Los licántropos irrumpieron y, en pocos segundos, aquel edificio fue el escenario de la mayor carnicería que una ciudad como Nueva Orleans jamás había acogido.

El pánico, crudo y descarnado, se apoderó de los renegados.

William vació su último cargador. Tiró la pistola al suelo, llevó las manos al pecho y desenvainó las dagas que llevaba cruzadas sobre él. El estrés era veneno en su torrente sanguíneo. Apenas podía procesar todos los ataques que recibía. Giraba en un remolino de puñetazos y patadas, que desviaba y esquivaba por puro instinto.

Roland apareció frente a él, armado hasta los dientes y con una mirada desquiciada. El renegado parecía bastante cabreado. William entornó los ojos y se permitió el lujo de sonreírle. Roland le lanzó un tajo con su daga, y él interceptó el golpe. Lo aferró por el antebrazo y lo lanzó contra una columna. El renegado se puso en pie y volvió a arremeter. William se apartó de su camino en el último segundo, giró sobre sí mismo y su mano atravesó tejidos, músculos y huesos.

Roland se detuvo. Muy despacio, miró hacia abajo y contempló el agujero en su pecho. Se desplomó hacia delante fulminado.

William dejó caer el corazón del renegado. Lo apartó con el pie y miró a su alrededor. Aliados y renegados formaban una turba de cuerpos apelotonados. En esas circunstancias, no podía usar sus poderes. Nada de fuego ni explosiones, o corría el riesgo de herir a los suyos. Empuñó las dagas y se sumergió en la masa.

Los hombres de Daleh eran cuanto habían esperado de ellos y mucho más. Eran máquinas de combate que no aflojaban el ritmo, ni mostraban cansancio. La mirada de William se cruzó con la del lobo, una milésima de segundo que aprovechó un vampiro gigantesco del nido de Seattle para abalanzarse sobre Daleh.

Mientras desnudaba los colmillos y un gruñido se elevaba en su garganta, William dio un salto y voló sobre sus cabezas. Giró en el aire y lanzó un tajo. La cabeza del renegado se descolgó de su cuello. Al aterrizar sobre el suelo, sus pies resbalaron en la sangre que lo cubría. Parecía una pista de patinaje en la que sus zapatos se hundían.

Miró a su alrededor. Había sangre por todas partes. Incluso ellos estaban cubiertos por una capa pegajosa que escondía sus facciones. Casi no podía distinguir a amigos de enemigos.

El descuido tuvo sus consecuencias.

Notó un golpe seco en el hombro y la punta de una hoja apareció bajo su clavícula. Sintió el mango del arma golpeándole la espalda. El dolor lo sacudió como un latigazo. Un grito ronco salió de su pecho. Se volvió y hundió una daga en el cuello del renegado que acababa de apuñalarlo y cercenó su arteria.

A unos pocos metros de donde se encontraba, Mako tenía verdaderos problemas para esquivar las estocadas de dos proscritos. William se lanzó hacia delante como un tren de mercancías, embistiendo a todo lo que encontraba a su paso. Era un adversario extraordinario. Las dagas destellaban en sus manos bajo las luces, y sus brazos y piernas se movían con un equilibrio perfecto, que tuvieron como resultado otras cuatro bajas en el bando enemigo.

Sostuvo a Mako por la cintura.

—¿Estás bien?

Ella se llevó una mano al costado y asintió. Estaba cubierta de sangre y William no podía distinguir si estaba herida.

—Voy a sacarte de aquí.

—¡No! —exclamó Mako.

Tarde, William ya se había desmaterializado con ella en brazos, arrancándola del infierno que ellos mismos habían desatado. La dejó en un tejado cercano.

—¿Cómo demonios has hecho eso? —le gritó en cuanto tuvo los pies en el suelo.

William no respondió. Desapareció como había aparecido, y Mako se quedó en el tejado completamente sola.

William tomó forma entre un montón de cadáveres. Aún quedaban muchos renegados, que trataban de escapar. No podía permitirlo. El monstruo que habitaba en su pecho arañó con más fuerza, completamente despierto. Quería salir. En su interior la energía se agitaba y vibraba. Abrió los brazos y dejó que el poder invadiera cada célula.

El monstruo tomó el control.

31

Sarah echó a correr como alma que lleva el diablo, mientras se preguntaba qué clase de locura la había llevado a escapar y sentenciar de ese modo su vida.

Cuando Emerson le pidió que preparara café, ella le hizo notar que se habían quedado sin agua. La envió al río de inmediato, sin nadie que la vigilara. Ni siquiera se paró a pensar en lo que hacía. Tomó una botella y se encaminó al arroyo. Pero no se detuvo allí, sino que continuó corriendo.

Podría haber tomado cualquier dirección. Había conseguido algún dinero, suficiente para un billete de autobús que podría llevarla lejos de allí, de Emerson y su grupo de psicópatas. Sin embargo, no lo hizo.

Alcanzó la orilla del lago y continuó corriendo sin detenerse, con la sensación de que escapaba de un agujero peligroso para lanzarse sin cuerda a otro mucho peor. Algo inexplicable en su interior la empujaba a hacer estupideces, como ir al encuentro del híbrido por el que perdía la capacidad de hablar para intentar salvarle la vida, y que no dudaría en matarla a la menor oportunidad.

A través de los árboles distinguió la casa. Había luces encendidas en el interior.

Apretó el paso. Su respiración se asemejaba más a los estertores de un moribundo que a la de una joven sana. Sentía el sabor de la sangre en la boca, tan seca que los labios se le habían agrietado. Un líquido caliente escapó de su nariz. Lo notó resbalando por la comisura de su boca hasta la mandíbula. Había forzado demasiado su cuerpo para llegar hasta allí y casi se derrumbó al pisar el primer peldaño del porche.

La puerta se abrió de golpe y Adrien apareció en el umbral.

Sarah no lo creía posible, pero al verlo su corazón empezó a latir con más fuerza. Tras él, Kate se asomó por encima de su hombro.

—¡¿Tú?! —exclamó Adrien.

Su mano voló hasta la daga que escondía bajo su camiseta. Kate reaccionó a tiempo y se la arrebató de las manos.

—¿Qué haces? —lo reprendió.

Sarah cayó de rodillas.

—Van... a atacaros. Ya... ya vienen —resolló.

Kate empujó a Adrien a un lado y se agachó junto a la chica. Vio que había sangre empapando la lona de sus zapatillas rotas.

—¿Cuánto llevas corriendo?

—Muchos... kilómetros. A través del bosque —jadeó.

—¿Qué quieres decir con que van a atacarnos? —gruñó Adrien. La agarró sin miramientos de un brazo y la puso de pie a la fuerza—. ¿O es otra de tus tretas? Ya nos la jugaste una vez.

—No es una treta.

—¡Y un cuerno!

Kate apartó a Adrien y lo obligó a que la soltara.

—Tranquilízate —le ordenó. Se acercó a Sarah y con una mano en su cintura la ayudó a sostenerse—. Vamos adentro. Te daré un poco de agua y me contarás por qué estás aquí, ¿vale?

—De eso nada. Se larga o le rebano el cuello —gruñó él.

Kate ardía en deseos de agarrar el macetero que había sobre la repisa de la ventana y estampárselo en la cabeza.

—Es mi casa y la acogeré si me da la gana —replicó en tono severo.

—No puedes hablar en serio —masculló él—. Nos tendió una trampa y sus amiguitos nefilim casi nos matan a William y a mí. No podemos confiar en ella.

—Mírala, si no es capaz de tenerse de pie.

—No lo necesita. Ella es el caballo de Troya, ¿no lo ves? Seremos idiotas si picamos otra vez.

Kate inspiró hondo para calmarse un poco.

—Algo me dice que debemos escucharla, confía en mí.

Adrien se pasó una mano por el pelo y acabó maldiciendo.

—Definitivamente soy idiota —dijo mientras empujaba a la chica dentro de la casa—. Empieza a hablar.

—Me llamo Sarah.

—¿Acaso crees que me importa tu nombre? —explotó él.

Sarah se encogió. Estaba aterrorizada, aunque esa sensación ya formaba parte de ella. Se obligó a mirarlo y cerró los puños para sacar fuerzas. Nada podía ser peor que todo lo que ya había soportado.

—El grupo de nefilim que os atacó este verano lo dirigía un hombre llamado T.J., estaba loco y era peligroso. Emerson, su hermano pequeño, es mil veces peor y está ahí fuera, viniendo hacia aquí para vengar la muerte de su hermano —esa fue su breve explicación.

Adrien y Kate cruzaron una mirada. Tras ellos, Cecil y Ariadna aparecieron junto al guerrero.

Marie bajó del piso de arriba.

—¿Quién es? —preguntó.

—Alguien con los minutos contados —respondió Adrien.

Sarah los observaba muerta de miedo, intentando mantener la compostura y no derrumbarse.

—No miento —insistió al ver que todos guardaban silencio.

—¿Esperas que crea que has venido hasta aquí para avisarnos de que tus hermanitos *Quiero Unas Alas Doradas* pretenden cortarnos el cuello esta noche? —preguntó Adrien. Sarah asintió sin dudar—. ¿Y por qué ibas a traicionar a tu gente para ayudarnos? No me lo trago.

Sarah alzó la barbilla y le sostuvo la mirada con aplomo. Durante un instante se perdió en sus ojos negros y su corazón volvió a revolotear dentro de su pecho.

—No son mi gente. No soy como ellos y nunca he hecho daño a nadie. Yo... os lo debía por lo que pasó. —Bajó la vista y se abrazó el estómago mientras lanzaba miradas preocupadas a las ventanas—. Ya deben de saber que me he escapado. Debo irme o volverán a atraparme. Vosotros deberíais hacer lo mismo.

Adrien se quedó callado sin dejar de mirar a Sarah. Su instinto le decía que no estaba mintiendo.

Sarah se dirigió a la puerta, con la esperanza de contar todavía con algún minuto que le permitiera huir de Emerson.

—Ha elegido venir hasta aquí para avisarnos, cuando podría haberse largado sin más. No podemos pasar de ella, está sola —susurró Kate a Adrien.

Él sacudió la cabeza.

—No somos una ONG.

Kate frunció el ceño y lo reprendió con la mirada.

Tras unos segundos, Adrien lanzó una maldición y salió tras la chica.

—¡Eh! —La detuvo con una mano en el hombro y se esforzó por parecer un poco más amable. Aunque el cambio no se notó mucho, el tono de su voz solo había pasado de ser ácido a áspero como un trozo de lija—. Puedes quedarte aquí si no tienes adonde ir. Total, para morir, cualquier sitio sirve. Y si has dicho la verdad, quizá no pasemos de esta noche.

Sarah se quedó petrificada. Cuando él apartó la mano, sintió un escalofrío allí donde la había tocado. Se dio la vuelta y lo miró. Un calor sofocante ascendió por sus mejillas.

De pronto, fue consciente de que llevaba días sin pisar algo más que el baño de una gasolinera y el agua helada del arroyo. Tenía el pelo sucio y enmarañado, la cara cubierta de arañazos. También estaba segura de que no olía muy bien. Bajó la mirada avergonzada y asintió sin estar muy segura de si era la mejor decisión.

Los ojos de Adrien volaron por encima de Sarah y se clavaron en la puerta abierta. Unos faros se acercaban a toda velocidad. Deslizó el brazo por el estómago de la nefilim y la empujó hacia el interior de la casa. El guerrero apareció a su lado, armado hasta los dientes y dispuesto a abalanzarse sobre cualquier peligro que pudiera surgir de la furgoneta que acababa de detenerse.

Una mujer saltó del vehículo y los ojos de Adrien se abrieron como platos. ¿Qué era, la noche de los fantasmas?

Contempló a la vidente con el mismo estupor que ella lo miraba a él, abrazada a un viejo libro. Su pecho se agitó con un presentimiento.

Cada vez que una de esas antiguallas aparecía, no lo hacía por mera casualidad. Y a ese paso, iban a reunir una colección digna de una biblioteca.

—¿Te acuerdas de mí? —preguntó Salma.

—Eres la vidente de la feria —respondió él con voz grave y su mente se iluminó con una idea que lo dejó frío—. ¿Qué has visto?

—Muchos cadáveres. Un mar de sangre. Y esto... —Agitó el diario—. Lo que sea que vais a llevar a cabo, tenéis que dejarlo antes de que sea tarde.

—¿Tarde para qué?

—Para el fin del mundo.

—Explícate —la urgió, moviendo una mano para que se acercara. Ella vaciló—. Mira, has venido hasta aquí, así que dudo mucho de que tu seguridad sea lo que más te preocupa.

Salma inspiró hondo, como si tratara de olvidar un mal momento.

—Mi amiga ha muerto a manos de un demonio mientras robaba este manuscrito. No creo que pueda ocurrirme nada peor que eso.

—¿Un demonio? —repitió Adrien.

Ella asintió, aún conmocionada. Se acercó a él y lo siguió a la casa.

Desde el porche, Kate contemplaba atónita a la vidente. Cuando pasó por su lado, sus miradas se encontraron.

—Ojalá me hubiera equivocado —dijo Salma en un susurro—. Lo siento.

Kate no respondió y entró tras ella con un nudo en el estómago.

Salma dejó el libro sobre la mesa. Se recogió el pelo tras las orejas y miró a Adrien.

—Empecé a tener visiones después de que fueras a buscarme por el cáliz.

—¿Ya la conocías? —preguntó Kate.

—Es una larga historia —respondió él, sin intención de dar más detalles—. Continúa, por favor —le pidió a Salma.

La vidente se había ganado su respeto desde que le mostró el camino hacia el cáliz. No era una farsante, no albergaba dudas al respecto. Por lo que iba a tomarse muy en serio cualquier cosa que dijera.

—He tenido visiones muy extrañas. Fragmentos inconexos, sin mucho sentido, pero hace dos semanas se tornaron más nítidos y empecé a ver vuestros rostros.

—¿Qué más? —presionó Adrien al ver que se detenía.

Miró a Sarah de reojo, que no dejaba de moverse y recorrer las ventanas. Lo estaba poniendo de los nervios.

—Mis visiones están relacionadas con el hombre que escribió este manuscrito. Es como si en esos atisbos al pasado, yo me convirtiera en él y pudiera ver los pensamientos que ocupaban su mente. Creo que también poseía el don de la clarividencia. No encuentro las palabras para explicar...

—Te agradezco toda esta charla, Salma, pero... ¡no me estás explicando un cuerno! No tienes que convencerme, ¿vale? Creeré todo lo que digas. —Se dio la vuelta—. ¿Podrías quedarte quieta un segundito? —le ladró a Sarah.

—Tenemos que irnos ya —dijo la nefilim.

Salma continuó sin perder tiempo.

—Todas estas visiones... Creo que son cosas que van a pasar, pero que no deben suceder. Son hechos muy concretos. Una cadena de sucesos que conducen a un fin escrito hace mucho y que anuncian algo malo. Como si fuesen las vueltas de una llave en una cerradura, y cuando la llave gire por última vez, una puerta que no debería abrirse jamás liberará la oscuridad que ha estado conteniendo.

Adrien se pasó una mano por la cara. Que le arrancaran un brazo si había entendido algo.

—Vale. Empieza por describirme esas visiones.

Salma asintió y señaló a Kate.

—La vi a ella a punto de ser sacrificada. Y a ti y al otro vampiro vertiendo vuestra sangre en el mismo cáliz por el que me preguntaste aquella noche. Después he visto a cientos de vampiros salir bajo la luz del sol sin que este les cause daño. También a hombres de otros tiempos convertirse en lobos y desprenderse de unas cadenas invisibles que doblegaban su voluntad. ¡No se les debe liberar nunca! —enfatizó la última palabra.

Kate y Adrien cruzaron una mirada. Debía de referirse a Daleh y su manada. ¿Quiénes si no? Pues el aviso llegaba tarde.

Salma continuó:

—He visto un mar de sangre. Cientos de cuerpos despedazados y una sombra que cobraba fuerza con cada visión. Estoy segura de que todo está escrito en estas páginas. Las respuestas se encuentran aquí. —Posó la mano sobre la cubierta del libro—. Sean lo que sean esas visiones, no deben cumplirse o estaremos iniciando el Apocalipsis. Y no hablo metafóricamente. También he visto ángeles luchando entre sí y reduciendo este mundo a escombros. Todo perecía bajo el fuego.

Adrien tomó el libro y comenzó a hojearlo.

—Está escrito en una lengua que desconozco —comentó Salma—. Si consiguierais descifrarlo, podríamos averiguar más cosas y saber qué hacer.

—Es enoquiano —susurró Adrien.

—¿La lengua de los ángeles? —preguntó la vidente.

Él asintió y ella se abstuvo de preguntar cómo la conocía.

Adrien comenzó a leer.

—¿Cómo lograste el libro? —preguntó.

Salma palideció y pensó en Lena, muerta sobre el asfalto.

—Apareció en una visión —respondió, y poco a poco su voz se fue rompiendo mientras les relataba lo ocurrido.

—Demonios —susurró Adrien para sí mismo.

Kate se acercó a ella y puso una mano en su hombro.

—Siento lo que le ha pasado a tu amiga.

Salma le dio una palmadita en la mano, como gesto de agradecimiento.

Adrien se concentró en el texto. Llegó a un pasaje que ya conocía y una sensación incómoda se instaló en su pecho mientras leía. Aquello no pintaba nada bien. ¡Tenía entre sus manos la maldita profecía que durante meses había buscado para intentar saber qué tramaba en realidad Mefisto!

Empezó a leer en voz alta:

—«De la semilla del primer maldito nacerán dos espíritus sedientos de sangre. Uno, heredero de la luz, y el otro, de la oscuridad. Tan poderosos que con una palabra darán vida a la muerte y muerte a la vida. Cuando la noche venza al día en su plenitud, la oscuridad dominará con sus sombras la luz. Sobre el cáliz que alimentó a la primera plaga, los espíritus derramarán su sangre mancillando la tierra sagrada, y aquellos que se ocultan en las tinieblas, caminarán bajo la estrella de fuego a salvo de las llamas». —Y ahí comenzaba la parte mala—: «Se abrirán las puertas del averno y el mal que guardan abandonará su destierro».

—¿Las puertas del averno? —susurró Jared desde una esquina.

Adrien asintió, y continuó leyendo:

—El pecado de la carne expiará con magia y el castigo forjará la nueva raza. Un espíritu atormentado será coronado y gobernará la tierra desde un trono impuesto. Bajo su espada los enemigos se tornarán aliados. La réplica devolverá el honor a los padres de la raza, prisioneros de la marca. Y el hijo destronado, el hermano derrocado, el dragón derrotado iniciará su ascensión.

Adrien resopló y se pasó una mano por la cara.

—El dragón derrotado iniciará su ascensión —repitió—. No soy muy bueno interpretando acertijos, pero no me gusta cómo suena todo esto.

—Continúa —le rogó Kate.

—«El castigo será cumplido, la falta enmendada y los pecados perdonados. La muerte cobrará su precio, los errantes regresarán al abismo y en un mar de sangre renacerá el Caído. El tirano se alzará, y el alma más pura, dos veces nacida, dos veces marchita, completará el ciclo restituyendo con un sacrificio lo que una vez le fue concedido.

»Donde el cielo mora y da nombre a la tierra. Ante los que fueron carne y en polvo se desvanecen, una promesa cumplida traerá consigo el fin de los días. El velo caerá, la oscuridad retornará y la tierra llorará fuego cuando los primeros hijos se desafíen».

Adrien dejó de leer y clavó sus ojos en Kate. Ella le devolvía la mirada con una expresión consternada.

—¡Es vuestra profecía! No acabó con la maldición. Hay mucho más y la estamos cumpliendo sin darnos cuenta —dijo Kate.

Adrien se quedó callado, pero sus ojos hablaban por él. No eran más que peones en un tablero que manejaban otros. Un juego que no iba a detenerse y que ganaría el más taimado y vil. Si no hacía algo, ese ganador sería su padre. Estaba convencido de que todo era obra suya. Mefisto lo había comenzado y buscaba terminarlo con el marcador a su favor.

—Tengo que hablar con William. Hay que parar la masacre —dijo mientras sacaba su teléfono móvil del bolsillo de sus pantalones.

—¿Qué? A estas alturas no podemos hacer eso —dijo Jared.

—Escucha, ese mar de sangre hace referencia a la matanza de esta noche. Estoy seguro. El espíritu atormentado será coronado, ese es William. ¿Y quiénes crees que son los aliados bajo su espada? —Jared palideció, y Adrien añadió—: Exacto, los clanes de vampiros y licántropos. Los errantes regresarán al abismo, son los renegados. Mira, lo siento, pero todos los que estamos aquí hemos comprobado que estas cosas se cumplen, y cuando lo hacen, la situación empeora. No me voy a arriesgar a... —No encontraba las palabras.

—Provocar el fin del mundo —terminó de decir Salma—. Con azufre, fuego y toda la parafernalia que podáis imaginar. Lo he visto.

Kate se quedó mirando a la vidente, pálida como un cirio. Sus piernas apenas la sostenían.

—Llama a mi hermano —rogó Marie, que miraba pasmada a la adivina.

Adrien empezó a marcar el número en su teléfono. Los miles de kilómetros que los separaban impedían la conexión mental, y desmaterializarse hasta Nueva Orleans no era una opción. No con la amenaza de un posible ataque nefilim. La aparición de Salma no había hecho que se olvidara de ese pequeño detalle.

Soltó una maldición. ¿Qué más podía salir mal?

32

—¡Están aquí! —exclamó Sarah.

Se apartó de un salto de la ventana y se pegó a la pared.

Adrien necesitó un momento para darse cuenta de a qué se refería. El teléfono resbaló de su mano. Abrió la boca para gritarles que se pusieran a cubierto, pero no tuvo tiempo. Los cristales de las ventanas estallaron y una lluvia de flechas voló sobre ellos. Apenas logró rodear a Salma con un brazo y arrastrarla con él al suelo. Ella era humana, por lo tanto la más débil, y una pieza clave en todo el asunto de la profecía que no podía perder.

—Sube hasta la buhardilla. En el pasillo hay una trampilla que lleva a un pequeño desván. Escóndete allí —la apremió.

Salma no dudó. Salió a gatas del salón y se precipitó escaleras arriba.

Más flechas penetraron en la casa. El guerrero cruzó la habitación de un salto y se colocó como un escudo delante de Kate. Tres flechas impactaron en su espalda y apretó los labios con un gesto de dolor. Se apartó de Kate para asegurarse de que seguía bien y sus ojos brillaron con alivio.

—Gracias —dijo ella.

—Mi señora —respondió el vampiro. A continuación le entregó un par de dagas—. No os separéis de mí.

Kate no pensaba discutir esa petición. Se pegó al vampiro mientras varias ventanas estallaban y una miríada de fragmentos de madera y cristal cubrían el suelo. Un fuerte olor a quemado impregnó el aire. La alfombra estaba ardiendo.

Adrien se asomó a una de las ventanas y se retiró con rapidez. Cambió de lado y volvió a asomarse. Una veintena de sombras corrían hacia la casa. ¡Genial! Él solo contaba con un guerrero, un lobo adolescente, cuatro vampiras y una nefilim que se acurrucaba en una esquina muerta de miedo.

Se tiró al suelo y rodó hasta Sarah.

—¿Sabes usarla? —le preguntó mientras ponía una pistola en su mano.

—No.

—Bueno, tú apunta al cuerpo y dispara. Con una bala en el estómago serán más lentos.

Adrien se tomó un segundo para pensar qué hacer. Iban a necesitar un milagro para salir de esa. Ni siquiera desmaterializándose podría sacarlos a todos de allí. Iban a masacrarlos. Pateó esos pensamientos mientras corría a la cocina en busca de su bolsa. Regresó a la sala y comenzó a repartir armas.

—¿Listo? —preguntó Adrien al guerrero.

El tipo hizo crujir los huesos de su cuello y adoptó una posición de ataque.

Los nefilim entraron en la casa a través de puertas y ventanas. Adrien se abalanzó sobre los dos que tenía más cerca, y una sonrisa peligrosa desnudó sus colmillos. Sus muñecas se movieron con dos giros certeros y el olor a sangre se mezcló con el del humo. Dos menos.

Kate alzó la cabeza hacia un nefilim que debía de medir al menos dos metros. Durante un instante se quedó paralizada. El hombre levantó el brazo con intención de hundir una estaca en su pecho. Sonó un disparo y el tipo lanzó un grito. Se le escapó la estaca de entre los dedos y se giró para ver quién le había disparado. Sarah le apuntaba desde el otro extremo de la habitación, temblando de pies a cabeza.

Kate aprovechó la distracción, mientras recordaba todas las lecciones que William y Adrien le habían dado durante las últimas semanas. No dudó. Saltó hacia delante y clavó la daga que sostenía en la espalda del nefilim. La sacó con la misma rapidez, giró sobre sí misma y esta vez la clavó en su pecho. El tipo cayó al suelo fulminado.

No perdió el tiempo. Se lanzó hacia delante al encuentro de otro nefilim. Pisó en una silla y saltó en el aire. Su pie izquierdo encontró apoyo en una pared y la utilizó para impulsarse. Mientras volaba, empuñó la daga y cayó sobre él. Hundió la hoja en su pecho hasta la empuñadura. La giró con un tirón y notó cómo la carne se desgarraba y los huesos crujían. Se desplomó en un charco de sangre.

Sus ojos recorrieron la sala y se toparon con una chica que iba a por Sarah con una estaca. Corrió en su auxilio sin pensar. Saltó sobre la mesa, voló por encima de la nefilim y aterrizó en el suelo. Giró sobre sus talones con los brazos en cruz y golpeó hacia atrás con ambas manos. Con una de las dagas hirió a la mujer en el costado y con la otra fulminó a un joven que apuntaba con su ballesta a Jared.

Otra chica nefilim apareció de repente a su lado y la golpeó en la espalda con un trozo de madera. ¡El aparador de su abuela! Un impulso asesino brotó de su pecho. Se volvió hacia ella, le arrancó la madera de las manos y la empuñó como un bate. No dudó, ni siquiera ante la expresión de miedo que transformó el rostro de la nefilim. De repente, todas esas emociones que aún la hacían sentir humana desaparecieron. No encontró compasión ni lástima mientras la miraba. Solo el deseo de hacerle pagar el daño que le estaba haciendo a los suyos.

Levantó el madero y la golpeó en el estómago. Después en la cabeza, y la nefilim cayó al suelo como un trapo.

Junto a la escalera, Ariadna tenía problemas para contener a un tipo enorme de piel negra y ojos claros que trataba de estrangularla. Corrió en su ayuda, pero cambió de dirección cuando vio a Cecil en serios apuros. No podría ayudarlas a las dos. De pronto, algo la golpeó en las rodillas y cayó al suelo. Emerson se alzó sobre ella con una daga y la empuñó sobre su cabeza. Solo tuvo tiempo de alzar los brazos y gritar antes de que se cerniera sobre ella.

Pero el golpe no llegó. Abrió los ojos y vio cómo una sombra arrastraba a Emerson. Su mirada registró más sombras. ¿Qué eran? Otra de esas cosas se volvió sólida frente a ella y un hombre de piel cetrina y ojos completamente negros la miró con una sonrisa despiadada. Se lanzó hacia delante y su cuerpo se convirtió en humo mientras envolvía a otro nefilim y lo estrellaba contra el techo.

La casa se llenó de gritos.

Kate notó una mano alrededor de su cuello. Tiró de ella y la puso en pie como si no pesara nada.

—Dime que te alegras de verme —susurró una voz junto a su oído.

—Marak.

—El mismo.

Soltó una risita. La tomó en brazos y la sacó de la casa.

—No sé cómo lo has hecho, pero gracias —dijo ella en cuanto sus pies tocaron el suelo.

Algo le decía que la presencia de esas sombras que habían acudido en su auxilio se la debía a él.

Un brillo fiero iluminó la mirada de Marak.

—No permitiré que nadie le haga daño a mi pequeña.

Kate se estremeció con el sentimiento de posesión que había en su voz, y dio un paso atrás. Marak acortó ese paso y la sujetó por el cuello con ternura, con una mano mucho más sólida que la última vez que pudo tocarlo. Todo él parecía más consistente. Le acarició la piel con el pulgar y Kate notó un revoloteo en su pecho, como si su corazón hubiera comenzado a latir de nuevo y quisiera abandonarla.

—Ahora me debes un favor —dijo él con una pequeña sonrisa—. Uno muy grande.

—Yo no te he pedido nada —replicó recelosa.

—Es cierto, no lo has hecho. Pero tus amigos están vivos gracias a mí.

—¿Y qué quieres?

—Nada que no puedas darme —susurró él en un tono cómplice.

Dentro de la casa, los sonidos cesaron, y Adrien gritó su nombre. Apareció en el porche como un espíritu vengativo.

—Estoy aquí —dijo ella—. ¿Están todos bien?

—Magullados, pero vivos —respondió sin apartar los ojos del hombre que había junto a Kate.

Tragó saliva mientras una señal de alarma empezaba a sonar en su cabeza. Un impulso violento lo sacudió, la reacción a una amenaza. El cuerpo de ese tipo cobraba solidez por momentos. Tras él, se materializaron varias sombras y tomaron formas humanas.

—Marak ha venido a ayudarnos —dijo Kate.

Adrien no parpadeaba.

—No sé quién será Marak, pero ese desde luego que no —indicó con un tono de voz tan frío como el hielo.

—Claro que sí. —Kate parpadeó—. Un momento, ¿puedes verle?

Adrien asintió sin apartar los ojos del tipo y alargó la mano hacia ella.

—Ven conmigo, rápido.

Ella sacudió la cabeza, sin entender qué pasaba.

—No va a hacerme daño. Marak acaba de...

—Te digo que ese no se llama Marak —insistió él—. Y mucho menos es el fantasma que has creído estar viendo. Es el Caído. ¡Aléjate de él!

—¿Qué quieres decir? No es un caído. Mira su cuerpo, es...

Los ojos de Kate se abrieron como platos, el cuerpo de Marak se había vuelto tan sólido como el suyo.

«Y en un mar de sangre renacerá el Caído», pensó Adrien. Empezó a comprender. Con cada paso de la profecía cumplido, él se fortalecía en la tierra, y ahora tenía un aspecto más que saludable. Eso solo podía significar una cosa: la masacre de Nueva Orleans ya había tenido lugar.

—No es un caído cualquiera. Ese es Lucifer.

Kate retrocedió deprisa hasta chocarse con el pecho de Adrien. Él la rodeó con un brazo y la atrajo hacia sí.

—Hola, sobrino —dijo Lucifer. Una sonrisa maliciosa iluminó sus rasgos—. Tu padre me ha contado cosas sobre ti que me han dejado impresionado. Es raro que mi hermano muestre afecto por alguien, pero a ti te ama. A su manera, claro está, pero te ama. ¡No sé si estoy celoso!

—Puedes decirle a mi padre que un día de estos tendré su cabeza como trofeo.

Lucifer se echó a reír con ganas. Unas carcajadas fuertes y claras inundaron el tenso silencio. Los demonios que lo acompañaban rieron con él.

—Desde luego, es digno de ser tu heredero —dijo Lucifer.

Mefisto apareció con paso lento y seguro, mientras daba largas caladas a un cigarrillo.

—Es blando como su madre —susurró con voz envenenada. Alzó los ojos hacia el porche y le dedicó una sonrisa a Ariadna, que estaba tras su hijo con los puños apretados—. Querida —saludó. Se giró hacia su hermano—. Si has terminado de jugar...

—Por supuesto —suspiró Lucifer. Sus ojos se clavaron en Kate—. Adiós, mi dulce niña, y no olvides nuestra conversación.

Kate le sostuvo la mirada. Una mirada plateada que él ya no escondía. Estaba enfadada. Se sentía como una marioneta a la que obligaban a moverse a un son que no le gustaba. Era la mayor idiota del mundo por pensar que todo tenía un lado bueno. Había creído en Marak e ignoró los avisos que le gritaban que se equivocaba y que debería desconfiar. Se había paseado con ese libro durante días hasta que cumplió con la labor que esperaba de ella, y no lo había visto venir.

—¿Qué quieres de nosotros? ¿Qué quieres de mí? —gritó exasperada, pero no halló respuesta. Se habían desvanecido sin más.

33

William se alejó hasta alcanzar el borde del muelle. Los gritos y el fragor de la batalla aún resonaban en sus oídos, aunque ese estruendo ya formaba parte del pasado. El puerto se había sumido en un silencio sepulcral, roto tan solo por el sonido del arrastre de cuerpos dentro del almacén.

Los guerreros amontonaban los cadáveres en una improvisada pira funeraria. El fuego haría desaparecer los cuerpos, limpiaría todo rastro y purificaría el lugar.

Un goteo continuo le hizo mirar sus pies. Pequeños riachuelos corrían entre sus zapatos para caer al mar formando diminutas cascadas. El olor a cobre y sal le colmaba el olfato. A pesar de la oscuridad, su sentido de la vista captó el color que el agua salada iba adquiriendo. Ante él se extendía un mar de sangre, litros y litros derramándose en la superficie. La recreación viviente de la plaga más grotesca que narraba la Biblia.

Captó un ligero zumbido. Le costó unos segundos darse cuenta de que su teléfono móvil estaba vibrando. Parpadeó y se obligó a salir del trance en el que se hallaba inmerso. De repente, la realidad que lo rodeaba regresó. Con las manos aún manchadas de sangre, sacó el teléfono de uno de los bolsillos de su pantalón. Comprobó que se trataba de Adrien y no perdió el tiempo en saludar.

—¿Kate está bien?

—Se encuentra bien. Está aquí mismo.

William se relajó con un suspiro.

—Gracias —susurró, sin saber muy bien a quién le estaba agradecido—. Ha acabado. Lo hemos logrado. Están todos muertos, Adrien. Han caído muchos de los nuestros, pero no ha sobrevivido ningún renegado.

Adrien apretó los párpados con fuerza. No dejaba de repasar paso a paso la profecía, y había llegado a la conclusión de que Lucifer siempre estuvo entre ellos, haciéndose más fuerte con cada parte que se iba cumpliendo. Según esa profecía, aún quedaban más pasos que no se habían completado. No estaba todo perdido. Quizás aún tenía una posibilidad de evitar que el diablo se alzara.

—Bien —respondió.

William percibió algo extraño en su voz.

—No parece que te alegres.

—Créeme, por dentro soy una fiesta. Es que por una vez las cosas deberían ser fáciles. Por una jodida vez.

—¿Qué ocurre? ¿Por qué me has llamado?

—No te preocupes por eso ahora, ya no. Hablaremos con más calma cuando regreses. —De nada servía revelarle en ese momento otro montón de problemas.

—¿Seguro que están todos bien?

—Te lo juro.

—Voy para allá —dijo William.

Colgó el teléfono con un mal presentimiento. Había pasado algo, estaba seguro. Debía regresar de inmediato y comprobar por sí mismo que estaban bien.

Se giró hacia el fuego. El edificio ardía envuelto en una cortina de llamas que se alzaban varios metros. Toda la estructura del tejado se desplomó con un estruendo y una densa nube de humo cubrió el muelle. El espectáculo no tardaría en llamar la atención.

Cyrus y Mihail repartían órdenes y comenzaban a organizar a todos los supervivientes vampiros. Daniel, junto a su familia, hacía otro tanto con los miembros de su clan. William comprobó con alivio que todos se encontraban bien, salvo por algunas heridas de las que se recuperarían sin problema.

Robert salió a su encuentro, cojeaba y el brazo izquierdo le colgaba de forma extraña.

—¿Te encuentras bien? —preguntó William a su hermano.

Robert lo miró con ojos brillantes. Se apoyó en el todoterreno y golpeó su hombro contra la puerta. Un gemido de dolor escapó de su garganta cuando sus huesos crujieron al recolocarse. Empezó a mover el hombro en círculos, mientras abría y cerraba el puño.

—Mucho mejor. Aunque una bañera con agua caliente y una preciosa mujer en su interior, sería mi definición perfecta de «estar bien» —suspiró el vampiro.

William sonrió y deslizó un brazo por el cuello de su hermano. Lo atrajo hacia su pecho y lo besó en la sien, sin importarle que su afecto tuviera tantos testigos. Verlo vivo y con su habitual sentido del humor, era un regalo del destino que no esperaba. En el fondo, había pensado que no lo conseguirían.

—¿Crees que podrás encargarte de todo esto? Necesito regresar a Heaven Falls de inmediato.

Robert lo estudió con ojos perspicaces.

—¿Algún problema? ¿Marie está bien?

—Sí, acabo de hablar con Adrien, todos están bien. Necesito volver.

Se miraron un largo instante y Robert asintió.

—De acuerdo, yo me encargo de todo.

William se acercó a Cyrus y le dio unas cuantas indicaciones. Todos los guerreros debían regresar a sus lugares de origen. Volverían a organizarse y se crearían pequeñas facciones para dar caza a los renegados que, con toda seguridad, correrían a esconderse en cuanto se extendiera la noticia de lo que había sucedido en Nueva Orleans. Solo era cuestión de tiempo dar con ellos y eliminarlos. Habían logrado aniquilar a la mayor parte de proscritos con un único y certero golpe. Ya habían superado la parte más difícil.

Le puso en la mano el anillo de su padre.

—Dáselo en cuanto regreses. Debe recuperar el trono lo antes posible para mantener el orden.

—Lo haré —dijo Cyrus. Le dedicó una pequeña sonrisa—. Lo has hecho bien.

—¿Y por qué no lo siento así?

—Porque entonces no serías tú.

William bajó la cabeza y sonrió.

—Nos veremos pronto.

Cyrus asintió y se alejó al encuentro de sus hombres.

William inspiró hondo. Vio a Daniel hablando con Daleh. Parecían mantener una conversación importante. Se percató de que la familia de Daleh había sufrido varias bajas, que sumadas a las de los Cazadores de Samuel y sus propios guerreros, completaban una cifra importante que empañaba la victoria. No había nada que celebrar, salvo muerte y destrucción.

—Debo regresar —informó William a los lobos.

—¿Todo bien?

—Sí, Jared se encuentra perfectamente.

Daniel asintió y miró por encima de su hombro el edificio en llamas.

—Aquí ya hemos terminado. Organizaré a mis hombres e iré a buscar a Rachel. Ahora que este infierno parece haber llegado a su fin, necesito que vuelva a casa.

William posó su mirada en Daleh y le ofreció su mano.

—Gracias por habernos ayudado, y lamento sinceramente que hayas perdido a tus hermanos.

Daleh se quedó mirando su mano un instante, al final la estrechó con fuerza.

—Han muerto con honor —se limitó a decir.

—¿Regresaréis a vuestras montañas?

—Espero que decidan quedarse. Nuestra raza estaría más segura con ellos cerca —intervino Daniel.

—Yo también espero que os quedéis —dijo William.

Abrazó a Daniel con afecto. Después se desmaterializó a la vista de todos. Se terminó esconderse.

34

William tomó forma frente a la casa de huéspedes y el estómago le dio un vuelco. Adrien y Kate se encontraban en medio del jardín y hablaban en susurros. Guardaron silencio en cuanto se percataron de su presencia.

Sintió una punzada en el pecho. De nuevo los malditos celos, profundos y dolorosos. También el amor y el deseo que ella le inspiraba. Recompuso su actitud fría e indiferente de la mejor forma que pudo. Después de todo, habían terminado. Sin embargo, lo había llamado días antes y ese pequeño detalle lo estaba volviendo loco.

—¡Estás horrible! —le hizo notar Adrien.

William puso los ojos en blanco. ¡Menuda novedad! Sentía la piel tirante por la sangre seca que la cubría, sin contar el olor nauseabundo que lo rodeaba.

—¡No me digas, porque yo me siento de maravilla! —le espetó en tono mordaz.

Su mirada se cruzó con la de Kate, que lo miraba con los ojos muy abiertos. Se obligó a permanecer impasible. La máscara se le cayó en cuanto se percató de que ambos tenían las ropas manchadas de sangre. Su mirada voló a la casa y vio los destrozos. Parecía que la había azotado un tornado.

—¿Qué ha pasado aquí? Has dicho que estabais todos bien.

—Y lo estamos. Bueno, menos por los daños en la casa y la veintena de nefilim muertos que hay dentro.

—¿Veintena?

—Puede que alguno más, no me he detenido a contarlos. —William lo fulminó con la mirada—. En las últimas dos horas han pasado muchas cosas que aún trato de asimilar. ¿Qué te parece si te pongo al día mientras nos deshacemos de todos esos cuerpos? Pronto amanecerá.

Tiempo más tarde, todos los cadáveres habían desaparecido y la casa tenía mejor aspecto.

—Y eso es todo lo que ha pasado —dijo Adrien con un suspiro.

William estaba paralizado, con la vista clavada en el suelo y la mandíbula tan apretada que era un milagro que no estuviera escupiendo trozos de dientes. Una luz blanquecina iluminaba su piel. Se encogía y se expandía como si palpitara. Se pasó una mano por el pelo revuelto y salpicado de sangre.

—Según la profecía, solo queda un paso más que cumplir, el alma dos veces nacida y no sé qué más.

—Sí —dijo Adrien.

—Y nada apunta a que pueda haber más.

—El libro termina ahí.

William ladeó la cabeza y miró a Salma.

—¿No has visto nada más? —La vidente sacudió la cabeza y musitó una negativa—. Debo pedirte que te quedes, y es algo que no voy a discutir. Te prometo que estarás bajo mi protección y nadie te pondrá una mano encima.

Salma le sostuvo la mirada un largo instante.

—Ayudaré en todo lo que pueda.

—Gracias —respondió él. Se quedó cabizbajo, pensativo. De repente, agarró la mesa y la arrojó contra la pared—. ¡Voy a matarlos a todos!

—¡Eh! —Adrien se apresuró a contenerlo. —Estoy contigo en esto y no vamos a quedarnos de brazos cruzados. Aunque esta vez actuaremos con mucha más calma. Lo primero será averiguar todo lo que podamos sobre esa profecía. No podemos cumplirla, ni siquiera por accidente. Después nos libraremos de ellos.

—¿Y piensas que van a dejarnos tranquilos mientras jugamos a los detectives? Hace un rato, tu padre y el mismísimo Lucifer estaban en el porche.

—Hasta ahora lo han hecho —replicó Adrien. William le dedicó una mirada afilada—. Vale, tienes razón. En realidad se han dedicado a jugar con nosotros, pero eso se acabó. ¿Quieren jugar? Jugaremos.

Marie se acercó a su hermano y lo abrazó por la cintura. Él la estrechó con fuerza, reconfortado entre sus brazos.

—No estoy segura de que quieran hacernos daño. Esta noche nos han protegido de los nefilim —dijo ella.

—Porque aún nos necesitan para lo que sea que tengan pensado —intervino Jared.

—El alma pura de la que habla la profecía se encuentra entre vosotros. Y si no lo está, sois el medio para conducirlos hasta ella. Mientras no la obtengan, este juego se queda en tablas —dijo Salma.

—Si nosotros somos el medio, presionarán hasta que la consigan —susurró Ariadna desde el sofá—. Conozco a Mefisto y no se rendirá. Lleva años planeando esto y ha logrado traernos hasta aquí sin que nos demos cuenta. Debéis ser muy cautos.

—Necesito acabar con esta pesadilla y olvidarme de todo —masculló William.

Kate levantó la vista del suelo al percibir la pena que impregnaba su voz. Lo miró. Las facciones de su rostro eran tan hermosas, tan familiares. Deseó que él se diera la vuelta, la tomara entre sus brazos y la estrechara contra su pecho. Lo había echado tanto de menos. Sin embargo, desde que había regresado, solo la había ignorado.

Se puso en pie y salió del salón en silencio. Necesitaba unos momentos a solas y una ducha que limpiara su cuerpo de los restos del enfrentamiento. Subió a la buhardilla y se encerró en el baño. Tras quitarse la ropa, entró en la bañera y abrazada a sus rodillas permaneció bajo el agua caliente hasta que la habitación se llenó de un denso vapor.

Gimió rota. Algo en su interior se moría. ¿De verdad habían terminado? No entendía cómo dos personas que se amaban tan profundamente como ellos, habían llegado a no dirigirse la palabra. Ni siquiera una mirada.

Su deseo de que las cosas pudieran arreglarse entre ellos se desvanecía como el humo. Y ahora que sabía lo de Marak... o Lucifer, todo se complicaba aún más.

Nunca lo había visto tan enfadado como cuando Adrien le relataba esa parte de la historia.

No podía culparlo por sentirse decepcionado. Se estaban pagando con la misma moneda una y otra vez; y esa certeza le corroía las entrañas. Intentó enumerar las cosas que le habían molestado de él y se dio cuenta de que ella había actuado del mismo modo. Y no porque no lo quisiera o no le importaran sus sentimientos. Todo lo que había hecho a sus espaldas estaba más relacionado con el hecho de protegerlo, o de que él pudiera quererla menos si se enteraba de ciertas cosas.

No podía echarle en cara nada que ella no hubiera hecho antes.

William era como era, con sus defectos y sus virtudes. Era un ser especial y diferente. Un depredador que no se parecía a ningún otro y se comportaba como tal. No podía reprochárselo, porque sería como culparla a ella del color de su pelo o de sus ojos. Además, él nunca intentó aparentar ser otra cosa.

Pero el daño ya estaba hecho, se habían dicho un montón de cosas difíciles de olvidar.

Regresó a su habitación envuelta en una toalla y sacó de la maleta un pantalón de algodón y una camiseta. El aire se estremeció con una leve perturbación. La ansiedad y el miedo se agitaron dentro de ella como las burbujas de un refresco. Se dio la vuelta, consciente de que su pecho se movía con una respiración acelerada que no necesitaba.

Encontró a William en medio de la habitación, recién duchado, descalzo y vestido tan solo con un tejano negro. Su rostro había recuperado el color y las sombras bajo sus ojos habían desaparecido. Efectos inmediatos de haber tomado una considerable cantidad de sangre.

A pesar de su buen aspecto, la expresión de su cara la hacía sentir como si alguien la estuviera torturando por dentro, y el anillo que colgaba de su cuello acrecentaba ese dolor.

—Debiste hablarme de Marak —dijo él.

—Debí hacerlo, pero escogí imitarte y guardarme mis secretos para mí. Tal y como estabas haciendo tú —replicó.

Kate no podía creer que esas palabras hubieran salido de su boca. Otra vez no. No podía volver a las acusaciones y a los reproches, de los que se estaba arrepintiendo un momento antes.

Inspiró hondo y agarró una toalla con la que empezó a secarse el pelo.

William la observó en silencio, mientras la tristeza se arremolinaba entre ellos como una nube de tormenta. Por el rabillo del ojo vio el álbum, abierto sobre la cama y con sus fotografías de nuevo pegadas en él. Todo su enfado comenzó a diluirse bajo la pequeña esperanza que ese detalle le inspiraba.

Quiso rodearla con sus brazos y estrecharla contra su pecho para siempre. Olvidar todo lo pasado como si nunca hubiera existido, pero había tanto que olvidar. Se frotó los ojos al sentir que todos esos malos recuerdos lo aplastaban.

—¿Por qué me llamaste?

Kate se quedó inmóvil.

—Por nada. Si hubiera sido importante, le habría dejado el mensaje a Mako.

Era una mentirosa pésima. Además de orgullosa y una suicida por provocar su propia muerte alejándolo de ella cada vez que abría la boca. ¿Qué diantres le pasaba? ¿Desde cuándo era tan mezquina? Los celos eran una enfermedad horrible.

Le dio la espalda y empezó a peinarse el pelo con los dedos.

William cruzó la habitación hasta ella y se detuvo a solo unos centímetros de su espalda.

—Dime por qué.

Kate se estremeció al sentir su aliento en la nuca. Intentó alejarse, pero él la sujetó por el brazo y la arrinconó contra la pared. Bajó la cabeza hasta que quedó a su misma altura y no le quedó más remedio que mirarlo a los ojos.

William apoyó las manos en la pared y se humedeció los labios. Se sentía como si estuviera a punto de lanzarse por un precipicio sin saber lo profunda que sería la caída. Kate tenía ese efecto en él.

—He pasado las últimas horas en un infierno, en una maldita guerra que podría habernos costado la vida a todos los que estábamos allí, y yo solo podía pensar en tu llamada. ¿Te das cuenta? Era lo único a lo que le daba vueltas —susurró junto a su mejilla.

—William, no...

—¡Necesito saberlo! ¿Qué demonios querías decirme?

Kate se desmoronó. No podía más con aquella situación.

—Volví a buscarte poco después de marcharme, arrepentida por todas las cosas que te había dicho. Ya no estabas —empezó a explicar—. Te llamé porque necesitaba pedirte perdón y decirte que no pensaba en serio ninguna de esas cosas. Solo estaba celosa y enfadada, porque los últimos días parecías estar más cerca de Mako que de mí. Aun a sabiendas de lo que ella siente por ti.

»Me mantenías alejada, con tus secretos y tus cambios de humor. Tu actitud me estaba matando —sollozó. Las palabras salían de su boca como un torrente, una tras otra—. Y en lugar de intentar hablarlo como adultos, me comporté como una niña malcriada. Aunque ahora nada de eso importa, tú me odias y lo he estropeado todo. Y comprendo que me odies, porque no he logrado conocerte de verdad. Creía que sí, pero no. He criticado y despreciado lo que eres sin intentar comprenderte y yo... —Levantó las manos con un gesto de frustración—. Entiendo lo que te está pasando y no me importa nada de lo que hayas hecho o puedas hacer. ¡No me importa!, porque yo te quiero tal y como eres. ¡Ojalá pudiera volver atrás y retirar las cosas que dije! Yo no...

Los labios de William aterrizaron sobre los suyos. Jadeó, sorprendida. Parecía que había pasado toda una vida desde la última vez que la había besado. Sus dedos le acunaban las mejillas, mientras su boca se movía sobre la de ella con una urgencia desesperada que le hizo anhelar mucho más.

—Lo siento. He sido una idiota —susurró.

William apoyó su frente en la de ella y aspiró su perfume.

—Yo también lo siento. No me comporté como debía.

Deslizó la punta de la lengua sobre la unión de sus labios y ella los abrió de inmediato para él, sin estar muy seguro de si era su cuerpo el que temblaba o era el de ella. Bajó la mano por su brazo y se abrió paso hasta su pecho. De repente, ella lo empujó con fuerza y le dio una sonora bofetada. Se quedó alucinado, sin saber qué había hecho ahora.

—¡Me dejaste ir! —gritó Kate—. Te quedaste mirando cómo me marchaba sin hacer nada. Sentí que todo te daba igual.

William tomó aire y se pasó la lengua por el labio inferior, probando el sabor de su propia sangre. Ladeó la cabeza y la miró. Rompió a reír. ¿De verdad todo se habría solucionado de haberla seguido? Lo dudaba mucho. Probablemente lo habría llamado «psicópata acosador». Kate aún era una vampira neófita con las emociones a flor de piel y un carácter impulsivo y volátil. Algo que le parecía muy sexi.

Sus ojos brillaron desde dentro con un fuego azulado y una sonrisa juguetona apareció en sus labios. La aupó de un solo movimiento y la tumbó de espaldas sobre la pequeña cama. Se cernió sobre ella al tiempo que colaba la mano bajo la toalla y deambulaba por el interior de sus piernas.

Se detuvo e inspiró hondo. Se llevó la mano al cuello y arrancó la cadena de un tirón. Después contempló el anillo un instante. Tomó la mano de Kate y lo deslizó en su dedo, de donde nunca se debería haber movido.

—No vuelvas a quitártelo. —No fue una orden, sino una súplica. Kate alzó sus gruesas pestañas y su mirada atravesó la de él. Le acarició los labios—. Déjame compensarte.

35

Adrien salió del baño con una toalla alrededor de las caderas y regresó a la habitación. Buscó ropa limpia en su bolsa y se vistió a toda prisa. Necesitaba salir un rato de la casa y hacer algo normal, de gente corriente. Pensó que sería buena idea ir hasta el pueblo y pasarse por una tienda de bricolaje y materiales de construcción. La casa tenía un montón de desperfectos que había que arreglar. Se peinó con los dedos y le echó un último vistazo al espejo para comprobar su aspecto.

Frunció el ceño y se miró de cerca. Sus ojos eran cada vez más inhumanos. Demasiado angelicales para su gusto. Le molestaba parecerse tanto a una raza que no sentía suya. Se miró las manos y estas prendieron con unas llamas sobrenaturales. Presa de la frustración, pasó un dedo por la superficie de cristal y observó cómo se derretía.

De paso, compraría un espejo nuevo.

Salió de la habitación y se dirigió a la escalera. Al pasar junto al cuarto que su madre y su hermana compartían, vio la puerta entreabierta y escuchó un quejido que provenía del interior. Entró sin dudar. Frenó de golpe y las palabras se atascaron en su boca. Sarah se encontraba de pie, frente al armario, en ropa interior y de espaldas a él. Su cuerpo estaba lleno de cardenales. Los tenía de pies a cabeza, de todos los tamaños y sus tonalidades iban desde el negro a un amarillo verdoso. No era ningún experto, pero sabía que esas marcas eran producto de un maltrato continuado a lo largo del tiempo.

Apretó los dientes.

—¿Quién te ha hecho eso?

Sarah se dio la vuelta con un susto de muerte. Se inclinó sobre la cama y agarró una toalla con la que intentó cubrir su desnudez. Se puso pálida al ver que se trataba de Adrien, y esa lividez se desvaneció tras un rubor que le encendió las mejillas.

—Ya no importa, está muerto. No volverá a tocarme —susurró sin ninguna emoción.

Adrien se acercó a ella. Sus ojos recorrieron cada centímetro de piel visible. Alzó una mano, con intención de rozar un hematoma con mal aspecto que tenía sobre el hombro. Ella se estremeció y se apartó antes de que él la tocara.

Sus miradas se enredaron. Podía oír su corazón latiendo desbocado y el olor de su sangre cargada de adrenalina llegó hasta su olfato. Ella le tenía miedo. Muy despacio, bajó la mano. No solo le tenía miedo a él, desconfiaba hasta del aire que respiraba, y sintió lástima por ella.

La contempló con nuevos ojos. Acababa de ducharse y aún tenía el pelo mojado, peinado hacia atrás, de modo que podía verle el rostro sin ese flequillo demasiado largo. Su piel, tersa y sonrosada, desprendía calor y olía a jabón de lilas. Sus ojos eran de un color indefinido, entre el azul oscuro y el negro, con pequeñas motitas grises que parecían estrellas en el fondo de sus iris.

Era muy bonita y se sorprendió de no haberlo notado antes.

El estómago de Sarah gruñó de repente, lo que hizo que se ruborizara aún más.

—¿Cuánto hace que no comes?

—No lo sé —respondió ella.

—No recuerdas cuándo comiste por última vez. —Ella se encogió de hombros y apartó la mirada mientras apretaba la toalla contra su pecho—. Voy a ir al pueblo. ¿Quieres venir conmigo? Podríamos parar en algún sitio y desayunar. Sé dónde hacen unas tortitas estupendas.

Ella lo miró con los párpados muy abiertos y Adrien no pudo evitar sonreír. La chica tenía unos ojos enormes y cuando se ruborizaba parecía una muñeca. Era adorable.

—¿Quieres que te acompañe?

—¿Y por qué no? Vístete, te espero abajo.

Dio media vuelta y salió de la habitación, cerrando la puerta a su espalda. Se encaminó a la escalera sin dejar de sonreír. Se había puesto de buen humor casi sin darse cuenta. Una vez en la calle, subió al coche de Carter, un préstamo hasta que el lobo regresara, y lo acercó a la entrada. Contempló el lago a través del parabrisas. Parecía un lienzo inanimado, quieto y silencioso.

Comprobó la hora. Sarah tardaba demasiado. El reflejo de su respiración se aceleró. ¿Habría cambiado de opinión?

Entonces, la puerta se abrió y ella apareció en el porche. Vestía unos tejanos grises que le iban un poco grandes y una camiseta rosa que dejaba a la vista su estómago plano cada vez que se movía. Se había recogido el pelo en una coleta y su flequillo medía unos cuantos centímetros menos.

—¿Te has cortado el pelo? —le preguntó él cuando entró en el coche.

Ella se sonrojó de nuevo y se frotó las manos contra los pantalones. Después se las pasó por el cuello sin saber muy bien qué hacer con ellas.

—Sí. Encontré unas tijeras en el baño.

Adrien sonrió.

—Te queda bien.

—Gracias.

Se pusieron en marcha y viajaron en silencio hasta el pueblo. Adrien la miró de reojo. La vio inspirar hondo y abrir la boca varias veces, como si estuviera reuniendo el valor para decir algo.

—¿Crees que después de desayunar podrías acompañarme a una estación de autobuses? No tengo ni idea de dónde hay una —dijo Sarah.

Adrien arrugó la frente y disminuyó un poco la velocidad.

—¿Te marchas? —inquirió. Ella asintió con la mirada en la carretera—. ¿Adónde? ¿Tienes familia?

—No tengo a nadie —confesó—. Así que cualquier parte lejos de los de mi especie me sirve. No sé, siempre he querido conocer Los Ángeles.

—¿De verdad no tienes a nadie?

—No. Mi madre me abandonó en el hospital nada más tenerme. De ahí me llevaron a un orfanato. Después pasé por varios hogares de acogida hasta que cumplí los dieciocho y me echaron del sistema. Poco después, T.J. y Emerson me encontraron —explicó sin ninguna emoción en la voz, aunque su cuerpo temblaba de arriba abajo.

Se detuvieron junto a un semáforo en rojo.

—¿Cómo los conociste? —se interesó él.

Sentía una creciente curiosidad por ella. No era nada de lo que había supuesto que sería, incluso le inspiraba cierta ternura.

—Un día me abordaron en la calle, mientras regresaba a la casa donde había logrado alquilar una habitación. Me obligaron a subir a una furgoneta y me explicaron que yo era diferente a los humanos. Me dijeron que era como ellos, una nefilim, y que debía seguirles y olvidar mi vida anterior. No me dieron opción. Puede que perteneciéramos a la misma raza, pero nunca encajé entre ellos —respondió como si nada.

Adrien se dio cuenta de que esa indiferencia y falta de emociones que ella mostraba, era en realidad un mecanismo de defensa. Fingía no sentir, esperando de verdad no hacerlo. Empezó a irritarse.

—¿Por eso te pegaban, porque no encajabas? —preguntó.

Ella asintió con la cabeza antes de responder.

—Era Emerson quien me pegaba. T.J. solo me llamaba «estúpida bastarda» y me obligaba a comer y a dormir en el suelo cuando no hacía las cosas bien, que era casi siempre. Nunca he sido muy buena en nada.

El semáforo se puso en verde y Adrien continuó circulando con los dientes apretados.

—Lo has sido en sobrevivir. Créeme, eso cuenta —replicó él. Ella le dedicó una mirada sorprendida, con esos ojos enormes y tristes que parecían absorberlo todo. Adrien continuó—: ¿Por qué no intentaste marcharte?

—¿Acaso crees que no lo intenté? Lo hice. Logré escaparme en dos ocasiones, pero me encontraron y acabé con un grillete en el tobillo durante cuatro meses. Al final me resigné. Tampoco tenía adonde ir. La gente no tardaba en darse cuenta de que era distinta y se alejaban de mí como si tuviera la peste. Con los nefilim no tenía que fingir que era normal.

Aunque era lo que parecía, no había hostilidad en sus palabras, solo una profunda resignación. Se quedaron en silencio.

Adrien la miró de reojo. Sarah no parecía capaz de arreglárselas sola, al menos, de momento. Olía a miedo, a desesperanza y no tenía ninguna seguridad en sí misma. Que acabara en manos de otro Emerson, solo sería cuestión de tiempo. Y sin saber muy bien por qué, eso le preocupaba.

—No tienes por qué irte, podrías quedarte un tiempo.

Sarah alzó la mirada de su regazo, atónita, y Adrien se sintió un poco incómodo por la atención tan descarada que estaba recibiendo.

—No tengo dinero para pagar una habitación en vuestra casa. Ni siquiera tengo dinero para unos zapatos nuevos y esta ropa me la ha prestado esa chica, Marie —susurró avergonzada.

—No te preocupes por eso. Yo puedo...

—¡No necesito la caridad de nadie! —lo atajó ella con un repentino cambio de humor.

—No es caridad, Sarah. Tómalo como un préstamo. Además, en esa casa harán falta unas cuantas manos que la hagan funcionar, tendrás que trabajar. Así que te ganarás hasta el último centavo. Kate tiene la absurda idea de usarla como un centro de ayuda para seres como nosotros que lo necesiten. Ahora ya no me parece tan absurda.

Sarah se quedó callada. Se frotó las mejillas con nerviosismo. Notaba las lágrimas abriéndose paso bajo sus pestañas y se negaba a llorar. Una risita histérica escapó de su garganta.

—No lo entiendo, querías echarme a patadas y ahora me estás ofreciendo tu ayuda y un lugar donde vivir.

Adrien resopló y llenó su pecho con una profunda inspiración.

—No pierdas el tiempo intentando entenderme, ni siquiera yo puedo. Solo acepta lo que te ofrezco. Estoy seguro de que es la mejor oferta que vas a recibir —dijo con una sonrisa traviesa.

Ella ladeó la cabeza hacia la ventanilla y escondió una pequeña sonrisa. Notaba el corazón a mil y le costaba respirar con normalidad. Adrien le gustaba, y que la tratara con tanta amabilidad no la ayudaba. Él era inalcanzable.

—¿Y no tendrás problemas con tus amigos? Quizás ellos no estén de acuerdo.

—No te preocupes por eso. Kate estará encantada de que te quedes, tiene la costumbre de adoptar a todos los huerfanitos que se cruzan en su camino. Es demasiado buena —susurró para sí mismo.

—Ella te gusta mucho, ¿verdad?

—Sí —dijo en voz baja.

—Pero ella está con ese chico, William. Son... son pareja.

—Sí, están juntos. Se quieren y son el uno para el otro.

Adrien frenó y maniobró despacio para aparcar en un hueco libre entre dos coches.

—Pero a ti eso debe de dolerte. No tiene que ser fácil estar cerca de ellos y... —Sarah no supo cómo terminar la frase.

—Al principio sí, pero ya no. Yo... yo creé a Kate y desde entonces mis sentimientos hacia ella han ido cambiando. Quiero que sea feliz y si necesita a William para serlo, a mí me parece bien. —Sacudió la cabeza, sorprendido por estar contándole algo tan personal. Se le escapó una risita—. Aun así, hay cosas que prefiero no ver.

Sarah lo miró.

—Cuando menos lo esperes, ella llegará —susurró.

Adrien detuvo el coche y sacó la llave del contacto mientras miraba a Sarah con curiosidad.

—¿Ella?

—Sí, tu alma gemela —declaró Sarah. Notó cómo el rubor le cubría las mejillas de nuevo.

Una diversión genuina asomó a los ojos oscuros de Adrien.

—¿Tú crees?

—Seguro que está ahí, en alguna parte, esperando que puedas verla —susurró ella con la vista clavada en sus manos sobre el regazo.

—Entonces, puede que deba empezar a mirar con más atención —replicó él en tono travieso.

Sarah empezó a hiperventilar y se bajó del coche a toda prisa, sofocada.

Él bajó a su encuentro y, tras cerrar el coche, echó a andar por la acera. Sarah lo seguía unos pasos por detrás. Ahora que podía observarlo sin esconderse, se dio cuenta de que era mucho más atractivo de lo que pensaba, con un cuerpo grande y atlético que no aparentaba toda la fuerza sobrenatural que contenía. Se movía con la gracia y la seguridad de ser el depredador que se encuentra arriba de la cadena alimentaria, y esa actitud le parecía muy sexi.

—Entonces, ¿vas a quedarte? —preguntó Adrien.

Sarah tuvo que levantar la cabeza para verle el rostro.

—El mismísimo Lucifer os visita en vuestro porche y es posible que desatéis el Apocalipsis. ¿Quién querría perdérselo? —bromeó.

—Me lo tomaré como un sí —replicó él con una sonora carcajada.

De repente, Sarah se detuvo. Él también se paró y la miró sorprendido.

—Gracias por todo esto que estás haciendo, no lo merezco —susurró la chica.

Unas lágrimas se arremolinaban bajo sus pestañas.

Adrien sacudió la cabeza.

—No, gracias a ti. Pudiste largarte sin más y no lo hiciste. Viniste a avisarnos del ataque, aun cuando la primera y única vez que te vi quise matarte. Eso hace que tu gesto tenga más valor.

La tomó de la mano y tiró de ella, obligándola a caminar a su lado mientras cruzaban la calle. Empujó la puerta de la cafetería de Lou y la sostuvo para ella. Se inclinó sobre su oído cuando pasó bajo su brazo.

—Me alegro de no haberlo hecho.

—¿El qué? —preguntó Sarah con una inocencia adorable.

—Matarte.

36

—¡No puedes matarme, no dentro de este cuerpo! —barbotó el demonio.

—Si crees que mi buen corazón impedirá que destroce tu recipiente, es que no has oído suficientes cosas sobre mí —dijo Gabriel en tono sarcástico.

Apretó su mano sobre el cuello de aquella abominación y lo hundió en el agua de la fuente. El demonio comenzó a patalear y a boquear. El agua bendecida se colaba por todas partes y le causaba un dolor insoportable. Tiró de él y le sacó medio cuerpo fuera del agua. La piel se le había llenado de llagas y desprendía humo. Sobre ellos, el cielo brillaba cuajado de estrellas.

—Y bien, ¿dónde se esconden mis hermanos? —insistió el arcángel.

—No sé de qué me hablas.

—Mefisto, Uriel..., todos ellos.

El demonio lo miró aterrado. Poco a poco, su rostro se relajó con una sonrisa, que fue extendiéndose por su cara hasta formar un arco de oreja a oreja. Se echó a reír y las carcajadas subieron de volumen hasta convertirse en graznidos bastante molestos. Adoptó una expresión desdeñosa y miró al arcángel a los ojos.

—Ha sido tan fácil engañaros y manteneros distraídos —dijo satisfecho.

Gabriel lo miró perplejo y acercó su rostro al de él.

—¿Qué significa eso?

—Vais a perder vuestras alas. Él mismo os las arrancará con sus manos.

—¿Él? —inquirió Gabriel.

El demonio sonrió.

—¿Quieres que te cuente un secreto? Devuélvenos al infierno mil veces, cierra todos los portales y ordena nuevas Potestades para que vigilen los límites. Seguirás perdiendo el tiempo. Ha estado aquí desde el principio, viendo cómo os movíais en círculos tras cada hueso que dejaba caer. Esta vez, él ganará. No hay nada que podáis hacer para evitar lo que está escrito.

—Explícate —gritó Gabriel.

El demonio negó con la cabeza y volvió a reír.

Gabriel se enderezó a la velocidad del rayo. En su mano apareció una espada y la hundió en el cuerpo del demonio, que quedó reducido a cenizas. Se quedó mirando el montoncito de polvo, mientras la brisa lo arrastraba y el agua diluía la mayor parte.

«Lucas», gritó en su mente.

El ángel no respondió y empezó a preocuparse. Ni siquiera notaba su presencia en ese plano. El aire se agitó a su espalda y la presencia de su hermano ocupó el espacio.

—Es imposible —dijo Miguel.

—Está en la tierra.

—No puede ser. No se arriesgaría a dejar su alma desprotegida, y sin ella, aquí no tiene nada que hacer.

Gabriel se volvió para mirar a su hermano.

—¿Y si ha encontrado la forma, Miguel? ¿Y si es más fuerte que toda tu magia y tus hechizos?

—¡No lo es! Si estuviera completo, ya nos habría desafiado. No dejaría pasar la ocasión. —Bajó la cabeza, pensativo—. Incluso considerando que haya podido cruzar, no representa ningún peligro, Gabriel. Es mortal sin su espíritu.

—Entonces, ¿qué se trae entre manos? ¿Por qué arriesga de este modo? —insistió Gabriel.

Miguel abrió la boca para contestar, pero no supo qué decir. Se sentía tan contrariado como su hermano.

Gabriel apretó los dientes y su espada desapareció en un ligero resplandor.

—Lucas no responde a mis llamadas —informó.

—Es un Vigilante, solo vendrá a ti si descubre algo que deba preocuparnos. Ya sabes cómo son —le recordó Miguel.

—Mi instinto me dice que no estamos donde deberíamos. La clave se encuentra en los híbridos. Mefisto se tomó muchas molestias para cumplir la profecía de los malditos. Que nosotros no hayamos podido descifrarla no significa que él no lo haya conseguido.

—¡Hermano! —dijo Miguel con aire frustrado—. No te inquietes por ellos. Aunque se cumpla la profecía, no ocurrirá nada que deba preocuparnos a nosotros. Que los malditos se maten entre ellos solo nos simplifica las cosas. ¡Ojalá acaben exterminándose los unos a los otros y una aberración menos mancillará este mundo! Confía en mí. El alma de Lucifer está anclada tras el velo, no hay forma divina de que cruce.

Gabriel dejó de respirar. Un mal presentimiento se apoderó de él. Entornó los ojos y frunció la boca, pensativo.

—Has dicho «divina», y no es la primera vez que lo mencionas —musitó. Miguel asintió—. ¿Y si hemos pasado por alto lo más sencillo?

—¿Qué quieres decir?

—Hablo de un recipiente.

Miguel sacudió la cabeza, exasperado.

—Su alma sería detectada por la magia. Su poder no puede esconderse así como así. Un recipiente como el que insinúas sería un milagro de Dios. No existe tal pureza en estos tiempos.

—Pero ¿y si existiera un recipiente capaz de esconderla? Piénsalo un momento. Podría cruzar, ¿estoy en lo cierto?

La expresión de Miguel empezó a cambiar. Su piel se tornó roja, como la rabia que comenzaba a bullir dentro de él. No podría haber sido tan estúpido, se negaba a pensar en ello. Asintió una sola vez.

—Pero el recipiente tendría que aceptar ser el portador, y después devolverla con la misma disposición. Un alma pura no se prestaría a algo así. Eso nos lleva de nuevo al principio, no existe tal recipiente —explicó Miguel en tono vehemente. Ya no estaba tan seguro, por eso tenía la imperiosa necesidad de convencerse a sí mismo.

—Nuestro hermano es el padre de la astucia, pudo haberlo engañado —insistió Gabriel.

Una luz blanca rodeó a Miguel y sus ojos se transformaron en fuego.

—Entonces, su alma podría encontrarse a este lado del velo. Y si su cuerpo también ha cruzado, lo único que necesita es recuperarla —concluyó Miguel, temblando de pies a cabeza—. ¡Debemos reunirnos! Encuentra a Lucas, averigua si ha visto algo raro sobre esos híbridos.

37

Habían pasado cinco días desde la masacre en Nueva Orleans.

En las noticias solo se hablaba de un incendio provocado, que había reducido a escombros una parte del puerto. No habían encontrado pistas fiables y las investigaciones de la policía forense no aportaban ningún dato relevante que aclarara lo sucedido. Era imposible hallar restos, ya que el fuego había alcanzado tal temperatura que hasta la estructura de metal se había fundido.

Con la mirada clavada en las imágenes de la pantalla del televisor, Kate no era capaz de imaginar el infierno que allí se había desatado. Entre esos restos, reducidos a polvo, estaban los cuerpos de cientos de renegados. También los vampiros y licántropos que habían dado su vida para que la raza perdurara.

Sintió una pena profunda por sus muertes.

Ahora intentaban recuperar la normalidad a marchas forzadas. Se estaban creando nuevos grupos de Cazadores y Guerreros para localizar a los renegados dispersos y acabar con ellos si no se sometían al pacto.

El resto había regresado a sus hogares.

William envió a Mihail de vuelta a Europa con todos sus hombres. Cyrus y los suyos permanecerían unos días más en el país, para organizar un ejército de Guerreros que se asentaría en el continente y aseguraría la paz entre la raza vampira y su protección. Steve los encabezaría, pero sería William quien controlaría hasta el último movimiento. Iba a encargarse personalmente de los asuntos del clan en ese lado del mundo.

Mako también se quedaba. Se había ofrecido para formar parte del ejército que permanecería en el país. Kate intuía sus motivos, pero se había prometido a sí misma olvidarse de ella. Confiaba en William y eso era lo único que le importaba.

Robert permanecería con ellos unas semanas más y se había instalado con Marie y Shane. Algo que al lobo no le había hecho ninguna gracia y que el vampiro disfrutaba como un fetiche.

Rachel regresó a casa con Keyla y los niños, y la librería volvía a funcionar con la ayuda de Ariadna. Las dos mujeres habían congeniado a las mil maravillas.

Las reparaciones en la casa de huéspedes habían comenzado un par de días antes, y la ayuda de Salma y Sarah había sido más que bien recibida. Ambas se habían involucrado en el trabajo y en la convivencia del grupo. En especial Sarah, que día a día parecía más cómoda entre tanto vampiro y lobo. Kate empezaba a sospechar el motivo. Solía sorprenderla mirando embobada a Adrien, y sus ojos mostraban todo lo que sus palabras y gestos no se atrevían a decir.

Las cosas con Jill no estaban siendo tan sencillas. Ahora que era consciente del problema de William, se había mostrado muy comprensiva con él. Aunque no se sentía cómoda en su presencia y sus visitas eran esporádicas.

William y Kate habían regresado a su casa en el bosque. Necesitaban estar solos, recuperar el tiempo que habían perdido e intentar llevar una vida lo más normal posible para alguien como ellos.

Las únicas sombras en sus existencias continuaban siendo los ángeles. No sabían qué tramaban, ni si ellos jugaban algún papel en sus planes.

Kate se levantó del sillón y apagó el televisor. Fue hasta la cocina y se acercó a la ventana. William, Adrien y Shane continuaban en la terraza, sentados a una mesa bajo las primeras luces del amanecer. Habían pasado toda la noche leyendo, una vez tras otra, el diario que Salma había traído consigo. Buscaban interpretaciones y pistas que pudieran aclarar un poco el misterio que encerraban aquellas páginas. Si averiguaban dónde se encontraba el riesgo, sería más fácil protegerse de él. Por ese motivo no se rendían y continuaban indagando con la ayuda de los sabios de ambos clanes.

Allí sentados, conversando y riendo como cualquier grupo de chicos normales, costaba creer que hubiesen pasado por tantas desgracias. Kate deseaba más que nada que las cosas continuaran así de tranquilas, que nada perturbara la calma que se habían ganado con dolor y sangre. Daría cualquier cosa por conseguirlo.

«¿Cualquier cosa?», susurró una voz en su cabeza.

Dio un respingo y se llevó las manos al pecho, a la altura del corazón. Sabía que era imposible, pero lo sentía latir contra las costillas. Parecía vivo. ¿Sería eso lo que los médicos llamaban «un dolor fantasma»? ¿Percibir las sensaciones de una parte de ti que ya no está? Si era así, estaba sufriendo un infarto psicológico.

Oyó pasos y se obligó a tranquilizarse. Vio a Marie en el reflejo del cristal y se giró para saludarla.

«¿Qué me darías a cambio de esa tranquilidad?», la voz irrumpió de nuevo en su mente.

Se dobló hacia delante y se abrazó el estómago. Su garganta se contrajo con unas arcadas que amenazaban con hacerla vomitar. ¡El corazón le iba a explotar! Su cabeza era incapaz de mantenerse erguida y las piernas dejaron de sostenerla. La luz desapareció.

—¡Will! —su nombre fue lo último que escuchó.

En medio de la bruma en la que nadaba su mente, Kate notó cómo unos brazos fuertes y sólidos la recogían del suelo y la alzaban. Oía el eco de unas voces, aunque no lograba identificar qué decían. Notó un fuerte tirón y el modo en que cada célula de su cuerpo trataba de separarse, pero estas reaccionaron como si estuvieran unidas por unos hilos elásticos que impedían que se distanciaran las unas de las otras.

Todo era confuso e inconexo. Seguía oyendo voces, entre ellas la de Marie, más aguda que el resto:

—¿Qué le pasa? No tiene buen aspecto.

Una voz profunda contestó y Kate la siguió, sumergiéndose en aquel sonido hermoso y reconfortante.

—No lo sé, ¿qué estaba haciendo?

—Nada, os miraba a través de la ventana cuando he llegado.

—Está temblando —dijo una voz más grave.

—No sé qué hacer...

De nuevo el arrullo de esa voz preocupada. Quiso decirle que no le pasaba nada, que solo estaba cansada y que necesitaba dormir. Abrió la boca, pero no estaba segura de si había dicho algo. Le llegaron más voces apagadas, que se fueron alejando hasta que ya no oyó nada más.

«El coche se hundió en el río helado y el interior comenzó a inundarse con mucha rapidez. El arnés de su sillita se rompió y su cuerpo flotó por el habitáculo. De pronto, el parabrisas resquebrajado cedió y la corriente la arrastró fuera. La falta de aire le quemaba los pulmones. Gritó, y su garganta se llenó de líquido. El torrente la arrastraba sin que pudiera hacer nada para evitarlo.

Agitó los brazos.

No veía nada.

Se golpeó contra algo muy duro, quizás una roca, y durante unos segundos flotó desorientada.

Un momento de lucidez la obligó a patalear con todas sus fuerzas, tratando de aferrarse a algo en la oscuridad. No encontró nada, solo frío y negrura. Probó a quitarse el abrigo. Pesaba demasiado y la arrastraba hacia abajo. No pudo. Sentía las manos entumecidas y los botones se le resbalaban entre los dedos.

Dejó de resistirse en cuanto comprendió que era imposible que lo lograra. Pese a su corta edad, entendió lo que ocurría. Se ahogaba sin remedio.

Iba a morir.

Sus pulmones se llenaron de agua y su cuerpo se sacudió entre estertores. Luego, se quedó quieta, a la deriva. Poco a poco, su cuerpo se hundió y, con el último latido de su corazón, se posó en el fondo.

La luz la cegó y desapareció con la misma rapidez que había aparecido. Se vio a sí misma en la cama de un hospital, cubierta de cables conectados a unos monitores. De repente, sonó un pitido agudo y constante. Se oyeron unos lamentos y vio a su abuela correr hasta la cama. Agarró su mano, pero no la notó. Un médico se acercó a los monitores y los apagó, después abandonó la habitación con la vista clavada en el suelo y los hombros hundidos.

De pronto, notó que una fuerza invisible tiraba de ella hacia el cuerpo que yacía inerte en la cama. Se dejó arrastrar y penetró en su interior. Sintió la familiar sensación de sus miembros y su mente funcionando. El aire entró en sus pulmones de nuevo y sus ojos se abrieron.

—¿Abuela? ¿Dónde está mamá?».

William, sentado en el borde de la cama, no apartaba los ojos de Kate.

—En apariencia está bien, no creo que le ocurra nada malo. Solo está inconsciente —dijo Silas mientras la cubría con una manta.

—Los vampiros no se desmayan así como así. Necesita un médico —indicó William al borde de un ataque de nervios.

Silas resopló mientras se ponía derecho.

—¿Conoces algún médico que trate vampiros? No existen médicos en nuestra raza, no son necesarios. Solo padecemos y nos recuperamos por la sangre, pero ella está completamente sana en ese sentido, demasiado sana diría. ¿Solo toma sangre humana?

William no contestó a eso.

—Entonces, ¿qué hacemos? —preguntó sin mucha paciencia.

—No lo sé. Quizá deberíamos trasladarla a mi casa, allí tengo más medios —sugirió Silas.

—Imposible. No puedo moverla en estas condiciones y un viaje en avión supone demasiadas horas. No voy a arriesgarme a hacer algo que pueda perjudicarla —replicó William.

—¿No podrías llevarla del mismo modo que Adrien me ha traído hasta aquí?

William lo miró a los ojos y frunció el ceño, frustrado.

—Fue lo primero que intenté, pero no puedo desmaterializarme con ella. Algo lo impide —admitió.

Se inclinó y le rozó el rostro con el dorso de la mano. Le dolía verla tan quieta, como si estuviera muerta.

—No puedo hacer mucho más —dijo Silas.

William sacudió la cabeza.

—No te preocupes. Adrien te llevará de regreso inmediatamente.

Tras despedirse de Silas, William se quedó a solas con Kate. Se sentó junto a ella y tomó su mano entre las suyas. No soportaba verla en ese estado y un brote de pánico se fue apoderando de él. ¿Y si no reaccionaba?

De repente, Kate dio un bote y se quedó sentada. Empezó a boquear como un pez fuera del agua y a toser. Se estaba ahogando. Se moría. Necesitaba respirar para dejar de sentir ese dolor en el pecho. El sabor del barro y el dulzor de las hojas podridas.

—Tranquila, cariño. Estoy aquí... Tranquila.

Kate parpadeó y trató de enfocar su mirada. Poco a poco pudo distinguir el rostro de William a solo unos centímetros del suyo. Estaba de rodillas sobre la cama y le sostenía la cabeza entre las manos, ayudándola a mantenerla erguida.

—¿Cómo te encuentras? —preguntó él.

Kate se obligó a prestarle atención. Se sentía desorientada y mareada.

—Creo que bien. ¿Qué... qué me ha pasado?

William suspiró. La tomó en brazos y la sentó en su regazo, mientras la abrazaba con fuerza contra su pecho.

—No vuelvas a hacerme algo así, ¿me oyes?

—Vale —logró responder, sin saber muy bien a qué se refería. Le rodeó el torso con los brazos. El olor de su piel y la familiaridad de las líneas de su cuerpo la reconfortaban—. ¿Qué ha pasado?

—Te desmayaste esta mañana, parecías muerta. ¡Dios, durante un instante llegué a creer que lo estabas de verdad!

—¿Esta mañana? ¿Cuánto tiempo llevo así?

—Casi todo el día, empieza a anochecer.

De repente, un montón de imágenes aparecieron en su mente, como si alguien estuviera volcando una tina de ellas en el interior de su cabeza. Se llevó las manos a las sienes. Un gemido ahogado escapó de su garganta.

—Lo he visto...

—¿El qué? —preguntó William.

—El accidente en el que murieron mis padres. Nunca supe qué pasó en realidad esa noche, desapareció de mis recuerdos. —Miró a William con los ojos como platos—. ¿Por qué ahora sí lo recuerdo?

—No lo sé. Todo esto es muy raro —admitió él con la voz ronca y cansada. La abrazó de nuevo y la besó en el pelo—. ¿Recuerdas algo? Me refiero a antes de desmayarte.

Kate sacudió la cabeza.

—No. Sentí un dolor muy agudo en el pecho y...

Se quedó callada. Se estremeció con un escalofrío recorriéndole la espalda.

—¿Qué ibas a decir? —inquirió William.

Ella le sostuvo la mirada, vacilante. Los secretos entre ellos se habían terminado.

—A veces siento la voz de Marak en mi cabeza —empezó a decir. No lograba llamarle de otro modo—. Y cuando eso ocurre, mi cuerpo reacciona.

—¿De qué modo reacciona?

—Como si mi corazón estuviera vivo. Palpita tan fuerte y deprisa que me duele. Me duele mucho. Eso es lo que me ha ocurrido abajo.

William la miró angustiado.

—¿Y si esto es culpa mía? Silas me ha preguntado si solo te alimentabas de sangre humana y los dos sabemos que no es así. Puede que estés enfermando por mi sangre.

—Lo dudo, llevo tiempo haciéndolo y me siento bien. Ninguna otra me sacia.

—A eso me refiero, ¿por qué rechazas cualquier otra?

—No lo sé, pero el problema no eres tú.

—Entonces, ¿qué?

—¿Y si es cosa suya? Puede que Marak me haya hecho algo y por eso lo siento dentro de mi cabeza. Quizás haya establecido algún tipo de conexión entre nosotros para espiarnos. Parece una locura, pero ¿qué no lo es últimamente?

William se encogió de hombros.

—Es posible, pero ya pensaremos en eso más adelante. Ahora necesitas descansar.

—¿Descansar? Llevo horas inconsciente.

William la sostuvo contra su pecho durante un rato. De pronto, notó algo húmedo en su piel. Entonces percibió el olor, y una rápida mirada le bastó para comprobar que no se trataba de su imaginación. La apartó y le alzó la cara con un dedo bajo la barbilla. La vida abandonó su rostro.

Kate se llevó una mano temblorosa a la nariz. Después se miró los dedos y un jadeo escapó de su garganta. Estaban manchados de sangre y goteaban sobre sus piernas.

—¿Por qué estoy sangrando?

—No lo sé, pero vamos a averiguarlo. Te lo prometo. No dejaré que te pase nada. —Se puso de pie con ella en brazos y muerto de miedo—. Vamos al baño a limpiarte.

38

Keyla salió al jardín seguida de William.

—No sé qué le ocurre.

Él se pasó los dedos por el pelo y maldijo entre dientes.

—Sea lo que sea, está empeorando. Suda y tiene fiebre como si fuese humana, Keyla.

—Quiero ayudarla tanto como tú, pero no sé qué le pasa. Esto escapa a mis conocimientos. Sé cómo funciona el cuerpo de un licántropo y también el de un humano, y en ambos es normal tener fiebre de vez en cuando, las infecciones o que la nariz sangre. Pero no tengo ni idea de qué es normal en vosotros y qué no.

Exhausto, William soltó un suspiro. El cansancio y la preocupación le habían calado hasta los huesos.

—No sé qué hacer.

De repente, una idea se coló en la mente de Keyla.

—Quizá... —empezó a decir.

—¿Qué?

—En realidad, vuestro cuerpo sigue siendo igual de humano después de la transformación, ¿no? Nada cambia en vuestro interior, salvo lo evidente. No tenéis latido.

—Claro, todo permanece igual, siempre y cuando nos alimentemos. Bueno, algunos órganos dejan de funcionar y otros se fortalecen. Dejamos de producir ciertos fluidos. Los sentidos se agudizan. Apenas dormimos. No... no sé, Keyla, ¿por qué lo preguntas?

—Conozco a alguien. Es de mi especie y también es médico, se llama Kristan. Quizás ella pueda examinar a Kate, hacerle algunas pruebas y averiguar qué le pasa. Vive en Sherbrooke y podríamos estar allí en pocas horas.

William empezó a negar con la cabeza.

—No puedo arriesgarme a moverla, se encuentra muy débil.

—En ese caso, llamaré a Kristan y le pediré que venga a Heaven Falls. Mi jefe me debe algunos favores y, con un poco de suerte, podremos disponer de los equipos del hospital sin que nadie haga preguntas.

William la miró y un destello de esperanza iluminó su rostro.

—Gracias.

—No me las des, aún no he hecho nada. Te avisaré en cuanto esté todo preparado.

William asintió y la acompañó hasta el coche.

Keyla tocó el claxon a modo de despedida y agitó su mano tras la ventanilla. Él le respondió con el mismo gesto y se quedó mirando cómo se alejaba por el camino.

Adrien salió de la casa y se acercó a él en silencio.

—Dime qué estás pensando —pidió William en voz baja.

—No te va a gustar. Y puede que me equivoque.

—Quiero saber qué piensas.

Adrien embutió las manos en los bolsillos de sus tejanos y sus pupilas se iluminaron con una luz blanca, mientras pensaba cómo transformar en palabras un presentimiento.

—¿Y si Lucifer le ha hecho algo? Se han visto varias veces.

William miró al cielo, donde unas nubes oscuras se movían con rapidez, empujadas por el viento. El miedo le oprimía la boca del estómago.

—Kate tiene la misma sospecha. —Le dirigió una mirada de desaprobación—. ¿Por qué le guardaste ese secreto? Debiste contármelo en cuanto te dijo que un tipo que solo ella podía ver se paseaba por el pueblo.

—¿Como debí contarle a ella el nuevo menú de tu dieta? —Sus ojos oscuros se cruzaron con los de William—. ¿De qué sirve lamentarse ahora? Todos nos hemos equivocado.

—¿De verdad crees que ese tío puede haberle hecho algo?

—No sé lo que creo, pero según esa profecía, Lucifer necesita algo. Si piensa que lo tenemos nosotros o que somos el medio para obtenerlo, es posible que esté usando a Kate. Sabe que no le ayudaremos por propia voluntad.

—Pero sí para que la salve de un mal que él mismo le ha provocado. La historia vuelve a repetirse, y sabe que haría cualquier cosa por ella.

—Ya lo hiciste en esa iglesia y mi padre no habrá escatimado en detalles.

—¿Y si estás en lo cierto? ¿Y si le ha hecho algo y la única forma de que Kate se ponga bien es haciendo lo que ellos digan? —preguntó William.

La frente de Adrien se llenó de arrugas y negó con la cabeza. No respondió de inmediato. En su lugar, miró hacia otro lado unos instantes.

—Nunca permitiría que le pasara nada malo a Kate, lo sabes. Pero ya no se trata de renegados a la luz del sol, sino de arcángeles reduciendo este mundo a cenizas. —William se giró hacia él con los puños apretados y una expresión asesina. Adrien alzó las manos en un gesto de paz—. ¡Eh, no estoy diciendo que haya que sacrificarla ni mucho menos! Solo digo que tenemos que buscar la forma de ayudarla sin que eso suponga morir. De nada servirá salvarla, si después todos nos convertimos en combustible para las llamas del infierno.

William le dio un golpecito en el pecho con el dedo. La irritación lo aguijoneaba, eclipsando cualquier otra sensación.

—Eso está por verse —concluyó.

Las puertas del ascensor se abrieron y William las cruzó con Kate en brazos. Giró a la derecha y se encaminó hacia la consulta en la que había quedado con Keyla.

—Sabes que tengo dos piernas que funcionan perfectamente, ¿verdad? —dijo ella.

—Sí, tienes dos piernas preciosas y perfectas. —Una sonrisa traviesa iluminó su rostro y soltó una risita grave—. Además de otras muchas cosas igual de preciosas y perfectas que también me gusta contemplar.

Kate notó que se le calentaba la sangre. Se acercó a su oído y le susurró:

—¿Está coqueteando conmigo, señor Crain?

—No, señora Crain —bajó la voz hasta convertirla en un susurro profundo y sexi—, solo intento ponerla al corriente de cuáles son mis intenciones para cuando esta visita termine. —Inclinó la cabeza y la besó en la comisura de los labios—. Espero que mis planes sean de su agrado.

—¿Señora Crain? Ni siquiera me lo has pedido.

—Yo creo que sí lo hice. Aunque también podrías declararte tú.

—¿Y perderme ver cómo te arrodillas ante mí?

—Me arrodillo ante ti continuamente.

Una sonrisa estúpida se dibujó en el rostro de Kate, mientras un calambre placentero le encogía el vientre. El recuerdo de su cabello castaño haciéndole cosquillas entre los muslos acrecentó esa sensación.

—Eso es muy distinto.

—Sabéis que podemos oíros, ¿no? —refunfuñó Shane tras ellos.

—Por supuesto que lo saben —dijo Adrien a su lado, mientras sus ojos se movían vigilantes en busca de cualquier amenaza.

William rompió a reír y el eco de ese sonido estremeció a Kate. Una embriagadora mezcla de emociones batallaba en su interior y, de repente, tuvo miedo de estar enferma de verdad.

¿Por qué parecían condenados a separarse cada vez que lograban estar juntos? Lo abrazó con fuerza y no aflojó cuando sintió las vértebras de su cuello crujir.

—Tranquila, todo irá bien —le susurró él.

Keyla se encontraba rellenando un formulario en el puesto de enfermeras. Lo dejó a un lado en cuanto los vio aparecer y fue a su encuentro con una sonrisa en los labios.

—Todo está listo.

Los condujo hasta una puerta al fondo del pasillo y se detuvo.

—Aquí solo puede entrar ella. Debe quitarse la ropa...

William soltó un gruñido.

—No hay nada de ella que yo no haya visto. No pienso dejarla sola —le espetó.

Keyla suspiró y puso los ojos en blanco.

—Es el protocolo del hospital. Kate entrará sola y tú te quedarás en el pasillo para que la doctora pueda hacer su trabajo.

—Pero...

—Esto no es negociable, William. Y si te empeñas en continuar con el papel de troglodita, le pediré a los chicos que te acompañen fuera.

William volvió la cabeza hacia atrás y se encontró con las sonrisas indolentes de Adrien y Shane.

—Will —susurró Kate—, no me pasará nada. Estaré ahí mismo, ¿vale?

Él pareció meditar las opciones. Finalmente la dejó en el suelo. Antes de que pudiera dar un paso, le tomó el rostro entre las manos y la besó.

—Todo va a ir bien —dijo con su frente sobre la de ella.

—Eso ya lo sé.

Kate siguió a Keyla al interior de una pequeña habitación blanca, donde había una mesa con varios monitores frente a una pared de cristal. A través de ese cristal se veía otra sala con una máquina enorme que parecía salida de un proyecto de la NASA. Llamaron a la puerta y entraron dos mujeres ataviadas con uniformes del hospital.

—Esta es la doctora Kristan Weatherly —se apresuró a presentar Keyla a la mujer más joven. Después señaló a una mujer de pelo corto y sonrisa amable—. Y ella es Simone.

—Es humana —apuntó Kate sorprendida.

—Y también enfermera, llevo muchos años trabajando con Kristan en el hospital.

—Es un placer conoceros —dijo Kate.

—¿Estás preparada? —preguntó la doctora con una enorme sonrisa.

Kate asintió y llenó sus pulmones con una bocanada de aire que le colmó el olfato con un fuerte olor a desinfectante.

Simone se acercó a ella y le entregó una bata blanca de hospital.

—Necesito que te quites la ropa y te pongas esto. Puedes hacerlo tras ese biombo —le pidió.

Kate obedeció y unos minutos más tarde se encontraba preparada para el siguiente paso. Simone la condujo a la sala contigua.

—Eso es un tomógrafo. Necesito que te tumbes en la camilla y permanezcas quieta. Hará unos ruidos un poco raros, pero no debes preocuparte. Tú relájate y verás cómo terminamos en un suspiro.

—Gracias —susurró Kate. Le dedicó a la enfermera una tímida sonrisa—. Los espacios cerrados me producen claustrofobia. No puedo evitar ponerme nerviosa.

Simone ladeó la cabeza y la miró con atención.

—Oh, cielo, no debes ponerte nerviosa —dijo con una exagerada emoción. La expresión de su cara cambió, mientras bajaba el tono de su voz—. Jamás permitiríamos que te pasara nada malo.

Kate dio un paso atrás. Durante una décima de segundo le pareció ver que sus ojos azules perdían su color tras un velo negro que los cubrió por completo. Parpadeó varias veces, y los iris de Simone seguían siendo azules. Quizá lo había imaginado.

Inquieta, se tumbó en la camilla. Se quedó inmóvil, tal y como le habían explicado. Cerró los ojos y trató de relajarse. Los zumbidos que la máquina emitía eran fuertes y molestos. Intentó pensar en algo agradable, pero su mente se empeñaba en vagar por aguas oscuras que la engullían asfixiándola.

De repente, el sonido se detuvo y una mano en su brazo le indicó que ya habían terminado.

—Kate —dijo la doctora desde la otra sala a través de un intercomunicador—, no te quites la bata, me gustaría hacerte otra prueba. Keyla, le haremos una ecocardiografía, ¿podrías prepararlo todo?

—¿Una ecocardiografía? —repitió Kate—. ¿Ha visto algo en mi corazón?

—No estoy muy segura, por eso quiero cerciorarme. —Miró a Kate con una pequeña sonrisa—. No te preocupes, no será nada.

Kate sintió un escalofrío que le recorrió la espina dorsal. No le gustaba la expresión de la doctora. Parecía preocupada, incluso confusa. La expresión de Keyla terminó de convencerla de que algo ocurría. Se le hizo un nudo en la garganta y le temblaron los labios.

Keyla salió de la sala y regresó poco después con una máquina sobre un carrito con ruedas. Pasaron a otra habitación distinta y Kate se tumbó en una camilla. Se descubrió el torso tal y como le pidieron, y con la mirada clavada en el techo, dejó que la doctora hiciera su trabajo.

—Ahí, ¿lo ves? —preguntó Kristan.

Keyla miró con atención la pantalla del monitor. Inclinó la cabeza hacia un lado. Luego hacia el otro. Entornó los ojos y se acercó un poco a la imagen.

—Se mueve —susurró.

—Yo diría que es como un latido. Se expande y se retrae de forma rítmica.

—¿Qué ocurre? —preguntó Kate, cada vez más preocupada.

—No lo sé —respondió Keyla—. Puede que sea normal en vosotros. Iré a buscar a William. Quizás él sepa algo.

Kate pudo oír el sonido de las botas de William resonando con fuerza en el pasillo. Segundos después, entraba en la habitación casi a la carrera. Miró a Kate a los ojos y después a la doctora.

—¿Qué ocurre? —preguntó.

—No estoy segura —contestó Kristan. Señaló un punto en la pantalla—. ¿Ves esa mancha blanca tras el corazón, cerca del esternón?

William estudió la imagen y asintió con la cabeza. Frunció el ceño hasta que sus cejas formaron una sola línea.

—¿Es posible que tú tengas algo parecido? No sé, quizá sea algo natural en los vampiros —continuó la doctora.

William casi no escuchaba a la doctora. No podía apartar la vista de la extraña mancha. Tras el corazón de Kate había una masa luminosa que palpitaba. El efecto hacía parecer que era su corazón el que latía. El órgano se expandía a su ritmo y con la misma intensidad. De repente, el tamaño comenzó a aumentar con cada palpitación y Kate volvió a notar aquella presión angustiosa en el pecho.

—¿Qué es eso? —preguntó William, respondiendo así a la doctora.

—No lo sé. Es imposible ver algo más con los medios de los que disponemos —empezó a explicar Kristan—. Se le podría hacer una pequeña intervención y observarlo *in situ*. Es algo complicado, con la capacidad de regeneración empezaría a sanar antes de que pudiéramos completar la incisión. Por lo que tendríamos que debilitarla lo suficiente como para ralentizar el proceso de curación y...

William empezó a negar con la cabeza antes de que ella terminara la frase.

—No voy a dejar que la abras, y mucho menos que la drenes. De eso nada, olvídalo, es peligroso para ella. Tiene que haber otra forma de saber qué es eso.

—Quiero verlo —pidió Kate con voz temblorosa.

No quería asustarse. Quizás estaban exagerando y no era nada. O quizá sí lo fuese, porque esa cosa se movía dentro de ella como si quisiera salir. El miedo empezó a dominarla.

—Claro —dijo Keyla. Giró el monitor para que pudiera verlo—. Es esto de aquí. ¿Lo ves? ¿Ves cómo late?

Kate asintió. Dentro de su pecho había una tenue luz que se movía y parecía una...

—Es una mariposa —se le quebró la voz.

El fogonazo de un recuerdo oculto que no supo identificar se coló en su mente.

39

—Voy a dejar que Kristan me someta a esa intervención —dijo Kate en voz alta. Sentada en el sofá del salón, se abrazaba las rodillas como si fuese una niña pequeña—. Sea lo que sea esto que llevo dentro, quiero que me lo saquen.

William regresó de la cocina con un vaso de sangre templada y se lo entregó. Se sentó a su lado.

—No creo que sea buena idea. No sabemos qué es, ni cuánto lleva ahí. Puede que sea una anomalía genética y que nacieras con ella. O que la haya provocado tu transformación... —La miró a los ojos sin disimular lo mucho que le preocupaba ese tema—. Ten en cuenta que si Adrien y yo somos únicos en nuestra especie, tú también lo eres.

—¿Qué quieres decir?

—Que no te mordió un vampiro normal, sino un híbrido que es mitad ángel. Te alimentas de mí, otro híbrido. Puede que esa mancha sea una consecuencia, una marca de lo que eres. ¿Quién nos asegura que al tocarla no podamos matarte? Quizá sea tu centro vital, no sé. —Se pasó los dedos por el pelo y lo alborotó con un suspiro—. No estoy dispuesto a correr el riesgo, Kate. Es tu vida la que está en juego y me importa demasiado.

—Tú lo has dicho, es mi vida. Tengo derecho a decidir.

—Lo sé y te prometí que respetaría tus decisiones. —Hizo una pausa. Le costaba decir aquello—. Temo que Lucifer te haya hecho algo malo para poder chantajearme a cambio de algún favor. Esa táctica ya le funcionó a Mefisto hace unos meses. No haré nada sin estar seguro.

Kate se quedó en silencio, contemplando un anuncio en la tele sin sonido. Dejó el vaso sobre la mesa y con manos temblorosas se recogió la melena en una coleta. Estaba muy preocupada. No saber qué le pasaba era una tortura, y las suposiciones de William lo eran todo menos alentadoras. Si le habían hecho algo para conseguir que él accediera a cualquier cosa que le pidieran, ella estaba segura de que lo haría sin dudar.

No podía permitirlo, por ese motivo debían de adelantarse y saber qué terreno estaban pisando.

—Vale, puede que tengas razón —le concedió Kate sin mucha convicción—. Pero necesito que me ayudes a averiguar qué es esta cosa que llevo dentro. Porque... —no sabía qué decir. Estaba asustada— no me gusta, es como si me estuviera absorbiendo la energía.

William le rodeó los hombros con el brazo y la atrajo hacia su pecho. La apretó con fuerza y la besó en el pelo. Su piel volvía a estar caliente y una fina película de sudor le cubría la piel. Era como si su vampirismo se estuviera revirtiendo y comenzara a ser humana de nuevo. ¡Una locura!

—Lo haremos, te lo prometo. Ahora pensemos en otra cosa, ¿vale? Distraigámonos un poco. Ambos lo necesitamos.

Se inclinó y depositó un beso en su nariz.

Ella sonrió. Le era imposible no hacerlo cuando se convertía en el hombre más encantador del mundo. Se acurrucó contra su pecho, mientras él apuntaba con el mando al televisor y seleccionaba una película.

—Así que Adrien y tú habláis sobre mí —dijo Kate.

William se puso un poco tenso.

—¿Te ha dicho que hablamos sobre ti?

Ella deslizó la palma de su mano por el estómago de él y sacudió la cabeza contra su camiseta.

—No, pero estoy segura de que lo hacéis. No solo habláis de mí, también de otras muchas cosas —declaró convencida—. Parece que os habéis hecho amigos.

—Yo diría que «amigos» es exagerar un poco.

—¡Venga, admítelo, te cae bien! —William no contestó, pero un brillo de diversión destelló en sus ojos—. Pues tú a él sí, me lo ha dicho.

—Así que Adrien y tú habláis sobre mí —replicó William en tono pícaro.

Kate sonrió.

—Me dijo que tú eres la única identidad que tiene, lo más parecido a unas raíces, y que no pensaba traicionarte ni siquiera por mí. Creo que para él eres mucho más que un amigo. Contigo ha dejado de sentirse solo y diferente.

William se quedó mirándola. Le recogió un mechón de pelo tras la oreja, mientras pensaba en el híbrido. En cierto modo, él se sentía igual respecto a Adrien. Saber que eran iguales en sus orígenes, que no era el único de una especie que no debería existir, suponía cierto alivio. Encogió un hombro y se acomodó con pereza contra el respaldo del sofá, contemplando de nuevo la pantalla iluminada por los créditos iniciales.

—Puede que empiece a caerme bien —dijo como si nada.

Kate le dio un golpecito en el pecho y se abrazó a su estómago como si fuese una almohada, dura pero confortable, que olía de maravilla.

—Creo que le gusta Sarah —dijo al cabo de unos segundos.

—¿En serio? —preguntó él sorprendido. Kate dijo que sí con la cabeza. Soltó una carcajada—. ¡Vaya, quién lo iba a imaginar! El destino juega a veces estas pasadas.

—¿Por qué dices eso?

—Hace unos meses se enfadó conmigo porque no le dejé que le rebanara el cuello a la chica, y ahora... Creo que me debe una disculpa.

Kate le dio una palmada en el muslo.

—¡Oh, no se te ocurra mortificarlo con esto! Prométeme que lo dejarás en paz.

Una enorme sonrisa se extendió por la cara de William. Cruzó los dedos sin esconderse.

—Lo prometo —dijo en tono solemne.

Empezaron a ver la película en un cómodo silencio.

Al cabo de un rato, Kate dejó de prestar atención y se dedicó a contemplar a William. Parecía un niño pequeño, con los ojos muy abiertos para no perderse ni un solo detalle de cómo Lobezno se enfrentaba por tercera vez a Magneto.

No había rastro del hombre despótico, frío y malhumorado de las últimas semanas. Parecía el de siempre, dulce y atento, cariñoso y preocupado hasta sacarla de quicio con su actitud sobreprotectora. Sin embargo, no cambiaría absolutamente nada. Ya no. Él se estaba esforzando. Respetaba su espacio y sus decisiones, y ella se lo agradecía. Su relación volvía a ser como al principio, mejor incluso. La última semana había borrado todos los sinsabores y los malos momentos, como si estos nunca hubieran existido.

Se oyó un ruido en el exterior, apenas perceptible, que podría haber pasado por el susurro de las hojas mecidas por la brisa nocturna. Kate iba a mencionarlo cuando se dio cuenta de que William tenía un par de dagas sobre el muslo, que habían aparecido de la nada. Levantó los ojos hacia su rostro, pero él continuaba pendiente de la película como si no pasara nada. Su cuerpo era lo único que delataba su tensión, rígido como una barra de acero.

De repente, suspiró y se relajó por completo.

La puerta corredera de la cocina sonó con un clic y se abrió. Se oyeron pasos.

—¿No te han enseñado a llamar? —preguntó William.

—Sabías que me acercaba antes de poner un pie en tu jardín —respondió Adrien con una risita—. ¿Para qué iba a llamar?

Saludó a Kate con una sonrisa y se dejó caer en el sofá. Puso las piernas sobre la mesa.

—Podría estar desnudo. Es mi jodida casa y no te he invitado.

—Tranquilo, por mí puedes quedarte en bolas. No eres mi tipo. Me gustan más listos.

A Kate se le escapó una risotada, que disimuló sin mucho éxito con una mano en la boca.

William, lejos de enfadarse, también se echó a reír mientras sacudía la cabeza.

—¡Me encanta esta película! —exclamó Adrien. El mando a distancia escapó de entre los dedos de William y fue a parar a su mano. Subió el volumen hasta que casi resultó molesto—. Aunque la primera es mucho mejor.

—¿Esta visita es por algo o simplemente te apetece molestar? —le espetó William.

Adrien entornó los ojos, ofendido. Iba a replicar, cuando su oído captó el sonido de dos vehículos aproximándose a toda velocidad.

—¿Esperas visita? —preguntó.

William se enderezó, cauteloso. De repente su cara se iluminó. ¡Lo había olvidado por completo!

—Es Cyrus, esta noche regresa a Europa —respondió al tiempo que se ponía de pie.

Kate aprovechó que William iba a estar ocupado un buen rato, para subir y darse un baño. Sentía la piel pegajosa y caliente, y aún tenía en el pecho restos del gel que habían usado para hacerle la ecocardiografía.

Entró en el dormitorio y se asomó a la ventana. William y Adrien conversaban con Cyrus y Steve, junto a un par de vehículos aparcados en el lateral. Con ellos había más vampiros, nuevos guerreros recluta- dos por William. Mako también se encontraba allí.

Su primera reacción fue un terrible sentimiento de ira. La segunda, llenar los pulmones de aire y tranquilizarse. Tenía cosas mucho más importantes de las que preocuparse.

Entró al baño y abrió el grifo del agua fría. Mientras la bañera se lle- naba, reflexionó sobre qué podría estar pasándole a su cuerpo. Tenía miedo de que esa mancha en su pecho fuese algo malo. Los vampiros no podían enfermar por los mismos males que acosaban a los mortales, pero ¿y si se trataba de otra cosa? ¿Y si la suposición de William era cierta?

Empujó esa idea al rincón más apartado de su mente. Estaba agota- da y necesitaba descansar. Desconectar de todo y no pensar en nada. Se metió con cuidado en la bañera. Cerró los ojos y dejó que su cuerpo resbalara hasta sumergir la cabeza por completo en el agua fría. El ali- vio para su piel febril fue inmediato.

Poco a poco, se relajó hasta adormilarse.

«Pataleó con todas sus fuerzas. El agua la arrastraba, golpeándola con- tra las rocas. Algo afilado le arañó la pierna. Giraba y se hundía en un remolino de agua fría y oscura. No podía respirar, notaba fuego en los pulmones y su cabeza palpitaba a punto de estallar.

De repente, dejó de sentir dolor y solo quedó un frío intenso que le entumecía la piel. El agua y la oscuridad desaparecieron y se encontró en medio de un espacio completamente blanco. Una densa niebla se arremolinó a sus pies y empezó a cubrirlo todo. Estaba helada y se le pegaba a la piel.

Entornó los ojos y miró con atención. Una sombra estaba tomando forma frente a ella y se hacía más nítida conforme se acercaba. La vio acercarse. Se trataba de un hombre, pero por más que intentaba verle el rostro, no podía. Una mano le acarició el pelo y el hielo de su piel desapareció. Se deslizó por su brazo hasta su mano y ella la agarró con los dedos, que apenas tenían sensibilidad. Empezó a entrar en calor.

De pronto, sus pies se elevaron del suelo y la niebla comenzó a desvanecerse».

Kate dio un respingo, agitando piernas y brazos como si estuviera descendiendo en caída libre. Buscó dónde asirse para no estrellarse contra el suelo. Sus manos aferraron con fuerza el borde de la bañera y logró enderezarse. Jadeó mientras escupía todo el agua que había tragado y miró a su alrededor.

Había vuelto a perder el conocimiento.

Se llevó una mano a la garganta sin dejar de toser. Sintió que algo explotaba tras sus retinas y un sabor conocido inundó su boca. Se palpó la cara y comprobó con horror que volvía a sangrar. Se lavó la cara y salió de la bañera a toda prisa. Se acercó al espejo y contempló su reflejo. Parecía un fantasma con los ojos hundidos y la piel seca y blanca como el papel.

«Me estoy muriendo», pensó.

Se desenredó el pelo con fuertes tirones y se vistió a toda prisa. No tenía ni idea de cuánto tiempo había pasado en la bañera. Cuando miró el reloj que tenía sobre la mesita, comprobó que solo había pasado un cuarto de hora. Quince minutos que se le habían antojado un mes.

Se asomó a la ventana. La reunión continuaba bajo un cielo cubierto de estrellas. William se giró y miró hacia arriba, como si supiera que ella se encontraba allí. Una sonrisa le iluminó la cara al descubrirla y ella alzó la mano con un tímido saludo. Apoyó la palma en el cristal que los separaba, como si en realidad fuese un muro de acero y no una fina capa de vidrio.

Bajó la escalera y se dirigió a la cocina. Nada más cruzar la puerta, encontró a Mako lavándose las manos en la pila. No pudo evitar que su pecho prendiera como leña seca empapada en gasolina. Esa casa había dejado de ser un campamento y volvía a ser su hogar. Ella no tenía ningún derecho a estar allí. No era bienvenida.

Mako cerró el grifo y la miró mientras se secaba las manos con un paño. Junto a ella había un vaso con restos de sangre. ¡Vaya, si hasta se había servido un tentempié!

—No tienes buen aspecto —dijo la vampira.

—¡Fuera! —exclamó Kate con los brazos rígidos a ambos lados del cuerpo.

—¿Qué?

Kate acortó la distancia que las separaba y la miró a los ojos.

—¡He dicho fuera! Quiero que salgas inmediatamente de mi casa y que no vuelvas a poner un pie dentro, a no ser que yo te lo permita. Aunque te aseguro que eso no sucederá jamás —le espetó.

Mako levantó un dedo.

—Tú no eres...

—¡Cierra la boca, no te permito que me hables! —gruñó Kate. Sin saber cómo, en su mano apareció un cuchillo de cocina que normalmente estaba en un taco de madera sobre la encimera—. Esta es mi casa y tú no eres bienvenida.

Los ojos de Mako volaron hasta el arma y se puso tensa. Por primera vez se sintió intimidada por Kate.

—William... —empezó a decir la guerrera.

Kate soltó una risita cínica y fría.

—William te enviará a la Antártida a vigilar tu propia sombra si yo se lo pido —bajó la voz hasta convertirla en un susurro—. Dame un solo motivo y lo haré. —Dio media vuelta. Abrió la nevera y sacó una bolsa de sangre—. ¿Es cosa mía o sigues aquí?

Mako giró sobre sus talones y salió de la casa, dejando tras de sí una estela de rabia. Se sentía humillada y vencida en su propio juego. La odiaba. Detestaba a Kate con toda su alma inmortal, porque poseía cuanto ella quería. Porque sabía que cada palabra que había dicho era cierta.

En la cocina, Kate se apoyó en la encimera. Dejó el cuchillo y lo empujó lejos de ella. Hizo lo mismo con la sangre y se sujetó con fuerza al borde. Temblaba de arriba abajo, aunque se sentía bien por lo que acababa de hacer. Mako había forzado la situación, haciendo que afloraran sus peores instintos.

Necesitaba sentarse y descansar. Una risita divertida sonó en su mente, aturdiéndola. Se llevó las manos a las sienes y las presionó con fuerza.

«Sal de mi cabeza», pensó con rabia.

Prestó atención a los sonidos del jardín. William continuaba hablando con Cyrus. Por lo visto, en un mes comenzarían las obras de un nuevo edificio en Boston, que acogería las primeras oficinas de la Fundación Crain. Una sede idéntica a la que poseían en Inglaterra.

Cyrus entró un momento para despedirse. Kate le dio un fuerte abrazo y le sonrió como si ningún problema la atormentara. Se encaminó al salón con piernas temblorosas, mientras oía el sonido de los coches alejándose.

Las primeras luces del amanecer coloreaban el cielo y la tenue penumbra del interior.

Notó un escalofrío y una vibración en el ambiente. Su cuerpo se puso tenso de inmediato. Algo raro le pasaba al aire. De repente, la casa crujió, los cristales temblaron y un intenso olor a electricidad le colmó el olfato. Seis cuerpos tomaron forma frente a ella. Una pared de músculos, rostros hermosos, miradas que la intimidaban y... ¡alas!

Las paredes se inclinaron un poco a medida que el pánico le taladraba el pecho.

—¡Will! —gritó con todas sus fuerzas, al tiempo que empuñaba el atizador de la chimenea.

40

Adrien y William se volvieron hacia la casa un segundo antes de que el grito de Kate restallara como un látigo en sus oídos. Lo habían sentido en la piel, en cada célula del cuerpo. Una energía que los atraía como un imán a una pieza de hierro. Se lanzaron hacia la escalera y penetraron en la casa.

Durante un instante, se quedaron inmóviles contemplando a los seis arcángeles que había en el salón, todos vestidos de negro como si fuesen emisarios de la muerte. La imagen parecía sacada de un... Ni idea, nunca habían visto nada igual. Kate les plantaba cara con un atizador y la mirada encendida. Aquello los impactó aún más. Sabían que era valiente, pero no tan inconsciente como para enfrentarse a los seres más poderosos del mundo ella sola.

Miguel movió una mano y el atizador se deshizo en una cascada de polvo, que acabó en un montoncito en el suelo.

—Eso no es necesario —dijo con tranquilidad. Ladeó la cabeza y miró a William y a Adrien—. ¿Son ellos?

—Ellos son —confirmó Gabriel.

Miguel los contempló con atención. Se detuvo en William.

—Es innegable quién eres tú. Te pareces a ella.

—¿Y quién eres tú? —preguntó William en un tono poco amistoso.

Rafael dio un paso adelante y su larga melena castaña se agitó con vida propia.

—Habla con respeto, abominación.

—No le gusta que lo insulten —intervino Adrien.

Una sonrisita mordaz curvaba sus labios, mientras le daba vueltas a una daga en la palma de la mano. Giraba como una peonza y destellaba bajo la luz.

Rafael gruñó y alzó una mano en la que se formó una esfera de energía.

Miguel lo detuvo con un gesto.

—Y no hay duda de quién es tu padre —dijo el arcángel—. Compartes con él algo más que el aspecto.

Adrien apretó los dientes. Ese tipo de comparaciones provocaban que hiciera estupideces, como lanzarse contra ese cretino y arrancarle la lengua.

William debió de adivinar sus intenciones, porque le pidió a través del vínculo que compartían que no hiciera ninguna tontería. No tenían posibilidad de medirse con ellos.

—Mi nombre es Miguel. Y ellos son mis hermanos. Gabriel, al que ya conocéis, Amatiel, Meriel, Nathaniel y Rafael.

—¿Y qué queréis? —preguntó Adrien.

—Buscamos a Lucifer —respondió Miguel.

William se encogió de hombros, con una indiferencia que no sentía. Que los arcángeles estuvieran allí no era bueno, para nada. Una prueba más de que algo muy grande estaba pasando. Su instinto le decía que todo tenía que ver con la profecía y su mente trabajaba a toda prisa buscando salidas. Los arcángeles no debían averiguar nada sobre Salma y, mucho menos, sobre la posible conexión que unía a Kate con Lucifer.

—No está aquí. Hace días que no vemos su estúpida cara —respondió Adrien.

—¡Entonces, es cierto, está entre los humanos! —fue Nathaniel el que habló esta vez.

William asintió sin dejar de observar a Gabriel. El arcángel no apartaba los ojos de Kate. La estudiaba como si fuese un espécimen raro al que estuviera diseccionando. No le gustaba ese repentino interés. Aunque recordaba que ella ya había llamado su atención meses atrás, cuando la conoció junto al arroyo. Tuvo un mal pálpito.

—¿Dices que lo habéis visto? —intervino Miguel.

—Lleva un tiempo por aquí. Se pasó a saludar, trajo tarta de manzana… Ya sabes, esas cosas que suelen hacer los nuevos vecinos —bromeó Adrien.

Miguel sacudió la cabeza, pensativo.

—¿Sabéis el motivo que le trajo hasta aquí? ¿Os pidió algo o dijo alguna cosa?

—No.

Miguel le sostuvo la mirada.

—¿Insinúas que vino a vuestra casa para darse la vuelta y marcharse sin más? Mentir es pecado —dijo con un suspiro.

—No está mintiendo —medió Kate. Lo miraba como si estuviera dispuesta a arrancarle los brazos si intentaba algo contra ellos—. No dijo ni pidió nada. Vino a ayudarnos.

—¿A ayudaros? —preguntó Meriel en un tono a medio camino entre el desdén y la sorpresa.

—Un grupo de nefilim nos atacó. Eran demasiados y nos habrían ejecutado si él no hubiera intervenido —explicó Adrien de modo que atrajo de nuevo la atención sobre él.

Se movió de forma que Kate quedó unos pasos por detrás, entre William y él.

Miguel y Gabriel cruzaron una mirada elocuente. Por el tiempo que pasaron en silencio, sin apartar la vista el uno del otro, William sospechó que se estaban comunicando del mismo modo que Adrien y él utilizaban. Su instinto le dijo que aquel medio era seguro y que solo involucraba al emisor y al receptor al que iba dirigido el mensaje.

«Si la situación se complica...», dijo en su mente.

«Sacar a Kate de aquí es la prioridad, lo sé», terminó de decir Adrien.

—Así que vino a protegeros —musitó Miguel para sí mismo. Su mirada plateada se clavó en William con una intensidad que resultaba incómoda—. ¿Y a ti te dijo algo?

—No —respondió William sin perder de vista a Gabriel. El arcángel solo tenía ojos para Kate—. Yo ni siquiera estaba aquí. Me encontraba a miles de kilómetros.

—Miente —masculló Nathaniel con desprecio.

—¿Y por qué iba a mentir? —preguntó William desafiante.

—Ayudáis al bando equivocado —lo reprendió Rafael.

—Para mí no hay bandos salvo el mío, y ni Lucifer ni vosotros estáis en él —escupió William.

—Eso simplifica nuestra presencia aquí —replicó Rafael.

Una espada apareció en su mano, mientras daba un paso hacia William.

—No se te ocurra acercarte a él —gruñó Kate con los puños apretados.

William giró la cabeza hacia ella como un resorte. Una parte de él se sintió orgulloso de que se lanzara a defenderlo. Otra se estremecía de miedo porque hubiera tenido el valor de amenazar al arcángel.

Kate dio un respingo doloroso. Su pecho comenzó a palpitar con fuerza y la temperatura de su cuerpo a subir.

—¿Lo notas? —preguntó Gabriel, que hasta entonces había permanecido en silencio.

—Sí —respondió Miguel.

—Proviene de ella.

Gabriel hizo el intento de acercarse a Kate.

William y Adrien se movieron hasta alzarse como un muro infranqueable entre ellos.

—Déjala en paz —gruñó William.

Gabriel clavó sus ojos en él, fríos e inhumanos, desprovistos de cualquier emoción salvo ira.

—¿De verdad quieres un enfrentamiento entre nosotros? Seis hijos de Dios contra dos abominaciones como vosotros. Podría reducirte a cenizas ahora mismo.

William acercó su rostro al de él.

—No. Te. Acerques.

Su cuerpo se iluminó con un leve resplandor y sus ojos destellaron como dos lagos de plata. Notó el poder de Gabriel golpeándolo. Bloqueó cada intento sin apenas esfuerzo.

Gabriel dejó de intentarlo, sorprendido a la par que molesto. El híbrido se había hecho mucho más fuerte desde la última vez que midieron sus fuerzas.

—No quiero hacerle daño.

—No confío en ti —dijo William.

—Desprende una energía extraña. Necesito saber qué es.

—No.

—Esa fuerza que segrega no es suya y la está consumiendo. ¿Y si resulta que puedo ayudarla?

—¿Y a qué precio? —gruñó William desde lo más profundo de su garganta.

No se fiaba de él ni de nadie. A veces, ni de sí mismo.

—Depende de lo que encuentre —respondió Gabriel con su habitual tono engreído.

Kate no aguantó callada por más tiempo. Al fin y al cabo, era de ella de quien estaban hablando.

—¿Qué tendrías que hacer para saber qué me ocurre? —preguntó.

Gabriel la miró de arriba abajo.

—Tocarte. Posaré mis manos sobre ti y escucharé, nada más.

—Kate, no lo hagas —dijo William.

—Tengo que saberlo —suplicó en un susurro.

—No puedes confiar en él.

—Puedo averiguar qué es —aseveró Gabriel.

Kate le sostuvo la mirada, con los puños apretados para disimular el temblor de sus manos. Sabía que algo no estaba bien dentro de ella y necesitaba descubrir qué era. Si había alguna forma de quitárselo.

—Está bien —aceptó al fin.

—Si le haces daño, me haré una almohada de plumas con tus alas —le susurró Adrien cuando pasó por su lado.

Gabriel se paró delante de Kate. Alzó las manos y las posó a ambos lados de su cabeza. Sus dedos lanzaban pequeñas descargas que le electrizaban la piel. Kate cerró los ojos y apretó los párpados con fuerza. Una vez que ella dejó de estar a la defensiva, derribar los muros de su mente fue sencillo. Su voluntad penetró en ella como la hoja caliente de un cuchillo lo haría en un trozo de mantequilla. Notaba la extraña energía que encerraba su frágil cuerpo, pero no lograba encontrar el origen. De hecho, se había replegado hasta casi desaparecer.

Exploró su mente. Pasó entre sus recuerdos y pensamientos con rapidez, descartando lo irrelevante. Volvió a percibir lo que ese día de verano. Su alma tenía una marca, la que recibían los que regresaban de la muerte, y solo volvían aquellos que una voluntad divina decidía. No le habían permitido cruzar.

Empezó a ponerse nervioso.

«Si quieres esconder algo, déjalo a la vista. Así nadie lo verá», pensó.

Aceleró la exploración y retrocedió en la vida de la chica. Se detuvo en un punto oscuro, bloqueado. Intentó penetrar en el agujero, pero una barrera invisible frenaba todas sus tentativas. Lo intentó con más fuerza. La vampira gimió entre sus manos y su fuerza vital disminuyó. Empujó de nuevo, tensando la barrera hasta que notó que esta cedía. Cayó de golpe dentro del agujero.

«Miró hacia arriba, intentando distinguir quién era ese hombre que le sostenía la mano. Parpadeó varias veces, pero no logró verlo con claridad. Una sensación de calidez se fue extendiendo por sus miembros y poco a poco dejó de sentir frío. Miró por encima de su hombro y a través de la niebla distinguió luces de colores iluminando los árboles. Se asustó al ver cómo unas personas sacaban su cuerpo del agua y lo depositaban en la orilla del río. Quiso gritar, pero el hombre le apretó la mano y su contacto la tranquilizó.

—Ven conmigo.

Se dejó llevar por él y se adentraron en la niebla. Caminaron de la mano sobre un manto de hierba blanca que se fundía en el horizonte con la bruma. La neblina comenzó a disiparse y entonces los vio. Sus padres se encontraban al otro lado de un río de aguas también blancas. Tras ellos, un túnel brillante se abrió y una necesidad extraña de cruzar al otro lado se apoderó de ella. Quiso ir a su encuentro, pero él la sujetó con fuerza mientras negaba con la cabeza.

—Quiero ir —lloriqueó.

El hombre se agachó frente a ella y entonces pudo ver su rostro traslúcido. Era hermoso, con unos ojos oscuros salpicados de plata. Su pelo tenía un color indefinido, unos cabellos eran tan rubios que casi parecían blancos y otros tenían el tono del trigo dorado. Su sonrisa era perfecta y tranquilizadora.

—¿Cómo te llamas? —le preguntó.

—Me llamo Kate.

—Es un nombre precioso. ¿Cuántos años tienes?

—Casi seis —respondió entre sollozos—. Quiero ir con mamá.

El hombre sacudió la cabeza y le acarició la mejilla.

—Kate, eso no es posible. Debes volver a casa —le dijo. Ella rechazó la idea y sacudió la cabeza—. Confía en mí. Volverás aquí, con ellos, pero otro día. Dentro de mucho tiempo. Ahora debes regresar.

—¿Tú vienes conmigo?

—Me encantaría, pero no puedo. Me han castigado. —Le guiñó un ojo—. Mis hermanos mayores son un poco gruñones y no les gusta que me divierta. ¿Tú tienes hermanos mayores?

Kate asintió con la cabeza.

—Se llama Jane, y a ella tampoco le gusta que me divierta —confesó con una leve sonrisa.

El hombre se echó a reír y la rodeó con su brazo de forma cariñosa.

—Eres un rayo de luz en un mundo que se muere. Mi pequeña creación. Tan perfecta que la espera ha merecido la pena. —Le acarició el rostro—. Tienes que volver.

—Quiero quedarme contigo —insistió testaruda—. Ahora soy como tú, ¿ves? —Miró su mano traslúcida entre los dedos de él.

—Mi pequeña, no puedes permanecer aquí. Necesito que regreses.

Kate hipó con el rostro bañado por unas lágrimas tan etéreas como su piel.

—¿Por qué?

—Tienes mucho que hacer. La vida es hermosa. Conocerás la amistad, el amor y otras cosas igual de maravillosas. Mi dulce tesoro, debes recorrer el camino de baldosas que he creado para ti. Además, necesito que me hagas un favor.

—¿Qué favor?

—Cuidar de alguien muy especial por mí —le dijo mientras le mostraba la palma de la mano. De ella brotó una mariposa dorada que agitó sus alas lanzando destellos—. Mírala bien, ¿a qué es bonita?

Kate asintió y sonrió al ver cómo el insecto levantaba el vuelo y revoloteaba a su alrededor. Era la cosa más hermosa que había visto nunca. Se echó a reír cuando le acarició con sus alas de terciopelo la punta de la nariz, haciéndole cosquillas.

—¿Lo harás? ¿Cuidarás de ella por mí? —volvió a preguntar él.

—Lo haré.

Él sonrió de oreja a oreja y la besó en la frente.

—Bien, porque solo alguien muy especial puede protegerla. Alguien tan puro como para mantenerla a salvo de aquellos que quieren destruirla —le susurró con los labios acariciando su piel—. Ahora, vuelve.

Con una mano en la espalda, la empujó hacia la niebla.

—No se ve nada —dijo Kate sin estar muy segura.

—El camino está ahí, solo tienes que avanzar.

—¿Volveré a verte?

—Nos veremos dentro de un tiempo. Te lo prometo».

Gabriel rompió el contacto con Kate.

Ella abrió los párpados. Su mente aletargada despertaba lentamente. De golpe, lo recordó todo. Ahora entendía por qué tenía esa sensación de familiaridad hacia Marak. Ya se habían visto antes. Una parte de ella se agitó con un sentimiento extraño. La noche del accidente en el que murieron sus padres, ella no solo resultó herida. También perdió la vida. Él se la devolvió y la trajo de vuelta con un único motivo.

De repente, todo cobró sentido.

«Y el alma más pura, dos veces nacida, dos veces marchita, completará el ciclo restituyendo con un sacrificio lo que una vez le fue concedido», pensó en el pasaje de la profecía.

Ella había nacido dos veces, una como humana y otra como vampira. También había muerto en dos ocasiones, la noche del accidente y cuando Adrien la convirtió. Ese día murió para renacer como lo que ahora era.

Sus ojos se encontraron con los de Gabriel.

No tuvo tiempo de moverse.

Una espada apareció en la mano del arcángel y la descargó sobre ella con un rugido de furia. La hoja chocó contra un campo de fuerza invisible y el impacto sonó como una explosión. La coraza etérea que protegía a Kate absorbió el golpe y lo devolvió multiplicado. Generó una onda expansiva que los lanzó a todos por los aires y reventó los cristales.

William notó cómo crujían sus huesos al impactar contra la pared. Rebotó y cayó al suelo. Sus retinas habían captado toda la secuencia y su cerebro las procesó sin dar crédito a lo que acababa de ver. Buscó a Kate con el corazón en un puño. Estaba de pie, en medio de la sala y sin un solo rasguño.

Sus ojos volaron al otro lado de la sala, Gabriel se ponía en pie y miraba a Kate con una mezcla de horror y sorpresa. *Crack*. El muro que contenía su violencia se rompió y un poder como jamás había sentido lo llenó por completo. Una fría explosión de furia surgió de su interior.

Se lanzó a por el arcángel con una promesa de muerte. Se movió tan rápido que ningún ojo pudo seguirlo. Embistió a Gabriel como lo haría un tren de mercancías sin control y atravesaron la pared. Rodaron por la hierba. Se empujaron y golpearon, chocando contra la casa, los árboles y los vehículos aparcados, destrozando todo lo que encontraban a su paso.

Gabriel giró sobre sus talones y golpeó a William en la espalda con el codo.

Con un movimiento feroz, William evitó caer. Agarró al arcángel y lo arrojó por los aires como si fuese un *frisbee*.

Rafael se movió para ayudar a su hermano, pero Miguel lo contuvo con una mano.

—No nos habías dicho que fuesen tan fuertes —le recriminó Rafael.

—Desconocía su poder —aseguró Miguel, igual de sorprendido.

—Se han descontrolado —les hizo notar Meriel—. Hay que pararlos antes de que se maten entre sí.

Miguel apretó los dientes y cerró los ojos un segundo. Una nube negra surgió de la nada y descargó un rayo que se dividió en dos, alcanzando a Gabriel y a William al mismo tiempo. El crujido del impacto reverberó en cada rincón de Heaven Falls.

—Basta —dijo Miguel.

Ambos cayeron al suelo de rodillas, envueltos en una nube de vapor.

La nube empezó a descargar una fina llovizna, que los empapó de inmediato. Ninguno pareció notarlo. Estaban agotados, llenos de heridas y sudando un odio profundo por cada poro de su piel.

De reojo, William vio a Kate en el hueco de la ventana, sana e intacta. Aún no podía creerlo, debería estar partida en dos, pero la espada había rebotado en ella sin causarle ningún daño.

—Vuelve a intentar algo parecido y te arrancaré la carne de los huesos con mis propias manos —gruñó William mientras se levantaba con esfuerzo. Miró a Gabriel desde arriba—. Y sabes que puedo hacerlo.

41

Kate empapó un paño en agua fría y limpió el corte que William tenía en la mejilla. Continuaba sangrando, al igual que el resto de sus heridas. Sentado sobre la mesa, su aspecto era el de alguien a quien había arrollado un camión de dos ejes.

Él no apartaba los ojos de ella, mientras una decena de preguntas sin respuesta embotaban su cabeza. Sus vidas se estaban convirtiendo en un auténtico disparate. Todo lo que estaba pasando era de locos. Una pesadilla que no parecía tener fin y que se complicaba más y más cada vez.

—Todo va a salir bien —dijo William en un susurro.

—¿Cómo? Ya te he contado lo que he visto cuando Gabriel me ha tocado. Yo soy el alma pura de la que habla la profecía —y repitió la frase que se había grabado a fuego en su cerebro—: «Y el alma más pura, aquella dos veces nacida, dos veces marchita, completará el ciclo restituyendo con un sacrificio lo que una vez le fue concedido». Marak me entregó algo aquella noche y está aquí para que se lo devuelva. Cuando lo recupere, la profecía se cumplirá y empezarán a pasar cosas horribles.

—Entonces, ¿por qué no te pidió que le devolvieras esa cosa la primera vez que te vio? Quizá te estás precipitando al sacar conclusiones.

Kate tragó saliva para aflojar el nudo que tenía en la garganta.

—No lo sé, pero estoy segura de que ellos sí lo saben —musitó para que los arcángeles no la oyeran—. Siguen ahí, hablando, y la forma en la que me miran...

—No dejaré que vuelvan a acercarse a ti. Ahora estoy preparado. Te prometo que nadie va a hacerte daño.

Kate lo miró a los ojos, asustada, y asintió con una sonrisa que no se reflejó en sus ojos. Lo sujetó por la barbilla y lo obligó a que levantara el rostro para poder limpiarle las heridas.

—¿De verdad estás bien? —preguntó él.

Aún le temblaba el cuerpo. Jamás se había sentido tan impotente y asustado como cuando había visto caer la espada sobre ella. Alzó las manos y la abrazó por las caderas.

—Sí, tranquilo, pero tú no lo estás. No dejas de sangrar y estos cortes no se curan.

Adrien, que se hallaba junto a la ventana en silencio, se acercó y le echó un vistazo a su cara.

—Tiene razón. Estás débil, necesitas alimentarte.

Kate corrió a la nevera y sacó una bolsa de sangre.

—No. —William alzó las manos y rechazó el alimento—. No voy a tomar sangre humana. Saldré de caza.

—¿De caza? ¡Si no te mantienes de pie!

William sacudió la cabeza y el cansancio le encorvó los hombros.

—No puedo beber sangre humana, me incita a pensar en otras cosas. —Se pasó la mano por la cara y después por el pelo. Su mirada era fiera cuando levantó la cabeza—. Necesito concentrarme todo el tiempo para no caer en la tentación y esa sangre no me ayuda.

Kate dejó caer los brazos a ambos lados del cuerpo.

—Ser vampiro es una mierda. En serio, ¿qué ventajas tiene?

—Ninguna. Ser vampiro es un castigo y una maldición, no un regalo —dijo Miguel desde la puerta—. Sufrir es vuestro sino.

Kate lo fulminó con la mirada, y puso la bolsa de sangre que aún sostenía en la mano de William.

—Entonces deberíamos comportarnos como lo que somos y dejar de torturarnos. Es evidente que la redención se creó para otros y no para nosotros. ¿No es así? ¿Para qué esforzarse? —preguntó a Miguel. Acunó el rostro de William con una mano y se inclinó para darle un beso en los labios—. Bébetela. Si necesitas más, este pueblo está lleno de gente a la que desangrar. Al fin y al cabo, no importa lo que hagamos. Nada cambiará lo que somos.

William la miró sorprendido por su repentino ataque de rabia. Se moría de miedo cada vez que Kate se comportaba de ese modo, retando y provocando a seres que eran mucho más fuertes que ella y que podrían destruirla con un chasquido de sus dedos. Y al mismo tiempo, se sentía orgulloso de su carácter y su fortaleza, de que no se dejara dominar por nadie, ni siquiera por él.

Miguel guardó silencio un largo instante. Después entró en la cocina y llenó con su presencia la amplia habitación. Era alto y fornido, con el pelo del color de la miel formando leves ondas que le cubrían las orejas. Vestía un tejano negro y una camisa de lino del mismo color. Su rostro y su cuerpo parecían los de una persona joven. Eran sus ojos los que mostraban su edad real.

—Necesito hacer algo antes de seguir hablando. —Su mirada se posó en Kate. Extendió el brazo y le ofreció la mano—. ¿Puedo?

William se puso en pie de un salto y la rodeó con su cuerpo.

—Déjala en paz —gruñó.

—No voy a hacerle daño. Nadie lo hará. Gabriel ya ha sido amonestado por su comportamiento.

—¡Amonestado! —exclamó Adrien en tono mordaz—: Eso suena mal de verdad. ¿Le has obligado a escribir cien veces «No volveré a hacerlo»? Seguro que así aprende la lección.

Miguel resopló sin esconder su disgusto. Se acercó a la encimera y tomó un cuchillo. Después se volvió hacia Kate y extendió la mano hacia ella otra vez.

—Tengo la sospecha de que no podré herirte, ni siquiera tocarte, pero debo asegurarme —dijo en voz baja y serena—. Lo intentaré en el brazo, nada más.

—¿Qué parte de «si os acercáis a ella os despellejo» es la que no habéis entendido tus hermanos y tú?

—Por favor, Will, yo también necesito saber qué pasa —dijo ella.

William bajó la mirada, aún le temblaban las piernas por el efecto de la adrenalina. Asintió una sola vez y la soltó.

Kate se acercó al arcángel y estiró el brazo hacia él. Miguel lo sostuvo por el codo con una mano y con la otra sujetó el cuchillo. Sin más dilación, dejó caer el filo de la hoja sobre su piel. El arma chocó con algo a un par de centímetros de su destino. Ejerció presión. Nada, imposible herirla.

—Voy a intentar otra cosa, pero necesito que confíes en mí —pidió. Kate dijo que sí con la cabeza—. Bien.

Miguel soltó el brazo de Kate y, a una velocidad increíble, trató de agarrarla por el cuello. Sus manos chocaron contra la pared invisible que la protegía y rebotó hacia atrás. Abrió y cerró el puño varias veces, recolocando los huesos en su sitio sin hacer una sola mueca de dolor.

Su expresión impasible sacaba a William de quicio. Él, al contrario que el ángel, era un caleidoscopio de emociones. No daba crédito a lo que estaba ocurriendo. Kate era inmune a cualquier ataque. Eso era bueno, una pasada. Por otro lado, le preocupaba el precio de esa defensa.

—¿Has terminado? —le preguntó a Miguel con malos modos.

Atrajo a Kate de nuevo a la protección de sus brazos.

—Deberíamos sentarnos y hablar —les sugirió Miguel.

—Es lo primero con sentido que oigo en todo el día —soltó Adrien, mientras abandonaba la cocina.

Cuando entraron en la sala, comprobaron con asombro que todos los destrozos habían desaparecido. Nada indicaba que unos minutos antes una explosión de una fuerza desconocida había asolado el mobiliario y las ventanas, y había abierto un par de agujeros en las paredes.

Kate dejó escapar un suspiro entrecortado. Ver su casa intacta le calentó el pecho y alivió un poco su tristeza. Sin soltar la mano de William, ocupó con él el sofá. Adrien se sentó a su lado, cosa que agradeció. Entre ellos se sentía reconfortada.

Miguel se situó junto a la chimenea, al lado de Rafael. Nathaniel y Meriel estaban afuera, vigilando. Gabriel contemplaba el jardín desde una de las ventanas.

William lo taladraba con la mirada. Le costaba permanecer quieto cuando lo tenía tan cerca. La idea de atravesarle el pecho con una daga era demasiado tentadora.

Miguel llamó su atención con un carraspeo.

—Bien, solo hay una forma de arreglar este asunto. Debemos ser sinceros e intentar ayudarnos. Necesitamos colaborar juntos y entendernos lo mejor posible. No pido que nadie se disculpe ni se arrepienta de nada. Gabriel es el primero que se niega a hacerlo. Cree que ha hecho lo correcto y no se lamenta, pero ha prometido que no os hará daño a ninguno. ¿No es así, hermano?

Gabriel lo miró por encima de su hombro y asintió una sola vez con la barbilla. Su mirada se cruzó con la de Kate y descendió hasta su pecho. Ella se encogió y se abrazó el estómago.

Miguel cruzó los brazos y entornó los ojos con un gesto de concentración.

—Creo que es inútil remontarnos al pasado y explicar acontecimientos que en este momento serían irrelevantes y no aportarían nada, salvo la pérdida de tiempo. Así que voy a limitarme a resumir lo más importante que debéis saber y a mostraros la situación en la que nos encontramos.

Cuando estuvo seguro de que tenía la atención de todo el mundo, comenzó a explicar:

—Los primeros hijos de Dios fuimos catorce arcángeles. Sus predilectos. En este momento, ocho de nosotros se han convertido en Oscuros. Eso quiere decir que han desobedecido las leyes impuestas por nuestro padre y han abandonado el camino de la rectitud. Consideran que el mundo les pertenece y que el hombre nunca ha merecido tal regalo. Los lidera Lucifer, el más fuerte de todos nosotros. Él siempre ha anhelado poseer cada creación de nuestro padre, superarla. Su mayor deseo es dominar la tierra y hacerse con todas las almas que la habitan. Si habéis leído sobre el Apocalipsis, entonces sabéis a qué me refiero.

»Tras la última batalla que nos enfrentó, logré encerrar a Lucifer en lo que conocéis como «infierno». Me aseguré de que no pudiera salir de allí de ningún modo. Lo despojé de sus poderes y estudié cada profecía que anunciaba su advenimiento. Después creé cadenas y sellos que lo mantuvieran encerrado si estas finalmente se cumplían. —Hizo una pausa y su expresión se endureció—. Y no solo eso. Para no correr riesgos, hice algo que iba en contra de mis propios principios. Un acto prohibido que ni siquiera a mí me está permitido, pero que aseguraría el encierro de Lucifer de forma permanente.

Evitó mirar a Rafael. Su hermano aún estaba consternado y confuso. Enfadado con él por haber llevado a cabo tal sacrilegio y haberlo ocultado durante demasiado tiempo a sus hermanos. Continuó:

—Tras el encierro de Lucifer, establecimos un acuerdo de honor con nuestros hermanos. Nosotros moraríamos en el cielo y ellos en el infierno. El poder de ambos bandos lo decidirían los hombres con su libre albedrío. La lucha se libraría en las mentes humanas a través de su voluntad para elegir entre el bien y el mal. El desequilibrio a favor de unos u otros lo resolvería su elección. El mundo pertenecía a los humanos y no podría ser tomado. De igual modo, no influiríamos en el futuro de la especie y permaneceríamos recluidos en nuestros planos correspondientes, por lo que se levantó un velo insalvable que separara los distintos mundos.

»Aunque hubo ciertas concesiones. A los arcángeles y a los caídos de mayor rango se les permitía descender y disfrutar de los placeres y la belleza del mundo, pero solo bajo la promesa de no intervenir. Se crearon unos portales para permitirles el paso entre planos y se designaron unos guardianes, las Potestades, que se aseguraban de que todos cumplieran el acuerdo. Siempre ha habido insurgentes, siervos del lado oscuro que incumplían dicha norma y cruzaban para poseer cuerpos y obrar con maldad.

—Ya, una historia muy interesante, pero ¿podrías resumir un poco e ir a la parte que tiene que ver con Kate? —lo interrumpió William.

—No eres nadie para exigirle nada. Cierra la boca —le espetó Gabriel con rabia.

—Gabriel, me has dado tu palabra —le recordó Miguel.

Gabriel apretó los dientes y regresó junto a la ventana. Apoyó la espalda contra la pared y se cruzó de brazos.

Miguel fue junto a él y contempló el jardín, mientras buscaba las palabras adecuadas. No sabía cómo hablarles de las almas que había sacrificado para lograr la magia necesaria que encerrara a su hermano.

Cómo se había fallado a sí mismo y a todos los que protegía. Cómo había cometido el mayor de los crímenes.

No había un modo de explicar algo así.

—Usé una magia muy antigua y prohibida para crear un hechizo —confesó de golpe—. Aunque todas las profecías se cumplieran, los portales se abrieran y los sellos que impedían su paso se rompieran, mi hermano Lucifer nunca cruzaría a este lado. El hechizo quebraba el vínculo entre su cuerpo y su alma, por lo que si intentaba cruzar, solo lo haría su cuerpo. El alma quedaría atrás, atrapada en el infierno sin protección. Y sin alma en la tierra, es frágil y mortal.

»Creía que había sido más listo que él y todos los profetas. Estaba convencido de que mi hermano no se arriesgaría a desprenderse de su bien más preciado. Lucifer no confía en nadie, pero me equivoqué. No supe interpretar vuestra profecía y no vi lo evidente. Con el recipiente adecuado, hasta su alma hechizada podría cruzar a este lado sin ser detectada por ninguno de nosotros y completamente a salvo.

Kate levantó la cabeza y miró a Miguel. De repente, necesitaba aire o vomitaría allí mismo. No pudo moverse, su cuerpo estaba paralizado por la impresión. Era evidente que Marak le había entregado algo, pero ¡no podía ser eso!

Miguel le sostuvo la mirada y añadió:

—No sé cómo lo hizo, pero Lucifer dio con ese detalle. Encontró un recipiente, guardó su alma en él y durante trece años ha esperado a que los portales se abrieran. Ahora solo le resta recuperarla para volver a estar completo.

—¿Llevo dentro el alma de Lucifer? —preguntó Kate sin aliento.

—Sí, Gabriel lo ha visto. La has llevado todo este tiempo contigo, y ahora mi hermano está listo para recuperarla —respondió Miguel sin suavizar la respuesta.

Kate se puso de pie con piernas temblorosas.

—Tenéis que quitármela. No la quiero dentro de mí —pidió con voz entrecortada. Acortó la distancia que la separaba de Miguel—. ¡Quítamela!

—No podemos —dijo Gabriel, incapaz de guardar silencio por más tiempo—. Tienes algún tipo de protección que impide tocarte.

—Lo que impide es que le hagas daño —repuso William atando cabos—. Si Kate muere, tanto su alma como la de él cruzarían al otro lado, ¿no es cierto? Eso es lo que pretendías.

—Sí —admitió sin ningún remordimiento—. Pero es evidente que Lucifer ya lo tenía previsto.

—Debe de haber algún modo de sacarla —terció William.

—Hay algo que no entiendo —dijo Adrien—. ¿Por qué nos ayudó Lucifer cuando los nefilim nos atacaron? Si nada puede herir a Kate, ¿por qué se arriesgó a que averiguáramos quién era?

La habitación quedó en silencio. Adrien estaba en lo cierto, no tenía sentido.

—Porque no hay ninguna protección —indicó Miguel al cabo de un par de segundos. Miró a Kate fijamente—. ¿Cómo no me he dado cuenta antes? No eres un vampiro corriente. Hay algo de nosotros en ti. ¿Cuál de ellos dos te transformó? —le preguntó con voz ronca y apremiante.

—Fui yo —respondió Adrien.

—¿Por qué lo hiciste?

Adrien dejó que su vista vagara por la habitación. Se pasó una mano por el pelo, nervioso y avergonzado. Había evitado hablar de todas las cosas que se vio obligado a hacer durante los dos años que su madre y su hermana estuvieron en poder de Mefisto. Creía que si las ignoraba y fingía que no habían sucedido, acabaría por ser cierto.

—Formaba parte del plan de mi padre. Él sabía que William no me ayudaría a romper la maldición de los vampiros, pero si ella se convertía en uno y corría el riesgo de morir bajo el sol...

—Acabaría por hacerlo —terminó de decir Miguel. Sonrió para sí mismo—. Siempre ha sido un buen estratega. Convertirla no solo sirvió para que se rompiera la maldición, su muerte cumplió otro punto de la profecía. «Dos veces marchita». Ese día murió por segunda vez. —De repente, se echó a reír con fuertes carcajadas que resonaron por toda la sala. Se sentó en el sofá y se repantigó con los brazos estirados sobre el respaldo—. Por supuesto, te transformó un híbrido. No solo has adquirido los poderes de un vampiro, también los de un ángel. Lucifer no tiene nada que ver en esto.

Kate no lograba entender adónde quería ir a parar el arcángel. Buscó a William con la mirada. Él la observaba como si fuera una extraña y la estuviera viendo por primera vez. Entonces, recordó algo que Marak le había dicho durante su encuentro en la biblioteca: «Tú no eres un vampiro corriente. Te convirtió el retoño de un ángel y la sangre de otro te alimenta. Querida, tú también eres única en tu especie. Otro milagro de la evolución. ¿Quién sabe qué cosas podrás hacer?».

William maldijo entre dientes y la abrazó contra su pecho.

—Se protege a sí misma. No sé cómo lo está haciendo, pero ese campo de fuerza lo está creando ella de forma inconsciente al sentirse amenazada —explicó Miguel sin dejar de reír.

Gabriel se quedó mirando a su hermano con los dientes apretados.

—Me alegro de que te resulte tan divertido. ¡Porque yo no le encuentro la gracia! —En su voz vibraba el eco de la cólera.

—¡Porque no la tiene! —gritó Miguel airado. Una capa de hielo se extendió por su pecho. Fría, rígida y letal.

—Bien, ¿qué hacemos? —preguntó Adrien.

—¿Hacemos? —replicó Gabriel en tono mordaz—. Vosotros no vais a hacer nada. Estáis fuera de esto, ya no sois relevantes. Ella vendrá con nosotros hasta que encontremos la solución.

William se movió a la velocidad de la luz. Empujó a Kate a los brazos de Adrien y se abalanzó sobre Gabriel.

—Kate no se moverá de aquí y tú no te acercarás a ella —farfulló entre dientes mientras lo aplastaba contra la pared.

Su imagen era la de un hábil depredador, alerta y peligroso como ninguno.

Gabriel lo sujetó por la muñeca e intentó liberarse del agarre, pero William no estaba dispuesto a ceder.

Rafael ni siquiera se movió, se había propuesto quedarse al margen de todo y pensaba cumplirlo aunque su hermano y el híbrido se enzarzaran en otra pelea a muerte.

Miguel, lejos de intervenir, soltó un suspiro y posó sus ojos en Kate. La voz de Amatiel se coló en su mente con un aviso.

«Deja que se acerque y que no os vea», le ordenó Miguel.

William soltó a Gabriel y se giró hacia la puerta, justo cuando esta se abría y Shane entraba como alma que lleva el diablo.

—Algo ocurre en el pueblo —dijo con la voz entrecortada por la carrera que le había llevado hasta allí.

Sus ojos se abrieron como platos al ver a Gabriel, Rafael y Miguel. Todos sus instintos reaccionaron y sus ojos destellaron con el color del ámbar. La bestia se agitó en su interior, gruñendo enloquecida.

—No te preocupes por ellos. ¿Qué está pasando? —preguntó William.

—Algunas personas se están comportando de un modo extraño. La policía ha establecido controles en los accesos al pueblo y nadie puede entrar ni salir. Aseguran que se han detectado casos de gente enferma por una infección desconocida. Keyla dice que nada de eso es cierto, que en el hospital no han declarado ninguna alerta —respondió.

Gabriel y Miguel cruzaron una mirada.

—Demasiado tarde, saben que estamos aquí y que la hemos encontrado —dijo Rafael con voz ronca.

42

Mefisto prendió otro cigarrillo y observó la casa de huéspedes desde el viejo muelle. Caminó sin prisa en la oscuridad, hasta detenerse bajo un roble de frondosas ramas. No había podido resistir la tentación de verla de nuevo. Sabía que era una debilidad. Quizá culpa de los años que la mantuvo retenida contra su voluntad. No estaba seguro del motivo, pero se había acostumbrado a verla de vez en cuando, a tenerla junto a él algún rato que otro; y en cierto modo, sentía que la echaba de menos.

Ariadna.

Su nombre despertaba en él un extraño cosquilleo. Cuando la localizó en París, su interés por ella tenía un motivo. Necesitaba su vientre y dar vida en su interior al instrumento que necesitaba. La habría llevado a su lecho aunque la hubiera encontrado repulsiva. De hecho, yacer con una descendiente de Lilith no lo entusiasmaba. Sin embargo, aquella noche en el Louvre encontró algo que no esperaba. Una mujer hermosa, inteligente, divertida y que había despertado su lujuria como ninguna otra en toda su larga vida.

Aún la deseaba. No solo eso, sentía cierta admiración. Sus genes le habían proporcionado un hijo fuerte y merecedor de llevar su sangre. Jamás lo admitiría, pero se sentía orgulloso del descendiente que le había dado. Lástima que Adrien hubiera heredado el corazón y los principios de su madre. Una parte de él ansiaba tenerlo a su lado, que le llamara «padre» con afecto, y no con el desprecio que lo hacía cuando él lo obligaba a pronunciar esa palabra.

Sus dedos se crisparon en torno al cigarrillo. Lo tiró al suelo y lo aplastó sobre la hierba húmeda. Después lo hizo desaparecer sin más, borrando cualquier evidencia de su discreta visita.

Se desmaterializó y segundos más tarde tomó forma en el pueblo. Se encaminó hacia la iglesia de Saint Mary, paseando sin prisa por la calle. La gente iba de un lado a otro, ajenos a su presencia. Solo unos pocos reparaban en él. Se encogían de miedo y respeto, bajaban la vista y lo saludaban con reverencias. Siempre despertaba esa mezcla de terror y devoción en sus siervos.

Alcanzó la iglesia, cruzó la oxidada cancela y se dirigió al cementerio que se extendía bajo la arboleda. Caminó entre los mausoleos ruinosos y las tumbas elevadas. Ese camposanto abandonado le recordaba un poco al del Père-Lachaise de París. Aún pensaba en los interminables paseos nocturnos que dio con Ariadna por sus calles, y sus conversaciones sobre arte junto a las tumbas de Chopin y Balzac.

Se detuvo frente a una cripta y fingió contemplarla con el interés de un turista. Una pareja de visitantes dobló una esquina y pasó por su lado sin prestarle atención. Simples humanos. Se relajó un poco y echó a andar.

Conforme se adentraba en el cementerio, la mezcolanza de estilos era casi ridícula a la par que hermosa. Detalles victorianos, renacentistas y góticos se mezclaban en un caótico laberinto de tumbas invadidas por la naturaleza. Arbustos, plantas trepadoras y maleza habían conquistado hasta el último rincón.

Con la mano apartó la cortina de hiedra que cubría el frontal de una antigua capilla privada. En su interior se encontraba la única cripta subterránea de todo el cementerio. Traspasó la protección que la mantenía oculta, penetró en su interior y bajó sin prisa la escalera.

Supo que estaba de mal humor sin necesidad de verle. Su disgusto se respiraba en el ambiente rancio y enmohecido que impregnaba cada piedra. Lo encontró sentado en un enorme sillón de terciopelo rojo, descansando como si durmiera y rodeado por sus hermanos. Uriel puso los ojos en blanco y Azaril le hizo un pequeño gesto con la mano, pidiéndole paciencia.

Mefisto se detuvo frente al sillón y guardó silencio.

De repente, Lucifer se puso de pie con aire dramático.

—Están aquí. Todos ellos —se quejó.

—Era cuestión de tiempo —dijo Mefisto.

—Pero no tan pronto. No hasta que yo esté completo —escupió la última palabra con rabia y taladró con su mirada plateada a Mefisto—. Es culpa tuya. Tus planes para distraerlos no han servido.

—¿Que no han servido? —estalló Mefisto—. Llevo siglos preparando hasta el último detalle, dedicando todos mis esfuerzos a tu liberación. He consagrado cada segundo de mi vida para llegar a este instante. ¡Lo he logrado, estás a un solo paso de ser Dios! —gritó con los brazos en alto como si suplicara—. Y todo ha sido gracias a mí. ¡A mí! Te quiero, hermano, pero no toleraré que menosprecies mis esfuerzos.

Lucifer le sostuvo la mirada. Poco a poco, su enfado se fue moderando. Con un suspiro regresó al sillón y se dejó caer con descuido. Con las piernas estiradas y el codo apoyado en el reposabrazos, se acarició la barbilla.

—Necesito recuperarla. Con ellos tan cerca, no logro sentirla —dijo en voz baja—. Me enfado porque estoy preocupado.

Mefisto soltó un largo suspiro, arrepentido por su ataque de ira. Se acercó a Lucifer y se arrodilló a sus pies. Colocó su mano sobre la de él.

—Yo también estoy enfadado y preocupado, Marak —susurró. Le gustaba llamarle por su nombre humano y no el divino—. Pero esta vez saldrá bien, la suerte está de nuestra parte. Nunca habíamos llegado tan lejos.

Lucifer levantó los ojos del suelo y miró a su hermano.

—Nunca —musitó más animado.

—Nunca —repitió Mefisto—. Todo es como debe ser. Estamos en el lugar y el momento adecuados. La chica es un recipiente hermético en el que estás a salvo. Pronto te devolverá tu poder y serás invencible. Una batalla, la última, y todo será tuyo. ¡Esta vez les venceremos!

—Les venceremos. —Lucifer se inclinó hacia delante y tomó el rostro de Mefisto entre sus manos con afecto—. No más cadenas.

—No más cadenas —repitió Mefisto.

Ladeó la cabeza y besó la mano que aún le sostenía. El amor que sentía por su hermano pequeño era infinito.

—Necesito llegar a ella antes de que encuentren la forma de que-brarla —dijo Lucifer en tono vehemente—. Ha llegado el momento.

—Todo está preparado. Solo necesito a alguien que nos ayude a lle-gar a la chica. —El gesto de Lucifer cambió—. No te preocupes, sé quién podría servir.

43

Pese a las objeciones de Kate, William estaba seguro de que lo más sensato era instalarse de nuevo en la casa de huéspedes, donde ella estaría rodeada de personas que la mantendrían a salvo.

No se fiaba de los arcángeles, especialmente de Gabriel. Kate portaba algo en su interior que ellos querían, y no eran los únicos. Allí fuera, en alguna parte, Lucifer esperaba con más interés que ningún otro.

La situación era muy complicada y peligrosa, y no tenía la menor idea de cómo resolverla.

—¿Estás bien? —le preguntó Adrien mientras cargaban en el coche unas maletas.

—Hay que sacarle esa cosa cuanto antes.

—¿Y cómo lo hacemos? Lo fácil sería dejar que Lucifer recupere su alma. Aunque desencadenar el Apocalipsis tampoco parece la mejor solución.

William se estremeció. La inquietud se arremolinaba en su interior como una tormenta. Su mirada cayó en el fuego que le iluminaba las manos. Quería sacar a Kate de ese lugar y desaparecer con ella, llevársela lejos. Lo había intentado, pero desmaterializarse con su cuerpo era algo que ya no podía hacer. Adrien tampoco. Así que habían llegado a la conclusión de que el problema residía en ella y lo que llevaba dentro, que empezaba a actuar con vida propia.

Encontraría la manera de protegerla, por muy disparatada que fuese.

—Podríamos matarlo —propuso William.

—¿Te refieres a Lucifer?

—Lo encontramos y lo matamos. Dicen que ahora es mortal, ¿no?

Adrien le sostuvo la mirada durante un largo instante. Sonrió.

—Siempre he sabido que eras un idiota con prisa por morir, pero que yo te siga el juego sí que no lo esperaba.

William se encogió de hombros.

—No hace mucho, me dijiste que no te importaba palmar.

—Y es cierto, lo que no entra en mis planes es el suicidio.

—¿Tienes miedo?

—¿De retar al mismísimo diablo? ¡No! ¿Por quién me tomas?

William no apartó su mirada de él, tampoco sonrió.

—No bromeo, lo digo en serio. Matémosle.

Adrien se frotó la mandíbula con un gesto perezoso, aunque por dentro hervía como la lava de un volcán. Los arcángeles lo ponían nervioso y tenían a seis en la entrada. Sin contar con que su padre no andaría muy lejos.

—Sé que no bromeas. —Hizo una pausa—. Deberíamos irnos. Shane ya habrá organizado la reunión.

William enfundó las manos en los bolsillos de sus tejanos y miró a su alrededor.

—No me parece bien meterlos en esto. Casi mueren en ese almacén en Nueva Orleans. Ya les he pedido demasiado y este asunto es cosa nuestra.

Adrien sacudió la cabeza. No estaba de acuerdo con William.

—Nos afecta a todos, incluso a los humanos. Aunque, como siempre, ellos vivirán felices en su ignorancia, mientras nosotros intentamos deshacernos de los monstruos en su armario. Lo de Nueva Orleans no será nada comparado con lo que podría pasar si la profecía se cumple. No podemos hacerlo solos.

William era consciente de que Adrien tenía razón en todo, pero eso no lo hacía más fácil ni lo hacía sentirse mejor.

—Sabes que no tienen nada que hacer contra un ángel.

—Lo sé —confesó Adrien. Suspiró—. Está bien, lo haremos nosotros. Si las cuentas no me fallan, son catorce arcángeles, ¿no? Siete para ti y siete para mí. ¡Pan comido! Y si no te importa, Mefisto y el tal Rafael son míos. Me muero por sacudirle a ese estirado.

William soltó una risita.

—Sabes que podrían estar oyéndonos, ¿verdad?

—Con eso cuento —replicó Adrien en voz alta.

—Gracias —dijo de repente William—. Por todo.

Adrien clavó la vista en el suelo. Las palabras de William lo habían pillado por sorpresa, sobre todo porque sonaban sinceras. Empujó una piedra con la punta de su bota y se pasó la mano por el pelo sin saber qué hacer con las emociones que sentía.

—Vale, pero no hace falta que me compres flores. Ya sabes que no eres mi tipo.

—Según me han dicho, te ponen las nefilim —comentó William como si nada, mientras se dirigía a la casa—. Morenas, menudas, ojos grandes...

Los ojos de Adrien centellearon un instante. Sacudió la cabeza y una sonrisa maliciosa se extendió por su cara.

—Sigue así y seré yo quien clave la tapa de tu ataúd algún día.

William fingió no oírlo.

—Parece una chica lista, pero ¿quién sabe? Quizá tarde en darse cuenta de lo idiota que eres y se acabe fijando... —Se agachó para evitar la daga que volaba directa a su cabeza—. Alguien debería hablarle de tu mal genio. —Una segunda daga se clavó en el marco de la puerta, a milímetros de su oreja—. ¡Te gusta de verdad!

Se oyó un clic. Adrien acababa de quitarle el seguro a su arma. William entró a toda prisa en la casa con una enorme sonrisa en la cara. Bromear con Adrien había aligerado un poco su malestar.

Se encaminó a la escalera y entonces lo olió.

Corrió hasta la habitación, entró sin llamar y se dirigió al baño con un nudo en la garganta. Encontró a Kate frente al espejo, y ella bajó la cabeza en cuanto lo vio aparecer. La agarró por la nuca y la obligó a que lo mirara, mientras con la otra mano le apartaba los dedos con los que intentaba ocultar la hemorragia nasal.

—¡Joder! —exclamó él.

Se estiró para coger una toalla.

—No es nada. Estoy bien —dijo ella.

Quiso girar la cabeza, pero él la obligó a permanecer quieta mientras le limpiaba la sangre que le escurría por los labios y la barbilla.

—No lo estás. —Dejó la toalla a un lado tras asegurarse de que había dejado de sangrar. La miró a los ojos—. ¿Cuántas veces?

Kate sabía perfectamente a qué se refería. Se encogió de hombros, quitándole importancia.

—¿Cuántas? —la presionó.

—Unas pocas, nada serio. Estoy bien, de verdad.

Él no la creyó, pudo verlo en su mirada y la toalla empapada no ayudaba a tranquilizarlo.

William no dijo nada. Se inclinó y la besó con una desesperación que no tenía nada de ternura. Estaba aterrado y eso se transmitió en la forma en la que sus dedos se clavaban en la suave piel del cuello. La tomó en brazos, mientras una furiosa impotencia se adueñaba de su mente.

—Vámonos —dijo contra sus labios.

Media hora después, entraban en la casa de huéspedes; y ese día, el nombre le iba que ni pintado. Estaba llena de gente, casi parecía una celebración, si no fuese porque el ambiente se parecía más al de un funeral.

William dejó a Kate en el sofá de la sala, con su mente convertida en un hervidero de rabia y deseos de venganza. Repasó cada detalle y conversación, toda la información de la que disponía. Necesitaba encajar cada pieza en su sitio con absoluta precisión.

Se sentó junto a ella y esperó a que todos ocuparan un sitio. Los lobos habían acudido al completo. Robert y Marie permanecían juntos, él ocupando un sillón y ella sentada en el reposabrazos. Cecil y Ariadna se acercaron a Adrien, al igual que Salma y Sarah, que parecían sentirse más cómodas cerca de él que de los demás. El último en llegar fue Steve, acompañado de Mako y dos jóvenes guerreros.

Todos miraban a Kate, no podían evitarlo. Su aspecto empeoraba por horas. Se la veía tan delgada y frágil, y con una palidez preocupante incluso en un vampiro.

William se dirigió a Daniel:

—Nunca te he mentido y tampoco voy a hacerlo ahora. Ha pasado algo que lo cambia todo y que me afecta más que nunca.

Daniel asintió, prestándole toda su atención.

De repente, el aire se agitó y los seis arcángeles tomaron forma junto a una de las paredes. Los ojos de Daniel centellearon con un susto de muerte.

—Pero ¿qué demonios...?

—Casi —dijo William—. Daniel, estos son Miguel, Gabriel, Rafael, Nathaniel, Meriel y Amatiel. Ya te hablé de Gabriel hace unas semanas.

—¿Y qué hacen aquí?

—Vigilan a Kate. —Adrien escupió las palabras como si estuvieran impregnadas en ácido.

—¿A Kate? ¿Y por qué la vigilan? —preguntó Robert.

Se había puesto de pie y contemplaba a los arcángeles con desprecio.

—Ella es el alma pura de la que habla la profecía —soltó William sin más rodeos.

Todas las cabezas se giraron para contemplarla y un pesado silencio se impuso en la habitación.

William buscó a Salma con la mirada.

—Este sería un buen momento para una de tus visiones. Una pista, lo que sea.

Salma se la devolvió con una pena profunda y negó con la cabeza.

—No he vuelto a ver nada, lo siento —musitó.

Miguel dio un paso adelante y clavó sus ojos plateados en Salma.

—¿Tenéis un profeta entre vosotros?

—¿Pro... profeta? —preguntó Salma, incómoda con la repentina atención de los ángeles en ella.

44

William expuso lo mejor que pudo la situación a sus amigos, y después trató de explicar a Miguel todo lo referente a Salma. Al narrar la historia en conjunto, y con todos los datos de los que ya disponían, la gravedad del problema tomó una nueva dimensión.

La profecía estaba a punto de cumplirse. Un paso más y Lucifer recuperaría todo su poder. Algo que no tardaría en intentar. El tiempo era un bien escaso, que comenzaba a agotarse en esa cruzada de la que formaban parte desde hacía mucho y sin saberlo.

—¿Mefisto te indicó el camino hacia esta vidente? —preguntó Miguel. Sus ojos centelleaban de rabia. Adrien dijo sí con la cabeza—. ¡Bastardo manipulador! —exclamó para sí mismo. Y añadió—: ¿Puedo ver ese libro?

William se llevó la mano a la espalda y sacó el ajado manuscrito de debajo de su ropa. Lo dejó en un extremo de la mesa y lo empujó con su mente hasta el arcángel.

Miguel tomó el diario y comenzó a leer. Conocía el contenido. Había vigilado al profeta que lo escribió y guardaba en su mente cada presagio formulado. Con las pistas que ahora tenía, el peligro de la profecía cobró forma ante él.

—«Donde el cielo mora y da nombre a la tierra. Ante los que fueron carne y en polvo se desvanecen, una promesa cumplida traerá consigo el fin de los días. El velo caerá, la oscuridad retornará y la tierra llorará fuego cuando los primeros hijos se desafíen» —leyó para sí mismo. Y añadió en voz alta—: «Donde el cielo mora, dando nombre a la tierra... Dando nombre...».

—Ninguno de nosotros ha logrado averiguar a qué se refiere —dijo William.

Un leve resplandor iluminó el cuerpo de Miguel y una corriente de energía se extendió por la sala.

—¿Cómo se llama este pueblo? —preguntó.

—Heaven Falls —respondió Daniel—. Así lo bautizó uno de los colonos fundadores, un hombre de Dios.

—Donde el cielo mora... —repitió William. De repente, se puso de pie y soltó una maldición—. ¡Es aquí, este es el lugar del que habla la profecía! ¿Cómo no lo hemos visto?

Deslizó un brazo bajo las rodillas de Kate y el otro se lo pasó por la espalda. La levantó y se encaminó con ella a la puerta principal.

—Nos vamos —le dijo en un susurro.

—William, no creo que... —empezó a decir ella.

—Nos largamos de aquí —insistió sin ánimo de ceder.

Robert salió tras él.

—¿Adónde la llevas?

—Lo que sea que vaya a ocurrir, pasará aquí, en Heaven Falls. Así que voy a llevármela lo más lejos posible y donde nadie pueda encontrarla —respondió William.

La mirada de Kate se encontró con la de Robert. El entendimiento fluyó en ambos sentidos. William actuaba a la desesperada. Poner distancia, cuando se estaban enfrentando a unos seres tan poderosos como los arcángeles, no podía ser tan fácil.

—Voy contigo —dijo sin más.

Adrien y Shane también los siguieron.

Estaban a punto de llegar al coche, cuando Miguel y sus hermanos aparecieron de la nada, interponiéndose en su camino. Sus ojos plateados se enfrentaron a los de William con un propósito inconfundible.

—Moverla es exponerla. No puedo permitir que lo hagas, el riesgo es demasiado grande —dijo Miguel con voz suave, como si le estuviera hablando a un niño al que pretendía convencer con condescendencia.

Sin embargo, William no era ningún niño, y sí bastante despiadado y obstinado como para no dejarse impresionar, y mucho menos manipular. Prefería marcharse e intentarlo, que quedarse allí como prisioneros a la espera de un desenlace.

—Sacarla de aquí supone una oportunidad. No me quedaré de brazos cruzados a la espera de que pase algo. La profecía habla de este pueblo, lo que está escrito debe ocurrir aquí. Si me la llevo, no pasará nada —replicó William.

—¿De verdad crees que Lucifer te dejará llevártela sin más? No va a permitirlo —le hizo notar Gabriel.

—Ya lo veremos —respondió William. Sus ojos destellaron con impaciencia—. Lo que no entiendo es qué hacéis vosotros aquí. ¿No deberíais estar buscándolo ahora que aún es débil? Esta situación acabaría si volvéis a someterlo.

—Puede que Lucifer sea débil, pero no el resto de mis hermanos. La lógica apunta en una única dirección. —Miguel señaló a Kate con un gesto de su barbilla—. Debemos mantenerla alejada de los Oscuros y encontrar la forma de recuperar el alma de mi hermano. Es lo más sensato.

Adrien se colocó junto a William.

—Nos la llevamos. Si queréis protegerla, tendréis que venir con nosotros.

Miguel dirigió una breve mirada a Adrien, antes de pasearla por el porche de la casa. Todos los licántropos observaban la escena con cara de pocos amigos. También los vampiros. No le preocupaban en absoluto, reducirlos apenas requería un poco de esfuerzo mental.

Pero ellos no eran el enemigo.

El enemigo real estaba allí fuera, en alguna parte, y compartía su misma sangre. Un adversario peligroso al que no debían de enfrentarse, si la solución al problema podían hallarla de otro modo. Si había un enfrentamiento, las posibilidades de vencer en las condiciones actuales eran inexistentes.

—Está bien, intentadlo —dijo Miguel después de un largo silencio.

—¿Y ya está? ¿Vais a dejar que nos marchemos? —inquirió Adrien.

—Sí —respondió Rafael—. Así mediremos sus fuerzas.

William no esperó ni un segundo más. Abrió la puerta del todoterreno y depositó a Kate en el asiento trasero. Le lanzó las llaves a su hermano.

—Tú conduces.

No hubo despedidas. Los neumáticos del coche chirriaron cuando Robert pisó a fondo el acelerador y lanzó una lluvia de gravilla al aire.

Kate apenas tuvo tiempo de echar una mirada atrás y alzar la mano. Dejó caer la cabeza en el pecho de William y cerró los ojos exhausta. Vivía una pesadilla de la que no lograba despertar y la esperanza se desvanecía.

Las emociones brotaron de su cuerpo como una gran ola que trató de reprimir. Se aferró a William con brazos temblorosos. Él la estrechó con toda la ternura de la que era capaz. Apoyó el mentón en su pelo y la mantuvo abrazada mientras el coche volaba en dirección al pueblo.

Las luces del atardecer se consumieron y la oscuridad se adueñó de un cielo sin luna.

Al penetrar en las calles de Heaven Falls, un presentimiento los sacudió. Algo no iba bien, era temprano para que estuvieran tan vacías. No había coches circulando. Ni un alma se paseaba por las aceras. Los comercios tenían las luces encendidas, las puertas abiertas, pero no se atisbaba a nadie en el interior. Y luego estaba ese olor que se colaba en su olfato, rancio y sulfuroso.

Nadie dijo nada, pero todos pensaban lo mismo.

—Acelera —ordenó William a Robert, al ver que este dudaba al acercarse a un semáforo en rojo.

Su hermano obedeció y cruzaron la intersección como un rayo. Giró a la derecha y el coche derrapó. Ante ellos apareció la larga recta que los sacaría del pueblo en dirección sur.

De pronto, Adrien entornó los ojos y se inclinó sobre el parabrisas.

—¿Qué es eso?

Algo se movía en la carretera, pero no estaban lo bastante cerca para ver de qué se trataba.

Robert aceleró y cambió de marcha. Mientras no fuese un muro de hormigón, sin problema. Sin embargo, no estaba preparado para lo que encontró. Pisó el freno a fondo y el coche se deslizó, quemando goma sobre el asfalto hasta que se detuvo por completo.

Había un muro, pero no de hormigón, sino humano. Decenas de personas ocupaban la carretera.

—Es gente del pueblo —susurró Shane con la cabeza entre los dos asientos delanteros—. ¿Qué hacen ahí parados?

Adrien se pasó una mano por el pelo. Su aguda visión había captado un detalle que los otros no. Se volvió hacia William, que abrazaba a Kate con más fuerza mientras sus brazos se convertían en piedra. Él también lo veía.

—Ya no son gente del pueblo. Son otra cosa —dijo William.

Robert se inclinó sobre el volante y forzó su vista. De repente, dio un respingo que le hizo saltar en el asiento. Había hombres, mujeres y niños, y todos tenían los ojos completamente negros.

—¿Qué hacemos? —preguntó.

—Seguir adelante —respondió William con voz inexpresiva.

Kate se enderezó y clavó su mirada violeta en él.

—¡No puedes pasarles por encima!

—Estamos perdiendo el tiempo. Si mi padre o cualquiera de los otros aparecen, entonces sí que no podremos salir de aquí —indicó Adrien, que parecía compartir la misma falta de escrúpulos que William.

—Acelera —ordenó William.

—Hay niños —dijo Kate con la voz rota—. Conozco a esas personas. No tienen la culpa de nada.

—Pues más les vale apartarse. ¡Acelera!

Robert pisó el acelerador y el motor del todoterreno rugió. Salió disparado hacia delante. Los faros iluminaron los rostros desprovistos de vida que formaban la barricada.

—No van a apartarse —gimió Kate.

Escondió la cara en el pecho de William. No podía verlo.

—Lo siento, pero son ellos o tú —musitó William y una lágrima resbaló por su mejilla. No era el monstruo sin remordimientos que podía parecer.

Robert no vaciló y se mantuvo en línea recta como si fuese una bola lanzada para hacer un *strike* con un montón de bolos.

En el último momento, todos se apartaron y dejaron que el vehículo continuara su camino.

Kate se enderezó al no sentir el golpe y pudo ver cómo sus vecinos volvían a ocupar la carretera sin apartar los ojos del coche. Una sonrisa de alivio se dibujó en sus labios y se aferró a William. En el fondo quería alejarse de allí cuanto le fuera posible.

De repente, se dobló por la mitad y se llevó las manos al pecho. Oh, Dios, le dolía. Le dolía mucho.

William la sostuvo por los hombros.

—Kate, ¿qué te pasa?

—No lo sé. —Otra punzada la estremeció de arriba abajo y las náuseas se agitaron en su estómago. Un doloroso espasmo la partió por la mitad con un grito—. Duele mucho.

Adrien se giró en el asiento.

—¿Qué ocurre? —Vio el hilo de sangre que le resbalaba por la nariz—. ¡Joder!

Se puso de rodillas en el asiento, mientras sacaba del bolsillo de su pantalón un pañuelo. El hilo se convirtió en una hemorragia.

William logró moverla en el asiento y la subió a su regazo, de modo que podía verle la cara.

Kate empezó a gemir. Notaba un dolor agudo en la cabeza que se extendía hacia sus oídos. Se tapó las orejas y comprobó horrorizada que también le sangraban. Dentro de su pecho, esa fuerza latente cobró vida y palpitaba haciendo crujir sus costillas. Se estaba muriendo, o algo peor, y tenía la sensación de que cuanto más se alejaban, más empeoraba.

—Para el coche. Para, por favor.

—Detente —ordenó William.

Robert obedeció. El fuerte frenazo los lanzó hacia delante.

Adrien chocó contra el salpicadero y se golpeó la cabeza con fuerza.

William logró poner una mano en el asiento y absorbió la fuerza del impacto.

Kate volvió a gritar. Unas garras invisibles se clavaban en su mente, despedazando su cerebro. Notó la hoja de un cuchillo desgarrándole las entrañas. Se miró el estómago, esperando ver cómo sangraba abierto en canal. No había nada, pero el dolor era tal que ni siquiera podía oír sus propios gritos.

—¿Qué le ocurre? —preguntó Shane.

William no contestó. No tenía ni idea y solo podía pensar en cómo acabar con la agonía que ella estaba sufriendo.

—No podemos quedarnos aquí —adujo Robert.

—¡Joder! —bramó William desesperado—. Continúa hacia el aeropuerto.

Se pusieron en marcha, pero apenas cien metros más adelante, la hemorragia de Kate se descontroló. Shane se quitó la camiseta y se la pasó a William. El vampiro la usó para ejercer presión en su rostro. Nunca había oído un sonido de agonía como el que ella lanzó mientras convulsionaba. De golpe, lo comprendió.

—Da la vuelta —gritó. Robert lo miró por encima de su hombro—. ¡Da la vuelta, maldita sea!

Su hermano hizo lo que le pedía. Se las arregló para frenar el coche y hacerlo girar en la misma maniobra. Emprendió el camino de regreso a toda velocidad.

—¿Volver? ¿Te has vuelto loco? —inquirió Adrien.

—Ella empeora conforme nos alejamos —intentó explicar.

Kate se quedó inmóvil contra él. El tiempo que tardaron en regresar al pueblo se le antojó una eternidad. Ella no daba muestras de recuperarse y temió que su tiempo se estuviera agotando. La rabia lo desgarró.

—Siguen allí —anunció Robert.

La barrera humana continuaba en el mismo lugar. Autómatas sin voluntad. Kate se estremeció en los brazos de William y recuperó poco a poco el dominio sobre sí misma. Había dejado de sangrar. Él le apartó el pelo de la cara y contempló a las personas desplegadas frente a ellos. Vio que se apartaban y formaban un pasillo de cuerpos rígidos.

—Sabían que volveríamos, por eso nos han dejado marchar —dijo Adrien.

—No entiendo nada —masculló Robert.

Aceleró y pasó entre ellos sin el menor incidente. Por el espejo retrovisor vio que las farolas comenzaban a parpadear y una a una se apagaban tras ellos. Las calles eran engullidas por una oscuridad inquietante.

William saltó del coche, tomó a Kate en brazos y corrió hasta la casa. Subió directamente al baño que había en la buhardilla. Una vez dentro, la sujetó con un brazo y con el otro la fue desvistiendo como si fuese una muñeca. Intentó no fijarse en la cantidad de sangre que la cubría.

Como no tenía modo de desvestirse sin soltarla, de un tirón se arrancó la camiseta. Después se sacó las zapatillas con un par de sacudidas y se dejó los tejanos puestos.

Abrazó a Kate mientras abría el agua caliente de la ducha, y muy despacio entró con ella bajo el chorro a presión. La pegó contra la pared y le apartó de la cara los mechones de pelo que se le pegaban a las mejillas. A sus pies, el agua teñida de rojo se fue aclarando poco a poco.

Kate lo miró a los ojos y alzó una mano para tocarle la cara. Él le sonrió, aliviado de ver cómo empezaba a responder.

—¿Crees que podrás sostenerte un minuto? —preguntó. Kate asintió—. Bien, date la vuelta y apoya las manos en la pared. Voy a lavarte el pelo.

Alcanzó un bote de champú y se puso un poco en las manos. Las frotó hasta lograr abundante espuma y después comenzó a masajear su cabello.

Kate cerró los ojos y dejó caer la cabeza hacia atrás, aún sumida en una extraña neblina de debilidad. Aquello era agradable y soltó un suspiro mientras él le aclaraba el pelo. Después dejó que le frotara el cuerpo con una suave esponja y el aroma a jabón sustituyó al olor frío y metálico de la sangre.

De repente, él la hizo girar y la abrazó con fuerza. La sostuvo así durante un largo rato, sin decir nada de nada. Al menos, no con palabras. Su piel y el ímpetu de su lazo, sus labios apretados con fuerza contra su sien lo decían todo. Desesperación, miedo, preocupación y un amor como nunca había existido otro igual.

Kate se apretujó dentro de ese abrazo fuerte y seguro.

—¿Te encuentras mejor? —preguntó él. Ella asintió con un gesto imperceptible—. Lo siento, ha sido culpa mía, no me detuve a pensar...

Kate se puso de puntillas y acalló sus palabras con un beso.

—No quiero hablar sobre lo que ha pasado. Solo deseo fingir que todo es perfecto. Necesito olvidarme de esta pesadilla durante un rato —susurró contra sus labios.

Le puso las manos a ambos lados del cuello y volvió a besarlo. Necesitaba sus caricias y que borrara cualquier cosa de su mente que no fuese él y lo que le hacía sentir. William pareció percibirlo, porque obedeció su petición. La acarició, adorándola con cada gesto. Sus movimientos eran lentos y delicados, y ella comenzó a derretirse. Volvió a besarlo, mientras con sus manos le recorría los musculosos brazos. Unos brazos que podían partir por la mitad a un hombre o reducir a escombros esa casa. Unos brazos que con ella eran dulces y suaves.

Él la sacó de la ducha y la llevó hasta su habitación. Después la dejó sobre la pequeña cama y cumplió su deseo. No la dejó pensar en nada. En algún momento se percató de que se estaba alimentando de su vena, que las fuerzas regresaban a su cuerpo y las sensaciones se apoderaban de cada terminación nerviosa de su ser. Las más eróticas que había sentido nunca. No había nada como estar segura de que la muerte te aguardaba en la siguiente esquina, para devorar cada minuto como si fuera el último; y eso estaban haciendo ellos, devorarse el uno al otro.

Saciada, lamió las dos incisiones que le había hecho en el cuello. Dejó que le diera la vuelta y sintió su peso sobre ella. Un ruidito escapó de entre sus labios cuando se relajó para acogerlo. Abrió los ojos. No quería perderse nada, ni un gesto, ni una mirada. Algo dentro de su pecho le decía que esa noche no iba a repetirse, que sería la última. La seguridad de esa realidad casi la rompe en pedazos, pero no lo permitió.

Le acunó el rostro entre las manos, deleitándose con el deseo que reflejaban sus ojos, tan azules y perversos. Esa sonrisa tentadora en la que no había ninguna clemencia. ¡Dios, era tan guapo! Cuando la miraba de ese modo, ella no podía hacer nada salvo sentir cómo se derretía bajo su cuerpo. Reclamó sus labios con un beso fiero y exigente que le hizo perder el control, sin importarle que en ese momento la casa estuviera llena de gente. Al infierno con todos. Lo único real en su mente era la masa jadeante y desmadejada en la que se convertía entre sus brazos.

Volvió a morderle, pero esta vez no lo hizo por hambre, sino por otro instinto igual de primario. Él se alzó sobre los brazos para mirarla y ella esbozó una sonrisa culpable.

—Soy todo tuyo —le susurró William al oído.

—Mío para siempre —dijo ella.

«Sea cual sea ese tiempo», pensó mientras se dejaba ir con él.

45

A Sarah le daba miedo la oscuridad sobrenatural en la que el bosque y el lago se habían sumido. Sentada en el muelle, aún se preguntaba qué estaba haciendo allí. Unos pasos, y el aroma que los envolvía, le recordaron el motivo. Se le aceleró el corazón con un violento golpeteo y sus mejillas enrojecieron.

Adrien se sentó a su lado y dejó en el suelo una linterna.

—¿Todo bien?

—Sí —respondió Sarah.

—Salma me ha dicho que no has comido nada en todo el día.

Sarah ladeó la cabeza y lo miró. Pensó que debería sentir miedo, como otras tantas veces que lo había tenido tan cerca, pero lo que sentía era otra cosa que la asustaba aún más por su intensidad.

—¿Me vigilas?

Adrien sacudió la cabeza y sonrió.

—No, me preocupo por ti —respondió. Le puso en la mano un sándwich que ella no había visto. Luego sacó una chocolatina del bolsillo trasero de sus pantalones—. Si te lo comes, puede que te dé una de estas. Tienen caramelo por dentro.

Sarah se lo quedó mirando y alzó una ceja, divertida por el chantaje. Su corazón flaqueó un momento al pensar que su bienestar le inquietaba de algún modo.

—¿Podríamos pasar directamente a la chocolatina? La verdad es que no tengo hambre.

—Si no te comes ese sándwich, te tiraré de cabeza al lago —dijo él como si nada.

Los ojos de Sarah se abrieron como platos.

—No lo dices en serio.

Adrien se rio un poco ante su tono indignado.

—Ponme a prueba.

Volvió la cabeza y le sostuvo la mirada. Sabía que ella estaba considerando hasta qué punto hablaba en serio con lo de lanzarla al lago. Debió de pensar que lo haría, porque le quitó el plástico y empezó a mordisquearlo con la vista clavada en su regazo. Al cabo de un rato, tragó el último trozo y sacudió las migas que le habían caído en el pantalón.

—Así que te gustan las chicas con curvas —indicó Sarah sin atreverse a mirarlo a los ojos.

—¿Qué te hace pensar eso? —inquirió Adrien.

Alargó la mano y le limpió con el pulgar una mancha de salsa en la comisura de los labios.

Sarah se quedó sin respiración al sentir su roce en la piel.

—Siempre insistes en que estoy muy delgada y no dejas de cebarme —se obligó a responder.

—Ya —suspiró él—. ¿Y qué quieres saber, si me gustarías con unos cuantos kilos más?

Sarah dio un respingo. Un calor sofocante le inundó el rostro.

—No estoy hablando de mí en absoluto. Era una observación. Solo eso —empezó a justificarse—. Además, sé que jamás te fijarías en mí en ese sentido.

Sus miradas se enredaron.

—¿Y eso quién lo dice? —preguntó Adrien.

Sarah se rio muy nerviosa.

—Bueno, es evidente...

—¿Qué? —insistió él.

La estaba provocando a propósito, porque había algo que necesitaba saber. El tipo fuerte y confiado, capaz de arrancarle el corazón a un demonio, no tenía el coraje para mover un solo dedo respecto a ella sin estar seguro de que no iba a rechazarlo.

Solo lo había arriesgado con Kate. Con ella se abrió sin reservas y acabó con el corazón roto.

—¿Qué es evidente? —la presionó al ver que guardaba silencio.

—Que yo no te gusto.

—¿Y yo te gusto a ti? —Adrien dejó caer la pregunta con descuido.

Sarah abrió la boca un par de veces, incapaz de contestar. Estaba tan roja que sus mejillas destellaban a la luz de la linterna. Su corazón latía por los dos, rápido y nervioso. Si aquello no era un sí rotundo, entonces era una mentirosa de lo más convincente.

—Yo creo que sí te gusto —dijo Adrien con una sonrisa traviesa.

Ella cerró los ojos con fuerza, abrumada. Cuando volvió a abrirlos, él estaba a solo unos centímetros de su rostro. Sentía su aliento frío en la cara, dulce y seductor. Quiso apartarse, pero quedó atrapada en esos ojos oscuros que no dejaban de cambiar de color. Sus labios se separaron para recuperar el aliento y, casi sin darse cuenta, asintió dándole la razón.

—Me gustas.

Las fosas nasales de Adrien se dilataron con una inspiración.

—Tú también me gustas —confesó él, y le rozó la mejilla con el dorso de la mano.

Sarah tardó un instante en asimilar lo que él acababa de admitir. Su corazón aleteaba como un pajarito contra el viento. Una parte de ella se estremeció excitada. Otra, estaba aterrada y le costaba aceptar que decía la verdad.

—Pensaba que me estabas ayudando por otros motivos —susurró mientras se abrazaba las rodillas.

—Al principio sí —contestó Adrien en tono travieso.

Le tomó la barbilla para que lo mirara y, cuando se encontró con sus enormes ojos asustados, el deseo de besarla se convirtió en un impulso descontrolado. Se inclinó sobre ella con la vista clavada en su boca.

—Nunca me han besado —dijo Sarah con voz temblorosa.

Adrien se detuvo. Eso sí que era una sorpresa. También el hecho de que su sangre cargada de adrenalina olía de maravilla. Su aroma lo envolvió. La miró a los ojos y sonrió.

—Suerte que soy un buen maestro —susurró.

Un momento después, su boca estaba sobre la de ella. A medida que sus labios se movían contra los suyos, algo se despertó. Algo salvaje. Se retiró un momento y la miró a los ojos para ver su reacción. Ella los mantenía cerrados y ese gesto le hizo sonreír. Volvió a besarla y apresó su labio inferior entre los dientes, mordiéndolo suavemente.

Ella enlazó los brazos en torno a su cuello y se apretó contra él. Adrien aceptó la invitación y la abrazó, envolviéndola con su cuerpo. La sentó en su regazo y el ritmo de los besos aumentó, hasta que él no pudo más y rozó con la lengua la fresa que formaban sus labios.

Sarah le dejó entrar con una timidez que a él le provocó fiebre. No tenía ninguna experiencia y pensó que debía contenerse, pero cuando su boca se abrió por completo, entró de lleno y con su lengua acarició la de ella. Saboreándola como si estuviera muerto de hambre.

Dejó caer la mano por su costado y encontró el borde de su blusa. Su piel caliente y suave. Contuvo el aliento y un sonido profundo y posesivo tembló en su garganta.

Aquello era una locura, pero no podía parar. Tiró de ella y sus caderas encajaron. Era imposible que Sarah no notara su excitación.

Sabiendo que aún no la merecía, y mucho menos de ese modo, se detuvo. Apoyó la frente en la de ella y abrió los ojos. Sus miradas se encontraron. Sarah tenía los labios rojos e hinchados y el contorno plateado de sus iris brillaba dándole el aspecto de un felino. Preciosa.

Le acarició el labio inferior con el pulgar.

—¿Qué quieres de mí? —preguntó Sarah.

—¿A qué te refieres?

Tomó aliento para conseguir un poco de autocontrol, pero cada vez que ella inspiraba, el centro entre sus piernas presionaba contra sus pantalones y estaba a punto de perder la cabeza. Se movió para dejar algo de espacio.

—Quiero decir que si esto... Tú y yo... —Hizo una pausa para tomar aire e intentar no parecer tan patética—. Me refiero a si vas en serio o si solo soy un pasatiempo.

Los ojos Adrien se abrieron como platos. Menuda pregunta. Sarah le gustaba, y mucho, pero no se había detenido a analizar nada sobre una posible relación. Cinco minutos antes, ni siquiera se habría imaginado que iba a besarla.

Se pasó una mano por el pelo, mientras con la otra le acariciaba la espalda.

—No sé qué contestar a eso. Yo... —Silencio.

El corazón de Sarah dio un vuelco. Se le humedecieron los ojos y un escalofrío de vergüenza le recorrió el cuerpo. No sabía por qué le había preguntado algo así. No se conocían y ¿ya esperaba que le prometiera amor eterno? Intentó levantarse de su regazo y marcharse.

—No, espera —le pidió él, deteniéndola por las muñecas—. Desde luego que no eres un pasatiempo. Dame un segundo, ¿vale? —rogó. Sus ojos ardían con mil emociones diferentes—. Verás, no te he mentido, me gustas. Y después de este beso... —Esbozó una sonrisa traviesa. Ella se sonrojó y pudo notar cómo la temperatura de su piel subía de golpe—. El caso es que... ¡Dios, parezco idiota! Lo que intento decir... —La miró a los ojos con decisión—. Me gustas mucho, y me encantaría poder conocerte y ver adónde nos lleva esto. Supongo que lo correcto sería pedirte salir, pero me parece absurdo cuando puede que mañana esos arcángeles nos maten a todos.

Sarah se estremeció.

Adrien la tomó por la barbilla y le alzó el rostro. No lograba gestionar todo lo que estaba sintiendo. Sin embargo, sí empezaba a tener clara una cosa. Quería estar con Sarah.

—¿Sabes qué? Al cuerno con eso. Me gustaría salir contigo y hacer todas esas cosas que hacen dos personas que se atraen —continuó. Las palabras se atropellaban en su boca—. Quiero conocerte y ver qué pasa. Ver si funciona. Y te juro que me voy a esforzar para que funcione, porque me gusta cómo me siento cuando estoy contigo. Así que, si esto te parece un ejemplo de ir en serio, pues sí, voy en serio. Sería un idiota si no lo hiciera.

—¿De verdad?

—¿Y tú quieres ir en serio conmigo?

Ella le sostuvo la mirada mientras una ráfaga de aire frío con olor a lluvia le acariciaba los costados y los hombros. Asintió, un poco cohibida, y acabó dibujando una sonrisa que logró que una de las capas que aún escondían el corazón de Adrien se derritiera.

Adrien alzó la barbilla y le acarició los labios con los suyos. Los mordisqueó, los lamió y los besó, hasta que se abrieron con un jadeo.

Un sonido grave escapó del fondo de su garganta y profundizó el beso con la lengua. Su cuerpo volvió a cobrar vida con una chispa. Gimió cuando ella se movió y deslizó las manos bajo su camiseta. Tenía los dedos calientes, pero fríos en las yemas, y la sensación le provocó un escalofrío.

Se despegó de sus labios casi a la fuerza, y la miró a los ojos. Sarah jadeaba sin aliento y su corazón galopaba frenético dentro de su pecho. Con una lentitud que resultó graciosa, Adrien bajó la mirada hacia la mano que ella aún tenía bajo su ropa y arqueó una ceja. Una sonrisa pecaminosa se dibujó en su cara.

—No me creo que vaya a decir esto, pero deberíamos parar.

—¿Por qué?

—¿Porque esta vez quiero hacer las cosas bien?

Sarah enterró el rostro en su cuello y se quedó allí mientras él la abrazaba.

—¿Cómo está Kate? —preguntó al cabo de un minuto.

Adrien levantó la vista al cielo y lo estudió unos segundos antes de contestar.

—Sigue en su habitación, descansando.

—¿Qué le ha pasado?

Él se encogió de hombros.

—Si tienes tanta curiosidad, ¿por qué no te has quedado en la casa mientras hablábamos?

—No me gusta estar cerca de los arcángeles. Me ponen nerviosa.

—Creo que nos pasa a todos. Mi madre los evita como si tuvieran la peste. —Suspiró y pensó en lo que Sarah le había preguntado—. Ellos creen que el vínculo entre el alma y el cuerpo de Lucifer se está restableciendo. La magia del hechizo se diluye en este plano. Así que cuando Kate se aleja de él, el hilo de ese vínculo se tensa y ella sufre todos esos daños.

—¿Podría matarla? Porque cuando he visto su cuerpo en los brazos de William, he pensado que estaba muerta.

—No estamos seguros de nada, pero jamás he visto a nadie sufrir tanto —susurró con voz temblorosa.

Ver a Kate sangrando y gritando de ese modo era algo que jamás olvidaría. Se había sentido tan impotente.

—¿Y qué vais a hacer para ayudarla?

—La única forma es sacarle esa cosa de dentro, aunque no sabemos cómo. Dejar que Lucifer la recupere no es una opción, y tampoco sabemos qué podría pasarle a Kate si lo hiciera. ¡Esa profecía habla del fin del mundo!

—Lo sé —dijo ella. Alzó una mano y enterró los dedos en su cabello negro y espeso—. He estudiado la Biblia y todos los textos sagrados, incluidos los apócrifos. Sé lo que significa el Apocalipsis. —Hizo una pausa e inspiró hondo—. ¿Sabes? En cierto modo, lo que le ocurre a Kate parece un caso de posesión. Solo que es un tanto atípico. Si ella fuese humana y él un demonio corriente, un exorcismo podría ser la solución.

Adrien dio un respingo y la agarró por los brazos.

—¿Qué has dicho?

—Que parece una posesión y, en circunstancias normales, un exorcismo podría expulsar a esa cosa de ella —respondió en voz baja.

Unas arruguitas aparecieron en la frente de Adrien mientras la miraba sin parpadear. De repente, asaltó su boca con un beso fuerte y sonoro. Se puso de pie, arrastrándola consigo. La tomó de la mano y tiró de ella hacia la casa.

—Puede que acabes de dar con la solución. ¡Tiene sentido! —exclamó Adrien. La miró con una sonrisa en los labios, mientras ella corría a su lado para mantener el ritmo de sus largos pasos—. ¿De verdad estudiaste la Biblia y todos esos textos?

—Emerson nos obligaba y después nos daba su propia interpretación de lo que significaban. De su mensaje.

—Ya. Algo me dice que siempre de una forma beneficiosa para él.

Sarah asintió.

—Se consideraba una especie de salvador. En realidad, estaba loco, y también su hermano.

Los ojos de Adrien destellaron un segundo con un resplandor plateado.

—Nadie volverá a hacerte daño jamás —aseveró con voz ronca.

46

William gruñó sin darse cuenta, con una afilada mezcla de ira y un feroz instinto de protección. Sus ojos no perdían detalle de los movimientos de Gabriel mientras se acercaba a Kate, y tuvo que recurrir a todo su autocontrol para no saltarle encima y desgarrarle la garganta. Dio un paso adelante cuando el arcángel colocó sus manos sobre ella.

—Cálmate o tendrás que salir fuera. Empiezo a cansarme —le dijo Shane.

William bajó la mirada hacia él y se percató de que era su amigo el que lo estaba conteniendo con sus brazos. Inspiró hondo y aflojó un poco la tensión de su cuerpo.

—Se está haciendo más fuerte —dijo Gabriel tras apartar las manos de Kate. Miró a Miguel como si fuese el único presente en la habitación—. Aunque no veo nada que la una a ella. No hay ataduras, solo la contiene.

—Entonces, ¿sería posible? —inquirió Miguel.

Gabriel lo meditó un momento y se encogió de hombros.

—Se necesitaría a alguien con un gran poder que pueda llevar a cabo el rito. Si lo encontramos, es posible.

En cuanto Gabriel se alejó, William fue hasta Kate y la atrajo hacia la protección de sus brazos.

—¿Y cómo de peligroso sería para ella? —preguntó sin rodeos.

—Es imposible saberlo. Nadie esperaba lo que pasó anoche, alejarse de él casi la destroza —respondió Miguel.

William se pasó una mano por la barba incipiente. No estaba dispuesto a usar a Kate como si fuera un experimento, con la simple esperanza de que pudiera funcionar.

—¿Lo harías tú? —preguntó Kate, que hasta ese momento había permanecido callada.

—Kate, no hay garantías de nada. Olvídalo —replicó William.

—Si existe una posibilidad, no voy a ignorarla porque sea peligrosa —repuso ella. Se dirigió de nuevo al arcángel—. ¿Harías tú ese exorcismo?

Miguel sacudió la cabeza. Una extraña aflicción formaba arrugas en su rostro.

—No, yo no podría. Debe hacerlo un humano, un hombre de fe.

—¿Un sacerdote? —preguntó Kate, y añadió antes de que él respondiera—: ¿Por qué un humano si vosotros tenéis poderes que ellos no?

—¿Por qué el fuego quema y el agua se congela? ¿Por qué un pájaro vuela y un escorpión posee veneno? Porque así fueron creados. Del mismo modo que a ciertos humanos se les dotó de dones que los hacen necesarios en un mundo donde las divinidades no pueden intervenir sin romper las reglas. Un profeta predice. Un vidente muestra lo que está por venir. Un hombre creyente puede expulsar a un demonio de un recipiente inocente. Tenéis vuestros propios guardianes, Dios así lo quiso.

Kate asintió una sola vez y alzó la barbilla sin que su rostro mostrara dudas, solo una férrea seguridad. En realidad, le importaba un cuerno cómo se hiciera, solo quería que la pesadilla terminara.

—Bien, ¿sirve cualquiera o debemos buscar a alguien en particular?

William soltó una maldición. Se acercó a Kate y posó las manos sobre sus hombros con una delicadeza que no encajaba con la rabia que destellaba en sus ojos.

—Es demasiado arriesgado. ¿Acaso no tuvimos suficiente anoche?

Kate iba a responderle, cuando notó el sabor de su propia sangre en la boca y fluyendo desde su nariz. Se llevó las manos a la cara e intentó detener el sangrado. Se mareó y fueron los brazos de Miguel los que la sostuvieron cuando sus rodillas dejaron de sostenerla.

William se la arrebató con un gruñido y la alzó del suelo. La llevó hasta la cocina y la sentó sobre la encimera. Tomó un paño, que humedeció bajo el agua del grifo. Empezó a limpiarla, tan pálido que parecía un fantasma.

—Debemos hacerlo —dijo Kate. Él no contestó, se negaba a escucharla. Entonces lo sujetó por la muñeca y la alzó hasta que el paño ensangrentado quedó a la altura de sus ojos—. No puede haber nada peor que esto. No puedo más. Si ha de acabar, quiero que lo haga ya. Si tengo una posibilidad, debo intentarlo. Cualquier cosa menos seguir así —sollozó.

William se quedó mirándola y la expresión de sus ojos cambió.

—Me pides que me cruce de brazos y me limite a mirar.

—Lo sé —dijo ella—. Y si sale mal, debes saber que no será culpa tuya.

—Si sale mal, no hará falta un Apocalipsis para que este mundo deje de ser como es —cedió al fin.

Se había prometido a sí mismo que la protegería a cualquier precio, pero que nunca más se impondría por la fuerza. Ella era libre de elegir, aunque eso acabara con él.

Regresaron al salón de la mano.

—Está bien, intentémoslo —dijo William.

—Es más fácil decirlo que hacerlo —intervino Rafael.

—¿Qué quieres decir?

—Que el último exorcista capaz de algo así murió hace mucho.

—Pero entre los humanos hay casos de posesión, lo sé —dijo Sarah en voz baja. Todas las miradas volaron hasta ella. La sonrisa que Adrien le dedicó, la animó a seguir—: ¿Quiénes se encargan de esos casos?

—Existen unos pocos exorcistas bajo la protección del Vaticano, pero no harán nada sin una investigación previa que demuestre que ella está poseída por un espíritu. Si esa pesquisa diera resultados positivos, después sería necesaria la autorización de un obispo de su diócesis que permitiera al sacerdote llevar a cabo el rito de exorcismo. Esos trámites son demasiado lentos.

Robert soltó una carcajada sarcástica.

—¿Aunque un arcángel grande y fuerte como tú les pida que muevan sus sacros culos hasta aquí? —acabó gritando.

Rafael lo fulminó con la mirada.

—Ten cuidado con cómo te diriges a mí —le espetó. Robert iba a replicarle, pero un codazo de Shane lo obligó a guardar silencio. Rafael añadió—: Si me hubieras dejado terminar, te habría dicho que ninguno de esos sacerdotes puede llevar a cabo el exorcismo.

—¿Por qué? —preguntó William.

—Explicar el porqué nos llevaría más tiempo que deciros lo que necesitamos. Además, dudo de que pudierais comprenderlo —intervino Gabriel.

En circunstancias normales, William habría sido más paciente y cauteloso. Sin embargo, su control, junto con su prudencia y aguante, caminaban sobre una cuerda sin red en la que no dejaba de tropezar.

—¿Sabes? Empiezo a estar harto —soltó William—. Pide de una vez lo que necesitas para sacarle esa cosa o te juro que empezaré a plantearme la posibilidad de negociar con el otro bando. Seguro que se muestran más dispuestos a colaborar.

Gabriel rechinó los dientes y un tic contrajo su mandíbula. Con los puños apretados, se acercó a William.

—Lo harías, ¿verdad?

—Sí. Del mismo modo que tú harás cualquier cosa para conseguir lo que quieres.

Gabriel parpadeó ante su osadía y le sostuvo la mirada. Luego cruzó los brazos sobre el pecho y empezó a hablar:

—Hay hombres que nacen con ciertos dones. La mezcla de sangre entre ángeles y humanos da lugar a híbridos. Mestizos que tienen descendencia. Generaciones y generaciones que nacen y mueren sin nada en especial. Sin embargo, a veces, entre ellos viene al mundo alguien único con la capacidad de ver mucho más allá del velo. Poseen restos de magia en su sangre y pueden hacer cosas como sanar, invocar fuerzas, exorcizar pequeños demonios. Eso es lo que necesitamos, alguien con la capacidad de hacer todas esas cosas y una habilidad concreta.

—¿Cuál? —preguntó Kate.

—Debe ser un guía. Una vez que el alma se libera, debe poder guiarla a un nuevo recipiente. En este caso, el nuevo recipiente tiene que ser uno de nosotros.

—¿Dónde encontramos a ese guía? —inquirió William.

—El único que lleva un registro de humanos con habilidades es Lucas, un ángel a mi servicio, pero no sé nada de él. Desapareció justo después de que le enviara a observaros. ¿Sabéis algo de ese asunto? —preguntó con recelo.

William y Adrien cruzaron una mirada.

—Está muerto —dijo William sin ninguna emoción—. Y no pienses ni por un momento que me arrepiento. Era un intruso, una amenaza y yo protejo a los míos de quien sea.

La casa se agitó con una vibración que ascendía desde los cimientos en oleadas.

—¿Lo mataste? —rugió Gabriel—. ¡Era un ser noble!

—No me culpes cuando tú estás dispuesto a matarla a ella, aun sabiendo que es inocente —replicó William.

Abrazó a Kate contra su pecho.

—Toda guerra tiene sus bajas —masculló el arcángel.

—Pues asume las tuyas. Estamos en paz.

—Discutir no nos conduce a ninguna parte —intervino Miguel. Miró a su hermano—. ¿Hay forma de encontrar a alguien con esas habilidades en las próximas horas? Conforme pasa el tiempo, Lucifer se hace más fuerte.

Gabriel sacudió la cabeza.

—No lo sé. Es posible que...

—Yo sí puedo —replicó Salma desde la puerta.

De repente, toda la atención de los presentes estaba puesta en ella.

Miguel dio un paso hacia ella y la invitó a acercarse con un gesto de su mano.

—¿Qué puedes?

Salma vaciló y buscó con la mirada a William. Él le pidió que respondiera con un leve asentimiento.

—Conozco a una santera, se llama Maritza. Viajó con nuestra feria durante un par de años y compartíamos la misma caravana. Por eso sé que no es ninguna farsante. La vi hacer cosas... —Guardó silencio, como si los recuerdos la pusieran nerviosa.

—¿Qué cosas? —preguntó Shane.

Salma se encogió de hombros.

—Iba a verla gente muy enferma y salían de allí por su propio pie, recuperados. Otros decían estar poseídos y hablaban lenguas extrañas. Ella llevaba a cabo un rito, con hierbas y una extraña infusión que ingería durante la sesión. Con ese brebaje entraba en una especie de trance. Arrancaba cosas del interior de esas personas y las guardaba en unos recipientes de barro, decorados con pinturas y lazos de colores...

—¿Qué quieres decir con que arrancaba cosas? —se interesó Robert.

—Nunca vi nada tangible, no como te veo a ti ahora. Pero de esas personas escapaba algo que Maritza atrapaba en su propio cuerpo a través de la boca y que luego vertía en esas vasijas.

Miguel asintió varias veces.

—Es una médium. Si es poderosa, podría servir.

En las profundidades de su mente empezó a ver una luz de esperanza, que cobraba fuerza por momentos.

—¿Puedes contactar con ella? —preguntó William a Salma.

—Hace tiempo que perdimos el contacto. Sé que se instaló en el Condado de Fairfax, en Virginia. Su madre era muy mayor y quería estar con ella, aunque sé quién puede hacerlo.

—Hazlo, localízala, pero ella deberá venir hasta aquí. No podemos mover a Kate —indicó William.

—Verás, Maritza no trabaja de manera desinteresada —comentó Salma con cierta incomodidad.

—Dile que le pagaré lo que pida.

47

La lluvia volvía a caer, golpeando con fuerza las ventanas. Alrededor de la casa, los árboles parecían inclinarse hacia ella amenazadores, azotados por un viento frío que ahogaba el sonido de los truenos.

William salió a la galería y vio cómo el agua corría por la tierra formando profundos surcos. La preocupación se reflejaba en sus rasgos apuestos y orgullosos. A su espalda, unos ojos lo observaban con anhelo.

—¿Estás bien? —preguntó Mako.

Se acercó a él y se apoyó en una de las columnas. William asintió una vez y continuó mirando la lluvia que desdibujaba el paisaje. Permanecieron en silencio unos minutos, durante los cuales William no dejaba de comprobar la hora.

—Vendrá —dijo Mako, adivinando su preocupación.

—Ya deberían haber llamado —resopló.

Dio media vuelta y se sentó en el balancín donde Alice solía acomodarse para coser. Mako se sentó a su lado, tan cerca que sus piernas se tocaban. Colocó su mano sobre la de él, en un intento por reconfortarlo.

—Esa mujer vendrá esta noche. Así que no te preocupes, ¿vale?

—Gracias —dijo William.

Apartó la mano. No se sentía cómodo cuando se acercaba tanto a él, más por Kate que por sí mismo. Tenía muy claro qué lugar ocupaba Mako en su vida. Era una amiga, nada más. Sin embargo, era una amiga importante a la que apreciaba. Durante una época de su vida, ella fue su compañera más leal.

La recorrió con los ojos y esbozó una leve sonrisa.

—No he sido muy buen amigo últimamente, ¿verdad?

Mako levantó la vista de sus manos, sorprendida, y se encontró con una mirada que hacía mucho que no veía. Allí estaba el chico que ella conocía. Con el que había vivido aventuras y peligros. Su William. Sonrió y casi se le escapó un sollozo.

—Bueno, estás pasando por muchas cosas. Es normal que no pienses en mí —musitó.

—Pero eso no es cierto, sí pienso en ti.

—¿De verdad? —preguntó ella con un nudo de esperanza muy apretado en la garganta.

—¡Claro! —exclamó William. Le dio un golpecito cariñoso con la rodilla—. Siempre me preocuparé por ti, Mako. Y sé que Kate también acabará haciéndolo. Deberíais daros una oportunidad.

La luz desapareció de los ojos de Mako en cuanto William nombró a Kate.

—Sé que es importante para ti, así que lo intentaré. —Forzó una sonrisa y lo miró de reojo—. ¿Puedo hacerte una pregunta?

—Dispara.

—Hay algo que tengo que saber y necesito que seas sincero conmigo —pidió con voz entrecortada. Él asintió—. Si yo no hubiese desaparecido entonces, ¿qué crees que habría pasado entre nosotros?

William meditó su respuesta durante unos segundos. Intentó dejar a un lado la vida que tenía ahora y pensar en cómo habían sido las cosas tantos años atrás. Mientras recordaba, la lluvia arreció, golpeteando con fuerza el tejado y los peldaños que subían al porche. Las últimas luces del crepúsculo desaparecían tras las copas de los árboles y la oscuridad cubrió con un manto húmedo y frío el paisaje.

—Creo que, de haber seguido juntos, habríamos encontrado a Amelia y a Andrew muchos años antes de lo que yo lo hice. —Encogió un hombro, quitándole importancia—. Quizá, compartir ese momento de venganza nos hubiera unido más. Yo no habría acabado aquí y puede que mi vida hubiese sido muy distinta.

—¿Conmigo? ¿Crees que esa vida habría sido conmigo?

—No lo sé. Es posible. —Tomó aliento—. Puede que no tanto como tú necesitabas, pero a mi modo te quería. Las cosas ocurrieron así y ya no sirve de nada darle vueltas. —Sonrió y le tiró de la coleta—. Deja el pasado como está y mira el presente. Mira al futuro, Mako. Aquí estamos, como los mejores amigos, eso es lo que importa. Siempre estaré para ti.

La tomó de la mano y depositó un casto beso en sus nudillos. Luego se puso de pie.

—Voy a ver a Kate. Finge que se encuentra bien, pero yo sé que no. Está asustada.

—Claro, adelante. Yo debo encontrarme con Steve, quería que repasáramos el plan antes de salir.

William entró en la casa y Mako se quedó en el porche.

Se levantó del balancín y contempló la lluvia, mientras en su interior estallaba una tormenta aún mayor que la que estaba teniendo lugar fuera. Dudas y miedos, resolución y más dudas.

«A mi modo te quería. Siempre estaré para ti», pensó en las palabras de William.

Quizá, si fuese paciente, si supiera esperar y estuviera ahí para ser ese hombre en el que él pudiera llorar y consolarse cuando Kate muriera. Sí, él acabaría por verlo también, tan claro como lo veía ella. Se daría cuenta de que el tiempo había vuelto a unirlos por un motivo. Sin embargo, eso solo pasaría si su mayor problema desaparecía, y había posibilidades de que pudiera salvarse.

No podía permitirlo.

No podía renunciar a él.

Temblando de pies a cabeza, se puso de pie. Empujó la mosquitera y bajó los peldaños. Caminó bajo el aguacero hasta perder la casa de vista. Tras cerciorarse de que no había nadie cerca, sacó su teléfono móvil y marcó un número.

—¿Lo has pensado mejor? —preguntó una voz al otro lado.

—Prométeme que a él no le haréis daño —exigió Mako.

—Nadie le tocará un solo pelo.

—Y cuando todo acabe, dejaréis que nos vayamos, libres y a salvo.

—Por supuesto, seréis libres.

—Bien. Entonces, ¿tenemos un trato? —preguntó ella al tiempo que se armaba de valor.

—Eso depende de ti, ¿lo tenemos?

48

William se encontraba de un humor de perros. Le estaba costando un gran esfuerzo no empezar a gritar como un poseso, invitando a todo el mundo a dejar a un lado esa cara de funeral que arrastraban y que no ayudaba a nadie.

Miró a Kate desde la puerta del salón, no se había movido del sofá en las últimas dos horas y apenas respondía con monosílabos cuando alguien trataba de animarla. Solo parecía reaccionar un poco a la presencia de Jill, que había dejado a un lado su fobia particular hacia él para estar junto a su amiga.

Se dio la vuelta y fue hasta la cocina. Se sentó a la mesa y echó un vistazo a su alrededor. Volvió a mirar el teléfono y releyó el mensaje de Salma. Ya había llegado al aeropuerto, donde recogería a Maritza, que viajaba desde Virginia acompañada por un par de guerreros encargados de protegerla. Había puesto objeciones a que la vidente abandonara la casa y su protección. Sus visiones podían ser la ventaja que necesitaban desesperadamente, pero ella era la única que conocía a Maritza.

Escondió el rostro entre sus manos e intentó tranquilizarse.

El brazo de Adrien empujó un vaso hacia él sobre la madera. El olor a bourbon le colmó el olfato y su estómago se agitó con náuseas, atiborrado de sangre humana. Pese a su latente y descontrolada adicción, debía alimentarse lo mejor posible y reunir fuerzas. Tenía un extraño presentimiento que le había obligado a armarse hasta los dientes, y Adrien parecía sentir lo mismo, porque estaba cubierto de acero como si fuese una ferretería.

Shane apareció por la puerta trasera. Estaba empapado y sus pies cubiertos de barro dejaron un rastro al acercarse. Se dejó caer en una silla y bebió de la botella que Adrien había dejado en la mesa. Robert llegó desde la sala y se sentó en la encimera de un salto. Llevaba en la mano una bolsa de sangre y bebía distraído con sus pensamientos.

Por el rabillo del ojo, William vio a Daniel sacar un pack de seis cervezas de la nevera. Le pasó una a Samuel, que tenía los ojos hinchados y el pelo revuelto, como si hubiera estado durmiendo hasta hacía poco. Lanzó otra a Carter, que la atrapó al vuelo, y una más a Evan. Jared levantó la mano y recibió un gruñido a modo de respuesta. Daniel abrió de nuevo la nevera y le pasó un refresco.

William se dio cuenta de que era un idiota afortunado por tenerlos a todos ellos allí. Incondicionales, dispuestos a dar su vida por él. Sabía que no merecía esa lealtad, pero ni loco la rechazaría.

Exhaló largo y despacio, y miró otra vez el reloj. Hora de marcharse.

Tomó su vaso y bebió un buen trago. Se puso de pie y revisó las dagas que colgaban de su pecho. Luego aseguró las que escondía en los antebrazos. Por último, la munición en su cintura bajo la ropa.

Mientras se ponía la cazadora, su mirada se cruzó con la de Samuel. Llevaba todo el día dándole vueltas a un recuerdo. En Boston, el mayor de los Solomon le confesó algunas cosas difíciles de olvidar.

—Tú no deberías venir —le dijo al lobo.

—¿Por qué? —preguntó Samuel.

—Demasiadas coincidencias como para no pensar en ello. Me viste convertido en rey. ¿Y si tampoco te equivocas con tu parte?

Daniel miraba a uno, y luego al otro, sin entender de qué iba la conversación.

—Si ha de pasar, pasará. No sirve de nada esconderse, así que voy.

—¿Qué ocurre? —inquirió Daniel.

William abrió la boca para contárselo todo, pero Samuel lo fulminó con la mirada y se adelantó.

—Nada. No pasa nada —aseveró, y se encaminó a la puerta.

William lo contempló hasta que desapareció de su vista.

«Demasiadas coincidencias», pensó.

Recibió un mensaje de Mako. Los hombres de Daleh ya habían llegado al pueblo. En breve todos ocuparían sus posiciones.

—Hora de salir —dijo en voz alta.

Todos se dirigieron a los coches y se pusieron en marcha.

William se llevó la mano de Kate a los labios mientras conducía y la besó, entreteniéndose en el gesto. Ella permanecía ausente, con la vista perdida en la oscuridad al otro lado de la ventanilla. Seguía sin hablar, ni siquiera había preguntado por el plan ni los pasos a seguir esa noche. Ella misma había tomado la decisión de mantenerse al margen de las reuniones. Temía poseer un vínculo con Lucifer que lo ayudara a ver sus pensamientos, a saber las cosas que ella sabía. Si ese vínculo existía y el Oscuro averiguaba lo que se proponían, intervendría con tiempo para evitarlo. No podían correr ese riesgo.

El exorcismo, por llamarlo de algún modo, debía llevarse a cabo en un terreno santo. Un lugar bendecido. En esos sitios las fuerzas oscuras perdían gran parte de su poder, y ellos necesitaban cualquier ventaja que pudieran lograr.

Continuaba lloviendo a mares y la carretera se había convertido en un río, que brillaba como una estela plateada bajo la luz de los faros. Un poco más adelante, unos destellos azules llamaron su atención. Conforme se acercaban, pudieron distinguir que un par de coches de policía, una ambulancia y un camión de bomberos cortaban la vía.

William frenó el coche frente a un policía que no dejaba de hacer señales con una baliza luminosa. Bajó la ventanilla cuando el agente, cubierto por un impermeable transparente, se acercó a ellos.

—¿Qué ha pasado? —preguntó.

—Un camión que transportaba reses ha volcado por el barro —gritó el policía por encima de repiqueteo de la lluvia contra la carrocería—. ¿Van al pueblo?

—Sí, y tenemos un poco de prisa.

—Pues lo siento, pero la carretera está cortada hasta que los bomberos retiren los animales que han muerto en el siniestro.

William se tragó una maldición. Señaló con un gesto los dos vehículos que le seguían.

—Mis amigos y yo podemos ayudarles.

El policía se enderezó y miró los coches. Sacudió la cabeza y se pasó la mano por la cara para quitarse el agua que le impedía ver con claridad.

—Gracias, pero será mejor que no salgan. Además, lo que hay ahí no es agradable, se lo aseguro. Una auténtica carnicería. Es como si alguien se hubiera entretenido en hacerlos picadillo. —Dio un golpecito con la mano en la ventanilla—. Quédense dentro del vehículo, no tardarán mucho.

El agente se alejó de regreso al lugar del accidente. Se detuvo junto a uno de los bomberos y le dijo algo mientras señalaba a su espalda.

Robert salió del segundo coche y se acercó al de su hermano.

—¿Qué ocurre?

—Un accidente. No podemos pasar hasta que limpien la carretera.

—¡Joder! ¡Qué oportunos! —maldijo Robert—. ¿Qué hacemos? Los hombres que enviamos al aeropuerto acaban de llamar. Están a punto de llegar.

William tamborileó sobre el volante, pensando. No podían llamar la atención, desobedeciendo las órdenes del policía. Debían de ser prudentes y no dejarse dominar por los nervios.

—Esperaremos, no quiero que se fijen en nosotros. Dile a Steve que ataje campo a través y que se asegure de estar allí cuando lleguen.

Robert regresó a su coche. Segundos después, la puerta trasera del otro vehículo se abría y una sombra se perdía en la oscuridad a gran velocidad.

—Algo no me gusta —dijo Adrien desde el asiento trasero.

—A mí tampoco —confesó William. Tenía el vello de punta desde que habían salido de la casa. Se acercó a Kate y le acarició la mejilla con el dorso de la mano—. ¿Estás bien?

Kate asintió sin apartar la vista de eso que solo ella parecía ver. William cruzó una mirada preocupada con Adrien y volvió a sujetar el volante para tener algo que hacer con las manos.

Veinte minutos después, los bomberos habían logrado despejar la carretera.

Sin prisa y con los nervios de punta, William le dio las gracias al policía en cuanto este les permitió avanzar, y siguió conduciendo.

Cuando entraron al pueblo, eran más de las once. Al contrario que la noche que trataron de huir, el ambiente parecía de lo más normal. Había gente por las calles, en los restaurantes, en los bares de copas...

No percibieron nada raro en nadie que hiciera pensar que continuaban bajo el control de algún ser sobrenatural.

Kate seguía igual de inmóvil, ajena a todo, y William pensó que quizá fuese mejor así.

Dejaron atrás el centro y se dirigieron al este, hacia uno de los barrios residenciales. Dieron un par de vueltas a la manzana para asegurarse de que no había nada extraño por lo que preocuparse. A simple vista, no se percibía nada raro. De hecho, todo estaba demasiado tranquilo.

Detuvo el coche y apagó las luces.

Kate reaccionó por primera vez en horas. Se encogió en el asiento y se abrazó el estómago como si le doliera. Saint Mary se alzaba frente a ellos como una sombra siniestra entre los árboles, tras una verja oxidada de hierro forjado. Decrépita, envuelta en una fantasmal bruma azul, sobrecogedora bajo la lluvia. Los recuerdos que tenía de ese lugar eran aterradores.

—Voy a echar un vistazo. Esperad aquí —dijo Adrien.

Se desmaterializó desde el asiento trasero y tomó forma sobre uno de los tejados próximos. Se movió de azotea en azotea, como lo haría el viento, rápido e invisible. Regresó en cuanto estuvo seguro de que no había ningún peligro.

William bajó del coche.

—No hay nada, salvo nuestra gente —informó Adrien en voz baja—. Dentro he percibido a Steve, tus hombres y las dos mujeres. Todo parece en orden.

Se estremeció al notar cómo la lluvia le empapaba la ropa. Miró a William y este le devolvió la mirada mortalmente serio.

Robert bajó del vehículo. Marie, que viajaba con él, lo siguió. Mako apareció tras ellos y recorrió con su mirada felina cada rincón. Acababa de dejar a sus hombres apostados en lugares seguros.

—Bien, vamos allá —dijo William sin más dilación.

—No creo que sea buena idea que entréis solos ahí —indicó Adrien.

—Él tiene razón —señaló Robert.

—Kate se sentirá mejor si hay cierta intimidad —susurró William.

Miró de reojo al interior del coche.

—Necesita a su familia cerca —opinó Marie.

—Ella misma me lo ha pedido. Si le ocurre algo, no quiere que vosotros... —No pudo terminar la frase—. Esto no es fácil para nadie, y menos para ella.

—No me gusta que estéis a solas con ellos. Miguel nos ayuda porque le interesa, pero ¿qué hará cuando consiga lo que quiere? No me fío de los arcángeles —masculló Adrien.

—¿Acaso nuestra palabra no es suficiente? Prometimos no haceros daño —dijo una voz.

Todos se giraron con un susto de muerte en el cuerpo.

Gabriel había tomado forma junto a la verja y miraba la iglesia con ojos críticos y suspicaces. Sacudió la cabeza para apartarse unos mechones mojados de la frente.

—Tienes que dejar de hacer eso. Me pones de los nervios —le espetó Adrien.

Gabriel se volvió y clavó una mirada asesina en él, con la que lo retaba a decir alguna tontería más.

—¿Has venido solo? —preguntó William.

Miró a su alrededor. Esperaba ver al resto de sus hermanos por si ocurría algo inesperado. Lucifer tenía la fea costumbre de presentarse sin ser invitado.

—Sí. Yo seré el portador —respondió Gabriel.

—Creía que estábamos todos en esto.

—Y lo estamos, pero en este momento somos vulnerables, más débiles en fuerza y número que Lucifer y mis otros hermanos. Debemos evitar el enfrentamiento.

Robert resopló con los ojos en blanco.

—En mi mundo a eso se le llama «esconderse».

—¿Qué? —inquirió Gabriel con voz ronca.

—Que os tenía por muchas cosas, pero no por unos cobardes.

—¿Cómo te atreves?

William se interpuso entre Gabriel y Robert. Agarró a su hermano y tiró de él hacia atrás.

—Este no es el momento —le reprochó en voz baja—. ¡Maldita sea, no ayudas!

Robert se relajó y asintió una sola vez, asegurándole que iba a portarse bien.

Al otro lado de la calle, los lobos contemplaban la escena, alertas por si debían intervenir. Los ojos de William se encontraron con los de Daleh, que había acudido a la llamada de Daniel. El viejo lobo y su manada se habían instalado en las montañas, en un albergue abandonado lejos del bullicio y la gente, a la que aún no terminaban de acostumbrarse. Se saludaron con una inclinación de cabeza.

William se puso en marcha, cada minuto contaba. Rodeó el coche en busca de Kate. Antes de abrir la puerta, desplegó sus sentidos y exploró de nuevo los alrededores. Nadie había vuelto a ver a Lucifer ni a los Oscuros desde el ataque de los nefilim, probablemente estarían bien ocultos mientras él fuese vulnerable y fácil de matar. No obstante, esa debilidad no le había impedido extender sus garras sobre el pueblo. Los poseídos habían sido el primer aviso.

Se preguntó cuándo llegaría el segundo. O peor aún, el ataque definitivo. Necesitaba a Kate y no tardaría en reclamarla.

Abrió la puerta del todoterreno y miró a Kate. Ladeó la cabeza, buscando su mirada, pero ella tenía los ojos clavados en el edificio.

—¿Por qué aquí?

—Ya te lo expliqué, debe ser un lugar sagrado. Ese cuento parece que es cierto, los objetos y lugares religiosos afectan a los ángeles caídos. Los debilita y les sale urticaria —dijo él a modo de broma.

Ella lo miró a los ojos. No había humor en su rostro, sino miedo.

—La última vez que estuve ahí, Mefisto se paseó entre esas paredes sin que nada pareciera molestarle.

—Créeme, le afectaba. —La tomó de la mano y la besó en la muñeca—. ¿Estás lista? Porque deberíamos hacer esto cuanto antes.

Kate bajó la mirada un segundo y volvió a contemplar la iglesia con aprensión.

—¿Y por qué no Saint Paul? También es una iglesia.

—Porque está en el centro, Kate. Necesitábamos un lugar alejado y fácil de vigilar, donde no sea fácil que nos descubran. —Le deslizó una mano por la nuca para que lo mirara a los ojos—. Va a salir bien. Esa mujer sabe lo que hace, puede ayudarte. Después nos iremos de aquí, lejos de todo. Tú y yo solos —susurró con su frente apoyada en la de ella.

Kate sintió el suspiro de William contra su boca y después cómo sus labios se curvaban con una sonrisa. Él le dio un beso suave y profundo que borró parte de su malestar. Permitió que entrelazara los dedos con los suyos y lo siguió fuera del coche.

Marie se acercó y le dio un abrazo. Kate se lo devolvió sin mucha convicción. Robert y Adrien le dedicaron una sonrisa. Con un nudo en el estómago contempló a una parte de su familia. La otra se encontraba justo detrás, escondida en las sombras. Miró por encima de su hombro y supo, sin necesidad de verles, que estaban allí. Un destello dorado surgió de la nada para desaparecer igual de rápido. Un leve aullido viajó con la brisa. No estaba sola.

Aferrada a la mano de William, Kate cruzó la verja y caminó hasta la entrada principal de la iglesia, con Adrien y Marie abriendo la marcha y Robert vigilando sus espaldas.

Gabriel los seguía a poca distancia. Estaba serio y fruncía el ceño, preocupado. Sus sentidos no habían percibido nada que indicara que los Oscuros se encontraban por allí, pero aun así...

Inspiró hondo y soltó el aire con fuerza.

¡Parecían niños, escondiéndose los unos de los otros como si de un juego se tratara!

Una parte de él no dejaba de repetirle que Mefisto no se arriesgaría a exponerse mientras Lucifer fuera débil. A pesar de esa seguridad, no podía sacudirse de encima una extraña sensación.

Se detuvo un segundo y giró sobre sí mismo, escudriñando las sombras.

—No puede ser tan fácil —susurró para sí mismo.

49

Todos penetraron en la iglesia. Unas velas votivas eran la única iluminación en el interior.

Kate contempló con desagrado que las huellas de ese día seguían presentes en las paredes y en el suelo. Cerró los ojos un segundo y tomó aire. La mano de William la guiaba firme entre las losetas resquebrajadas.

«Puedo hacerlo. Sé que puedo hacerlo», pensó mientras invocaba el coraje que necesitaba.

Vio a Salma sentada en el primer banco de cara al altar. A su lado se encontraba una mujer de piel oscura y pelo rizado, que debía de ser Maritza. Ambas se mantenían erguidas, con la espalda muy recta y miraban al frente. Estaban solas. Ni rastro de Steve y sus hombres.

Adrien aflojó el paso y examinó con cautela el lugar.

—¿Salma? —la llamó mientras frenaba a los demás con un gesto. La mujer no contestó—. ¡Salma!

La vidente volvió la cabeza, sin prisa. Lo miró y una sonrisa se dibujó en su cara. Se puso de pie y la otra mujer la siguió.

—Ya estáis aquí.

Sobre el tejado, la lluvia se intensificó y el viento comenzó a aullar. La campana de la iglesia sonó con más estridencia.

—¿Ella es Maritza? —preguntó William.

El grupo se había detenido en mitad del pasillo, salvo Gabriel, que se movía sin prisa entre los bancos sin apartar su mirada de las dos mujeres.

—¿Cómo? —Salma parpadeó un par de veces, distraída, y ladeó la cabeza para mirar a su amiga—. Ella es Maritza.

La santera los contemplaba a todos con los ojos muy abiertos. Estaba pálida y en su mirada brillaba la conmoción y el miedo. La reacción lógica de un humano al verse rodeado de vampiros.

—Salma, ¿va todo bien? —inquirió Adrien. La mujer actuaba de un modo extraño.

—Todo va bien —respondió Salma. La sonrisa parecía dibujada en su cara, no variaba ni un ápice—. Estamos preparadas.

—¿Dónde está Steve? —preguntó Robert.

—Steve, Steve, Steve... —repitió como una cantinela y movió el brazo como si le picara bajo la manga. Sus ojos volaron hasta Gabriel y se entornaron con un destello airado. Miró de nuevo al grupo—. Steve se encuentra bien. Sí, se encuentra bastante bien.

Levantó la barbilla hacia el techo y le entró una risita floja.

Con un mal pálpito, William siguió la dirección de su mirada. Sus ojos se abrieron como platos y se le doblaron las rodillas. Steve y los dos guerreros que habían acompañado a Salma al aeropuerto estaban clavados a las vigas con los brazos en cruz. Los habían asesinado.

Kate se llevó las manos a la boca y ahogó un grito, tan horrorizada como el resto. Cuando miró a Salma de nuevo, la imagen que captaron sus retinas la dejó sin habla. La vidente sujetaba a Maritza por el pelo y sostenía un cuchillo contra su garganta.

—¡¿Qué estás haciendo?! —gritó Adrien.

Salma gruñó y presionó con más fuerza la hoja. Maritza intentaba mover la boca, pero sus labios parecían pegados.

—¡Mirad sus ojos! —exclamó Marie.

Se habían vuelto completamente negros y la sonrisa de su cara era espeluznante.

—Esa no es Salma —dijo Gabriel a pocos pasos de donde las mujeres se encontraban.

—No te muevas, Campanilla, o te cortaré las alas después de que le rebane el cuello a esta zorra —masculló la vidente con una voz que no era suya. Giró la cabeza muy rápido y miró a Kate sin parpadear—. Hola, preciosa. Estás siendo una niña muy mala, ¿sabes? —Arrugó los labios con una mueca de disgusto—. No está bien hacer trampas.

—No te atrevas a hablarle —gruñó William.

—Kate, Kate, Kate... —canturreó la cosa que estaba dentro de Salma. Tiró del pelo de Maritza y la obligó a echar la cabeza atrás—. Las promesas deben cumplirse, y tú le diste tu palabra, ¿recuerdas? Le prometiste que se la devolverías, y a cambio él te llevaría con tus papás.

Kate dio un paso atrás. Lo recordaba, lo había visto en sus sueños.

—Cállate, engendro del infierno —ladró Gabriel.

Una espada envuelta en fuego azul apareció en su mano. Extendió la otra mano hacia ella y trató de expulsar al demonio de su interior.

El cuerpo de Salma convulsionó a una velocidad sobrenatural. Su boca se abría y cerraba. De repente, se quedó quieta. Muy despacio, movió el cuello de un lado a otro. Una sonrisa despiadada le desfiguró el rostro.

—No puedes echarme de este recipiente. No tienes ese poder —se burló. Sus ojos destellaron—. Al igual que esta zorra no podrá hacer lo que le habéis pedido. —Acercó la boca al oído de la santera—. No debiste ser tan avariciosa, es un pecado.

Le rebanó el cuello sin vacilar y la mujer cayó al suelo. Bajo la mirada atónita de todos, el demonio giró el brazo y apuntó con el cuchillo al pecho de Salma.

—¡No! —gritó Adrien y se lanzó adelante para detenerla.

Gabriel fue más rápido. Agarró a Salma por la muñeca y de un golpe le hizo soltar el cuchillo. Con la otra mano la sujetó por el cuello y la estrelló contra el suelo. El demonio que la poseía empezó a reír.

—¿Matarás a un inocente?

—Tú no eres un inocente —masculló Gabriel.

—Ella sí, y está aquí conmigo. ¿Quieres saludarla?

Los ojos de Salma recuperaron su color durante un par de segundos, tiempo suficiente para que un «por favor» se deslizara por su garganta. Gabriel dudó. De repente, sus ojos volvieron a ser negros y a través de ellos escapó una sombra que se desvaneció en el aire.

Salma regresó. Un grito agudo escapó de su boca mientras se giraba hacia el cuerpo inerte de Maritza.

—¡Oh, Dios! ¿Qué he hecho? —Un llanto desgarrado la estremeció de arriba abajo. Se arrastró por el suelo con la vista clavada en esos ojos sin vida que le devolvían la mirada—. ¡Cuánto lo siento! Perdóname —suplicaba entre sollozos.

Adrien la levantó del suelo y la abrazó, sosteniéndola para que no se desplomara.

—No ha sido culpa tuya —le susurró.

—Lo es, tengo su sangre en las manos.

—Lo sabían —dijo Robert—. ¿Cómo se han enterado?

—Nos estarán vigilando —susurró Marie.

—Hemos sido muy cuidadosos por ese mismo motivo. Estamos pasando algo por alto.

—Ya no importa cómo lo han sabido, han acabado con nuestra única opción y han dejado muy claro que están dispuestos a todo —masculló William.

—Es culpa mía. Todo esto es culpa mía —sollozó Kate.

William la abrazó contra su pecho.

—Ni siquiera lo pienses —le dijo en tono vehemente. Vio a Mako cruzar las puertas y quedarse paralizada con la visión de los cuerpos que colgaban del techo—. Tenemos que salir de aquí y llevarnos los cadáveres. Mako, busca ayuda y bájalos de ahí —le ordenó.

—Enseguida.

William intentó ignorar sus emociones. Su amigo estaba muerto y no tenía ni idea de cómo darle la noticia a Keyla. Pero ahora debía preocuparse por salir de allí con todos de una pieza.

Nada iba bien. Todo estaba mal.

Miró a Adrien, que aún sostenía a Salma.

—Sácala de aquí.

—La llevaré con mi madre.

Gabriel se acercó al cadáver de la santera. Extendió una mano sobre ella y el cuerpo se convirtió en un montón de cenizas. Ni una llama, ni una chispa. Hizo lo mismo con los guerreros muertos. Una ligera brisa arrastró las restos.

—Este es el mejor modo.

Afuera empezó a oírse un murmullo que iba cobrando fuerza por momentos. Luego unos golpes y un aullido. Muchos aullidos y gruñidos. Corrieron hacia las puertas y al abrirlas se quedaron paralizados. Frente a la verja había más de un centenar de personas. Intentando contenerlas, los lobos formaban un sólido muro de músculos y peligrosas fauces.

Kate recorrió con la mirada los rostros de esas personas. Las conocía a todas. Eran vecinos del pueblo, compañeros de instituto, amigos...

—¿Emma? ¿Carol? ¡Oh, Dios mío! ¿Lou? —gimió.

Sus amigas le devolvieron la mirada, solo que ya no eran sus amigas. Sus ojos negros anunciaban que ahora eran otra cosa. Justin y Peter surgieron entre el tumulto y se colocaron en primera fila. Iban armados con barras de hierro, cuchillos y todo tipo de objetos punzantes. La primera fila dio un paso adelante y los lobos gruñeron, dispuestos a atacar.

—No podemos hacerles daño, William —susurró Kate—. Los conozco a todos.

—No te separes de mí.

La masa arremetió contra ellos. Cualquiera habría pensado que un centenar de humanos no tenían nada que hacer contra un grupo de lobos, vampiros y un par de híbridos. Y en circunstancias normales así habría sido, pero no lo eran. Poseídos eran prácticamente inmortales. Golpes y heridas que deberían dejarlos noqueados, no tenían ningún efecto sobre ellos. Y su número no dejaba de aumentar.

—Son demasiados —gritó Adrien.

William buscó a Gabriel con la mirada. Seguía dentro de la iglesia como si la situación no fuese con él.

—¿No puedes hacer algo?

—¿Algo como qué?

—Como llamar a tus hermanos o traer a tu ejército de ángeles para que nos ayuden.

—No puedo hacer venir a mis ángeles.

—¿Por qué? —inquirió William.

Se agachó para esquivar un tajo y apartó a Kate de unas manos que trataron de aferrarla. Ella estaba en *shock*, mirando sin parpadear a todas esas personas que conocía desde siempre.

—Porque no se enfrentarán a ellos —respondió el arcángel—. Tienen prohibido dañar a los humanos. Aunque estén poseídos por demonios, sus almas siguen dentro al igual que su conciencia. Ven y sienten.

—¿Por eso no nos ayudas?

—Solo si es necesario.

—¡Joder, lo es! ¿No estás viendo...?

Las palabras se le atascaron en la garganta. Se giró con un gruñido y agarró por el cuello al hombre que acababa de golpearlo con una barra de hierro. Lo lanzó por los aires. Recibió otro golpe en el antebrazo y notó cómo el hueso se rompía. Se le cayó la daga de entre los dedos. Gruñó airado. Se estaba conteniendo para no herir de gravedad a esas personas.

Un tercer mazazo rebotó contra su cráneo. Lanzó un grito de frustración y esta vez no pudo contenerse, la rabia se escapó por sus venas. Le rompió el cuello al tipo que le había golpeado. No sirvió de nada, el hombre volvió a levantarse y se abalanzó sobre él. Otros cuerpos le cayeron encima. Cuando logró sacudírselos de encima y levantarse, Kate no estaba por ninguna parte.

—¡Kate! —gritó con todas sus fuerzas—. ¡Kate!

50

Sin saber cómo, Kate se encontró sola en medio de un grupo de esos seres. La acorralaron y la empujaron hacia el interior del cementerio. Dio media vuelta y echó a correr. Se encaramó a un árbol y desde sus ramas saltó al tejado de un mausoleo. Aguardó hasta que pasaron de largo y se dejó caer al suelo con la esperanza de haberlos despistado.

Se quedó quieta y exploró con sus sentidos los alrededores. Desde allí aún se oían los gritos y sonidos de la pelea. La voz de William clamando su nombre desesperado. Iba a llamarlo cuando lo sintió en su piel. En la forma en la que el vello se le ponía de punta y sus instintos se retorcían amenazados.

Él estaba allí.

Muy despacio, giró sobre sus talones.

—Lucifer —susurró.

Una figura oscura, bella y majestuosa emergió de la oscuridad que lo mantenía oculto. Lucía un aspecto impecable a pesar de que llevaba la ropa mojada. De su cabello caían gotas de lluvia que parecían existir en un tiempo diferente. Se precipitaban a cámara lenta. Sin disimular su asombro, Kate comprobó cómo el tiempo se detenía ante sus ojos. La lluvia quedó suspendida, los árboles dejaron de mecerse con el viento. Un grillo flotaba ingrávido a medio camino de un salto.

—Oh, no me llames así —dijo él.

—Ese es tu nombre.

—También lo es Marak. No te mentí, es mi nombre humano entre los humanos.

Dio un paso hacia delante y Kate retrocedió, manteniendo la distancia. El pánico se apoderó de ella y jadeó mientras miraba a su alrededor con ansiedad. Se repitió una y otra vez que debía mantener la calma. Él no podía hacerle daño, solo lograría recuperar su alma si ella se la devolvía por propia voluntad. Contaba con esa ventaja. Aun así, no pudo sustraerse a la sensación de que algo funesto, algo definitivo, estaba organizándose.

—Esperaba que tuviéramos esta conversación de otro modo, porque ahora tengo la impresión de que ellos han pervertido tu preciosa cabecita con ideas equivocadas contra mí.

—¿Equivocadas? —lo cuestionó ella.

—¡Por supuesto! Te habrán repetido mil veces lo malo que soy y las cosas tan horribles que podría hacer si vuelvo a estar completo. ¿Sabes una cosa, Kate? Ni ellos son tan buenos, ni yo tan malo. —Alzó las manos, frustrado e impaciente—. ¿Por qué creer esa versión de la historia? ¿Quién dice que vaya a hacer esas cosas que relatan las escrituras? ¿Mis hermanos? No son tan dignos como fingen ser. El bien y el mal no siempre está bien definido.

Kate se obligó a sostenerle la mirada a esos ojos que se introducían en su ser.

—Quizá les crea porque ellos no quieren la destrucción del mundo ni de los hombres.

—¿Y quién ha dicho que yo desee ese fin? —la cuestionó él.

—Algo me dice que sí.

Lucifer dejó escapar una risita.

—Puede que hiciera algunos cambios. Mira a tu alrededor. Por cada hombre justo, hay diez que no lo son. Impera la mezquindad, la avaricia, la violencia... Todo está corrompido.

—Gracias a ti. Tú eres el perverso, esa vocecita que les susurra que obren mal.

—Podrían negarse a escucharla, pero todos acaban prestando oídos a la oferta adecuada. No merecen este mundo. Mi padre les entregó un precioso regalo que están destruyendo. Un obsequio que nunca debió ser para ellos.

—Yo no lo veo así.

—Sé que no, porque la niebla te impide ver el paisaje tal y como es en realidad.

—¿Y cuál es ese paisaje? ¿Desolación, destrucción, muertes? —preguntó ella sin apenas paciencia.

—Has leído muchos cuentos, Kate. De todas formas, mi intención no es convencerte de nada. Tienes algo que me pertenece y quiero recuperarlo. Es mío.

—No puedo devolvértela —replicó Kate.

—Pero ¡me hiciste una promesa! —exclamó Lucifer en tono inocente.

Kate sacudió la cabeza.

—¡Era una niña y estaba asustada! Me engañaste.

Él la miró de arriba abajo.

—No lo hice, aunque no voy a discutirlo. Necesito que me la devuelvas. Es parte de mí y tu cuerpo no podrá contenerla durante mucho más. Puedo sentir tu debilidad, te mueres —le soltó sin miramientos.

—Por lo que sé, si muero la arrastraré conmigo al otro lado. Sea como sea, no la tendrás.

El aire se estremeció con una secuencia de chasquidos.

—Es mía. No tienes ningún derecho —rugió Lucifer.

Un rayo cayó a pocos metros, resquebrajando un árbol. No llegó a desplomarse, estático como todo lo demás.

Kate dio un paso atrás. Pensó en las posibilidades que tenía de salir de allí si echaba a correr. Él movió la cabeza como si supiera lo que estaba pensando, y sus ojos plateados se convirtieron en dos pozos negros sin fondo.

—Tú tampoco tienes derecho —replicó Kate—. Sé lo que significa el Apocalipsis, lo que supone. No puedes destruir este mundo.

—No tienes elección.

—Claro que la tengo.

—¿Morir?

—Si crees que me da miedo, estás equivocado. No me asusta morir —aseguró Kate de forma desafiante, pero ni siquiera ella estaba segura de que fuese así.

—¿Y qué hay de las personas que quieres? William, tu hermana, tus amigos...

—Seguirán adelante sin mí. Se cuidarán entre ellos y lo superarán.

—No me refiero a eso, mi preciosa niña.

Kate notó que se ahogaba, como si una tonelada de rocas acabara de caerle sobre el pecho. Lucifer era hermoso e implacable. Le resultaba tan despiadado que apenas podía aguantarle la mirada.

—¿Me estás amenazando? ¿Intentas chantajearme con la idea de hacerles daño a ellos? —Un azote de rabia la sacudió. Sintió unos deseos incontrolables de arrancarle la piel—. Por lo que sé, ahora eres mortal, podría partirte el cuello en este momento y nadie lo lamentaría.

—Puede que yo sí lo lamente. Un poco al menos —dijo una voz a su espalda.

Kate se giró y se encontró cara a cara con Mefisto. Su presencia la asustaba hasta la médula. Marak tenía ese aire infantil e inocente que podía distraerte de su auténtica naturaleza. Mefisto era más hermoso en todos los sentidos, pero su aspecto mostraba quién era y lo que podía hacer. Su mirada era una promesa de dolor y tortura. Su sonrisa, el reflejo de miles de perversiones y maldades. Él era el infierno, el mal absoluto en persona. La mano derecha del diablo.

—Esta noche están muriendo tus amigos —dijo Mefisto mientras acortaba la distancia con ella.

Kate intentaba alejarse, con la imagen de Steve en su mente. ¡Dios mío, pobre Keyla!

—Están muriendo por tu culpa y lo seguirán haciendo hasta que cumplas tu promesa —continuó implacable—. Todo depende de ti, Kate. Es tu decisión.

Kate seguía retrocediendo, al tiempo que Mefisto se cernía sobre ella. De repente, Lucifer apareció a su espalda y la sostuvo por los brazos. Quedó acorralada entre ambos, completamente sometida.

—Debes tomar una decisión, se te acaba el tiempo —le susurró al oído—. Devuélveme lo que es mío o los mataré a todos.

Le acarició la oreja con la nariz, después la mejilla. Depositó un beso en su piel y añadió:

—Pero antes haré que los que significan algo para ti sufran. Los obligaré a matarse entre ellos y a mirar. Alargaré ese dolor lo que dure la eternidad y me suplicarán que los libere de su tormento. Te lo prometo. Y yo sí cumplo mis promesas.

Se desvanecieron en el aire y Kate se quedó sola en la oscuridad.

El tiempo volvió a ponerse en marcha.

Corrió de vuelta a la vieja iglesia, con el pánico atenazándole las costillas. De repente, se sentía muy pequeña y asustada, como esa noche que el coche de sus padres cayó al río con ella en su interior. A pesar de su corta edad, sabía que algo muy malo y sin remedio estaba pasando, y ahora tenía la misma sensación.

Cuando llegó a las puertas de Saint Mary, los últimos poseídos huían dispersos. Kate contempló horrorizada los cuerpos caídos sobre la hierba mojada. Tenían la marca de una mano en la frente. Aquello debía de ser obra de Gabriel.

Un lamento ahogado surgió del interior de la iglesia. Kate nunca había oído nada igual y el dolor que impregnaba ese sonido la deshizo. Muerta de miedo por lo que pudiera encontrar, atravesó la puerta. Daniel estaba en el suelo de piedra y sostenía a Samuel entre sus brazos. Lo apretaba contra su pecho, al tiempo que un lamento atroz ascendía por su garganta. Alzó la cabeza y gritó, el rugido de su bestia resonó en la sala.

Shane trataba de consolarlo, mientras su propio rostro se llenaba de lágrimas. Las limpió con el dorso de la mano y corrió a ayudar a Carter. Evan acababa de desplomarse entre sus brazos. Daleh le exigía a Gabriel que hiciera algo. Le gritaba como si fuera su hermano el que yacía en el suelo en medio de un charco de sangre.

Kate comprobó horrorizada que casi todos estaban heridos. ¿Qué había pasado allí? Sus ojos regresaron a Samuel. Estaba muerto. Dio unos cuantos pasos inseguros hacia ellos.

William, que permanecía arrodillado junto a los hermanos sosteniendo la mano de Samuel, alzó la cabeza y la miró. A pesar de la situación, su rostro reflejó el alivio que sentía al verla. Se puso de pie y fue a su encuentro. Sin mediar palabra la abrazó con fuerza.

—No debí permitirle que viniera —dijo él al cabo de unos segundos—. Demasiadas coincidencias. ¡Maldita sea, no debí dejarle venir!

Kate no entendía nada de lo que William le estaba diciendo. Solo sabía que él se sentía culpable por la muerte de Samuel y sufría por ello. En realidad, todos sufrían en ese momento. Nunca pensó que un sentimiento tuviera olor, pero en aquel preciso instante descubrió que sí lo tenía. Cuando tantas personas sufrían de una forma tan intensa, la emoción se convertía en algo tangible. Aquella era áspera y olía a flores marchitas.

—No es culpa tuya —susurró.

Apartó la cara de su pecho y contempló la imagen espantosa que ofrecía la iglesia. Todos estaban heridos, tristes y cansados. En el suelo aún se apreciaban los restos, el polvo al que habían quedado reducidos los cuerpos de Steve, sus hombres y Maritza. Ahora se mezclaban con la sangre que nunca debió derramarse.

«La culpa es solo mía. Empezó conmigo y solo terminará conmigo», pensó Kate con angustia.

51

Kate no podía apartar los ojos de Samuel. Lo habían lavado y vestido, y ahora reposaba dentro de un ataúd que no era más que parafernalia. Al caer la noche, lo llevarían a un lugar apartado y quemarían su cuerpo.

Todos los grandes pueblos, de grandes guerreros, rendían homenaje a sus muertos purificándolos con fuego. Los lobos no eran diferentes en ese sentido. Su estirpe, una de las más antiguas en el mundo, había nacido de una bruja, cuyo pueblo dio origen a los primeros hombres del Norte, y sus ritos perduraban.

Kate apenas lograba soportar el dolor que había en la casa. Shane sollozaba como un niño pequeño, mientras Marie trataba de rodear su enorme cuerpo con los brazos. Daniel no había dicho ni una palabra desde que abandonaron la iglesia horas antes. Su mente se encontraba en algún lugar muy lejos de allí. Jerome estaba sentado a su lado y consolaba a Keyla con lágrimas en los ojos. Ella, además de a su tío, había perdido al hombre que amaba.

Los sollozos de Rachel y Jill descendían desde la planta superior. Ambas llevaban horas junto a la cama de Evan. El chico había sido herido de gravedad y su estado no pintaba bien. No se regeneraba y nadie entendía por qué.

Kate apretó los puños, sin saber qué hacer con todo lo que sentía. Aunque más importante que su pena, era el sentimiento de culpa que ensombrecía el corazón de William. A su lado, él soltó un sollozo inesperado, un sonido áspero y furioso. Ella no pudo soportarlo y abandonó la casa en silencio. Se sentó en el porche y contempló el bosque. Por primera vez desde que se había convertido en vampiro, su cuerpo percibió el frío de principios de diciembre.

Ya no era solo una sospecha, se moría.

Cerró los ojos con fuerza y volvió a abrirlos. Llenó sus pulmones de aire y se dejó envolver por la pesadilla en la que se había convertido su vida. La gente a la que quería estaba siendo asesinada. Su nueva familia comenzaba a deshacerse. Apretó los puños. Rabia y violencia se expandían dentro de su cuerpo alimentando sus células.

No podía permitirlo y sabía qué debía hacer, pero le daba tanto miedo.

—Si vienes a molestarme, pierdes el tiempo. No puedes decir nada que me haga más daño en este momento.

Hubo un largo silencio, roto tan solo por el sonido de unos pasos.

—En realidad, tendría remordimientos si te hiciera sentir peor de lo que ya te sientes —replicó Mako. Se apoyó junto al balancín donde Kate estaba sentada, y soltó sin miramientos lo que sentía—: Lo confieso, sigo queriendo a William y no voy a disculparme por ello. Tú mejor que nadie sabes cómo me siento. Tampoco voy a pedirte perdón por haber intentado separaros. Tenía que intentarlo.

Kate alzó la vista y la miró de soslayo.

—¿Intentar qué? William no te quiere y nunca te ha dado esperanzas. ¿Qué esperabas que pasara?

—¿Tú qué crees? —preguntó ella a su vez—. Lo que aún espero. Que un día abra los ojos y me vea de verdad. El amor nace y muere de muchas formas distintas. Y tú vas a morir, ¿por qué debería perder la esperanza?

Kate se puso de pie de un bote. Sus ojos se transformaron en dos rubíes incandescentes y sus colmillos descendieron con un siseo. El deseo de abofetearla le provocaba picor en las manos. Las cerró en un puño y se quedó mirándola.

—No obstante, lo sensato sería no hacerme ilusiones. Soy tonta por aferrarme a lo que nunca será mío —continuó Mako. Esta vez no había desafío en su voz, solo resignación—. Ni siquiera podría competir contra tu recuerdo. Aunque tú ya no estés, él te seguirá queriendo, y yo no podría vivir sabiendo que soy un segundo plato.

Kate frunció el ceño, sorprendida por la declaración. No podía culparla por sentir lo que sentía. Al igual que no podía condenarla por mantener la esperanza. En su lugar, probablemente estaría haciendo lo mismo. Y Mako estaba en lo cierto, iba a morir. Desaparecería por culpa de esa cosa que llevaba dentro.

La realidad se abrió paso como una luz en la noche. No importaba cuánto arriesgaran o sacrificaran, no se podía luchar contra el destino. Contra lo que está escrito. Por más que habían intentado impedirlo, cada paso de la profecía se había cumplido. Nunca tuvieron la más mínima posibilidad de ganar esas batallas. Les había tocado la peor mano posible y no iba a mejorar. Al contrario, lo estaban perdiendo todo y su vida no valía tanto.

—¡No lo hagas, no te sacrifiques! —dijo Mako de repente, como si hubiera averiguado cuáles eran sus pensamientos.

—¿Qué?

—Dale su alma y a cambio pídele que nos salve. Devuélvele su alma a cambio de nuestras vidas, de la vida de William. Prefiero verlo contigo a muerto para siempre.

A Kate le costó unos segundos asimilar lo que Mako le estaba pidiendo, y un poco más darse cuenta de las consecuencias que tendría considerar algo así.

—¿Y qué pasa con el resto del mundo? ¿Qué pasa con los humanos? ¿Podrías vivir con todas esas muertes?

Mako se encogió de hombros.

—Quizás esa parte no sea como la pintan. Cada uno cuenta la historia desde su punto de vista, y hasta ahora solo conocemos el que Miguel ha querido mostrarnos. No sabemos qué pretende en realidad Lucifer. Puede que todo se limite a un cambio de gobierno y nuevas normas. Dicen que es el ángel más poderoso que existe, dudo que haya algo que no pueda hacer.

A Kate se le escapó un solsozo.

—¿Por qué me haces esto?

—¡No te hago nada!

—Intentas que recupere una esperanza que ya he perdido. Llevo horas mentalizándome de que voy a morir. Diciéndome a mí misma que es lo mejor y que merece la pena. Porque, cuando pase, William y todos los demás dejarán de estar en peligro. Y ahora tú me pides que vaya en contra de todo lo que creo, ¿por puro egoísmo?

—Si fuera al contrario, William lo haría por ti sin dudar.

La puerta se abrió y Jill apareció en el porche. Estaba pálida y ojerosa, y tenía los ojos tan rojos que parecía que lloraba sangre. Se quedó mirando el horizonte, mientras temblaba de arriba abajo.

—Jill —susurró Kate.

Jill se volvió hacia ella, como si acabara de darse cuenta de que se encontraba allí.

—Sus heridas no sanan y no recupera la consciencia. No pasará de esta noche —dijo con la voz rota.

—Lo siento mucho —se lamentó Kate.

Se acercó para abrazar a su amiga, pero Jill se alejó de ella como si el tacto de su piel quemara.

—¡No me toques! —le espetó. Kate dio un paso atrás con los ojos como platos—. Por culpa de esa cosa que llevas dentro, Evan está sufriendo y voy a perderlo. Es culpa tuya, siempre es culpa tuya.

Dos lágrimas se deslizaron por su rostro. Dio media vuelta y entró de nuevo en la casa.

Kate se quedó inmóvil, completamente destrozada. ¿Cuánto más iba a durar esa locura? ¿Cuándo merecerían un poco de descanso? Volvió a sentarse y escondió el rostro entre las manos. Notó que Mako se sentaba a su lado.

—¿Crees que todo acabará cuando tú cruces al otro lado? No lo hará —dijo la vampira—. Querrán venganza. Vendrán a por nosotros y uno a uno te seguiremos al infierno. ¿No te das cuenta? Tu sacrificio no servirá de nada. En realidad, vas a condenar a los que amas por un mundo que no lo merece y al que no le importas. ¿Por qué te empeñas en ser una mártir? Es como si tú misma levantaras la espada sobre nuestras cabezas.

Kate se sentía mareada. Sus palabras eran como un látigo en su espalda, descarnándola, desangrándola. Lo que Mako proponía era una idea espeluznante para la humanidad que aún conservaba, para su conciencia. Sin embargo, no era humana.

—Lucifer podría salvar a Evan, estoy segura —añadió Mako.

Kate se estremeció. No sabía qué decir. En realidad, no había nada que decir. Mako solo había puesto voz a sus propios pensamientos. Llevaba horas dándole vueltas a todo aquello y siempre acababa en el mismo punto. Lo que estaba escrito sucedería sin remedio, era inevitable. Entonces, ¿por qué seguir dudando?

—Si decidiera intentarlo —susurró muy bajito, asustada de sí misma. Estaba flaqueando—. ¿Cómo voy a salir de aquí sin que nadie se entere? Todos me vigilan.

—Yo te ayudaré. Puedo sacarte sin que se den cuenta. Esta noche, mientras están distraídos con el funeral de Samuel. Déjamelo a mí.

—¿Y cómo encontraré a Lucifer? ¿Me pongo a dar gritos hasta que aparezca? —preguntó con sarcasmo.

—Tengo la impresión de que él siempre sabe dónde estás. Aun así, creo que sé cómo encontrarle.

Kate se enderezó de golpe. Se giró hacia Mako y buscó su mirada.

—¿Sabes dónde se oculta y no has dicho nada?

—¿Y que William salga como un loco a por él y regrese en una caja de pino? —preguntó a su vez en tono despectivo.

Kate sacudió la cabeza.

—No, pero Gabriel y sus hermanos...

Mako chasqueó la lengua con disgusto.

—Esos no han hecho otra cosa más que esconderse. No se enfrentarán a Lucifer si pueden evitarlo. ¿Acaso no te has dado cuenta? Nadie va a hacer nada por nosotros. Este asunto se ha convertido en una cuestión de supervivencia, incluso para ellos —dijo en tono vehemente.

—¿Y cómo has averiguado tú dónde se esconde?

Mako se puso de pie y avanzó unos pasos. Se quedó mirando el paisaje.

—Vinieron a mí. Querían que les ayudara, que les pasara información útil sobre vosotros. Acepté.

—¿A cambio de qué?

Mako miró a Kate por encima de su hombro y sonrió con aire triste.

—De William. Me prometieron que él siempre estaría a salvo. —Hizo otra pausa—. Al final no pude, me arrepentí y no tuve valor para traicionarlo. Sabía que no podría mirarlo a la cara si lo hacía. Le tendría, sería mío, pero yo no lo quiero así. ¿Puedes entenderlo?

—Creo que sí —dijo Kate.

Lo entendía, aun cuando los celos le estaban taladrando el pecho. Era doloroso oír a otra mujer hablar de ese modo sobre William, por muy segura que estuviera de sus sentimientos por ella.

—Me alegro de no haberlo hecho. Ahora tendría que vivir con la muerte de Steve, de Samuel, y puede que con la de Evan. No soy tan mala y fría como todos piensan —se lamentó Mako.

Kate se levantó y se acercó a ella. Tras tomar aliento, la miró con una determinación que un momento antes no sentía. Ella tampoco podría vivir consigo misma si hacía un trato con Lucifer. Los remordimientos se convertirían en un pozo oscuro que acabaría por destruirla.

—Gracias por sincerarte conmigo.

Los ojos de Mako se perdieron en la lejanía.

—¿Se lo dirás a los demás?

Kate sacudió la cabeza y dejó escapar el aliento de golpe.

—No lo haré. Y tampoco intentaré negociar con Lucifer. No confío en él.

Mako se giró hacia ella como si un resorte la hubiera empujado.

—Pero ¡hace un instante estabas de acuerdo!

—Sé que tienes razón en todo lo que has dicho, pero no voy a hacerlo. Sé cuál es el problema y cómo solucionarlo.

—El único modo es...

Kate levantó una mano para que no lo dijera.

—En realidad esta vida nunca me ha pertenecido, ha sido un préstamo. Mi existencia terminó cuando era una niña, en ese accidente.

Dio media vuelta y se dirigió al interior de la casa. No tenía nada más que decir.

—William sufrirá. No podrá superarlo —dijo Mako.

—Al final lo superará. —Sonrió—. Sé que lo hará.

Kate encontró a William en el jardín trasero, inmóvil mientras contemplaba el cielo. Sus pensamientos volaron a la primera noche que estuvo allí, en ese mismo jardín. Parecía que había transcurrido toda una vida desde entonces, aunque apenas habían pasado unos cuantos meses. Recordó la tormenta y cómo su cámara fotográfica, uno de los pocos recuerdos que conservaba de su madre, acabó empapada. Estuvo a punto de perderla para siempre, pero Jared logró arreglarla.

¡Ni siquiera se había dado cuenta de que había dejado de hacer fotos!

Se acercó a él y le rodeó la cintura con los brazos mientras apoyaba la mejilla en su espalda. Su mejor recuerdo de esa primera noche se lo debía a él. Aún se le erizaba la piel al recordarlo, empapado bajo la lluvia, sosteniéndola contra su pecho para que no resbalara sobre la hierba mojada. Cada detalle estaba vivo en su mente. Su piel fría, el calor de sus ojos, su cuerpo duro contra el suyo, la suavidad y la fuerza de sus brazos al levantarla. Cómo durante un instante parecía odiarla y al siguiente, adorarla.

Kate quiso chillar. Gritar hasta que la sangre se le subiera a la cabeza. Hasta que los ojos se le salieran de las órbitas. Hasta que se le quebrara la voz, convertida en un estertor dramático. El dolor por lo que iba a hacer, por todo lo que iba a perder, la atravesó, hiriéndola de tal modo que no le habría sorprendido encontrar una herida profunda en medio del pecho.

Habría sido tan fácil si Gabriel hubiera podido matarla el día que descubrió lo que portaba en su interior. Pero no, ella no tenía derecho a que fuese fácil, como si mereciera un castigo aún mayor del que ya sufría.

Ni siquiera estaba segura de cómo iba a hacerlo, o si podría hacerlo. Si esa especie de escudo que la protegía de un daño físico, también la protegía de sí misma, no podría lograrlo.

Un escalofrío la estremeció y abrazó a William con más fuerza, sintiendo contra su pecho cada línea, cada músculo de su espalda. En lo más profundo de su ser, sabía que estaba obrando bien. Su muerte no era la solución, cuando los hechos demostraban que la profecía acabaría por cumplirse en algún momento. Sin embargo, les daría un tiempo precioso. William y todos los demás podrían disfrutar de una larga vida. Puede que siglos y siglos de tranquilidad mientras Lucifer encontraba otro modo de regresar. Y esta vez, Miguel podría aprender de los errores cometidos y ponérselo mucho más difícil.

Solo sentía no haber tomado la decisión mucho antes. Habría evitado las muertes de Samuel, Steve, Maritza...

«¡Oh, Dios, no permitas que a Evan le ocurra nada malo», pensó.

No quería imaginar por lo que Jill estaba pasando. Si fuese William el que estuviera agonizando en ese momento, ella ya se habría vuelto loca.

—Te quiero —musitó.

William entrelazó sus dedos con los de ella y apretó las manos contra su estómago. El sol se estaba poniendo y el paisaje se había convertido en una dorada postal.

—Yo a ti más —susurró él.

Se dio la vuelta, la atrajo hacia sí y la acunó entre sus brazos.

—Siento como si esto estuviera mal. Tú y yo aquí, aliviados por estar juntos, mientras ellos lloran sus muertes —dijo Kate.

—No está mal. Así es la vida. Siento un dolor profundo por ellos, pero no dejo de pensar en lo afortunado que soy de que no hayas sido tú. —Le tomó el rostro entre las manos y depositó un dulce y tierno beso en sus labios—. Tú eres lo más importante para mí, lo único que no soportaría perder. Si eso me convierte en un egoísta y en mala persona, entonces lo soy.

Se inclinó y la besó de nuevo. El mundo desapareció durante esos preciados segundos. Se perdió en ese beso desesperado con sabor a miedo y remordimiento.

A Kate le flaquearon las rodillas, y las manos de William impidieron que se desplomara.

—¿Estás bien? —preguntó él.

—Sí, un poco cansada, nada más.

William la tomó en brazos y se sentó en la mesa del jardín. La acomodó en su regazo.

—Pronto estarás bien —dijo en voz baja, con la vehemencia de una promesa—. Encontraremos a alguien como Maritza, y esta vez seremos más cuidadosos. Sé que saldrá bien.

Le cubrió de besos las mejillas y la nariz.

Kate sonrió y se quedó mirando sus preciosos ojos azules.

—Lo sé. Saldrá bien y seguiremos adelante. Olvidaremos todo esto y tendremos una nueva vida.

Levantó la mano y le acarició la mandíbula con los dedos. Contempló su rostro. Las largas pestañas, más oscuras que sus cejas. El arco perfecto que formaba su nariz. Sus pómulos y su bonita boca. El mentón cubierto por una leve sombra oscura. Era la última vez que iban a estar juntos y esa realidad la sacudió. La certeza del fin la había alcanzado. Sin salidas. Sin esperanzas. Se acababa y no era un concepto abstracto, sino un hecho real e inminente.

Kate posó su boca sobre la de él mientras lloraba por dentro. Le rodeó el cuello con los brazos y lo estrechó. Después lo besó en el hombro y bajo la oreja. Apretó los labios contra su piel y aspiró su olor.

—Te quiero muchísimo, no lo olvides nunca, ¿vale?

William la apartó un poco y buscó su mirada.

—No podré hacerlo, porque tú me lo recordarás cada día.

Kate sonrió.

—Cada día —susurró ella contra sus labios.

Le acarició las mejillas, el pelo, la nuca. Sus manos lo tocaban como si quisiera aprenderse de memoria cada centímetro de piel. Esbozó una sonrisa que no pudo esconder el profundo dolor que sentía. No entendía cómo un corazón muerto podía doler tanto como dolía el suyo en ese momento. Se aferró a su cuello, incapaz de soltarlo. Pasaron los minutos hasta que perdió la noción del tiempo.

William le tomó el rostro con una mano y la miró a los ojos.

—Me quedaría aquí toda la noche, pero es la hora del funeral —dijo con pesar. Kate asintió—. Voy a llevarte a mi antigua habitación para que descanses, ¿vale?

Kate asintió de nuevo y se acurrucó contra su pecho mientras él entraba en la casa cargando con su peso, subía la escalera, recorría el pasillo y abría con su mente la puerta. La dejó sobre la cama y se sentó junto a ella. Le acarició el pelo y le colocó un par de mechones tras la oreja. Kate pudo percibir su tristeza y lo mucho que le costaba marcharse. La muerte de Samuel había sido un duro golpe para él. ¡Y ahora ella terminaría de destrozarlo con su decisión!

«Lo superará», se aferró a ese pensamiento.

—Puedes hacerlo —dijo Kate—. Eres fuerte y lo superarás.

Él la miró a los ojos.

—Sigo pensando que pude evitarlo. Si hubiera insistido un poco más. Si lo hubiera obligado a quedarse en la casa en lugar de dejar que nos acompañara.

—No te atormentes. No puedes cargar con toda la culpa.

—Me cuesta no hacerlo.

Kate apoyó la mano contra su corazón.

—Entonces, este es un buen momento para dejar que esa parte oscura de ti tome el control. Piensa con frialdad, Will. Samuel ha sido un daño colateral, algo que podía pasar. Una baja más en una guerra. Ha pasado y ya no se puede hacer nada. No es tiempo para lamentaciones, sino de superarlo. —Apretó la mano contra su pecho—. Deja que la oscuridad salga afuera y, en su lugar, guarda tus emociones.

Los ojos de William se abrieron al oírla hablar de ese modo. No era propio de Kate pensar así; y no era un farol, lo decía en serio. Le estaba pidiendo que bloqueara sus sentimientos.

—No me mires así —replicó Kate—. He asumido quién eres en realidad y lo que puedes hacer y sentir en algunos momentos. Esfuérzate y no sientas nada. Ni por mí ni por nadie —le exigió mientras sujetaba su mano con fuerza.

William estaba sorprendido por su actitud dura y agresiva. Se inclinó sobre ella.

—Contigo lo voy a tener un poco complicado. Me haces sentir demasiadas cosas, algunas muy difíciles de ignorar —le dijo con un guiño.

Le dio un beso en los labios, lento y perezoso, que acabó transformándose en un beso apasionado. Casi sin darse cuenta, se encontraron el uno en los brazos del otro. Tocándose, explorándose, perdiéndose en la forma en la que sus cuerpos se movían juntos.

La ropa dejó de ser un obstáculo y no quedó nada bajo sus manos, entre sus cuerpos, solo piel. Quizá fuese el subconsciente, que les susurraba que esa sería su última vez, o la fuerza de un deseo contenido durante mucho tiempo buscando la liberación; pero había algo hermoso en la violencia con la que se tomaban, desesperada y dolorosa.

El mundo desapareció durante ese hermoso momento en el que sus cuerpos se relajaban el uno contra el otro.

—Te veo luego —le susurró él después de vestirse.

—Aquí estaré —respondió Kate bajo sus labios.

52

Kate inspiró hondo y apartó el papel. Había pensado dejarle una nota, pero llevaba media hora frente a la hoja en blanco y no había logrado escribir una sola palabra. Quizá fuese lo mejor. No dejar ningún recuerdo al que él pudiera aferrarse.

«Espero que sepas lo que estás haciendo», se dijo a sí misma.

Un pensamiento vacío, porque no lo sabía. De hecho, no tenía ni idea de si su plan funcionaría. Solo estaba segura de que debía intentar cambiar las cosas.

Agarró el pomo y lo apretó entre sus dedos.

Había llegado el momento.

No había nadie en la casa salvo Rachel y Jill, que seguían junto a la cama de Evan.

Abrió la puerta con decisión.

Mako se precipitó dentro de la habitación y a punto estuvo de caer sobre ella.

—¿Qué estás haciendo aquí? —preguntó Kate.

—Tu amiga, Jill, acabo de verla adentrándose en el bosque. La he llamado, pero no me ha hecho caso. Parecía desquiciada —le explicó a toda prisa.

Kate tragó saliva.

—¿Evan ha...?

—No, sigue vivo. Aunque no creo que aguante hasta mañana —respondió la vampira.

—Entonces, ¿adónde demonios va?

—No lo sé. Puede que haya perdido la cabeza, parecía fuera de sí.

Kate apartó a Mako de su camino y salió de la casa a toda prisa.

Se adentró en la arboleda, buscando el rastro de Jill. No percibió nada. Ni su olor, ni pisadas, ni sonidos. Nada de nada. Era imposible que una humana se moviera tan rápido y con tanto sigilo como para no sentirla. Lo único que oía eran las pisadas de Mako tras ella.

El golpe la pilló por sorpresa. Los huesos de su cráneo crujieron al fracturarse. Cayó hacia delante y se golpeó el rostro contra las piedras del suelo. La punzada de dolor que sintió la dejó aturdida un instante y su agresor utilizó ese tiempo para colocarle una mordaza impregnada en algo que le quemaba la piel y la lengua.

Gritó y el sonido quedó atascado en su garganta. Ni siquiera se paró a pensar qué estaba sucediendo. Reaccionó sin más. Dobló la pierna y golpeó con el talón. Su atacante se desplomó sobre ella. Forcejeó. Logró darse la vuelta y se encontró frente a frente con el rostro de Mako.

La furia y el desprecio transformaban los rasgos de la vampira en los de un monstruo.

Quiso gritarle, preguntarle qué estaba haciendo, pero se limitó a darle un puñetazo con todas sus fuerzas. Mako cayó hacia atrás con un quejido. Kate no perdió el tiempo. Se puso de pie y echó a correr mientras trataba de aflojar la mordaza. Mako le dio alcance, le golpeó las piernas y la hizo caer de costado. Rodaron por el suelo. Kate se dio cuenta de que Mako llevaba puestos unos guantes de cuero y no tardó en averiguar el motivo. En una de sus manos apareció una cadena de plata, con la que intentó atarle las manos.

Kate se defendió con todas sus fuerzas, pero Mako la superaba en habilidades y rapidez. Le sujetó las manos a la espalda e inmovilizó sus muñecas con la cadena. Una de las vueltas se la pasó por el cuello y otra por la cintura.

—Quédate quieta —gruñó Mako.

El esfuerzo hacía que su voz sonara ronca.

Agarró a Kate por el pelo y le golpeó la cabeza contra el suelo. Después le clavó una rodilla en la espalda y la inmovilizó mientras sacaba otra cadena de uno de sus bolsillos y se apresuraba a atarle los tobillos.

Kate gritó por el dolor abrasador que le recorría el cuerpo. El metal se le pegaba a la piel y le arrancaba trozos cada vez que se movía. Volvió a gritar entre sollozos cuando la obligó a ponerse en pie.

—Maldita zorra consentida —masculló Mako. Se la echó sobre el hombro y empezó a caminar—. Lo he intentado por las buenas. En serio. Traté de convencerte de que te entregaras a él por voluntad propia. Te di la oportunidad de salvar a las personas que te importan. Pero no, tú tenías que adoptar el papel de mártir, convertirte en una heroína y elegir el sacrificio. Así todos dirán «Pobre Kate, era tan buena que murió por nosotros. Convirtámosla en una santa».

Alcanzó el lugar donde había aparcado el coche. Abrió la puerta trasera y lanzó a Kate al asiento. Se sentó frente al volante y se puso en marcha.

A Kate le daba vueltas la cabeza. La plata la estaba mutilando y el dolor era tan insoportable que no lograba concentrarse en nada salvo en el ardor de sus heridas. Al moverse para colocarse de espaldas, notó que la mordaza se había aflojado. Frotó la cara contra el asiento, hasta que logró deslizar la atadura hacia abajo.

—Mejor ser mártir que no una traidora —logró articular en cuanto su boca quedó libre.

Mako miró hacia atrás por encima de su hombro. Hizo una mueca de fastidio al comprobar que se había deshecho de la mordaza.

—O una mentirosa —continuó Kate—. Vas a llevarme con él, ¿verdad? Todo lo que me has contado era mentira.

—Me ha prometido que me recompensará si te entrego. Podré pedirle cuanto quiera.

Kate sintió un desprecio y un odio profundo por Mako.

—Nos traicionaste. Tú tienes la culpa de que Steve y Samuel hayan muerto. William acabará sabiendo lo que has hecho y te matará.

—William creerá que la pena por tus amigos te ha empujado a darle a Lucifer lo que quiere para evitar más muertes. Míralo desde el lado positivo, seguirás pareciendo una santa.

—No voy a hacerlo. No se la daré.

—Eso ya lo veremos. Te aseguro que pueden ser muy persuasivos, sobre todo Mefisto.

Kate se estremeció. Se dirigía a las mismísimas puertas del infierno. Empezó a forcejear, pero era imposible aflojar esas cadenas.

—No tienes por qué hacer esto, aún puedes dar la vuelta. Te prometo que no se lo contaré a nadie —Kate intentó apelar a su conciencia.

Mako negó con la cabeza.

—Es la única forma de tener todo lo que quiero.

—Podrás tenerlo sin que me entregues. Voy a desaparecer, dejaré de ser un estorbo para ti.

—No es suficiente. Él tiene que quererme.

Un sonido angustioso escapó de la garganta de Kate.

—¿Cómo, lavándole el cerebro? ¿Obligado por un arcángel? ¿De verdad crees que serás feliz teniendo a William a la fuerza? No será amor de verdad.

—Lo será —aseguró.

De repente, Mako frenó en seco. Se giró en el asiento y volvió a colocarle la mordaza. Después condujo hasta el cementerio. Rodeó el muro de piedra que lo circundaba y se detuvo en la parte más alejada. Luego se bajó y abrió la puerta. Las piernas de Kate salieron disparadas y la golpearon en el estómago. Se dobló hacia delante y esquivó por unos milímetros un nuevo golpe, directo a su cara.

Lanzó un gruñido y un par de palabrotas. Agarró la cadena que le sujetaba los tobillos y sacó a Kate del coche a la fuerza. La arrastró hasta la base del muro y lo recorrió buscando la puerta de hierro, que en otros tiempos usaban los enterradores para los carros. La empujó con la mano y continuó arrastrándola dentro del cementerio.

Una nube tapó la luna y todo quedó sumido en la oscuridad. Hasta sus oídos llegó el rumor de una tormenta que avanzaba con rapidez. A lo lejos, el cielo comenzaba a iluminarse con relámpagos. La atmósfera nocturna era pesada, como si el aire no contuviera suficiente oxígeno.

Kate se mordió los labios para no suplicar que se detuviera. Las cadenas eran una tortura que le devoraban la carne, causándole un dolor que se filtraba en su sangre y en sus huesos como si fuese ácido.

Mako se paró frente a una cripta y la soltó, pero solo el par de segundos que tardó en sujetarla por el pelo y obligarla a ponerse de pie. Se la cargó sobre el hombro y penetró en la tumba. Olía a azufre y a humedad. Los olores se intensificaron hasta hacerla toser, mientras descendían la escalinata en forma de caracol. Acabaron en una sala de piedra abovedada, con las paredes agujereadas por una decena de nichos sellados por antiguas lápidas.

Mako la dejó caer al suelo sin ningún cuidado.

—Aquí la tienes. He cumplido con mi parte del trato.

Kate ladeó la cabeza y la imagen que vio le heló la sangre. Lucifer se encontraba recostado sobre un sillón rojo de terciopelo, rodeado por seis hombres de aspecto fiero. A su lado, Mefisto contemplaba el suelo con aire apático y molesto.

Lucifer se puso de pie y se acercó a ellas. Luego se agachó junto a Kate y le acarició la mejilla.

—¿Era necesario que la trataras así?

—No me lo ha puesto fácil. He tratado de convencerla por las buenas, pero es demasiado estúpida. Iba a sacrificarse y no me ha dado más opción que recurrir a la fuerza.

Lucifer le dedicó a Kate una mirada indulgente y le sonrió. A continuación, se levantó y le hizo un gesto a Mefisto. Este movió las manos y las cadenas desaparecieron de su cuerpo.

Kate dejó escapar un suspiro de alivio y se sentó con mucho esfuerzo en la fría piedra. Lucifer le ofreció la mano. Ella la rechazó y se levantó del suelo por sus propios medios. Se sentía como un niño que aprende a caminar. No lograba sostenerse y la pérdida de sangre la había debilitado mucho. Se quitó la mordaza y se limpió la boca con el dorso de la mano.

—Más que recurrir a la fuerza, parece que te has ensañado con ella. —Se giró hacia Mako y la miró de arriba abajo—. Gracias. Has sido una gran aliada.

Mako aceptó su gratitud con una ligera reverencia.

—He hecho todo lo que me has pedido. Ahora, cumple con tu palabra.

Lucifer sonrió y se acercó a ella.

—Por supuesto, querida. Tenemos un trato. —Le ofreció su mano.

Los ojos de Mako fueron desde la mano hasta su cara y volvieron a descender. Despacio, alargó su brazo y estrechó la mano de Lucifer. Sintió su fuerte apretón y una ligera sacudida que indicaba su compromiso con el acuerdo. El gesto la relajó un poco y una leve sonrisa empezó a dibujarse en su cara.

De repente, Lucifer la atrajo con un abrazo que la pilló por sorpresa.

El golpe contra su pecho fue rápido y seco. Intentó apartarse cuando el brazo que le rodeaba la espalda se convirtió en un cable de acero que le aplastaba los huesos. Forcejeó y gimió. De su boca salió el sonido de un burbujeo, y por las comisuras de sus labios escaparon dos hilos de sangre roja. Se le doblaron las rodillas y quedó colgando entre sus brazos.

—¿De verdad pensabas que mantendría a mi lado a alguien que es capaz de traicionar a su especie por su propio interés? —le susurró al oído—. ¿Quién me asegura que no intentarás traicionarme a mí también? Lo siento, querida, pero nuestro acuerdo acaba de expirar. ¡Como tú!

La soltó y el cuerpo de Mako se desplomó contra el suelo. De su pecho sobresalía una daga envuelta en un fuego azul, que se fue apagando al igual que el brillo de sus ojos.

Kate se obligó a apartar la mirada del cuerpo de Mako y se encontró con el rostro de Lucifer. Una sonrisa espeluznante, a la par que hermosa, le tiraba de los labios.

—¡Vaya, se me ha manchado la camisa! —exclamó él. La prenda estaba empapada de sangre. La arrancó de su cuerpo y la arrojó al suelo. Alzó una mano con un gesto despreocupado—. Uriel, ¿serías tan amable?

Uno de los arcángeles se movió y en su mano apareció una camisa oscura, que le entregó con rapidez.

—Gracias, hermano —dijo Lucifer.

Mientras se ponía la prenda, se acercó a Kate. Ella retrocedió y chocó contra la pared de piedra. Se detuvo a pocos centímetros. La luz de las velas dibujaba sombras en su cara y lanzaba destellos sobre su pelo de diversos colores.

—¿Damos un paseo?

—No puedo caminar —dijo Kate con la voz ronca.

Lucifer la recorrió con la mirada. Llamó a Mefisto con la mano.

—Hermano, ¿puedes hacer que nuestra invitada se sienta un poco más cómoda?

Mefisto se aproximó. Sus ojos recorrieron el cuerpo de Kate de arriba abajo. Ella se encogió sobre sí misma para evitar que la tocara. La agarró por el brazo y le plantó la otra mano a la altura del esternón.

Kate notó un ligero picor por todo el cuerpo, que se convirtió en una sensación insoportable en las zonas donde las cadenas le habían lastimado la piel. Las heridas sanaron en cuestión de segundos.

—Mucho mejor —suspiró Lucifer—. Ahora, pasea conmigo. Hace una noche preciosa.

—No voy a dártela —soltó Kate sin acobardarse.

—Y yo no puedo obligarte a que me la des. Aunque espero que cambies de opinión. —La miró y un destello de impaciencia le iluminó los ojos—. Camina conmigo.

53

Kate siguió a Lucifer fuera de la cripta.

La tormenta se aproximaba con rapidez. Los relámpagos iluminaban el cielo, seguidos del rumor de unos truenos. Una ligera brisa se movía entre las ramas de los árboles y arrastraba hojas sobre el mantillo frío y podrido, aún mojado por la lluvia de la noche anterior.

Kate pensó en echar a correr y tratar de escapar. Un rápido vistazo a su alrededor le bastó para darse cuenta de que no llegaría muy lejos. Sus hermanos lo seguían a una distancia prudencial, controlando cada metro de terreno.

Mefisto no apartaba sus ojos de ella.

—Me gustan los cementerios —dijo Lucifer con una sonrisa sincera en los labios—. Me refiero a los antiguos como este, por supuesto. No a esas abominaciones de diseño que se construyen ahora.

Kate lo miró de reojo y guardó silencio. Él continuó:

—Son espléndidos, verdaderas obras de arte. Fíjate en las criptas, los nichos, la capilla que corona la colina. Todos estos pequeños monumentos funerarios son magníficos. Ensalzan la muerte, la convierten en algo hermoso, y no en un esperpento tétrico como os empeñáis hoy en día.

Pasaron junto a una cruz de piedra, frente a la que se levantaba la estatua de un ángel arrodillado que oraba al cielo. Lucifer se detuvo un segundo. La observó con desdén y continuó caminando.

Miró a Kate para asegurarse de que le prestaba atención.

—Nunca he entendido esta imagen que los hombres tienen de nosotros. —Señaló con uno de sus dedos la efigie de un ángel que sostenía una corona de flores entre sus manos—. Mira esos rizos, esa cara apenada, con los ojos siempre puestos en el cielo, implorando. ¡Es patético y humillante!

Siguió hablando sobre las esculturas afligidas, la mezcla de estilos y la grandiosidad de otras épocas. Sobre la creencia de los hombres, de que algo tan efímero como la muerte, debía de ser celebrado con ostentosas ceremonias, enormes mausoleos y finas esculturas que convertían los cementerios en jardines de insólita belleza.

Mientras paseaban por los senderos plagados de vegetación, Kate no lograba entender la finalidad de ese itinerario turístico sin sentido. A no ser que su cometido fuera el de distraerla. Hacer que se sintiera cómoda, o peor aún, a salvo.

—Querubines vestidos con lienzos, ángeles sumisos y dolientes. No me gustan estas representaciones —dijo Lucifer. De repente, se detuvo. Rodeó despacio la tumba que había llamado su atención, mientras observaba con ojos curiosos la escultura que la coronaba—. Excepto esta. Me conmueve y no sé por qué. Puedo sentir su dolor y la tristeza que refleja. Parece tan abatido.

Kate contempló la escultura. Un ángel arrodillado, con el torso inclinado sobre un bloque tallado en mármol. Tenía el rostro oculto tras un brazo y las alas caídas.

—Es una réplica de *El ángel del dolor* —dijo Kate con voz queda—. El original se encuentra en Roma, en un cementerio protestante.

Lucifer la miró de reojo y volvió a centrar su atención en la figura.

—¿El ángel del dolor?

—Sí. Lo esculpió un hombre llamado William Wetmore. Lo creó en memoria de su esposa fallecida, Emelyn. Dicen que la amaba con locura y que el ángel representa todo el dolor, la tristeza y la desdicha que sentía por su pérdida. Yace ocultando su rostro y sus alas cuelgan lánguidas, vencido por un llanto eterno y desconsolado por no volver a ver al ser amado. Contemplar algo así hace que te enamores de la muerte, solo por sentir un amor tan grande.

Lucifer sacudió la cabeza y sonrió.

—Muy poético —comentó con una chispa de diversión. Y añadió—: También el hecho de que el escultor se llame William, ¿no te parece? La tal Emelyn te envidiaría. Tú tienes a un ángel de verdad amándote de la misma forma.

Kate se sintió incómoda por la comparación y volvió a notar esa opresión en el pecho.

—¿Por qué yo? —preguntó de repente—. ¿Por qué entre tantas personas me elegiste a mí?

Lucifer alzó la mirada al cielo y lo observó como si fuera de día e intentara averiguar la hora por la posición del sol. Se quedó callado un largo rato y Kate temió que no fuese a contestar.

—¿Has oído hablar de las Parcas?

—Sí, en la mitología romana eran la personificación del destino, controlaban el hilo de la vida de todo ser mortal o inmortal —respondió Kate sin entender qué relación tenía.

—Así es. En la cultura griega ese destino lo trazaban las Moiras y para los pueblos nórdicos, las Nornas. Lo cierto es que siempre han sido los mismos seres, pero con distintos nombres, y existen —indicó él como si nada.

Los ojos de Kate se abrieron como platos y su frente se llenó de arrugas. Sus emociones eran tan confusas que apenas podía interpretarlas. ¿Las Parcas existían? ¿Y qué tenían que ver con ella?

—En realidad, los que existen son los Ángeles del Destino —continuó él—. Ellos conocen cada vida desde su comienzo hasta su final. No sirven a nadie. Nunca han morado en el cielo y se mantienen lejos de las desavenencias entre mis hermanos y yo. Podría decirse que son neutrales.

Esbozó una sonrisa siniestra. Rodeó de nuevo la estatua y se detuvo tras sus alas de piedra. Con el dedo fue repasando el contorno de las plumas. Prosiguió:

—De vez en cuando, van hasta el infierno para asegurarse de que no hay ningún alma que no deba estar allí. —Hizo una pausa y pareció distraerse durante un momento—. Ellos me hablaron de ti. Estaban tristes. Siempre lo están cuando es el hilo de un niño el que deben cortar. Pero en tu caso su pena era mayor y sentí curiosidad. No me costó mucho que se les soltara la lengua y así supe de ti. Tu luz brillaba tanto en sus pensamientos, que enseguida me di cuenta de que una sombra como la mía sería invisible bajo ella.

»Te convertiste en mi oportunidad, Kate. Así que esperé, te encontré y después te di el mayor regalo que jamás le he concedido a nadie. Te confié mi vida y te devolví la tuya. En ese mismo momento, un nuevo destino nació para ti. Se desarrolló ante mis ojos y vi cómo el hilo de tu vida se entrelazaba con otros dos, ya creados para mi salvación.

—Los híbridos —susurró Kate atónita. Empezaba a entender y un profundo agujero se abrió bajo sus pies. ¿También sus sentimientos habían sido escritos? ¿Ni siquiera eso le pertenecía?

—Ellos —le confirmó Lucifer—. Os unisteis de una forma tan profunda y sólida que supe sin lugar a dudas que erais los elegidos de los que hablaban los profetas. También supe que ellos te mantendrían a salvo para mí. William, Adrien y tú. Tres.

Regresó junto a ella y se la quedó mirando fijamente.

—El tres siempre ha sido un extraño número. *Omne trinum est perfectum.* Todo lo compuesto de tres es perfecto —explicó Lucifer—. La imagen del ser supremo consta de tres. Las tres leyes de la armonía universal. Las tres Furias. Las tres Parcas. Las Trinidades. Hasta Pedro negó tres veces a su señor. El tres tiene un poder especial. Simboliza un triángulo. ¿Has oído hablar del «Triángulo del Arte», Kate?

Kate iba a responder, cuando una ráfaga de viento arrastró el manto de hojas y tierra que cubría el suelo. Se oyó un chisporroteo y unas líneas brillantes comenzaron a trazarse sobre la superficie. Kate giró sobre sí misma y contempló atónita las formas del dibujo. Un triángulo perfecto. La última línea se cerró y el dibujo se iluminó con una luz rojiza que confirió a sus rostros una apariencia fantasmal.

Kate parpadeó. Lucifer y ella se encontraban dentro de la figura y en cada vértice se situaba un objeto distinto. Una vara, una espada y un cáliz. Junto a su base había un círculo y en el centro de este se encontraba Mefisto.

Kate retrocedió hasta chocar contra una barrera invisible que la contenía dentro del triángulo. Eran símbolos de invocación y contención.

—No voy a dártela, ya te lo he dicho —dijo con voz temblorosa—. Te aseguro que no me da ningún miedo morir. Pienso llevarme tu alma conmigo al otro lado. Y algo me dice que, cuando ocurra, tu cuerpo la seguirá. Puedo sentir cómo el vínculo con ella se ha hecho más fuerte. Te arrastrará.

Los ojos de Lucifer perdieron su color y se convirtieron en un abismo frío y oscuro. Alzó una mano y Uriel cayó desde el cielo con un cuerpo entre sus brazos. Kate comprobó atónita que se trataba de su hermana.

—¡Jane! —exclamó.

Quiso abandonar el triángulo e ir hasta ella. Corrió y chocó de bruces contra la barrera mágica.

Su hermana sonrió. Se sacudió los brazos después de que Uriel la liberara y acortó la distancia que las separaba. Se paró al otro lado de la barrera y levantó la mano. Sus ojos verdes se oscurecieron hasta adquirir el color del petróleo. Agitó los dedos y le guiñó un ojo.

—Hola, Kate. Tu hermanita te saluda.

—Sal de ella. ¡Maldito seas, sal de ella! —gritó al darse cuenta de que no era Jane quien había hablado. Se giró hacia Lucifer con los puños apretados—. Ordénale que la deje en paz.

—¿Y qué gano yo? —dijo él con una tranquilidad que hizo que Kate quisiera borrar esa expresión de su cara a golpes.

—Me pides que cargue con el peso de millones de muertes —replicó derrotada.

—¿Millones de muertes? ¡Yo no ansío esas muertes! Un dios necesita fieles que lo veneren. ¿Por qué nadie es capaz de leer entre líneas? —preguntó exasperado. Se acercó a Kate y clavó sus ojos en los de ella—. Sí, habrá un final. El de los días conocidos. El mundo dejará de ser como hasta ahora. Pero yo no busco su desaparición, solo instaurar un nuevo orden. Si los hombres se someten a mis preceptos, nadie sufrirá. El único castigo que ansío va dirigido a mis hermanos y a mi padre. Tengo un infierno hecho a medida para ellos —apostilló en un tono cargado de ira y venganza.

Sus ojos se transformaron en dos llamas en las que sombras oscuras danzaban, se retorcían y gritaban.

Kate podía sentir el calor que emanaba de esos ojos. Notaba su ardor recorriéndole las venas, susurrándole un montón de promesas. Ese fuego la llamaba, le daba la bienvenida y la tranquilizaba. Miró de reojo a su hermana y vio que en su mano había un cuchillo, al que daba vueltas entre los dedos. Recordó la facilidad con la que Salma rebanó el cuello de Maritza y sintió un escalofrío.

—No serás capaz.

—Será ella misma la que lo haga —dijo Lucifer.

Kate se rompió. Se volvió hacia su hermana. La quería con locura y la había echado tanto de menos. No podía sacrificarla. Que Dios la perdonara, pero no podía.

—Pídeme lo que quieras y te lo concederé. Sin mentiras ni falsas promesas. Te lo prometo —le susurró Lucifer al oído.

Kate se giró y enfrentó su mirada, y tomó la decisión más difícil de toda su vida.

—Los mantendrás a salvo, a todos. No necesito darte sus nombres, porque tú ya los conoces. No sufrirán ningún daño. No me importa lo que pretendas hacer con tus hermanos, eso es cosa tuya. Sé un dios si es lo que quieres, pero deja el mundo como está. Y no sé si es posible, pero busca la forma de que regresen los que murieron anoche. Sana a los que están heridos y... —Se quedó pensando, confundida y abrumada por la decisión egoísta que acababa de tomar. En un abrir y cerrar de ojos, la confusión desapareció y la sustituyó la ira—. En cuanto a mí...

Lucifer negó con la cabeza y una expresión de pesar oscureció su rostro.

—Intentaré recuperar a los que han muerto, aunque puede que sea tarde. Sanaré a los heridos, te lo juro. Pero esa petición que estás a punto de hacerme no es posible. No puedo prometerte que vivirás y volverás con él.

—¿Por qué? —sollozó Kate.

—Porque moriste en ese río, mi niña. Y fue definitivo, sin vuelta atrás. Es mi alma la que alimenta la tuya. Una vez que la recupere, tú desaparecerás. Lo siento.

Kate lo miró a los ojos y creyó en lo que decía. De verdad lo lamentaba.

—De acuerdo —aceptó finalmente. Miró a su hermana—. Quiero despedirme de ella.

—Por supuesto —dijo él.

A un gesto de su mano, una columna de humo escapó a través de los ojos de Jane. La chica parpadeó como si acabara de despertar de una pesadilla y recobrara la conciencia. Miró a su alrededor, muerta de miedo, y sus ojos se detuvieron en ella. Con un sollozo desgarrado se precipitó entre sus brazos.

Kate la abrazó con fuerza.

—Lo siento mucho, Jane —le susurró mientras la estrechaba.

—¿Quiénes son estas personas, Kate? ¿Qué es todo esto? —Las lágrimas resbalaban por sus mejillas.

Kate miró a Lucifer por encima del hombro de su hermana.

—No quiero que le pase nada.

—Nadie le hará daño —dijo él con el tono de una firme promesa—. Date prisa.

—¿Qué está pasando? —inquirió Jane—. ¡Dios mío, dentro de mí había algo, podía sentirlo!

—Todo está bien, Jane. Nadie te hará daño. Esto solo es un mal sueño del que vas a despertar, te lo prometo. —La besó en la mejilla—. Te quiero muchísimo. Eso no lo olvides, ¿vale? No lo olvides nunca. Dile a Bob que te cuide y que a él también lo quiero. Y ve a ver a William, pídele perdón por mí. Dile que lo amo y que por ese motivo hago esto. Que no se preocupe, todos van a estar a salvo. Me lo han prometido. Díselo, por favor, dile que lo amo.

—Se lo diré.

Kate abrazó con más fuerza a su hermana.

—Adiós, Jane. Estoy muy orgullosa de ti.

—¿Por qué te estás despidiendo?

Uriel se acercó y la agarró por un hombro. Tiró de ella para sacarla del triángulo.

—Te quiero, Jane. Y lo siento todo, de verdad que lo siento —dijo Kate mientras levantaba una mano a modo de despedida.

—¿Qué sientes? —gritó Jane—. Kate, dime qué pasa. Dime ahora mismo qué ocurre.

Kate le dio la espalda y quedó cara a cara con Lucifer. Asintió una vez y cerró los ojos.

—Será rápido —susurró él.

Mefisto inició una extraña letanía. Una oración en una lengua que pocos conocían. Sus hermanos se unieron a él. Su voz grave y siniestra reverberaba entre las tumbas y los muros.

El cuerpo de Kate se iluminó con un leve resplandor y flotó unos centímetros, suspendida ante Lucifer como un sacrificio. La sensación de revoloteo dentro de su pecho se hizo más fuerte. Le quemaba por dentro. Empujaba y golpeaba, ascendiendo por su garganta. Quiso gritar. Abrió la boca, pero no brotó ningún sonido. Dolor y fuego, no sentía otra cosa.

Unas manos se posaron en sus mejillas y acunaron su rostro con ternura. Un alivio inmediato la hizo gemir. Después, unos labios presionaron sobre los suyos. Sintió el aleteo dentro de su boca. Alas de terciopelo le rozaron la lengua y escaparon de entre sus labios con un hondo suspiro.

El tiempo se detuvo.

Y dejó de sentir.

Lucifer sostuvo el cuerpo de Kate entre sus brazos. La miró durante unos segundos. Después, muy despacio, la depositó junto a la tumba del ángel. Le peinó con los dedos unos mechones y le limpió una mancha de la mejilla con una ternura inusitada.

Se puso de pie y contempló la escena.

—Gracias —susurró.

Se dio la vuelta y contempló a sus hermanos. Ellos le devolvían la mirada sin disimular la excitación y la ansiedad que los dominaba. Que los corroía. Una sonrisa se extendió por su cara, mientras un poder desmedido se apoderaba de él.

Echó la cabeza hacia atrás y lanzó un grito al aire. Decenas de sombras cubrieron el cementerio. Salían de todos los agujeros y grietas, y danzaron a su alrededor. Lo cubrieron como un suave manto y lo alzaron en el aire. El ambiente se cargó de electricidad y comenzó a chisporrotear. Segundos después, las sombras se disiparon de golpe y Lucifer cayó al suelo con el torso desnudo y los ojos cerrados.

Los abrió y dos alas negras como la noche se desplegaron a ambos lados de su espalda, brillantes y majestuosas.

Por fin estaba completo.

Por fin era libre.

—Preparémonos. Ha llegado la hora de tomar lo que siempre debió ser nuestro.

54

Nada más terminar el funeral, todos los que habían asistido regresaron juntos a la residencia de los Solomon. William fue el primero en bajar del coche y entrar en la casa. Estaba preocupado por Kate y necesitaba asegurarse de que se encontraba bien. Las cosas que ella le había dicho durante su última conversación lo habían inquietado. Lo había animado a que sucumbiera a su oscuridad, ¿en serio?

Subió la escalera sin hacer ruido. La puerta del cuarto de Evan estaba entreabierta y echó un vistazo. Vio a Jill dormida en una silla, junto a la cama. Rachel descansaba al otro lado, hecha un ovillo en un sillón. Inspiró hondo, antes de posar los ojos en el cuerpo que reposaba sobre el colchón. Evan no se recuperaba y, aunque nadie quería perder la esperanza, las cosas no pintaban bien para él.

Alzó la mirada y dio un respingo. Evan lo miraba con una sonrisa cansada en el rostro. Había recuperado la consciencia y su piel el color. Las heridas de su torso habían cicatrizado y apenas se veían unas líneas rosadas.

William entró en el cuarto con una enorme sonrisa.

—Hola —susurró.

Evan se incorporó un poco sobre las almohadas.

—¿Mi tío...? —empezó a preguntar. William negó con la cabeza—. No puedo creer que ya no esté —se le rompió la voz y parpadeó varias veces para alejar las lágrimas que se arremolinaban bajo sus pestañas.

—Y yo no puedo creer que te estés recuperando —musitó William.

—He despertado hace unos minutos y me encuentro bien. Aunque sentí algo extraño. Unas... unas manos sobre mi cuerpo, y te juro que he creído ver a alguien en la habitación.

—Sea lo que sea, parece un milagro.

—¿Evan? —la voz somnolienta de Jill los interrumpió. Pegó un bote de la silla al verlo despierto—. ¡Estás bien! No puedo creerlo, te estás recuperando.

Rachel también se despertó.

William aprovechó el momento y salió del cuarto para darles intimidad. Fue hasta su antigua habitación y entró. El estómago le dio un vuelco al comprobar que Kate no estaba allí. Había dejado a Mako a cargo de su vigilancia. Sacó su teléfono móvil y la llamó, por si habían vuelto a la casa de huéspedes.

No daba señal.

Sobre el escritorio vio un bloc y un bolígrafo. Se acercó y descubrió varias bolas de papel en la papelera. Un impulso le llevó a sacar una y abrirla. La estiró para ver lo que había escrito.

«No sé cómo decirte esto...». No había nada más.

William se agachó y sacó otra. Deshizo la pelota y leyó.

«Nunca creí que me resultaría tan difícil...». Lo había tachado.

Empezó a ponerse nervioso. De repente, su teléfono móvil sonó. El número de la casa de huéspedes iluminaba la pantalla.

—¿Kate?

—Soy Sarah —respondió la chica al otro lado. Parecía alterada y se oía un llanto desconsolado que pertenecía a otra persona—. Acaba de llegar una mujer y pregunta por ti. Está histérica. Dice que se llama Jane y que es hermana de Kate. No para de decir incoherencias y no sé qué le pasa.

—¿Kate está ahí?

—¿No estaba contigo?

Esas palabras abrieron un agujero en su pecho.

—Iré en cuanto pueda.

Colgó el teléfono. Una presión se instaló en su pecho.

Recorrió toda la casa y no encontró ningún rastro de Kate. Con un mal presentimiento que le erizaba el vello, se desmaterializó y tomó forma en el porche de la casa de huéspedes. Nada más entrar, vio a Jane en el salón. En cuanto ella se percató de su presencia, se puso de pie y corrió a sus brazos. Temblaba y lloraba sin parar, de una forma tan amarga y violenta que apenas podía respirar.

—Jane —se impacientó William—. ¿Qué ocurre?

—Estaba en casa y... No sé cómo... esa cosa entró en mí. Yo no podía moverme. Me... me llevó hasta allí. Kate estaba con ellos. Me dijo cosas que no entendí. Ese... ese hombre le hizo algo —lloriqueó.

A William le fallaron las rodillas un momento.

—¿Qué hombre, Jane? —le preguntó en un tono más duro de lo que pretendía—. ¿Dónde está Kate?

—Me ha pedido que te diga que... lo siente, y que... la perdones. Quiere que te diga que te ama y que no... es culpa tuya —hipó.

Cada palabra era como una puñalada en el corazón de William. No quería perder el control, pero todo su cuerpo temblaba y su piel comenzó a iluminarse. Agarró a Jane con más fuerza y la sacudió.

—¿Dónde está tu hermana, Jane?

—¡Está muerta! —gritó ella con voz estrangulada—. La han matado en el viejo cementerio.

William la soltó, como si de pronto su piel le quemara las manos. Dio un paso atrás, y después otro. Jane cayó al suelo, de rodillas, y se cubrió el rostro con las manos sin dejar de llorar. Sarah se arrodilló a su lado y la abrazó en un torpe intento por consolarla.

William se quedó mirándola un instante. De repente, se dio la vuelta y se lanzó hacia la puerta. Cruzó el porche de un salto y se desmaterializó en el aire. Sus pies aterrizaron en el viejo cementerio.

—¡Kate! —gritó.

No recibió más respuesta que el eco de su propia voz rebotando contra las piedras hasta perderse en el silencio. Echó a correr sin saber muy bien adónde. Apretó el paso, mientras rezaba para que nada de lo que Jane había dicho fuese cierto. No podía serlo.

Localizó un rastro de sangre sobre unas marcas de arrastre. Se agachó para verlo de cerca. Tocó con los dedos las manchas secas y se los llevó a la nariz. Un gemido desesperado brotó de su pecho al reconocer el olor. Era la sangre de Kate...

No. No. No...

Siguió el rastro hasta una cripta, medio oculta tras la maleza. El vestigio de sangre era más profuso y se extendía por unas escaleras que terminaban en una sala de piedra. El moho cubría las paredes y el agua goteaba desde el techo formando pequeños charcos en el suelo. Olía a cera quemada y a humo. Las velas de los anaqueles habían sido usadas hacía muy poco.

Un bulto en el suelo llamó su atención. Un cuerpo yacía boca abajo. Cruzó la sala como una exhalación y cayó de rodillas a su lado. Le dio la vuelta y un alivio cruel le recorrió el cuerpo al descubrir que no se trataba de ella.

—Mako —susurró.

Miró a su alrededor. Ni rastro de Kate, aunque por la sangre no tenía la menor duda de que había estado allí. La situación pintaba cada vez peor y sus esperanzas se desvanecían en una desesperación que rozaba la locura. Se puso en pie. Trató de comunicarse con Adrien a través del vínculo que poseían. No lo logró. Puede que estuviera demasiado lejos.

Maldijo al comprobar que tenía el teléfono apagado. Con dedos temblorosos tecleó un mensaje que ni él mismo entendía. Le dio a enviar y salió disparado de la cripta.

—¡Kate! —gritó una vez tras otra mientras recorría las calles bordeadas de tumbas y mausoleos—. Kate, ¿dónde estás?

Empezó a desesperarse. Continuó corriendo y al doblar un recodo vio una tumba coronada por una estatua. El tiempo se fue ralentizando mientras sus pies frenaban sobre la tierra hasta detenerse por completo.

Notó que el pecho le explotaba con un profundo dolor. Su corazón quedó expuesto y gritó de agonía. A los pies de la tumba se encontraba Kate, recostada contra el pedestal como si alguien la hubiera colocado en esa posición. Parecía que dormía, con la mano del ángel sobre su cabeza como si estuviera vigilando su sueño.

Se llevó las manos a la nuca y un gemido torturado escapó de sus labios, mientras se iba acercando. Cerró los ojos con fuerza, se negaba a creer lo que estaba viendo. No podía ser.

Llegó hasta ella y cayó de rodillas. Toda su vida se hizo añicos en ese instante. Pasado, presente y futuro se desvanecieron como si él nunca hubiera existido. Kate ya no estaba allí. Se había ido y la única energía que sentía era el terror que brotaba de su propio cuerpo, gritándole que estaba muerta.

Cerró los ojos. No era capaz de mirarla y se limitó a seguir con los párpados cerrados, con la esperanza de que, al abrirlos, nada fuese real. Solo un mal sueño.

Tic, tac, tic, tac, tic, tac...

Abrió los ojos y la esperanza se desvaneció.

Kate seguía sin moverse.

Las lágrimas se derramaron por sus mejillas y dieron paso a un llanto amargo y desgarrado. La tomó entre sus brazos y la acunó contra su pecho. Posó una mano sobre el corazón del único amor verdadero que había conocido, como si con ese simple gesto fuese capaz de hacerlo latir de nuevo.

—¿Por qué? —se lamentó—. ¿Por qué? ¡Maldita sea, ¿por qué?!

El dolor que sentía le hizo doblarse hacia delante hasta apoyar su frente sobre la de ella. Empezó a temblar. ¿Cómo iba a vivir ahora? Besó sus labios, mientras en su pecho iba creciendo una fuerza descontrolada. Echó la cabeza hacia atrás y gritó.

Gritó con todas sus fuerzas.

Con un odio renovado y un deseo de venganza que le quemaba las entrañas.

Gritó hasta quedarse ronco, mientras una corriente de energía salía disparada hacia el cielo.

Decenas de rayos empezaron a caer. Partían árboles. Resquebrajaban las tumbas y destruían mausoleos. Las nubes cruzaban el cielo a una velocidad que el ojo humano no hubiera podido captar. El suelo temblaba y las lápidas se tambaleaban. Profundas grietas se abrieron en la tierra. Y empezó a llover.

William abrazó el cuerpo de Kate contra su pecho y se puso en pie.

Pesaba tan poco.

Avanzó a trompicones, mientras la lluvia caía sobre él sin compasión, llevándose consigo las lágrimas que se deslizaban por su rostro sin control. Se sentía marchito y roto, un cascarón vacío, y sabía que esa sería su existencia de ahora en adelante.

El mundo ya no tenía nada que ofrecerle. Por él podía acabarse en ese mismo momento.

Kate lo había abandonado y la odiaba por haberlo hecho.

La odiaba por haberle dejado.

Percibió un movimiento y una figura tomó forma a un centenar de metros frente a él.

Adrien volvió a leer el mensaje. No entendía nada.

La lluvia, que parecía concentrarse en el cementerio, lo empapó en unos segundos. Miró al cielo y se quedó maravillado con un cielo que no dejaba de iluminarse y chasquear con una furia descontrolada. Uno de los rayos impactó en el campanario de la iglesia. La maldita iglesia que parecía haberse convertido en el epicentro del desastre. El campanario se vino abajo y Adrien tuvo que apartarse para que las piedras no le cayeran encima.

Se dio la vuelta y el universo lo golpeó en el estómago.

William caminaba hacia él por la avenida principal, con el cuerpo de Kate colgando entre sus brazos. Empezó a negar con la cabeza y notó que su propio cuerpo se abría en dos mitades. No podía ser, de ninguna manera ella...

William pasó por su lado sin siquiera mirarlo. El perfume de la muerte flotaba a su alrededor. Contempló a Kate. No había un ápice de vida en su interior. Uno de sus brazos colgaba inerte y se balanceaba al ritmo de la marcha fúnebre de los pasos de William.

La realidad lo golpeó como un martillo directo a la cabeza. Kate se había sacrificado por ellos. No debería haberlo hecho, ninguno lo merecía.

55

William se encerró en su casa con el cuerpo de Kate. La dejó sobre la cama del dormitorio que habían compartido tantas veces y se arrodilló junto a ella. Tres días después, no se había movido de su lado y tampoco había dejado que nadie la tocara.

El tiempo pasaba y ella merecía su descanso.

Todo había sido dispuesto para enterrarla junto a su abuela y sus padres en el nuevo cementerio que había al lado de Saint Paul. La tumba continuaba vacía.

—¡Fuera! ¡Juro que os mataré si os atrevéis a tocarla! —gritó William.

Robert y Marie abandonaron la habitación. En el pasillo, Adrien y Shane cruzaron una mirada de impotencia.

—No atiende a razones —susurró Robert, mientras se dejaba caer contra la pared—. Amenaza con largarse de aquí con ella.

—¿Y dónde piensa ir? —inquirió Shane—. Esto es una locura. Ha perdido la razón.

—Quizá madre pueda convencerlo, ella siempre ha tenido mucha influencia sobre él —indicó Marie.

Se acurrucó bajo el brazo de Shane. La muerte de Kate los había destrozado a todos.

—Ha prohibido su presencia, y también la de padre. No quiere ver a nadie —respondió Robert sin fuerzas—. De momento es mejor no forzarlo demasiado, por si acaso acaba haciendo alguna estupidez. Démosle algo más de tiempo.

Adrien se pasó una mano por la cara y después por el pelo. Exhaló un suspiro.

—Necesita despedirse y aceptarlo. Acabará haciendo lo que debe.

Intentó parecer seguro, pero ni siquiera él confiaba en que William entrara en razón. Se había convertido en un fantasma, que yacía junto a otro fantasma, y temía que pudiera acabar volándose la tapa de los sesos.

La muerte de Kate había arrojado un velo funesto sobre todos ellos y afectaba especialmente a Adrien. Se sentía responsable de su fatal destino.

Las lágrimas regresaron a sus ojos.

Dio media vuelta y salió de la casa.

Caminó sin rumbo fijo y acabó en el bosque, junto a la orilla de un arroyo. Le preocupaba William, no podía evitarlo. Se había convertido en alguien importante para él. En el hermano que nunca tuvo. Y no dejaba de preguntarse si sería capaz de seguir adelante sin Kate. Lo dudaba. A él ya le estaba costando y sus sentimientos no podían compararse a los de William.

Se agachó y contempló su reflejo en el agua, aplastado por una sensación de fatalidad que lo ahogaba. De repente, un escalofrío de peligro le recorrió la espalda. Alzó la vista y encontró a Mefisto al otro lado del arroyo. Se tomó un momento para serenarse y se puso en pie.

—¿Qué quieres? —escupió.

Mefisto inspiró hondo y se humedeció los labios.

—Te guste o no, siempre seré tu padre y tú siempre serás mi hijo.

—Si pudiera, me arrancaría tus genes del cuerpo.

Mefisto se estremeció como si le hubiera dolido y se tomó unos segundos para calmarse. Adrien frunció el ceño. ¿Qué había sido eso? ¿Mefisto tenía sentimientos?

—Me debes...

Adrien no lo dejó terminar.

—Yo no te debo nada. Tú no eres nadie para mí. Solo alguien a quien odio con todas mis fuerzas y que destruiré algún día, lo juro.

Mefisto le sostuvo la mirada.

—A mi modo, siempre te he querido y nunca deseé hacerte daño. Solo hice lo que debía por la familia, que también es la tuya, Adrien.

—Pero ¿tú alguna vez te escuchas? Mi única familia es mi madre.

—Te pareces a mí en tantos sentidos. Las cosas podrían haber sido de otro modo entre nosotros, si tú...

—¿Si yo qué? —No pensaba entrar en ese juego. ¿Qué intentaba hacer? ¿Acaso le estaba pidiendo perdón por haber sido el peor padre de toda la historia?—. ¿Qué haces aquí? El papel de padre preocupado no te pega. No quiero que te comportes así, me asquea.

Una oleada de calor brotó del cuerpo de Mefisto y su voz tronó.

—Te guste o no, soy tu padre y me debes respeto. Eres mi hijo.

Adrien desnudó sus colmillos.

—No vuelvas a llamarme así jamás, no tienes derecho. Me has amenazado, aterrorizado y obligado a hacer cosas horribles. Has llegado a herirme. Un padre no habría hecho algo así —siseó con voz envenenada.

—Créeme, para mí tampoco fue agradable. Aunque no lo creas, siempre he estado ahí, tras tu sombra.

Adrien se echó a reír, aunque su risa se asemejaba más a un llanto amargo.

—Entonces, debería de darte las gracias por haberte quedado mirando mientras yo sufría. Cuando por tu culpa perdí toda mi humanidad y mi inocencia. ¡Me lo has arrebatado todo! Me has robado lo poco bueno que había en mí, padre —escupió con desprecio.

Mefisto cruzó los brazos sobre el pecho.

—Fue necesario. Hay cosas que están por encima de ti y de mí.

—Si por un momento has creído que me importa, pierdes el tiempo. Ahora contesta a mi pregunta. ¿A qué has venido? —inquirió Adrien.

Mefisto se colocó los puños de su camisa y después se abrochó los botones de la chaqueta. Lo hizo despacio, sin prisa.

—El tiempo se ha acabado. Los tres días de gracia tras el retorno de Lucifer han pasado, y esta noche lanzaremos el desafío —respondió.

—¿Y das por hecho que sé de qué hablas? —replicó Adrien.

—Dentro de unas horas, Lucifer retará a Miguel. No puede negarse, así que habrá guerra. La última batalla, la que dará comienzo al Armagedón. Vengo a pedirte que luches a mi lado y ocupes el lugar que te corresponde.

Adrien se quedó mudo. Jamás habría esperado semejante petición por parte de su padre.

—Me estás pidiendo que olvide a todas las personas que me importan y me una a ti para destruir el mundo en el que vivimos. ¿Es eso lo que me estás pidiendo?

—No, te estoy dando la oportunidad de proteger a tu madre y mantenerla a salvo, incluso a esa nefilim por la que sientes algo. Te estoy dando un futuro en el nuevo mundo que vamos a crear, hijo mío.

—Por mí puedes coger tu futuro y metértelo por donde te quepa. Espero que Miguel te saque el corazón del pecho y después te arranque el alma.

Mefisto entornó los ojos y ladeó la cabeza. Una sonrisa maliciosa tiró de las comisuras de sus labios.

—¿Te refieres al mismo Miguel que no ha hecho otra cosa que esconderse mientras tus amigos mueren? ¿El que ha permitido que Kate se sacrifique? ¿El que no ha tenido agallas para enfrentarse a nosotros sin la certeza absoluta de que sus artimañas le asegurarían la victoria? Tienes demasiadas esperanzas puestas en un cobarde, que hoy caerá de su pedestal.

Adrien le dedicó una mirada cargada de desprecio. Apuntó a su padre con el dedo.

—En realidad, me importa una mierda quién gane. Por mí podéis mataros entre vosotros hasta que no quede ninguno, pero te juro que no voy a quedarme de brazos cruzados si intentáis algo contra nosotros. Haré lo que haga falta para proteger a los que quiero de toda vuestra basura.

Dio media vuelta y se alejó de allí. Aunque se moría por matar a su padre, ni siquiera merecía el esfuerzo. Ahora debía estar en otro lugar, al lado de las personas que de verdad lo necesitaban. Al lado de William.

La voz de Mefisto llegó hasta él, sinuosa como el siseo de la serpiente que era.

—Tienes que elegir, Adrien. Hasta ella lo hizo, y optó por nosotros. Eligió salvaros a costa de su sacrificio. Al menos deberías hacer honor a eso y honrar su decisión. La apreciabas.

Adrien giró sobre sus talones, como si un látigo lo hubiera azotado.

—¿Acaso no lo ves? Ya he elegido. Reniego de hasta la última gota de tu sangre que corre por mis venas. Para mí, tú eres el enemigo a derrotar.

Y sin más, se desmaterializó. Dejó a su padre con la palabra en la boca y un ataque de ira con el que hizo hervir el agua del río, matando a todos los peces.

Segundos después, Adrien tomaba forma de nuevo en la casa de William.

En pocas horas, el destino del mundo iba a ser decidido por un grupo de semidioses, ególatras y vengativos, motivados por su propio deseo de revancha. Como si el mundo en realidad fuese un patio de juegos y ellos unos mocosos envidiosos, peleándose para ver quiénes se quedaban con el juguete más grande. O peor aún, para llamar la atención de un padre que los ignoraba por completo, con la indolencia del que está acostumbrado a sus rabietas y sabe que, antes o después, acabarán por hacer las paces.

No sabía qué idea le daba más miedo.

No era capaz de resignarse a ser un mero espectador. Y la única persona con la que podía contar para intentar encontrar una solución, estaba viviendo el peor momento de su vida. Necesitaba que William despertara y saliera de ese duelo doloroso que lo estaba consumiendo. No había nada que pudieran hacer por Kate, pero sí por el resto.

Se coló en la habitación sin más. Sabía que pedir permiso sería inútil.

La escena que encontró lo dejó sin habla. El cuerpo de Kate continuaba en la cama. Su piel tenía un color ceniciento y estaba tan rígida como una barra de acero. William se encontraba a su lado, de rodillas, con el rostro escondido entre sus manos. ¡Era demasiado macabro!

—Lárgate —dijo William con un gruñido.

—¿Qué estás haciendo? —preguntó casi sin voz. William alzó la cabeza y lo miró. No había vida en sus ojos—. ¿Te das cuenta de que no va a levantarse de ahí? ¿A qué esperas? Ella no querría esto. Deja que su cuerpo descanse en paz. Esto es... es... —No encontraba las palabras con las que explicar el horror dentro de esa habitación.

Hubo un cambio en el aire y la explosión que tuvo lugar a continuación destrozó las ventanas. Volaron cristales por todas partes. Las luces del techo parpadeaban sin parar. La energía resquebrajó las paredes y formó una especie de remolino que daba vueltas alrededor de la cama como un muro protector.

William se abalanzó sobre Adrien y lo aplastó contra el armario.

—Nadie va a moverla de ahí. ¿Entiendes? No puedo hacer lo que me pides. No puedo enterrarla, porque si lo hago... Entonces estaría aceptando que... —se le rompió la voz.

—Dilo —le exigió Adrien. La mano de William sobre su garganta apenas le dejaba mover las cuerdas vocales—. Suéltalo.

—No puedo...

—Sí puedes. Duele, pero debes decirlo. —Se miraron a los ojos—. Dilo, William.

—Que... que ella está... ¡Está muerta! —sollozó con amargura—. Lo está, ¿verdad? Lo está.

Adrien asintió.

—Lo siento mucho, amigo.

William aflojó los brazos y se dio cuenta de que se sostenía de pie porque Adrien lo sujetaba. Dio un par de pasos hacia atrás y se alejó de él. Se tambaleaba de un lado a otro y jadeaba sin parar. Sentía un dolor imposible. La pena que brotaba de él era como un virus extendiéndose por su cuerpo y lo devoraba. Nunca pensó que la tristeza pudiera ser una enfermedad física, pero lo era.

Corrió al baño y empezó a vomitar. Cuando por fin pudo calmar su estómago, Adrien estaba a su lado y le ofreció una toalla mojada.

William se limpió la boca y se quedó sentado en el suelo.

«Ella ya no está. Está muerta», el pensamiento se repetía en su cabeza sin parar.

No podía hacer nada para remediarlo. Salvo comportarse como un hombre que ya no tiene nada que perder. La vida sin Kate no tenía sentido, era insoportable, así que no quería esa vida.

Con la toalla se secó la cara. Las lágrimas eran inútiles. Una debilidad indigna del recuerdo de Kate, cuando ella se había sacrificado sin dudar. Le dedicaría una ofrenda de muerte y la venganza sería la tierra con la que cubriría su tumba. Pensaba acabar con todos ellos y después...

Después se dejaría ir y trataría de encontrarla en el más allá.

Su mirada, apagada y sin vida, comenzó a brillar con una sanguinaria emoción.

Adrien intuyó sus pensamientos y una idea se abrió paso en su mente.

En pocas horas, el mundo iba a cambiar. Tendría lugar una batalla, que Mefisto y Lucifer estaban seguros de ganar, ya que eran superiores en fuerza y número. Pero ¿y si la balanza se igualaba?

Se agachó junto a William y lo miró a los ojos.

—Quieres venganza y yo sé cómo puedes lograrla. Mi padre ha venido a verme. Van a desafiar a Miguel, lucharán para ver qué bando se queda con el premio, y quería que me uniera a él. Están convencidos de que ganarán porque son superiores en número. —Las palabras fluían de su boca con rapidez, presa del nerviosismo que comenzaba apoderarse de él—. Pero ¿y si nosotros hacemos que esa pelea sea mucho más justa? Somos casi tan fuertes como ellos.

William se enderezó. Toda su atención pertenecía en ese momento a Adrien.

—Quiero matarlos a todos.

—Y yo quiero que lo hagas, pero no podemos solos. Necesitamos a Miguel y su corte de idiotas egocéntricos. Aunque admitirlo me guste tanto como que me metan un hierro candente por el culo.

—Dudo de que acepten nuestra ayuda —terció William.

—Puede que seamos su única posibilidad. Tendremos que convencerlos de que nos necesitan.

—A mí ya me habéis convencido —dijo una voz tras ellos.

Se giraron al mismo tiempo y vieron a Gabriel apoyado en el marco de la puerta. Su cuerpo reposaba con un descuido indolente. Se puso derecho y miró a William con una expresión más humana.

—Siento tu dolor. Mereces un resarcimiento —dijo el arcángel.

56

El funeral de Kate se celebró en la más estricta intimidad.

Todos pensaron que William por fin había recapacitado y reunido el valor suficiente para despedirse de ella de una forma correcta. De pie, frente a un agujero en el suelo, él miraba impasible el féretro mientras era cubierto por capas y capas de tierra.

Jane estaba a su lado y lloraba en silencio, aferrada a su mano. El *shock* que había sufrido al presenciar la muerte de su hermana, fue comparable al que le sobrevino después al descubrir la verdad sobre las personas que la rodeaban. La incredulidad había dado paso al miedo. Luego a la rabia. Finalmente a la aceptación. Vampiros, lobos y ángeles velaban el cuerpo de su hermana, lloraban su muerte, y ella solo podía pensar que se había vuelto loca de remate.

William apretaba entre sus dedos una cadena de la que colgaba el anillo de Kate. Notaba los eslabones clavándose en su piel. Si al menos hubiera podido convertirla en su esposa. No sabía por qué, pero tenía la necesidad imperiosa de atesorar ese recuerdo. Ahora era demasiado tarde para ellos. Tarde para compensarle la vida que no pudo ni supo darle.

—¿Estás bien? —le preguntó Shane.

—Sí. Solo quiero estar un rato a solas con ella.

—Te esperaremos en casa, ¿vale? —dijo Marie.

William asintió y se inclinó hacia su hermana cuando ella se puso de puntillas para darle un beso en la mejilla.

Poco a poco, todos regresaron a los coches y abandonaron el cementerio.

William se quedó solo, con la vista clavada en la tierra húmeda. Al cabo de unos minutos, Adrien se paró a su lado. Gabriel no tardó en aparecer frente a ellos.

—Se ha lanzado el desafío —dijo el arcángel.

William alzó los ojos hacia él.

—Estamos listos.

Gabriel esbozó una sonrisita astuta.

—Un consejo, cogeos de las manitas.

Se desmaterializó, arrastrándolos consigo. El aire crujió y una intensa luz brilló en el cielo.

De repente, William y Adrien se encontraron cayendo al vacío desde una altura endemoniada. Se estamparon de bruces contra el suelo y sus cuerpos se hundieron en la arena. Una arena fina y suave que debía rondar los cincuenta grados de temperatura, a pesar de que el sol ya se estaba poniendo. Se pusieron en pie con un rictus de dolor y tierra en la boca.

—Os dije que os dierais la mano —se rio Gabriel.

Adrien estaba a punto de mandarlo al infierno, cuando se percató del paisaje que los rodeaba. Ante ellos se extendían kilómetros y kilómetros de páramos pizarrosos y cañadas arrasadas por la erosión. A lo lejos se intuían unas ruinas, difuminadas como si fuesen un espejismo.

Nunca habían visto un lugar tan inhóspito como ese.

El sol se ocultó por completo a sus espaldas y en el cielo comenzaron a brillar las estrellas. Puntos borrosos entre dos luces. La temperatura bajaba a toda prisa y el escenario se transformó con una rapidez increíble. En la tierra no habría muchos lugares tan hermosos.

—¿Dónde estamos? —preguntó William.

—En el desierto del Néguev.

—¿Estamos en Israel? —inquirió Adrien con la boca abierta.

—En este desierto tuvo lugar la primera batalla de la historia, y tendrá lugar la última. Tiene sentido, ¿no? En el fondo siempre hemos sido unos sentimentales —convino Gabriel. Dejó escapar un suspiro y echó a andar—. Vamos, mis hermanos ya han llegado.

Caminaron en silencio durante unos minutos. Descendieron por una escarpada cañada y recorrieron con paso rápido el pasillo que formaban sus paredes.

—He olvidado comentaros un detalle —dijo Gabriel como si nada.

William clavó sus ojos en la espalda del arcángel y frunció el ceño con desconfianza.

—¿Qué detalle?

—Para que podáis luchar en esta batalla, primero deberéis hacer un pequeño sacrificio. Una parte de vosotros se perderá para siempre y la otra se afirmará definiendo lo que sois. —Ladeó la cabeza y los miró por encima de su hombro—. Y el proceso duele bastante.

Adrien apretó el paso hasta colocarse al lado de Gabriel.

—¿De qué sacrificio estamos hablando? ¿Y por qué lo mencionas ahora?

—¿A qué parte de nosotros te refieres? —inquirió William.

Gabriel se limitó a reír.

La cañada se fue ensanchando y desembocó en una vasta extensión de arena y guijarros; y allí, frente a ellos, estaban los otros arcángeles.

—¿Qué hacen ellos aquí? —gruñó Rafael.

Gabriel le cortó el paso con una mano en el pecho y lo empujó para que retrocediera.

—Los necesitamos. No podemos ganar nosotros solos —dijo en tono vehemente.

—¿A esos? —lo cuestionó Meriel.

Gabriel apretó los dientes. Sabía que iba a ser difícil convencerlos, pero no tenía paciencia para discutir.

—He pensado que otro par de espadas nos vendrían bien, ¿no crees?

Los dos hermanos se retaron con la mirada un largo instante. Al final, Meriel dio un paso atrás y se hizo a un lado. William y Adrien cruzaron una mirada. No había que ser un genio para darse cuenta de que nadie estaba al tanto de los refuerzos.

—¿Qué estás haciendo, hermano? —preguntó Miguel, que hasta ese momento había guardado silencio.

Gabriel acortó la distancia entre ellos.

—El mundo tal y como lo conocemos se encuentra al borde del precipicio. Nos enfrentamos al Apocalipsis y solos no podemos detenerlo —dijo Gabriel en voz baja—. Con ellos habrá equilibrio. La igualdad supone esperanza. No cierres los ojos a eso.

Miguel miró por encima de su hermano a los híbridos.

—No son como nosotros, es imposible.

—Tú tienes el poder de cambiar eso, y ellos están dispuestos al sacrificio.

—Lo que pides no es posible —insistió Miguel.

—¡Maldita sea, hermano! Sí lo es. Sabes que no solo se nace, también pueden crearse. Pueden surgir de la fuerza de su carácter, de su virtud y del poder de su voluntad. Ellos tienen todo eso y la sangre de sus padres.

—¿Te das cuenta de lo que estás pidiendo? —intervino Rafael. Agarró a su hermano por el hombro y lo obligó a girarse para que lo mirara—. ¡Son vampiros!

—¡¿Y qué?! —explotó Gabriel—. Ellos se alimentan de sangre y nosotros de almas. No hay tanta diferencia.

—Va en contra de nuestro código —susurró Amatiel.

Gabriel lo fulminó con la mirada.

—¿Qué código? —escupió con desprecio—. ¿El mismo que nos saltamos cuando nos interesa? —Entornó los ojos y miró a Miguel, recordándole a través de su vínculo cómo el arcángel se había saltado todas la normas habidas y por haber para lograr encerrar a Lucifer con magia prohibida.

—Él no lo aprobará —terció Miguel.

Gabriel lanzó una mirada al cielo antes de volver a posarla en su hermano. Se encogió de hombros con indolencia.

—¿Se lo has preguntado? —Hizo una pausa y después añadió—: Dáselas para que puedan luchar. Son tan fuertes como nosotros.

—Es un sacrilegio.

—Es una necesidad y solo tú tienes el poder de crearlos.

—Hermano...

Gabriel perdió los nervios.

—Dales las jodidas alas para que puedan participar en el duelo, Miguel. Solo podrán si lo hacen como iguales. Después, cuando todo acabe, podrás quitárselas si es que sobrevivimos. Dudo mucho de que deseen quedárselas. Nos detestan.

Miguel sostuvo la mirada de su hermano durante unos segundos que se le antojaron eternos. Los engranajes de su cerebro no dejaban de funcionar. Pensando, evaluando, decidiendo. Masculló algo por lo bajo y apartó a Gabriel de un empujón. Tenía que hacer cuanto estuviera en su mano para que Lucifer no se alzara con el poder, esa era la máxima prioridad.

Adrien y William dieron un paso atrás cuando vieron al arcángel aproximándose con cara de pocos amigos.

—Arrodillaos —les ordenó.

—¿Por qué? —preguntó William.

—Ya os he dicho que tendréis que hacer un sacrificio. ¡Quién sabe! Quizás hasta lo encontréis liberador —intervino Gabriel. Al ver que seguía dudando, añadió—: ¿Quieres venganza, sí o no?

William se arrodilló a modo de respuesta. Adrien lo siguió.

—Quitaos la camisa.

Obedecieron.

Amatiel y Rafael sujetaron a William por los brazos.

Nathaniel y Meriel hicieron lo mismo con Adrien.

—¿También os he dicho que puede doler mucho? —les preguntó Gabriel en tono burlón—. No os resistáis y será más fácil.

—¿Qué vais a hacer exactamente? —Adrien vaciló.

—¿Acaso importa si el resultado es la cabeza de tu padre en una pica?

Adrien apretó los dientes y negó.

Miguel posó su mano izquierda sobre la espalda de William y la derecha sobre la de Adrien. Mientras invocaba su poder, su cuerpo se iluminó con un torrente de energía. Sus manos desaparecieron entre la claridad y penetraron en los cuerpos arrodillados.

De repente, un arco de luz surgió de William y otro de Adrien. Se unieron y la corriente de energía salió disparada hacia el cielo. Comenzó a fluir en ambas direcciones, latiendo como un cordón umbilical que los alimentaba. Entonces, ambos sucumbieron a un dolor como no habían sentido ningún otro.

La voz de Miguel sonó como un eco.

—Coraje. Honor. Verdad.

Otra descarga de energía los golpeó y cada una de sus células vibró, repeliéndose entre sí. Se separaban y volvían a unirse como si estuvieran dando forma a un cuerpo distinto.

—Fuerza. Pureza. Lealtad.

Un nuevo estallido los sacudió e hilos de luz comenzaron a tejerse a su alrededor. Penetraban a través de su carne y volvían a emerger como serpientes. La luz se convirtió en calor y algo explotó tras sus retinas.

—Renaced, hijos de Dios.

Miguel rompió el contacto y los arcángeles los soltaron. Los cuerpos de William y Adrien se elevaron en el aire, rodeados por un halo de energía. Un inmenso poder se extendió por su sangre, reviviendo cada célula, cada tejido. Un golpeteo resonó bajo sus costillas. Al principio muy lento y pausado, pero fue cobrando fuerza hasta resultar doloroso.

De pronto, la luz desapareció y cayeron al suelo.

William clavó los puños en la arena y trató de mantenerse derecho sobre las rodillas. Alzó la cabeza con esfuerzo y se encontró frente a frente con Gabriel. Parecía tan satisfecho que su expresión se asemejaba a la de un niño abriendo sus regalos el día de Navidad.

—¿Qué acaba de pasar? —logró articular.

—Bienvenido seas, hermano.

William se enderezó despacio y se llevó la mano al pecho. Parpadeó confuso y lo palpó varias veces. No podía ser. Se mareó por la impresión.

—Mi corazón late, ¿cómo es posible? —Su frente se llenó de arrugas—. ¿Qué nos habéis hecho?

—Ya os lo dije. Una parte de vosotros se perderá para siempre y la otra se afirmará definiendo lo que sois. Un pequeño sacrificio para un bien mayor.

—¿Pequeño? —estalló William.

Apretó los puños al darse cuenta del precio que acababa de pagar. Había dejado de ser quien era, y se había convertido en uno de ellos. Un ángel completo. Sus ojos sin pupilas se clavaron en Gabriel. No había gratitud en ellos, solo el deseo de aplastar su cara contra una roca. Ya no le quedaba nada, ni siquiera su identidad.

—¡¿Por qué?! —gritó William.

—Porque en todos los contratos hay letra pequeña.

La rabia se apoderó de William. Perdió el control. Una ira profunda y desbocada se disparó a través de su piel. De repente, surgidas de la nada, dos alas negras aparecieron en su espalda. Grandes, oscuras y majestuosas. Se llevó un susto de muerte y tropezó.

Giró sobre sus talones, tratando de ver esas cosas, y se quedó de piedra al toparse con Adrien. Lucía otro par de alas idénticas a las suyas y la misma cara de idiota que él mismo estaba seguro de tener.

—Yo lo mato —saltó Adrien al tiempo que se lanzaba contra Miguel.

Una fuerza invisible lo hizo caer de espaldas.

—Es el único modo, solo como iguales podréis desafiarlos. Son las reglas —dijo Miguel con los puños apretados—. Habéis venido hasta aquí por un motivo muy concreto. ¿Ha dejado de ser importante para vosotros?

William le sostuvo la mirada un largo instante y llenó sus pulmones de aire. Empezó a toser. Joder, también funcionaban. La determinación endureció su rostro. ¿Qué importaba lo que le hubieran hecho? Vampiro o ángel, era lo de menos. Estaba allí por una sola cosa. El corazón de Lucifer aplastado entre sus dedos; y ahora sabía que latía como el de cualquier otro. Así que se le podía matar.

—¿Alguna cosa más? —inquirió.

Dos espadas envueltas en un fuego azul se clavaron en la arena.

—Tomadlas, son vuestras —les dijo Miguel—. Es lo único que puede herir a un ángel.

Como si hubiera nacido con ellas, William replegó sus alas hasta que desaparecieron. Ni siquiera había tenido que pensar en ello para hacerlo. También notó que sus sentidos se habían agudizado, como si le hubieran arrancado una capa de piel muerta y estos hubieran quedado al descubierto, demasiado sensibles.

Se acercó a la espada y la tomó. La examinó, controlando su peso y la empuñadura. La esgrimió en el aire y giró la muñeca, dibujando arcos con la hoja. Era perfecta para su brazo. Notó algo extraño en ella y la estudió con más atención. La espada podía desdoblarse y convertirse en dos armas gemelas.

De pronto, el aire se agitó como si se estuviera sobrecargando de electricidad.

—Ya están aquí —dijo Nathaniel con voz grave. Sus ojos plateados destellaron bajo las últimas luces del crepúsculo.

Ocho sombras surgieron a varios metros por encima de sus cabezas. Una a una cayeron a tierra. Los Oscuros tomaron forma mientras descendían y sus pies desnudos se hundieron en la arena del desierto. El último en posarse fue Lucifer. Su sonrisa era siniestra y peligrosa.

—Tan puntuales como siempre —dijo con un suspiro. Sus ojos recorrieron los rostros de sus hermanos y acabaron deteniéndose en William y Adrien—. Esto sí que es una sorpresa. ¿Tan desesperado estás? —le preguntó a Miguel.

Forzó una sonrisa con la que trató de esconder lo poco que le gustaban las sorpresas, y en particular esa. No había contado con que reclutaran nuevos guerreros para igualar el número. Siempre había envidiado ese poder de su hermano. El único que lo había heredado. Crear vida y transformarla. Debía de ser la sensación más intensa y maravillosa que se podría experimentar.

Clavó sus ojos en William con una expresión desdeñosa.

—Le prometí a ella que no os haría daño a ninguno. Que estés aquí cambia un poco las cosas, ¿no crees? ¡Qué lástima, tenía intención de cumplir mi palabra! —se burló.

William no pudo controlarse. Kate había sacrificado su vida por ellos, pero el intercambio nunca había sido justo. Sin pararse a pensar, arremetió contra él.

Todos desenvainaron sus espadas, menos Gabriel, que sujetaba a William a duras penas.

—Déjame, voy a matarlo y acabaré con esto de una vez.

Gabriel lo hizo retroceder más allá de la línea que formaban sus hermanos.

—Escúchame bien. Esto es un duelo, un desafío, y hay reglas que cumplir. Tú estás sujeto a esas normas... —empezó a explicarle.

—¿Tus abominaciones se rebelan? —se burló Uriel.

Gabriel puso los ojos en blanco y cogió a William por el cogote para que le prestara atención.

—Tienes el poder de un ángel, pero el corazón de un hombre. Para sobrevivir no puedes sentir nada por nadie. Olvídala, ella ya no está. Deja a un lado tus emociones o perderás la batalla. Eres un guerrero, lo llevas en la sangre —le hizo notar. William asintió, sosteniéndole la mirada—. Pues actúa como tal. Aguarda, calcula y golpea solo en el momento preciso.

Hubo un largo silencio durante el cual, William tuvo la sensación de que su cuerpo y su mente se estaban reajustando. De que cada engranaje volvía a encajar en su lugar. Gabriel tenía razón. Clavó sus ojos en Lucifer y un gruñido brotó de su pecho.

—Lo siento, pero él es para Miguel. Es demasiado personal —le reveló Gabriel antes de soltarlo. Se inclinó sobre su oído y añadió—: Pero si tienes la oportunidad, no lo dudes.

—No dudaré.

—Ahora bien, hay normas, no puedes lanzarte contra ellos sin más. No hasta que Miguel dé la orden. Él ostenta el mayor rango y, aunque te cueste creerlo, tanto ellos como nosotros respetamos esos detalles.

William asintió con la cabeza. Gabriel le deslizó la mano por la nuca con un insólito afecto y lo guio a la línea que formaban sus hermanos. Miró a Adrien por el rabillo del ojo. Tenía la vista clavada en su padre, que se hallaba a tan solo un par de metros empuñando una espada. Arrimó su hombro al de él y le dio un golpecito.

—Tienes que mantener la mente fría.

—No te preocupes por mí. —Tomó aliento—. Si no salimos de esta...

—Entre hermanos no existen las disculpas —dijo William.

Se miraron y Adrien sonrió.

—Hermanos.

57

Miguel dio un paso adelante.

—Lucifer, no me obligues a hacer esto.

—Nadie te obliga a hacer nada. Acepta tu derrota y pongámosle fin.

—No puedo y lo sabes —indicó Miguel. Miró a Mefisto—. ¿Cómo puedes seguir de su lado? ¿Cómo puedes enfrentarte a tu propio hijo y no sentir nada?

—Mi hijo tuvo la oportunidad de decidir y ha elegido —replicó Mefisto.

Su expresión no dejaba entrever la más mínima emoción mientras contemplaba a Adrien.

Entonces, Miguel se dirigió a Uriel.

—¿Y tú? Siempre has estado de nuestro lado. Has luchado contra ellos desde su caída y ahora...

—Y ahora —lo atajó Uriel— por fin me he dado cuenta de lo equivocados que siempre hemos estado. El hombre es una plaga que debe ser controlada. El libre albedrío no funciona y han de aprender que su vida es un regalo, no un derecho. Aunque para ello tengan que perderla. Despierta, Miguel, las quimeras pertenecen a la inocencia del pasado. Han tenido milenios para demostrar que su creación fue un acierto. El tiempo se ha agotado.

Miguel sacudió la cabeza con el corazón roto. Jamás lo conseguiría por mucho empeño y paciencia que le dedicara a ese deseo. Su familia nunca volvería a estar unida. Suspiró, lamentando la terrible decisión de Uriel.

—Te lo imploro una vez más —se dirigió a Lucifer—. Ven conmigo y lo olvidaré todo. Él te perdonará. Te ama.

Lucifer fingió reflexionar sobre el ultimátum de su hermano. Suspiró y sus ojos se transformaron en fuego. Sombras oscuras atravesaban su cuerpo, como gatitos demandando caricias. Empezó a tronar y una tormenta eléctrica sin precedentes creció sobre sus cabezas a una velocidad sobrenatural. Se fue extendiendo por el cielo y en pocos minutos cubriría todo el planeta. Soltó una carcajada.

—¿De verdad solo quieres vivir para servir? —le espetó a Miguel—. ¿No crees que ha llegado el momento de que tengamos algo más que las migajas que esas aberraciones humanas nos dejan? No volveré a arrodillarme. Todo lo que tiene un principio, también tiene un final, hermano. Y el suyo ha llegado.

Se contemplaron en silencio.

Miguel fue el primero en apartar la mirada. No había esperanza.

—No puedo creer que el fin del mundo lo decida un puñado de arcángeles —masculló Adrien.

—¿Y qué esperabas, legiones de ángeles con armaduras doradas y trompetas anunciando la batalla? —replicó Rafael.

Adrien se encogió de hombros.

—Pues ya que lo dices, legiones de ángeles con armaduras no sonaba nada mal —respondió.

—Siento decirte que no existen tales ejércitos —comentó Gabriel. La expresión de su rostro se oscureció y el fuego de su espada cobró intensidad—. Preparaos.

Rayos y truenos cobraron más fuerza. En la distancia, las luces de las ciudades se fueron apagando. Países enteros se sumieron en la oscuridad. Miguel lanzó una mirada al cielo. De pronto, sus ojos cambiaron. Se tornaron más salvajes y desapareció cualquier rastro de aprecio y bondad.

—Pues que así sea.

Arremetió contra Lucifer al tiempo que hacía girar la espada sobre su cabeza.

William se lanzó hacia delante. Uriel salió a su encuentro y sus espadas chocaron, provocando una lluvia de chispas. La tormenta se había convertido en una espiral que no dejaba de dar vueltas sobre sus cabezas. La tierra comenzó a resquebrajarse y de las profundidades surgieron columnas de humo y llamaradas naranjas. El suelo temblaba como si un fuerte terremoto lo estuviera sacudiendo.

William cayó al suelo y esquivó por escasos milímetros una estocada directa a su pecho. Rodó sobre las cenizas que se posaban en la arena y se puso de pie, justo cuando una nueva grieta se abría bajo su cuerpo. Arremetió contra Uriel y bloqueó otro peligroso tajo.

El campo parecía una pista de baile. Dieciséis cuerpos, ocho parejas, moviéndose con la precisión letal de la máquina más perfecta.

El vórtice de la tormenta comenzó a girar más rápido y decenas de rayos cayeron, prendiendo el gas que emanaba de las profundidades.

William alzó el brazo entre su cabeza y la empuñadura de la espada que iba directa a su frontal derecho. Trastabilló hacia atrás y su espalda chocó contra otra espalda; la de Adrien, que luchaba contra su padre. El chico tenía un golpe muy feo en la mejilla y le costaba sujetar la espada que manejaba con la mano izquierda. Una herida profunda mostraba los tendones de su muñeca. Otra estocada de Mefisto le laceró el pecho. Una más se hundió en su estómago.

Adrien cayó de rodillas y su cabeza colgó hacia delante. Las espadas se escurrieron de sus dedos y se apagaron al caer al suelo.

William se sacudió como si un látigo lo hubiera azotado. Mefisto alzó de nuevo su hoja.

—¡No!

Echó a correr hacia Adrien. Uriel le cortó el paso con una sonrisa perversa jugueteando en sus labios. William no frenó su carrera, sino que aceleró. Saltó por encima del arcángel y en el aire extendió los brazos. Su cuerpo trazó un arco y al caer hundió las dos hojas en la espalda de Uriel. Este se desplomó con los ojos muy abiertos por la sorpresa. De su boca escapaban jadeos agónicos.

William no se paró a comprobar si lo había dejado fuera de combate, solo podía pensar en Adrien. Por eso le costó entender lo que estaba viendo. Mefisto aún sostenía su espada por encima de la cabeza y miraba fijamente a su hijo, que continuaba de rodillas y sin fuerzas.

De repente, Mefisto soltó la espada y cayó frente a su hijo.

—No puedo hacerlo —gimió mientras sacudía la cabeza—. No puedo.

Alargó los brazos y tomó el rostro de Adrien entre sus manos. El chico parecía a punto de desmayarse, temblaba y su sangre había formado un charco alrededor de su cuerpo. Lo atrajo hacia su pecho y lo abrazó, meciéndolo como si fuera un niño pequeño.

—Lo siento, lo siento... —le susurraba.

—¡Miguel! —El grito de Gabriel resonó por encima del chasquido de los relámpagos.

William se giró, a tiempo de ver a Lucifer atravesando el estómago de Miguel.

Lucifer se entretuvo a la hora de sacar la espada de su cuerpo. Lo hizo muy despacio, para alargar la agonía del dolor. La blandió de nuevo, dispuesto a asestar otro golpe. El definitivo.

Miguel ya no se defendía, parecía exhausto y su cuerpo mostraba muchas heridas.

William no supo qué lo impulsó, probablemente el odio, ya que no sentía otra cosa. El rencor se había fundido con su sangre y sus huesos. Quería arrancarle el corazón a ese cabrón retorcido.

Un poder escondido lo azotó. Cruzó el aire de un salto y cayó ante Miguel a tiempo de detener el golpe de Lucifer. Empujó hacia delante con todas sus fuerzas y logró lanzarlo por los aires. Volvió a saltar y le asestó una patada en la espalda.

Lucifer rodó por el suelo y un nuevo golpe lo dejó sin aire. Un codo se hundió en su costado y un puño le hizo rechinar los dientes.

La caótica batalla se detuvo. Todos los que continuaban en pie se quedaron mirando con cara de asombro lo que William acababa de lograr. Lucifer se levantó del suelo y se limpió con el dorso de la mano la sangre que le manaba del labio. Empuñó su arma con una sonrisita que le oscureció el rostro.

—Comprendo que estés furioso. Cualquiera en tu lugar lo estaría —dijo el arcángel.

—Furioso ni siquiera se acerca —replicó William.

Trazó círculos con las espadas por encima de su cabeza. El resplandor de las hojas cobró intensidad, como si el poder que se arremolinaba en su interior se extendiera hasta el metal. Se encontraba frente al ser más poderoso que existía y no tenía miedo, solo sentía la fuente de su rabia. El pozo del que manaba su odio. Una voz que susurraba en su cabeza y la perforaba, exigiendo venganza.

Otra capa se desprendió de su interior y se sintió más ligero. Sus sentidos se desarrollaron aún más y sus alas surgieron con un destello. A su alrededor, nadie se movía. Contemplaban atónitos cómo dos titanes se medían las fuerzas.

—¿Qué está pasando? —susurró Rafael.

—Que la evolución se impone, hermano, y no hay nada más fuerte que un corazón roto —dijo Gabriel con una sonrisa en los labios.

Estelas de fuego rodearon los brazos de William, crepitando y chisporroteando en el aire.

—Voy a acabar contigo.

—Soy el ángel más poderoso que jamás ha existido, ¿de verdad crees que puedes derrotarme? —Lucifer soltó una carcajada llena de desprecio—. Voy a conseguirte un lugar privilegiado en mi infierno.

William se encogió de hombros. Si pensaba que podía atemorizarlo, perdía el tiempo. Él ya se sentía en el infierno tras todo lo que había perdido. Morir no parecía tan malo en comparación.

El aire que los rodeaba osciló igual que el vapor que emite el asfalto caliente. Columnas de fuego y humo surgían de las grietas y la temperatura no dejaba de subir. Sin embargo, el corazón de William se había cubierto de hielo.

Se colocó en posición de ataque. Lucifer lo imitó.

Arremetieron el uno contra el otro.

William detuvo una estocada, y después otra, con un impulso homicida extendiéndose por sus venas. Sus brazos se movían deprisa, defendiéndose, y atacando en cuanto su oponente bajaba la guardia. La espada de Lucifer se precipitó sobre él envuelta en llamas. Logró esquivarla por los pelos, pero no puedo evitar que le achicharrara el hombro y la parte superior de una de sus alas. Aprendió del peor modo posible que, a pesar de estar ocultas, esas alas eran vulnerables.

William no tuvo tiempo de pensar en nada más, Lucifer le lanzó un nuevo mandoble. Se agachó y la hoja le chamuscó la coronilla, pero no se detuvo. Arrojó su espada al suelo y cerró la mano libre alrededor de la garganta del señor del infierno. Lo empujó, derribándolo, y dejó que le siguiera su propio peso. Cuando golpearon el suelo, Lucifer le dio un cabezazo que lo dejó aturdido durante un instante.

Aún mareado, William se apartó sin saber muy bien lo que hacía.

Una estocada le alcanzó el muslo y un fuerte dolor se extendió por toda su pierna. Otro tajo le abrió el costado. Se tambaleó y sus rodillas cedieron. Levantó un brazo para detener un nuevo golpe, pero no pudo frenar el puñetazo que lanzó su cabeza hacia atrás.

Rodó por el suelo. Se puso de pie gracias a su voluntad y recuperó la espada.

El dolor aumentó su rabia. Se lanzó hacia delante. Lucifer fue más rápido, se coló bajo su brazo y le golpeó la espalda.

William cayó de bruces.

Gabriel sostenía a Miguel, que apenas conseguía mantenerse consciente. No podía quedarse quieto, viendo cómo la lucha final se iba a decidir entre William, un neófito con más voluntad que fuerza, y su hermano. Al ver al chico en el suelo, soltó a Miguel y corrió para intervenir.

Uriel y Azuriel se movieron para detenerlo.

William extendió el brazo para detener a Gabriel.

—¡No! No me vais a quitar también esto. —Lo miró a los ojos y añadió con una súplica—: Puedo hacerlo.

Lucifer detuvo a sus hermanos. Por la sonrisa de su cara, era evidente que estaba disfrutando.

Gabriel accedió con un gesto firme. Ni siquiera sabía qué disparate le llevaba a consentir que la mano de William peleara la última batalla. Se apartó y tragó saliva con todos sus músculos en tensión.

—Solo tú y yo —masculló William.

—Por supuesto. No seré yo quien le niegue a un moribundo su último deseo —contestó Lucifer.

William apoyó el peso de su cuerpo sobre la pierna sana y Lucifer se despojó de su camisa rota. Se miraron a los ojos. Un segundo después, arremetían de nuevo.

Sus espadas chocaron una vez tras otra. El sonido reverberaba por encima del rumor de los truenos y los chasquidos de los rayos que caían por todas partes. William apretó los dientes cuando una hoja ardiente alcanzó su espalda. No se detuvo a evaluar el daño. Se lanzó a por Lucifer con un grito salvaje. Con un ágil movimiento se agachó, rodó y se incorporó evitando un nuevo ataque. No pudo contener otra acometida y una de las espadas le atravesó el costado.

Un rugido escapó de su garganta. El dolor lo torturaba, extendiéndose por su sangre como veneno.

Se giró hacia el arcángel con una expresión de cólera deformando su hermoso rostro. Agarró la empuñadura y arrancó el arma de su propia carne. Un chorro de sangre caliente brotó de la herida. El agotamiento lo envolvía y la debilidad se apoderaba de sus movimientos. Se miró las manos, que no dejaban de temblar, y comprobó que su piel se tornaba azulada. Su visión se volvió borrosa mientras la sangre brotaba de entre sus costillas y corría a lo largo de su pierna.

Soltó la espada que sostenía con su mano izquierda, ya no tenía fuerza en ese brazo.

La cabeza le daba vueltas y, por un momento, creyó verla, de pie frente a él. Parpadeó y la imagen de Kate se diluyó en medio de una columna de vapor. La de Lucifer seguía tan nítida como la agonía que él sentía.

Apretó la empuñadura hasta que las estrías del metal le marcaron la piel, mientras la culpa y la ira formaban una desagradable combinación que lo empujaban a seguir adelante. Estaba en las últimas, podía sentirlo, pero no era motivo suficiente para doblegarse.

Reunió el escaso poder que le quedaba. Saltó hacia delante, amagó a la derecha, giró a la izquierda y descargó su hoja en la espada de Lucifer. Se mantuvo en movimiento por pura voluntad.

Volvió a atacar, con la desesperación del que ya no tiene nada que perder. Concentró hasta la última gota de su energía en las piernas y en el brazo que aún le funcionaba. Entonces, durante un pequeño instante, Lucifer tuvo un descuido. Alzó el brazo más arriba de lo que debía y su costado quedó expuesto.

William no dudó. Amagó y pasó por debajo. Hizo girar la espada sobre su cabeza, dio media vuelta y le asestó un fuerte golpe. La hoja centelleó un segundo antes de hundirse en el hueco bajo su ala y el hombro. Empujó con las dos manos y la hoja penetró hasta la empuñadura.

El aullido de Lucifer eclipsó el fragor de la tempestad. Su cuerpo comenzó a convulsionar y a desdibujarse, cambiando de tamaño y de forma. Gritaba sin parar. La tierra se agitó con un nuevo terremoto.

William cayó al suelo, incapaz de sostenerse.

Columnas de fuego surgieron de las grietas. Centenares de sombras se movían de un lado a otro en un caótico baile. De repente, una de esas aberturas se hizo más grande y de ella surgieron más sombras. Planeaban y giraban sobre el cuerpo de Lucifer, que con los brazos abiertos rugía con tanta fuerza que sus tímpanos corrían el riesgo de estallar. Las sombras lo rodearon por completo y se precipitaron dentro de la grieta, arrastrando al arcángel con ellas.

Entonces, una calma sepulcral se apoderó del desierto.

Nadie se movía, contemplaban atónitos el lugar por el que las sombras habían desaparecido. Lo que acababa de ocurrir iba contra todo lo imaginado. Un milagro. Todos se giraron hacia William, que yacía de espaldas con la vista clavada en el cielo.

Adrien fue el primero en reaccionar. Se puso en pie y avanzó a trompicones hasta caer de rodillas a su lado. Recorrió con la mirada el cuerpo de William y la imagen lo deshizo. Tenía heridas profundas y letales en el torso, por las que se estaba desangrando. Palidecía por momentos.

Con gran esfuerzo, trató de incorporarlo. No sabía qué temblaba más, si sus manos o el cuerpo que intentaba levantar. Lo notaba débil y frágil entre sus brazos.

—Eh —le dijo.

Los ojos de William parpadearon y se abrieron.

—¿Está...? —logró articular.

—Lo has conseguido.

El pecho de William se desinfló con un suspiro de alivio.

—Lo siento mucho —dijo Adrien.

Movió la mano para limpiarle la sangre que le escurría por la barbilla, pero desistió en cuanto vio que la tenía cubierta de hollín y de su propia sangre.

—No te culpes —dijo William casi sin voz.

—La brillante idea de meternos en esto fue mía. —Notó que se apagaba entre sus brazos. Lo zarandeó para mantenerlo despierto—. Vamos, aguanta un poco. Vas a ponerte bien.

William parpadeó, intentando enfocar la vista, pero la imagen de Adrien se fue haciendo más oscura. Sucumbió a un ataque de tos. La sangre le inundaba los pulmones y se escapaba por sus heridas con cada espasmo. Se moría.

—Cuida de todos —musitó. Movió una mano y logró asir la camiseta de Adrien. Tiró para asegurarse de que tenía toda su atención y con la otra aferró el anillo que colgaba de su cuello—. Con ella... Quiero...

Adrien apretó los labios. Sabía lo que le estaba pidiendo.

—Claro. Yo me encargo —le prometió. William se iba. Miró por encima de su hombro. Primero a su padre, y después al resto de arcángeles—. ¡Haced algo! —gritó con la voz rota.

Miguel sacudió la cabeza.

—No puedo.

—Arréglalo —le exigió Adrien a su padre. Con la mirada le pidió lo mismo a Gabriel, y añadió—: No se merece nada de esto. Él menos que nadie. ¡Por favor, os lo suplico!

La mano de William perdió la fuerza y soltó el anillo que apretaba. Cayó inerte sobre la arena. El dolor abandonó su cuerpo y el frío lo reemplazó. Frío, mucho frío, hasta que eso también desapareció y no quedó nada. Solo el murmullo de las voces que se alejaban.

—Haz algo, Miguel —gritaba Gabriel.

—Sabes que no puedo. Iría contra las normas.

—¿Y crees que a estas alturas importa? —intervino Rafael.

—Hazlo, Miguel —replicó Mefisto.

—No puedo, Él...

—Pues pídeselo a Él. A ti te escuchará —insistía Gabriel.

—No aceptará.

Mefisto acortó la distancia que lo separaba de Miguel y lo agarró por la pechera.

—Todos hemos dado demasiado por sus juegos. Es hora de conseguir algo a cambio. —Sus ojos se encontraron con los de su hijo—. Tráelo de vuelta. Si hay un precio, yo lo pagaré.

—Lo pagaremos todos —dijeron sus hermanos al unísono.

58

Era el fin. La certeza de la muerte lo había alcanzado.

No fue como lo había imaginado. No vio una luz blanca al fondo de un túnel, ni una escalera elevándose al cielo. Tampoco se abrieron ante él las puertas del infierno. Solo hubo silencio y oscuridad en ese espacio indefinido en el que parecía flotar. Y fue un alivio que dejara de sentir ese dolor. No el de las heridas, a esa clase ya se había acostumbrado, sino el sufrimiento que asolaba su corazón.

Solo percibió un pequeño resquicio de consciencia, imágenes y pensamientos pulsando en su cerebro como una débil señal, que apenas duró unos instantes.

Después, solo dejó de existir.

Al menos, durante un tiempo.

La lucidez se abrió paso de nuevo a través de la nada. Primero como algo indeterminado, leves destellos sin una forma clara. Y cobró fuerza devolviéndole cada pensamiento, recuerdo y herida abierta. La visión de Kate muerta bajo la estatua del ángel, la batalla en el desierto, él derrotando a Lucifer y las sombras que se lo llevaron de vuelta al infierno. Y pese a haber logrado su venganza, no sentía paz. Ni aceptación por todo lo ocurrido. Solo una rabia espesa que le calentaba la piel, sumiéndolo en las brumas de la desesperanza.

Quizás estaba en el infierno y ese era su castigo, seguir recordando. Queriendo. Echando de menos. Sintiéndolo todo como si realmente estuviera vivo. Porque así se sentía, demasiado vivo.

Abrió los ojos de par en par y su pecho se hinchó de forma brusca. Tomó bocanadas de aire.

—Eh, ¿cómo estás?

Ladeó la cabeza y se encontró con el rostro de Adrien a solo unos centímetros del suyo. Se sentó de golpe sin comprender nada. Miró a su alrededor. Se encontraba en un brillante patio de mármol negro, bajo un cielo completamente blanco. Observó la opulencia del lugar. Parpadeó, mareado y confuso, y miró de nuevo a Adrien como si se tratara de una ilusión.

—Hola, creí que no despertarías nunca.

—¿Eres tú?

—Tan guapo como siempre.

William se dejó caer sobre la fría piedra.

—Sí que eres tú. —De repente, un pensamiento tensó sus hombros. Si él estaba muerto y Adrien se encontraba allí con él, eso solo podía significar una cosa—. ¿Dónde estamos?

—Creo que tienes que verlo tú mismo.

—Se supone que estoy...

—¿Muerto? —adivinó Adrien. Una pequeña sonrisa se dibujó en su rostro—. No lo estás.

William trató de digerir sus palabras, mientras contemplaba su propio cuerpo. Vio que vestía unos pantalones que él jamás se abría puesto por propia voluntad. Se llevó una mano al pecho y notó la piel caliente. Bajo sus costillas había un corazón que latía y unos pulmones que se expandían con el aire. Tragó saliva con la garganta muy seca y poco a poco se incorporó hasta quedar sentado.

—No entiendo nada.

—Tranquilo. Enseguida lo comprenderás todo —dijo Adrien.

William trató de ponerse en pie, pero se sentía como si luchara contra arenas movedizas. Sus movimientos eran lentos y torpes, y sus músculos parecían de goma.

—Lo último que recuerdo... —Las dudas lo asaltaron y ya no estaba seguro de nada—. ¿He sobrevivido?

—No sobreviviste.

—¿Y cómo es posible que esté vivo entonces?

—¿Confías en mí, ¿verdad? Pues ten un poco de paciencia, solo un poco más —le pidió Adrien, y se apresuró a sostenerlo cuando le fallaron las rodillas—. ¿Crees que podrás andar?

—Sí.

Buscó apoyo en el hombro de Adrien y juntos cruzaron el patio. Penetraron en una sala de paredes y suelos desnudos. Al fondo, frente a un balcón, se hallaban tres figuras de espaldas a ellos. Los pasos de William se ralentizaron hasta detenerse. No necesitaba verles las caras para saber de quiénes se trataba.

Miguel, Gabriel y Mefisto.

¿Qué demonios hacía este último ahí?

Los arcángeles se dieron la vuelta y posaron sus ojos en él.

—¿Qué significa esto? —inquirió William con desconfianza.

—Escúchales. Quizá te interese lo que tienen que decir.

William cruzó una mirada con Adrien y asintió sin mucha convicción. Respiró hondo y cruzó la sala hasta ellos.

Gabriel le dedicó una sonrisa en la que encontró un inusitado afecto que nunca le había visto hacia nadie. Le provocó más miedo que otra cosa. Había aprendido que tras la sonrisa más hermosa, podía esconderse el peor de los monstruos. El arcángel hizo un gesto con la cabeza y sus ojos volaron hacia un rincón. William siguió esa dirección con la mirada.

Lo que vio a continuación casi lo postra de rodillas. Notó que se ahogaba y una profunda emoción le hizo temblar de pies a cabeza. El cuerpo de Kate reposaba sobre una especie de altar de piedra. Parecía dormida, incluso una sonrisa se insinuaba en sus labios. Cualquier pensamiento racional desapareció de su mente y corrió hacia ella con la esperanza ardiendo en el pecho como el jodido Monte del Destino.

Se arrodilló y la miró con los ojos muy abiertos.

—¿Kate? —La colocó en su regazo—. Kate...

Su cuerpo colgaba entre sus brazos sin ninguna vida en su interior.

—¿Qué significa esto? —preguntó sin apenas voz. Reviviendo el dolor que sintió cuando la sostuvo del mismo modo en el cementerio—. ¿Acaso es un castigo?

Sacudió la cabeza. Después de todo, ¿tanto mal había hecho a lo largo de su vida como para merecer tal tortura?

Miguel se acercó a él.

—No es un castigo, sino una recompensa por tu sacrificio.

—¿Qué... qué quieres decir?

—Que puedes recuperarla si así lo deseas —dijo mientras sus ojos se posaban en Kate.

William dio un respingo, convencido de no haberlo entendido bien.

—¿Recuperarla?

—Gabriel ha rescatado su alma y yo puedo devolverla a la vida. Tal y como era antes de morir —le explicó.

—Hazlo. Tráela de vuelta —le rogó con lágrimas en los ojos.

—Hay un precio.

—No importa. Como si es mi vida lo que tomas a cambio. Devuélvemela.

Gabriel también se acercó y se agachó a su lado. Lo miró a los ojos.

—Primero deberías saber de qué se trata. El precio del que hablamos es alto y te comprometería de por vida. Además, no admitimos devoluciones.

Tras ellos, Mefisto hizo un ruidito con la garganta y puso los ojos en blanco.

—Lo acepto —insistió William. ¿Qué parte era la que no entendían? Haría cualquier cosa que pudiera devolverle a Kate.

—Puede que el sacrificio sea mayor de lo que imaginas —dijo Mefisto.

—¿Peor que esto que siento? Lo dudo. —Rio sin ganas.

—Escucha antes de decidir —le pidió Miguel—. Nada ha terminado, William. Después de todo lo que ha pasado, lo único que hemos conseguido es volver al principio.

—¿Qué principio?

—Lucifer no ha muerto, solo ha regresado a su prisión. Hay una nueva profecía que anuncia su liberación —advirtió Miguel con voz ronca—. Lo que significa que volverá a intentarlo. Hará todo lo posible para escapar y entre todos deberemos detenerlo. Y digo entre todos, porque ese es el precio. Te unirás a nosotros y asumirás tu papel como uno más de nosotros. Portales que vigilar, demonios que perseguir y un mundo repleto de humanos que proteger. —Se encogió de hombros—.

Ese es el precio para recuperarla. Conservarás las alas y su responsabilidad para siempre.

William apretó los dientes y sostuvo la mirada de Miguel mientras pensaba en sus palabras. Notó que sus entrañas se retorcían con lo que parecía un ataque de pánico. Lo que le estaba pidiendo no era fácil. Un compromiso de por vida convertido en algo que detestaba, junto a unos seres a los que no quería parecerse. Pensar que podría acabar siendo el recipiente vacío que ellos eran, le resultaba devastador. Ser un vampiro era mil veces más humano.

Miró a Kate y las dudas desaparecieron.

—Lo haré. Seré uno de vosotros para siempre.

Gabriel le pasó una mano por el pelo con una sonrisa, como si ya conociera de antemano la respuesta.

—Pues que así sea —dijo mientras se ponía de pie.

En su mano apareció una luz blanca que creció hasta el tamaño de una manzana. Miguel la tomó y susurró unas palabras. A continuación, la luz flotó hasta posarse en el pecho de Kate. Ante la mirada atónita de William, la pálida esfera penetró en su interior y su cuerpo comenzó a iluminarse con un suave resplandor.

De repente, cayó en la cuenta de algo que le había pasado desapercibido, pero que era importante. Si cada recompensa tenía un precio, si cada vida devuelta exigía un pago...

—¿Quién ha pagado por mí? —preguntó con un nudo en el estómago.

Todos los rostros se giraron en una única dirección. Adrien apartó su mirada y dejó que vagara por la sala. A William se le cayó el mundo encima al atar cabos.

—¿Qué les has dado?

Adrien se encogió de hombros con un gesto cansado.

—No más que tú —respondió al tiempo que unas alas enormes se desplegaban a su espalda.

—Has pagado con tu servidumbre mi vida.

William sabía cuánto odiaba Adrien todo lo relacionado con los ángeles y su padre. Tomar esa decisión no debía de haber sido fácil para él. En absoluto.

—Gracias —fue lo único que pudo decir.

El cuerpo de Kate se estremeció entre sus brazos y la luz que la envolvía palideció hasta desaparecer. Se hizo el silencio, mientras sus ojos se abrían muy despacio y se posaban en el techo. Con la misma lentitud, parpadeó varias veces y bajó la mirada hasta clavarse en el rostro de William. Tardó unos segundos en reaccionar. Entonces, su cara se contrajo con un puchero.

—¿Will? —Él asintió. No era capaz de hablar—. ¿Cómo es posible? ¿Tú...?

William posó su boca sobre la de ella y la besó, acallando sus palabras. En ese momento, cualquier duda que aún pudiera albergar se disipó. Su olor, su sabor, la forma en la que su cuerpo encajaba en el de él... Era real.

La rodeó con los brazos y un gemido escapó de sus labios. Volvía a sentirse vivo, completo, y se le antojaba imposible dejar de sonreír. Tenían una nueva oportunidad y no pensaba desaprovecharla. La besó profundamente y se olvidó por completo de que no estaban solos.

Se apartó para mirarla y su sonrisa le atravesó el corazón.

Ella se había convertido en su destino, mucho antes de que el hilo de su vida fuese tejido.

Fue creada para él, para convertirse en su hogar, en su guía y su razón. En toda su vida. Nada ni nadie volvería a separarlos jamás. No lo permitiría.

Se perdió en sus ojos violetas y dio gracias por haberse despistado ese día en la montaña, mientras buscaba el maldito pueblo.

Dio gracias a la lluvia que la hizo resbalar y la puso en su camino.

Inspiró hondo y apretó los párpados.

¿Y por qué no? Él también lo había hecho posible.

«Gracias», susurró.

Epílogo

Un año después, sigo dando gracias. A todas horas. Porque soy el capullo más afortunado del universo por tenerla a mi lado.

Nada es como antes. Nunca podrá serlo después de todas las cosas horribles que han pasado. De las traiciones y los sacrificios, del vacío tan doloroso que han dejado los que ya no están.

Las heridas son profundas y puede que nunca sanen, pero nos han hecho más fuertes.

Keyla comienza a sonreír, aunque a veces la descubro observando a Kate con cierta melancolía; y aunque sé que se alegra de que haya vuelto, también sé que una parte de ella sigue herida y piensa que es injusto que Steve, no. No puedo culparla por ello.

Pienso en Samuel todos los días. Sigo repasando cada minuto de esa noche y no dejo de preguntarme qué habría ocurrido si hubiera insistido un poco más en que no nos acompañara. Kate cree que ese era su destino y no se podía hacer nada. Quizá tenga razón.

Shane ha ocupado su lugar y ahora dirige a los Cazadores. Daleh se ha convertido en su hombre de confianza, en el mejor consejero que podría tener. El viejo lobo y su manada aún intentan adaptarse a esta nueva vida. Daniel ha conseguido que abandonen las montañas y ahora viven a las afueras, en el viejo aserradero.

Las cosas también han cambiado en el clan vampiro. Mi padre se ha negado a asumir de nuevo la corona, está cansado. ¡Quién no lo estaría después de tantos siglos intentando gobernar un reino tan complejo! Ahora trata de convencer a mi madre para dar la vuelta al mundo en barco. Dudo de que lo consiga. Mientras tanto, han convertido mi casa en Laglio en su nuevo hogar.

Y sí, Robert es el nuevo rey; y contra todo pronóstico, lo está haciendo bien. Quizá sea porque pasa más tiempo en Heaven Falls que en Blackhill House. ¡Algo que a Shane le encanta! Esta frase lleva implícito un ligero tono sarcástico.

—¡Hola, cumpleañero!

Kate desliza la mano por mi pelo, mientras se sienta a mi lado en la escalera. Es 31 de diciembre, Nochevieja, y también mi cumpleaños. Nada más y nada menos que ciento ochenta y... ¿Qué más da? Me siento como si acabara de nacer.

—¿Todo bien? —me pregunta.

Le acaricio el brazo con los dedos y la tomo de la mano. Ella me mira con sus brillantes ojos violetas y se sube a mi regazo como un gatito en busca de caricias. Me encanta que lo haga, porque yo siempre estoy dispuesto a complacerla. La miro y el pecho se me encoge. Es hermosa de un modo que ella misma ignora. La abrazo y se acurruca contra mi pecho. Huele a vainilla y su cabello me acaricia el cuello con el tacto de la seda. Sus formas se ajustan a las mías, como si yo hubiera sido su molde.

Estar con ella es mi adicción. Mi cuerpo se pone tenso y la abrazo con más fuerza.

—¿Crees que tardarán mucho en largarse? —le pregunto con voz ronca.

La casa está llena de gente. Marie ha organizado una fiesta sorpresa para mí, por la cual llevo amenazado una semana para que no se me ocurra escabullirme. ¡Sorpresa!

—Yo diría que sí.

—Pues nos largamos nosotros —le digo sin esconder el hambre que me provoca. Me muero por volver a saborearla de pies a cabeza.

Ella se ríe y ese sonido me desarma.

—Olvídalo, tu hermana es capaz matarte si desaparecemos ahora —me susurra al oído.

Su aliento frío sobre mi piel caliente tiene un efecto inmediato en mi cuerpo y necesito buscar una postura más cómoda.

—Pero moriré feliz, y muy relajado.

Kate ríe más fuerte y me da un golpecito en el muslo. Lo digo en serio, quiero que todos se larguen ya.

Jane sale de la cocina con una tarrina enorme de helado. Nos saluda con la mano y se deja caer en el sofá. Piensa dejar su trabajo en Boston y trasladarse a Heaven Falls con su prometido para estar más cerca de Kate. Al menos, durante los años que podamos permanecer aquí. No creo que sean muchos. Llegará un momento en el que la gente se dé cuenta de que no envejecemos y deberemos buscar otro lugar.

—Jane está embarazada —dice Kate de repente.

La miro sin disimular mi asombro.

—¿En serio?

—Ella aún no lo sabe.

—¿Y tú sí?

Kate sonríe sin apartar los ojos de su hermana.

—Tú también lo sabrías si te hubieras fijado. —Cierra los ojos y me aprieta la mano—. Escucha.

Hago lo que me dice. Al principio no consigo oírlo, así que fuerzo mi oído e ignoro el ruido hasta que todos los sonidos desaparecen excepto uno. Un leve latido, rápido y constante. Sacudo la cabeza sin dar crédito y un hormigueo me encoge el estómago.

—¿Te parece bien? —No puedo evitar preguntárselo.

Ella me mira a los ojos y asiente convencida.

—¿Por qué tendría que parecerme mal? —No sé qué responder sin parecer idiota y solo se me ocurre bajar la mirada. Aunque ella me lee el pensamiento—. La verdad es que nunca me planteé si quería ser madre. Me preocupaban cosas como acabar el instituto, ir a la Universidad, mudarme a la costa este y conocer a Zac Efron.

Frunzo el ceño con una mueca divertida.

—¿Zac Efron? ¿En serio?

Ella me saca la lengua y me mira un poco más seria.

—No te preocupes por mí, ¿vale? Solo te necesito a ti.

Asiento y la abrazo más fuerte. Aunque no puedo evitar que el corazón se me encoja. Ni tampoco pensar en cómo sería tener un hijo con Kate, a cuál de los dos se parecería y qué tipo de padres seríamos. Eso es algo que ninguno de los dos sabremos. Me acerco y beso sus labios, mientras le cubro la mejilla con la mano.

Adrien acaba de llegar. Lo sé antes de verlo cruzar la puerta. Al igual que él sabe dónde me encuentro yo sin necesidad de buscarme. Viene directo hacia mí con Sarah de su mano. Una sonrisa se extiende por su cara y yo se la devuelvo sin darme cuenta.

Ahora es mi hermano, y le debo tanto.

—¡Feliz cumpleaños, idiota! —dice mientras cierra su puño para chocarlo con el mío. Después besa a Kate en la mejilla.

Se sienta un peldaño más abajo y arrastra a Sarah con él hasta sentarla en sus rodillas. Me gusta verlos juntos, y no porque eso signifique que se ha olvidado de Kate. Adrien necesitaba a alguien como Sarah en su vida. Y por cómo la mira, sé que es «ella».

—¡Kate, ven, tienes que ver esto! —grita Jill desde un rincón. Agita la mano en el aire, apremiándola para que se dé prisa—. ¡Sarah, tú también!

—¿Cómo lo llevas? —me pregunta Adrien en cuanto las chicas se alejan.

Me encojo de hombros sin mucho entusiasmo. Él esboza una sonrisa que, conociéndole, debería darme miedo. Mete la mano bajo su cazadora y saca lo que parece una botella envuelta en papel de regalo. Le destapo y me quedo con la boca abierta. Tengo en las manos el mejor *whisky* del mundo y no me atrevo a preguntarle cómo lo ha conseguido. Le dedico una sonrisa. Creo que este chico empieza a ser una mala influencia para mí.

—¿Lo has robado?

—¿Por quién me tomas? —replica.

—Estoy seguro de haber leído en alguna parte que solo queda una decena de botellas y que las guardan en una caja fuerte.

Adrien se pone de pie y me guiña un ojo.

—Ahora solo quedan nueve. Vamos a tomar el aire.

Lo sigo hasta la calle. Ha dejado de nevar y el suelo está cubierto por un manto impoluto de nieve. Caminamos sin prisa hasta adentrarnos en la arboleda. El silencio es sobrecogedor. Adrien abre la botella y me cede el primer trago.

¡Está bueno!

La conversación fluye entre bromas, deportes y futuros planes sobre cosas que no sé si haremos algún día. Pero me gusta perder el tiempo de este modo. Hemos establecido un acuerdo tácito y evitamos mencionarlos.

Arcángeles.

La palabra nos viene demasiado grande. Ninguno de los dos logra hacerse a la idea de que eso es lo que somos ahora, y no sé si en algún momento lo asimilaremos.

Adrien acaba de colocar una piedra sobre la nieve y con una rama intenta jugar al golf. Quiere lanzar una bola alta. Falla el primer intento y da un traspié. Rompo a reír y la botella se me escapa de las manos. Consigo cazarla al vuelo y me caigo de culo. Esta vez es Adrien el que se parte de risa a mi costa. No debería beber con el estómago vacío.

—Dais pena.

Kate acaba de aparecer tras nosotros. Nos mira con los brazos cruzados sobre el pecho y una enorme sonrisa.

Los tres juntos caminamos hasta el viejo roble. Nos sentamos en el banco de madera y contemplamos el lago helado. Kate se acomoda bajo mi brazo y suspira. A su lado, Adrien bebe distraído de la botella.

Los miro y me siento realmente en paz.

Al principio me costó aceptar todo lo que Lucifer le reveló a Kate esa noche en el cementerio. Me resultó complicado asumir que mi vida estuviese escrita desde mucho antes de mi nacimiento. Que fui creado para un fin.

Con el paso del tiempo dejó de importarme.

Estábamos destinados a coincidir, sí.

Éramos un todo dividido en tres partes que debían reencontrarse, y lo hicimos.

Cumplimos con lo que se esperaba de nosotros y viviremos con las consecuencias para siempre. Pero lo haremos juntos, y no porque una personificación del destino uniera nuestros caminos, sino porque decidimos salvarnos cuando todos nos habían condenado. Nos sacrificamos los unos por los otros sin vacilar y ese sacrificio nos recompensó con una nueva oportunidad.

Mi mirada se cruza con la de Adrien. Sonríe y sacude la cabeza, como si supiera lo que estoy pensando. Bueno, en realidad lo sabe.

Se levanta y regresa a la casa, dejándonos solos.

Inclino la cabeza y la miro. Ella sonríe al darse cuenta de que la observo.

A lo lejos, un coro de gritos comienza una cuenta atrás.

Diez, nueve, ocho, siete... El año se está acabando.

La casa se llena de gritos a nuestras espaldas y el firmamento se ilumina con fuegos artificiales, que no tengo ni idea de dónde han salido. Tampoco me importa, ni siquiera los estoy mirando. Solo veo sus ojos sobre los míos y una sonrisa tranquila llena de complicidad. Ahí es donde se encuentra mi cielo y todo el fuego que necesito. Mi mundo entero.

Me inclino y la beso.

—Te quiero —le susurro.

—¿Para toda la eternidad?

—Para toda la eternidad.

Agradecimientos

Gracias a la familia Ediciones Urano por ser mi casa.

A Esther, por creer que esta historia merecía mucho más.

A Silvia, por la amistad.

A vosotros, mis lectores, por darme alas y cumplir mis sueños.

Gracias de todo corazón.

¿TE GUSTÓ ESTE LIBRO?

escríbenos y cuéntanos tu opinión en

f /Sellotitania   **𝕏** /@Titania_ed

📷 /titania.ed

#SíSoyRomántica

Ecosistema digital

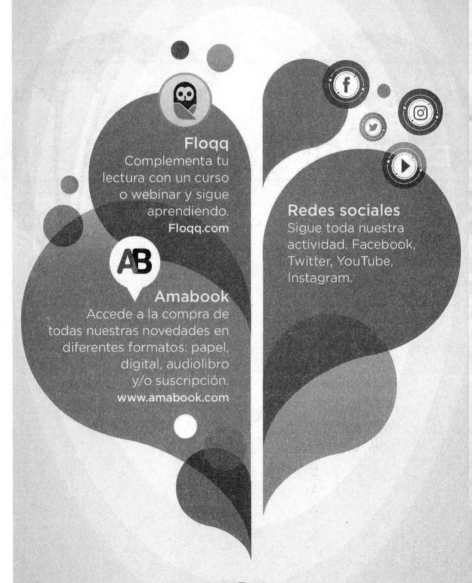

Floqq
Complementa tu
lectura con un curso
o webinar y sigue
aprendiendo.
Floqq.com

Amabook
Accede a la compra de
todas nuestras novedades en
diferentes formatos: papel,
digital, audiolibro
y/o suscripción.
www.amabook.com

Redes sociales
Sigue toda nuestra
actividad. Facebook,
Twitter, YouTube,
Instagram.

EDICIONES URANO